北
京
人

北京人　肖复兴

南京大学出版社

增订版自序

《北京人》一书，是 18 年前即 1995 年出版的一本旧书。尽管后来这本书在台湾和韩国先后出了中文繁体字版和韩文版，我心里却一直觉得当时写得有些匆忙而随意，没有能够将北京这座古都的风貌风韵，尽可能地写得深入一些，涵盖面更广一些，便一直希望有一个弥补的机会。承蒙南京大学出版社的美意，成全了我的心愿，现在，补充了《北京人·续》，使得这本书稍稍厚重一些，让读者可以更多一些了解并感悟新老北京和五味杂陈的北京人。

所补充的《北京人·续》，大约 15 万字，这是出版社给予我的字数要求，是怕书印得太厚。当我整理这些文字之后，发现这 18 年来，除了 2006 年北京十月文艺出版社出版的《蓝调城南》和 2007 年作家出版社出版的《八大胡同八章》两书之外，陆陆续续写的关于北京的其他零星文字，远远超过了 15 万字。只好删繁就简，最后选出了这 15 万字。这只是我自 1995 年后关于北京的写作的一部分，却是最重要的一部分。同时，在书后附录了一组"城南诗草"，是近几年随手写下的旧体诗，或许，可以和书中的那些文章互文，映照一下彼此的心情。

我自幼长于北京，对这座城市熟悉，喜爱，也愿意写它。这座帝国古都得天独厚的历史,让它的文化积淀极其丰厚,即便踩上再破旧却古老的哪一条街巷的尾巴,也会让整座城市的头跟着一起动。我所写的再多,也只是沧海一粟。遗憾的是,我所写的那些老街巷,老宅院,老店铺,如今随着那些老人的逝去,好多已经不复存在。有时候,我会感慨,拆迁的速度远远超过了我的笔的速度,便庆幸自己能够在它们尚健在的时候,走访过它们,并记录下了它们,起码可以让后人在文字中还能看到它们,找到一些回忆的依托。

有时候,我会到前门一带转转。我在那里度过了整个童年、少年和青春期。可以说,那里几乎所有的街巷,那时候,一天不知要跑多少次。那里熟悉得让我可以如数家珍,让我感到格外的亲切。如今,每一次走到那里,总会有一种昔日重现的感觉。只是,如今那里已经面目皆非。新修的前门大街,簇新得如同热热闹闹待嫁的新娘,每天簇拥着不明就里的外地人前来围观。城市建设,不能够唯新是举。城市当然可以和社会、经济一起飞速发展,但作为一座古老城市的遗存,是历史积淀下来的文化,是我们祖辈脚下踩出来的泡,即使现在看来已经不那么好看了,我们可以治疗这脚下的泡,却不可以将脚下的泡移花接木转移到脸上,去点上时髦而好看的美人痣。

早年读李健吾先生文章,看他说道:"繁华平广的前门大街就从正阳门开始,笔直向南,好像通到中国的心脏。"当时看到这句话,真让我的心怦然一动。在老北京,前门大街真的有这样大的力量,能够通到中国的心脏吗?想想,李健吾先生说的没错,这条街是老北京任何一条街都无法比拟的,因为它位于帝京中轴线南端,直接通往天子祭天拜农的天坛和先农坛。在这样一条通往中国的心脏的街道两旁,可以看到,胡同和四合院是作为整体铺展连成片儿的,血肉和筋和皮是长在一起的。那样壮观的景象,在全世界都是绝无仅有的。

通向中国的心脏,如今通向哪里呢? 我有时候会很迷茫,每一次从那里回来都对自己说下次再也不去了。过不了多久,忍不住还是又去了那里。

便也忍不住接着又写了下去。

2013 年 2 月 24 日元宵节写于北京

目 录

北 京 人

自大与自信

　　生在天子脚下，有皇城相拥，有周口店祖先在上，头枕燕山山脉，足踏华北平原，北京人一直都很是自大。不仅仅是掌管一方水土的大小官儿们容易自大，即使平头草民也很容易在骨子里滋生这种自大情绪，像渗透在血液里一样，一代代相袭，剔除不尽。

　　想当初，八国联军闯进北京城，一把火将圆明园烧成断壁残垣，将佛香阁顶的塑像上的金都挖尽劫去，声势不可谓不大，又如何呢？不是照样撤出北京城了吗？八个国家联合对付北京城，北京城不是没有被吞没吗？

　　日本鬼子占领了北京，又如何呢？北京人相信八国联军对付不了北京城，一个小小岛国的日本就能行吗？北京人便把水缸装满水，面缸装满粮，咸菜缸里再装满老咸菜疙瘩，坐镇不走，和小日本对峙。北京人自信得很，中国这么一个大国，绝不会败在日本一个小国手里；泱泱京都，马死不倒架，怎么说也是京都。

　　北京人的自大与自信，让人觉得北京人的可爱，也让人觉得北京人实在有些盲目。八国联军没有吞掉北京城，却是以吞没香港诸城作为代价的，而日本鬼子也不是老咸菜疙瘩打跑的。

　　但是，北京人潜意识里有这种大国古都的自大与自信，盲目不盲目，有了它，苦中能自乐自得，甜时便容易忘乎所以。

别的不说，20世纪50年代消灭麻雀，北京人自大自信得很，满城百姓出动，上房的上房，上街的上街，敲着洗脸盆轰赶着麻雀四处逃窜，很以为麻雀自此会如恐龙一样绝迹。可又如何呢？如今，麻雀依然在北京城上空飞。麻雀，给北京人的自大自信，其实早早上过一堂教育课。

北京人却不长教训，自大与自信依然如鸟儿的一对翅膀，骄傲而自以为是地在飞。"文化大革命"又给了北京人一次机会，让自大与自信再一次膨胀。北京人以为北京真的成了世界革命的心脏，而世界上还存在着三分之二受苦受难的人民，需要自己去解放。于是，北京人真的以为需要自己将革命的火种从北京点燃，再播撒到全国乃至全世界，一副天将降大任于斯人也的劲头。"要把莫斯科的红灯重新点亮，要将红旗插上白宫之巅……"几乎成为那时期北京人高亢的主旋律。于是，那时的北京人到处串联，免费乘坐任何一列火车。北京来的红卫兵，成了当时一张畅行无阻又神气十足的护照和信用卡，白吃白住，还可以再糊上人家一墙红海洋般的大字报。

可到后来又如何呢？不是和当年麻雀的教训一样吗？北京并没有成为什么世界革命的心脏，世界上三分之二受苦受难的人民不是别人，恰恰是我们自己。北京人的盲目自大与自信，再一次受到致命的打击。北京人这回该反省反省自己了吧？

要说没反省，也不客观。北京人屡碰钉子，当然碰出教训和经验。不过，一有适当时机，春风化雨一般，北京人的自大与自信还会盲目地发芽长叶。别的不说，北京人申办2000年奥运会，立刻如气球一样鼓胀起来。结果，一票之差，争办权输给了悉尼。北京人愤愤不平，猜测是有人做了手脚，却不好好反省自己哪些地方不如人家悉尼。北京人总爱摆出一副虽败犹荣的劲头，自大与自信盲目地自我安慰，寻找平衡，给自己找一个台阶下。

北京人的自大与自信，一次次受挫，一次次不屈，既说明北京人的韧劲儿，也说明北京人实在是有"老猪腰子"。也难怪，北京古有故宫、长城和那么多皇家园林，吸引那么多的国内外观光客；今有那么多立交桥、小区高楼和环城大道。北京人想着、望着这一切，心里难免会轻而易举地将自大与自信如皮球一样，一次次压进水中，又一次次浮出水面。

北京人起名

北京人极讲究名字，从人的名字到店铺的名字一直到街道、桥梁、建筑物的名字，无一不讲究。大概是身在京都，透着文化和历史气息，处处讲个名分。

孩子一落生，要起个吉祥的名字，是北京老一辈的传统。如今，传到新一代，有过之而无不及，孩子尚未落生，母亲挺着大肚子就开始抱着辞海查那些个喜兴的、文雅的、最好是谐音一语双关的字。比如鲍捷取报捷、刘船取流传、吴畏取无畏之意。不过，这么一来，名字都想了些个好字眼儿，英雄难免所见略同，这些字眼儿的重复率便高了。据说，北京下一代孩子的名字相同的越来越多，一个班上叫王鹏的，起码有两个，只好分别叫大王鹏和小王鹏以示区分。

前年，北京报刊争论给孩子起名的意义，一时间小有热闹。因为有家长心血来潮给孩子起个约翰、保罗、玛丽这类的舶来洋名。有人则认为有伤民族自尊心，在报端上发表文章，慨叹人心不古，如此下去，岂有华夏悠悠传统，不是崇洋媚外的洋奴意识又是什么？但两年过去，也未见杞人之忧忧得这样洋名的孩子一天天变成蓝眼珠子如同波斯猫一般晃人眼目。

　　热衷于洋味之名的，商厦酒家、服装店多于孩子。北京的商厦、酒家、服装店，倒不崇尚大富豪、贵族之类的带有封建色彩的名字。有着几百年皇朝历史的京都，这样带有霉味的名字并不新鲜。带有西欧拉美洋味的名字，对于北京人更有吸引力。新开张不久的燕莎、赛特、蒙妮莎、罗曼……均是如此。北京人摆出一副鄙夷封建而接纳资本主义开朗向上的姿态和胸怀。与世界接轨，北京人在名字上提前而且大步接上了。

　　如果据此就说北京人有崇洋媚外之嫌，显得有些过重。北京人并不一概以为西洋味儿的名字一定十全十美。如果一个华而不实的名字和一个实而不华的名字相比，北京人还是明智得很，宁肯要后者。只不过这个"实"指的是钱而已。北京的立交桥可谓全国最多，如彩虹飞架，串联北京城主要街道。每座立交桥要命名，只要企业肯拨出几十万乃至上百万块钱来，这座桥的名字就以你企业的名字来命名了。"四通桥"就是一例。于是，北京城许多立交桥上飘飞着企业的大名，差点儿让人误以为企业搬到桥上来办公了。

　　这实在有伤大雅，北京人取名讲究的是名分，是意义。于是，有人提出这样做在全世界没有先例，桥梁从未用企业或人名取名的前车与后辙。北京人别太见钱眼开，将立交桥都拍卖了，将来如何是好，找路都弄得人糊涂了！　便将立交桥用企业命名的事又捅到报端，像给孩子起洋名的事那样热热闹闹争论一番。

　　北京人为维护名字的正义与价值，付出了代价。北京人相信老祖宗的言训：名不正则言不顺，言不顺则事不成。北京人对名字的执著与认真，让人肃然，也让人觉得有些迂。恐怕还没有一座城市有人将给人或物起名的事动不动就捅到报纸上。

　　这就是北京人，视名分同生命一样重要。可以家徒四壁，但一定要有个像样的斋或庐的名字。名字起歪了，像路走歪了一样不可容忍。

北京人这种心理，便像一片适合发芽的土壤，让起名也能成为一种专门的职业而且成为一种红火的事业，迅速长满枝叶。北京一家名为"正名庐"的店家，便是这样成立，并为传播媒介广为宣传的。这家"正名庐"即是专为孩子、公司、商店等起名字的机构。据报纸记者报道"正名庐"开业盛况中说："如今市场经济千帆竞渡，人们对高层次的文化也倚之越深。"起名字，便一下子使得北京人跃上"高层次文化"的台阶。专操起名的行当脱颖而出，也真是适逢其时。

北京人极爱听"文化"这个词儿，更何况是"高层次的文化"。北京人便有时聪明有时糊涂，像雨像雾又像风，摸不准自己的脉，弄不清名字不过是个符号，即使给耗子起个再动听的名字，它也变不成猫。

北京人太爱给自己、给别人起名字，这样很容易掉进名字的泥塘里跳不出来。

北京人喝酒

北京人爱喝酒。

大场面迎来送往的宴会，在大饭店乃至在人民大会堂里喝酒。生意人为了赚钱，杯杯相碰笑脸相迎心中锱铢算计，在酒桌上喝酒。

老年人喝酒，爱喝老牌子，信的是过去，便只喝二锅头；年轻人喝酒，讲究的是排场，追逐的是新潮，便爱喝人头马。

女士讲究文雅，兰花指夹一支摩尔或紫罗兰香烟，抿一口长城干白；男人讲究痛快，豪爽起来，顾不上那许多，嘴对瓶吹，来者不拒，五色杂陈，什么酒都敢招呼，酒入豪肠，七分酿成李白的月色，三分啸成杜甫的剑光。

到了夏天，不管男女、不分老少，一律都喝啤酒，这两年都改喝扎啤。北京人喝啤酒，讲究是抱着"扎"（罐子的意思），驴一样豪饮，喝出北京人的气派。为此，北京人搞过隆重的啤酒节，在啤酒节上表演过喝啤酒比赛，一个个喝得肚子像皮球一样滚圆，嘴角如螃蟹一样挂满白色泡沫，依然叫着阵不肯停歇。

北京人喝酒，就是厉害。北京人不只是为喝酒而喝酒，是为了显示自己的性情和性格。

　　北京人喝酒，寻常人家，最讲究聚会到家中喝酒。这一点，与别处尤其与南方特别与上海不同。上海人请朋友喝酒，讲究到饭店，以显示尊重与大方。北京人如果请的是真正看得起的朋友，到饭店去显得生分，只有请到家中，才把你看成是一家人一般。这不是北京人为了节省钱，嫌到饭店喝酒花费贵，而是一份热情与真情。北京人把家看做是最神圣之地，是向亲近朋友显示的最后一张王牌。北京人家中也不见得比上海人家显得多么宽敞，即使住房比上海人亭子间还要狭窄拥挤，也要把朋友请到家中聚饮一番。请到家中，与请到饭店去喝酒，是北京人对朋友亲热、信任程度的一道分水岭。

　　北京人请朋友聚在家中喝酒，一般是主妇亲自下厨，亲手烧几样下酒的菜，即使色香味赶不上饭店，却是必须的情意。而且，那菜一定要量足足的，宁肯吃不下，也不能见到碟空碗净。

　　北京人请朋友聚在家中喝酒，酒要备齐、备足，绝不会只拿出一样酒摆在桌上跌份！ 北京人会想得极其周全，白酒、果酒、啤酒，连小孩的以饮料当酒，都会准备妥当，集束手榴弹一样，先排放在桌上地上列队，先声夺人一般，摆出一副真正要大喝一场的阵势。

　　北京人请朋友聚在家中喝酒，如果家中客厅狭小，一般会将酒桌摆放在卧室，床便是座位，主人把隐私毫无顾忌地暴露在外，显示出一份浓浓胜酒的情分。喝醉了，你就倒床呼呼大睡，像在自己家中一样，才让北京人舒服、熨贴。

　　北京人喝酒，讲究劝酒，一杯满上、饮下，再一杯紧接着续上，而且，北京人要自己以身作则，先仰脖一口灌下，热情恳切而不容置辩让你必须饮下。北京人喝酒，喝的就是这痛快劲儿。在家中喝酒，一般不谈利害、不谈交易，如果为利害交易，就不会把酒席设在家中。因此，北京家宴中喝酒，能喝出北京人淳朴古老的遗风，那一份快要逝去淡去的真情、友情与纯净美好，让酒穿肠而过，滋润了干枯的心田，烧热了枯萎的精神，便是喝醉了也心甘情愿。

北京人喝酒，在家中不喝得躺倒几个，绝不鸣锣收兵。哪怕你吐脏了他家的地毯或床褥，主人也痛快淋漓，觉得这才叫喝好了酒，这才叫不把自己当外人！

北京人喝酒，豪爽之中也透着狡猾。劝酒时懂得用甜言蜜语诱惑，用花言巧语刺激，也懂得用豪言壮语自我抒情。最后灌得大家都醉成一片朦朦胧胧，自己则自言自语，一直到醉醺醺倒头一睡大家不言不语为止。北京人将这甜言蜜语——花言巧语——豪言壮语——自言自语——不言不语，称之为酒桌上五种境界。

北京人喝酒，讲究的是"人间路窄酒杯宽"。

北京人喝酒，讲究的是"功名万里外，心事一杯中"。

北京人喝酒，讲究的是冷酒伤胃、热酒伤肝、无酒伤心。——最后一点尤为重要。什么酒都行，哪怕是假酒，但不能没酒。

北京人吃早点

说起北京人吃早点，会让人有些脸红，难以消受。

北京人吃早点，首先品种单调，豆浆、油饼，几十年一贯制，解放前是这老几样，解放后几十年还是这老几样，无甚变化。北京人爱吃的就是这一口，豆浆没有，可以改成馄饨，改成牛奶就差点儿。牛奶都是给老人、孩子预备的，北京人还是觉得豆浆比牛奶强，营养价值一点儿不比牛奶差。油饼做法可以花样翻新，油条、焦圈、糖油饼、薄脆……但万变不离其宗，都是一回事。北京人爱吃炸食，但炸面包圈就差点儿味了。北京人几十年乃至上百年固守这几样单调的早点品种，任其朝代更迭风云变幻，自己这根主心骨不变，也是北京人的本事。有些事情，坚持住比放弃掉要难。坚持，是一种传统，是一种心态，也是一种因袭或遗传下来的性格。

北京的早点摊一般都设在街头。像点儿样的早点铺，以前还能在北京的大街小巷找到，如今任你走遍京城角角落落，也难找到一家了。原因很简单，仅仅卖豆浆、油饼，赚不来大钱。于是，愿意赚这些不起眼小钱的，便都临时支起锅灶，搭一块面板，放几张小桌，在街头四处开花。油锅里油烟蒸腾，小桌上油腻滚滚，人们吃得照样香喷喷，滋味天天如旧，却天天不同寻常。所有这些早点摊，几乎无一不是外地人开设。他们不是北京人，却摸准北京人的脉数，像小虫子爬进北京人的肚肠，懂得北京人就是这样潜移默化地继承着老一代人的衣钵，连口味都难以改变几分，生就了一副油饼和豆浆养育的胃口。

北京人吃早点，匆匆忙忙，永远像是在赶集。坐在早点摊旁的，无论是衣着名牌的男人，还是指甲染上蔻丹的时髦女郎，都顾不上汽车扬起的灰尘、排出的废气，和着它们一起吞进肚中，像往早点里加进了佐料。公共汽车上，再拥挤的车厢里，也能见到夹着皮包、叼着油饼或拿着油条的上班族。汽车到站了，早点也吃完了，他们把早点和时间一起消化在车厢里。骑自行车的，甭管车水马龙的大街如何难骑，也要一手扶着把，一手拿着纸包着的油饼或油条，在红绿灯眨动之中咀嚼着千篇一律的早点晨曲。一贯讲究卫生的北京人，吃早点时却忽略了或者忘却了这一点。如今北京人把上厕所学会说是"去卫生间"，到百货商店买东西称为"去购物"，但到大街上买早点，挤在公共汽车上、骑在自行车上吃早点，却没有学会一个新的名词。所以，北京人吃早点便难以文雅潇洒起来，自然也就顾不上卫生。

北京人吃早点，很能反映北京人的生活态度，那就是随意、随和、能将就、穷就乎、会节省。这是北京人几代传下来的美德。北京人不是不会讲究、不会讲排场、不会一掷千金，但他们能够艰苦而达观地对待生活。

北京人吃早点，很能说明北京人对时间的态度。那就是前紧后松，珍惜与挥霍、节约与浪费共存。北京人宁可早点吃得时间紧张犹如脚后跟不住直打后脑勺，也不愿挤出晚上的时间做一份早点备用，或早些入睡早些起床。晚上，北京人愿意神聊海哨，愿意搓麻打牌，愿意守着电视机，不见屏幕上出现"再见"字样不收兵。

北京人吃早点，也很能道出北京人对外来事物和外面世界的心态。几百年厚重的文化与历史，又是紧靠朱红皇宫墙角下生活，内心深处自然有一种正宗正统的感觉，以为自己拥有的一切是最好的。虽然，北京人吃早点近几年已经发生一些变化，牛奶已经和豆浆分庭抗礼，但变化有限。仅从北京人对广东早茶的态度即可看出，这种心态其实是根深蒂固的。

在景山公园旁边的大三元酒家、前门大街的老正兴饭庄几处均有早茶可吃，却难以普及成广州万人空巷聚集酒楼吃早茶的壮观。北京人认为那样吃早点，太铺张浪费，费时间也费钱财，不大值得。至于说到早茶不仅可以品味品种繁多、味道不同的美食，还可以促谈生意、联谊情感、交流信息，北京人会摇头，说在早茶谈的不会是大生意，谈生意还是要正规；情感自然可以联谊，早茶却不如晚餐更有情调与氛围；信息在早茶楼上传递，也不会是主渠道，充其量不过小道消息居多、儿女情长居多……可见得北京人时时处处显示出一副正宗与正统的姿态。这心态之中，有几分执著，也有几分保守。当然，还有几分是衣袋里的钞票，尚赶不上广州人的多，便只好还得铜着点儿面子。

唉！北京人吃早点！

躁动的女人

与外地尤其是乡下的女人相比，北京的女人少了几分淳朴、天真，多了几分清高、骄矜，人工割过的双眼皮总爱往上抬。

与国外来北京旅游的洋女人相比，北京的女人，不会显得那么疲惫，也不会因汗水常流而疏于化妆。北京的女人脸上的脂粉总会显得均匀而恰到好处。北京的女人很讲究化妆品的品牌，且化起妆来一丝不苟，眼影、唇线等等程序，缺一不可。不仅是在夜晚的盛会，就是在烈日之下也是有板有眼，甚至浓重得过于赫然醒目。

如果赶上外地人尤其是乡下女人问路，她们会显得不大耐烦；遇到外国女人问路，她们大多会一问三摇头，她们的外语水平大多只相当于相声水平，只会讲一句"拜拜"；如果遇到外国男人问路，她们很想表现一番，献献殷勤。不敢说所有女人都渴望当一回过埠新娘，却敢说不少北京女人的内心骚动不安。

北京的女人，在穿戴方面，永远追求着新的时尚，占据着东风第一枝。20 世纪 50 年代的列宁装、60 年代的"蓝蚂蚁"、"文化大革命"时期的绿军装外扎武装带，无一不是北京女人的时髦。她们不太服气以前上海人的穿戴，以及由广东传来的港台式的装束。她们认为上海的女人身板太薄没有了胸脯，广州的女人身材太矮没有了长腿，便自己设计着自己：裙子一会儿变长，一会儿变短；裤子一会儿变肥，一会儿变瘦；她们一会儿把外衣当内衣穿，一会儿又把内衣当外衣穿……她们有意无意都极想永远操纵全国都市服装的主旋律和流行色。

北京的女人，永远躁动不安，尽管表面静如枯井。都说女人是水，其实是火，燃烧着不熄的欲望，只是不敢将火蔓延而已。看到电视里的爱情故事，她们最易于潸然落泪，自己又极易于愤愤不平，只是不敢跃跃欲试。很想如电视里一样，也拼死拼活爱上一场，哪怕"过把瘾"也好，但看看孩子，再看看丈夫，更看看周围左右，便英雄气短，咽下一口已流到嘴边的口水，将欲望如球压进水中，让球一次次浮起，又一次次压下。然后，发几句牢骚，骂几句该死的男人和骗人的爱情，感慨一番年轻时自己流泪会有无数男人伸手接着泪水，如今哪怕泪流满面，男人们包括自己的老公都背过身去不管不顾了。

北京的女人，永远不会满足现状，永远积极进取。早有警世恒言：男的能干的，我们女的也能干。她们便很容易沿着这条既定轨道朝前飞奔，膨胀着自己一颗雌心如雄鸡一样常鸣不已。于是，北京的女人，胖的希望变瘦，瘦的希望长壮，常用皮尺量自己的腰身，常用眼睛测别人的三围。年轻的希望永远年轻，年老的希望梅开二度，年少的渴望早早离开父母总是高度警惕的目光……

因此，再劣质的化妆品在北京也不会滞销，再蛊惑人心的广告词如"今年二十，明年十八"，也会有人相信并如获至宝。

于是，没有爱情的，幻想有让我一次爱个够的爱情；拥有爱情的，又总觉得这并不是理想中的真正爱情；便常在一次次幻想破灭中让青春流逝而常年待字闺中，电视上报刊上征婚广告中的大龄女子便一次次增多。没孩子的，盼孩子；有了孩子的，烦孩子；孩子小时盼长大，孩子长大又觉得还是孩子小时候听话；孩子听话时嫌孩子太听话将来要受气，孩子不听话又怨孩子不听话将来没出息；高兴时将孩子当成玩具，气恼时又将孩子当成出气筒……

北京的女人，将自己、爱情、孩子三点连成一线，圈成一圆，永不知疲倦、永无止境地循环走着。走得高兴了，会觉得犹如太阳、月亮一般圆；走得不高兴了，会诅咒那圆如何老且画不圆。

北京的女人，眼光永远会超越时空，而心境永远充满矛盾。没有文凭的上职大夜大拿回一张迟到的文凭；文凭到手心里，又惘然若失。没有拿到出国护照的，拼上性命也要拿到护照；护照批下来了，心里又怪恋恋不舍了，觉得山亲水亲，爹亲娘也亲了起来。看见别的女人嫁给了大款，要骂几句人家骨头太轻、眼眶子太浅，但转过身又埋怨自己的老公能耐太小、钱袋太瘪。看到别的女人年轻轻就被迫下岗，每月只拿百分之几十的工资艰难度日，便止不住同情，骂几句社会不公，但又常常抱怨自己一天八小时上班又累又远又要挤几趟公共汽车，恨不得有一天早点退休过几天安闲的日子……

北京的女人，就是这样，常容易患这样两种眼病：远视或近视，而她们最爱戴的却是变色镜。

当然，并不是所有北京的女人都如此，却也绝不是少数女人走上这条女人街。所有这一切，也并不都是缺点让人无法容忍，可爱之处依然如小鸟可人让人心动。最难以容忍的是这样几种女人：内心一无所有却装饰得灿若星花；本已人老珠黄却矫情装扮成情窦初开；而才刚刚是青春少女偏要浓妆艳抹成久经沧海的小妇人。至于如麦克白夫人那样能够从正吃奶冲着她微笑的婴儿娇嫩的口中，毫不留情地拔出奶头，并将婴儿摔得脑浆迸裂的歹毒女人，是穿裙子的撒旦，已经不在列。

北京的女人，是一个谜。

雌化的男人

如今，北京的男人最易患雌化和瓷化两种病。

所谓雌化，是指男人越来越少有男子汉本应与生俱来的气概和风骨，而越发女人气。"床头跪"、"妻管严"之类的称号，都是这种形象的注脚。

常听说"阴盛阳衰"，男人常常英雄气短，实在不是什么值得夸耀的。这倒也不能完全怪罪男人，未婚前百般讨好女人的样子，已将男人的骨头折碎。社会本该有所分工，偏偏现在女人一个个从家庭中解放出来，把本该做的或两人合作的一股脑儿地甩给男人。男人只好下班之后赶紧买菜、接孩子，外带系上围裙进厨房奏一通锅碗瓢勺进行曲。更有甚者，家中新添婴儿，半夜时分嗷嗷待哺，此实在女人之本分，偏偏好多女人翻个身可以呼呼大睡，倒霉的男人只好爬起来冲奶粉，将人造奶嘴送进孩子口中。如此本末倒置，男人不雌化才怪呢。

男人的雌化，是以女人的雄化为前提。有相当一部分女人自以为乐，昂昂乎视为女人地位上升的体现。其实，男人的雌化，牺牲的不仅仅是男人，而且连同女人自身也一起牺牲掉了。如果是极个别男人的雌化，能够推动女人从家庭到社会谋取成功，这倒也值得。大多男人的雌化只是男人走向家庭，而女人并未因此走向社会，依然围着家庭转，只不过以前是系着围裙，抄起锅碗瓢勺，如今是穿着睡衣，嗑着瓜子嚼着口香糖，袖手旁观自己的男人如何被自己指挥得笔管条直，一如陀螺围着自己和孩子转而已。

男人走向家庭，必然背离社会，淡泊理想志向、淡忘责任感。说古时男人志于功名而红袖添香不足取，但红袖不再添香而将男人拉入小家庭，这样的男人只会营筑香巢，对外面的世界缤纷变化便只会无奈而难有作为。于是，便常见男人从单位偷偷拿回家点儿料，上班干点儿私活，给家里做只床头柜、焊个水桶、装个鸟笼之类，小打小闹，小玩意儿做得熟透。但这样的男人常常并不使女人满意，不是常听见女人指着功成名就或赚了大钱的男人怨自己的丈夫："看看人家，你就会弄点儿这鸡零狗碎！"

所谓瓷化，是说北京越来越多的男人而且是年轻的男人，越来越不经磕碰，像细瓷茶具一样自以为是却极易碎掉。这样的男人一身细皮嫩肉，白净得犹如剥了皮的蛋，却实在中看不中用，再难见到健壮突兀的肌肉和粗壮如同车轴的胳膊。这样的男人，在大街上见到刺客、小偷或强盗，往往只有远远地围观，再不然早点溜走，绝不会张飞怒吼当阳桥一般冲上前去拔刀相助。这样的男人，当然便只剩下细瓷茶壶嘴的功夫，能说会道，磨薄两片嘴唇儿，造就一帮侃爷儿。他们上知天文地理，下知鸡毛蒜皮，足球来了侃足球，股票来了侃股票，而且大多是纸上谈兵，马后炮似的炒报上、电视上的冷饭而已。

这么说北京的男人，似乎欠公允。相比其他城市的男人，北京男人一般淡薄于经商，而致力于功名。他们关心政治，甚于其他任何地方的男人。小至物价、大至腐败，小至单位、大至国家，扩至世界，包括克林顿政府、联合国多国部队的事……没有他们不关心、不参与的，俨然个个都是胸荡层云的政治家，常常出入国务院办公厅，或常和联合国秘书长共进午餐。他们可以各执己见，争论得脸红脖粗，吵得个地覆天翻。尽管都只是动动嘴皮子，却很是投入忘我，而且自我满足、自得其乐。

越来越会耍嘴皮子的男人们，令相声、小品在北京大行其道。再次的相声、小品，也会拥有这样一批男人为忠实的观众。能说，是北京男人传统看家的本领。北京老年间就有俗话，叫做"要饭的打官司，没的吃可有的说"。如今又有新谚语，叫做"广州人敢吃，上海人敢穿，北京人敢说"。不管混到什么份儿上，嘴不能吃亏。于是，不少男人大事干不来，小事又不干，别人干事不服气，自己干事没底气，便常会聚在酒吧里一醉方休，或聚在麻将桌前昏天黑地，要不就云山雾罩唾沫星飞溅一通穷聊海哨，过过嘴瘾。

越来越会使嘴的男人，手上的功夫越来越退化。这样的男人偏偏死抱着细瓷茶具的面子不放，其实壶中已经没有多少茶叶多少水。进餐馆得进高级的，抽烟得抽外冒儿（洋烟），出门愿意耀武扬威伸手打个"的"（不要"面的"），也十分愿意附庸风雅买几套精装礼品书放进组合柜里落满灰尘。

这样男人的本事，一般只落实在嘴上：吃、喝、抽、喊、吼几声卡拉OK而已。即使偷偷私藏个小金库，私房钱也绝不会太多。钱总显得入不敷出，囊中羞涩的时候，总是大骂分配不均，骂天骂地、骂倒爷、骂款爷、骂娼骂妓、骂外地民工把钱挣了去，单单不骂自己为何不争口气，为何不用这骂的时间和精力去做点什么，去和这一切争争高低，拼个鱼死网破！骂完之后，睡上一觉，第二天起来，一切照旧，图个嘴痛快潇洒。

据说，外国的男人有"三S"的向往：Sex、Sun、Sea-beach，即性、阳光和海滩，那是住惯了大都市的人对大自然的一种憧憬。我们这些北京的侃爷，自觉得没有那么硬邦邦的腰包，因此也不去做海边沙滩晒太阳的美梦，即便偶尔去一趟也是花公款。但提起Sex来，却往往会眼睛一亮，如梁实秋所讲"男人的谈话，最后不谈到女人身上便不会散场"。只是不过又是谈谈而已，满足一下精神会餐，依然是嘴上"过把瘾"。

京城球迷

北京的球迷，我敢说大多不在球场，而在家中的电视机前。

都说北京的球迷，眼眶子太高，一般球赛，就是不花钱，入场券白白送到手上，请他们去，都不愿意去。除了有国际比赛，而且得是 AC 米兰队或桑普多利亚队光临北京的球场，北京的球迷一般只猫在家里不出窝。一般稀汤寡水的球赛，难再激起北京球迷的性情了。

都说北京的球迷个个能侃，连女的都能侃出个子丑寅卯，说起足球，如同诗人谈诗、歌手说歌、军人聊战争风云、画家扯泼墨大写意。是个人拉到电视台，都能跟宋世雄平分秋色，侃得昏天黑地，仿佛衣袋揣着本现成的足球百科大词典。

可说一千道一万，如今北京的球迷哪儿去了？似乎名落孙山一般再见不到当年疯狂的影子，只听得一片王朔式的调侃或掉书袋式的卖弄学问。怎么集体包机到泰国为中国足球队助阵，是人家四川的球迷而不是北京的球迷？怎么元旦粤港足球传统赛万人空巷兴致勃勃观看比赛的，是人家广东球迷，而不是北京的球迷？就连上海都疯狂闹事闹得个地覆天翻也要闹出水平来，北京的球迷怎么一点儿动静没有了呢？北京的球迷，莫非一点火性都没有了？一点儿热情都没有了？

　　其实，这是对北京球迷的误解。北京球迷受过严重的内伤，早在多年以前那个 5 · 19 之夜，为那场惊心动魄的比赛，那场黯然神伤的比赛，那场痛彻肌骨的比赛，真正付出代价的，不仅仅是场上的运动员，还有球迷。是球迷使整个足球场倾斜。那么多北京的球迷倾注了心血，跌入了混乱之中，乃至跌进公安局的警车里。哪一座城市的球迷，曾像北京的球迷付出了如此昂贵的代价？

　　北京的球迷，为足球付出了血。流过血的心，结了疤，便再也难抚平。足球，是北京的球迷一个说不出的痛。远离了足球，是北京的球迷不愿再掀开看自己的旧疤痕。

　　其实，北京的球迷，骨子里最高傲。他们一直以京都中心的身份参与足球赛事，赋予足球以天下大任，把自己视为国家队的影子阵容，是场上的第十二人！　如今，他们只是暂时背离球场，只是暂时以调侃为遮掩罢了。他们每一个人的心里，都有一本足球明细账，赛事、家事、国事、天下事，事事关心，事事联系在一起，系成一个死结，越想解开，结系得越死、越紧。

　　其实，北京的球迷，心灵深处埋藏着指点江山的欲望。不仅指点中国队、中国甲级联赛，同时指点意大利联赛乃至世界杯二十四强的千军万马。任再头牌的球星和教头，也可以随意骂其臭如大粪，而且骂出个道道来，就连阿维兰热都归自己管辖，俨然是世界足球明星队的总教练。北京球迷绝对有自以为是的一套治军之道、进球之术、胜利之魂。他们曾经可以和曾雪麟、年维泗、高丰文称兄道弟，可以和施拉普纳平起平坐，可以给高洪波指点迷津，可以围着中国队训练场外的铁丝网一站一通宵，苦苦不肯离去，表达着他们的痴心恋情……

　　只是，现在他们再不将内心深处这一份高傲轻易显露，将内心深处这一份情感轻易抛洒。他们以自己青春和血的代价，懂得足球场这黑白世界演绎的不是一曲流行曲浅歌低唱，而是一出起伏跌宕、大开大合的动作片的连续剧，要耐得住性子，要磨炼好意志，要有一点儿愚公的劲头、精卫的骨血、荆轲的血性，要把目光不光放在一时花红柳绿热热闹闹的赛场，而放在下一代甚至下几代身上。

　　中国足球远未成熟，北京的球迷，已经渐渐成熟了许多。

　　中国足球，永远是北京球迷一个燃烧的梦。不在沉默中爆发，就在沉默中死亡，将永远是北京球迷哈姆雷特式的天问与情结。看中国足球，总让人叹气；看北京球迷，却给人安慰。

售票员的脸

这里说的是公共汽车的售票员。

北京的公共汽车最多。北京的公共汽车最挤。北京的公共汽车售票员最凶。

他们永远用一种睡不醒的、嘴里含着什么东西的语调报着站名，让你永远听不清爽。这时候，你如果斗胆问一句到某某站还有几站？他们会白你几眼，立刻说你："你耳聋呀还是耳背？我刚说完你没听见吗？下站就是啦！早不换出来，那座就那么舒服？"他们这时候的话会比报站时清楚得多，话茬子翻几个跟头，常常能出花，噎你的肺管子。他们似乎已经忘记怎么说话才算客客气气，话如果不像出膛的炮弹便不会舒服。这时候，你千万不能顶嘴，一顶嘴，他们会有成箩成筐的话在后面等着你，训斥你像老师训斥小学生，暴雨淋漓，直浇得你浑身湿透，落荒而逃为止。

当然，他们眼力好得很，一般不会惹那些年轻的小伙子、时髦的女郎。因为时髦女郎后面常跟着保镖似的男人，而小伙子跟生牤子一样，没准怀里揣着刀子，实在犯不上斗几句嘴惹得白刀子进去红刀子出来。他们像北京俗话里说的一样：老太太挑柿子专拣软的捏。他们便会把能耐使在老头老太太身上。他们知道老头老太太无力还手也无力还嘴，便像伊索寓言里的狼和小羊一样，一个站在上风头，一个站在下风头，威风凛凛起来。

我就在公共汽车上遇到过这样一件事：一个年轻的女售票员对一位刚刚上车的老太太怒喝道："你得买两张票。"其实，多买一张票才两角钱。应该公允地说，在全国各大城市，北京的公共汽车票价是最便宜的。老太太并不是舍不得这两角钱，而是莫名其妙："为什么我就得多买一张车票？"售票员指着她手里提着的一个包说："你多拿一个包，按规定得多买一张票。"老太太哭笑不得，一手扬起包说："我这包这么轻，又没占地方，干吗非得买票。里面只是我的一件棉衣，天热了，我脱下来装在里面了。"售票员说："那我不管，除非你把棉袄拿出来穿上！"老太太说："那我把棉衣放在包里有什么区别？"售票员还是那句话："那我不管！"老太太有些急了冲她说："你说你这位姑娘，不是成心吗？咱们都是老百姓，干吗自己跟自己过不去？"售票员反唇相讥："没错，咱们都是老百姓，我知道你和我一样不容易，没办法，要不你把棉袄穿上，要不你再买张票！"老太太也许是要斗这口气，愣是把棉衣从包里掏出来，穿在身上，虽然热得直出汗，售票员没办法再嚷让她买票了。她和老太太都笑了。全车人也笑了。全车人是看热闹的笑，老太太是苦笑，售票员是得意的笑。

像这样的存心刁难人或喜欢恶作剧的售票员也许是少数，但这件事至少反映了一种你不是我的主人，我就得是你的主人的卑劣心理。

北京的售票员注意力一般更集中在外地人的身上。他们练就了火眼金睛，很容易察出外地人中的逃票者。一般他们会不动声色，待你快要下车时查你的票，让你当众丢丑下不来台。如果你下了车，他们也会追下车，直追上你罚你，在众目睽睽之下再数落你一番，引得全车乘客大骂一顿外地人，他们再返回车厢接着数落："都是这帮外地土老冒儿，整天挤车整天不买票，北京的公共汽车都成了他们家的车了！"如果车上有人随声附和，他们便会遇到知音一般，这一路上便有了话茬儿，把外地人骂得个狗血淋头方才心旷神怡。

公允地讲，外地人是有逃票的，逃票的却也不全是外地人。北京人中那些衣冠楚楚者装扮新潮者，逃票的也不乏其人。如果售票员是小伙子，逃票者是漂亮的女郎，那么漂亮的脸蛋就是一张通用月票；如果售票员是姑娘，逃票者是年轻小伙，那么小伙的目光就能一把钥匙开万把锁。不能说这是绝对灵验，却是公共汽车售票员中一种小小的"性病"。

我们上大学的时候，曾专门为此做过几次小小实验。我们几位年轻小伙子胸前戴上学院的徽章，一上车故意扒在售票员面前的台前，让校徽闪亮在女售票员的眼前。没有一次不成功。有些人大学四年，没买过一张车票，节约下一笔钱买了书，或者给女朋友买了巧克力或冰激凌。

虽然不是所有售票员都如此这般，但有这么一批也实在给北京的公共汽车抹灰。甭管如何解释那样的售票员只是少数，人们还是会说北京公共汽车的售票员，有些势利眼。

不怕北京公共汽车挤，就怕售票员那张脸！

白领一族

说白领阶级，是一种调侃。虽说北京白领人数恐怕是全国之最，因为北京的大小公司、合资公司、独资公司乃至跨国公司，实在是多。但说白领形成阶级，只是一种近乎揶揄的夸张。

白领是京城里独特一族，是年轻人求职的最佳选择之一。这里不仅有高于一般上班族几倍的工资，还有那写字楼高雅的工作环境，横穿全国、跨越五洲的眼界，以及提神提气的自我感觉。

不过，以为北京白领都是电视中演的那种洋行中的男人女人，那就错了。首先，他们当中女人并非那样美若天仙，男人也并非个个风流倜傥。西装领带，男人们倒是个个穿戴讲究；西式套裙，女人们倒也个个打扮得体。但他们很辛苦，一个个如上紧发条的钟，像陀螺被抽打得旋转不已。他们难有大锅饭下的轻松与慵散。他们吃的是知识饭，是青春饭。

因此，他们工作会很认真、洒脱，个个英雄有用武之地；工余很会玩，舍得花钱，出手大方令一般的工薪阶层叹为观止。他们用钱买下片刻的休闲与散淡。他们工作是工作，休息是休息，赚钱是为了消费，不再有上一代那种赚钱是为了攒钱存钱的传统观念。他们活的对得起社会，更对得起自己。

不过，细细考察，他们当中男人与女人想的、做的，并不完全一样。同为北京白领，虽并蒂连理，却花开两色。

男的衣袋里时髦装的是信用卡，是美元、日元，最起码是外汇券，人民币被视为等外品。女的挎包里装的是纸巾、化妆品，最起码得有一支口红和一个粉扑，不时好修补一下自己的脸妆。

男的相信有钱就什么都会得到，女的则相信有青春就什么都会得到。男的相信有钱，此外再有机遇，便可以畅通无阻。女的则相信有青春，此外再有姿色，便可以攻无不克、无往不胜。

男的业余时间大多愿意去玩保龄球。如今到大宾馆、大饭店里去玩保龄球，就像外国人到郊外去打高尔夫球一样，是一种有闲的消遣，更是一种有钱的身份象征。

女的业余时间大多愿意去健美房。如今健美也是一种消费，而且同洗桑拿浴一样，是一种高档消费。但为了挽留即将逝去的青春，为了练就一副婀娜的身材，花些钱是值得的。付出是为了得到。女人的身材与青春，是姿色的弥补，是资本的底价，是一幅画的底色。

男的有了钱，最想买一辆属于自己的小汽车。于是，即使眼下尚未买车，学车的人却如过江之鲫，北京大小驾驶汽车学校越办越多，生意兴隆，其中前来学开车的，一大部分是这样的人。因为他们觉得就汽车来说，他们的未来不是梦。

女的有了钱，只想买服装。于是，北京再贵的服装，不会发愁卖不出去。她们衣袋里有钱，并不太在乎价码，只要款式新颖，穿着满意，穿出自己的风度和风格。如果说男人的钱多用于吃喝玩乐，女人则多是将钱奉献给了高档时装店。

当然，会有许多白领人，无论男女，想的是如何使自己活得快活，或想的是如何使自己活得有意义。但相当多的人不愿意考虑得这么沉重而富有哲学味。大学的哲学课已经随考卷交给老师了。他们当中的男人更多的想的是能找一个漂亮而又温柔体贴的妻子，当然能有一个或两个不大漂亮但却多情、不大温柔却有魅力的情人更好。而他们当中的女人更多的则梦想能当过埠新娘，远走他乡，过一种西方式的生活。

有了心底潜藏的这一份念想，男人的感情常会被切成碎片，拿是拿得起，放却放不下，风一样游移飘动，云一样飘忽不定。女的则时而会遭受上司的性骚扰，按下胸中的恼怒，却常是按下葫芦起了瓢，自己犹如汪洋大海中渴望拢岸却一直靠不着岸的一条船。于是，他们当中无论男女，便常常会忽略掉西洋一句谚语："人生如洋葱，你一片一片剥开，终有一片会让你流泪。"待到流泪的时候，他们便已青春长逝，告别白领生涯了。

眼下，他们正青春如火，浑身洋溢着活力与欲望。他们一般注重现在进行时甚于将来时。于是，北京的白领，无论男女，无论他们追求的是什么样的理想与价值标准生活标价，他们的腰间都会挎着一个拼音或汉显的 BP 机。他们离不开它们，靠着它们及时捕捉各种现在进行时态的信息，伸长了他们的耳朵、眼睛和手臂，联系着八方网络，希冀勾勒着也创造着与一般寻常百姓不同的人生。

北京的白领人，是飘飞在北京上空的一只只风筝，漂亮艳丽得令人羡慕；却还不是一只只真正飞翔的鸟。他们下面的线还不是由自己牵着而是由公司和命运牵着。

地铁看报

董桥曾说："习惯和偏见既可怕又有趣。住伦敦，天天早上坐火车进城，不难从英国人在火车上看的报纸分辨出他们的身份。"董桥先生观察得确实地道而仔细。

同样观察天天早上（或傍晚）乘坐地铁上下班的北京人，一样可以通过他们看的报纸分辨出他们的身份。

爱看戏剧电影报的，大多是年轻人，尤以女性为多，她们即使不再做那些虚无缥缈的明星梦，对明星的隐闻秘事却依然极感兴趣，对如今当红的明星可以如数家珍，亲热得如同自家的亲戚。

看体育报足球报的，大多也是年轻人，尤以男性为最。如今不看足球不关心体育的男人，简直像当年嘴里不挂个"革命"、"斗私批修"名词一样不可思议。足球乃至整个体育永远是他们一道常吃常新、久吃不厌的时令菜。

看美容健美报的，大多是中年妇女，青春逝去的怅惘，常让她们捧着这样的报，对照报上的青春艳丽的照片，追忆起自己的似水年华，寻觅着去掉眼角皱纹和腹部脂肪的梦境。看这样的报，给她们安慰，也让她们的生命涌出愤愤不平的感慨。

看金融股票类报的，大多是中产知识阶层。他们不见得拥有多少股票，却关心着上至国家经济宏观调控，下至家庭主妇菜篮里斤两价格。他们可能不是什么领导，但站在拥挤的地铁里看这样的报，让他们多少生出一些天下为己任的劲头。这是他们血液里剔除不掉的成分。

看周末报的，许多是文学爱好者，因为那上面有文学专版，文学作品短小也平易，脱下昔日华丽的披风，如鸟飞进寻常百姓家，和他们贴近起来，唧唧絮语般，和他们促膝相谈起来。

看文摘报的，许多是机关干部，他们一般时间充裕，一张文摘报大到世界风云，小至鸡毛蒜皮，远到大洋彼岸，近至自家后院……能让人立刻胸中四海翻腾、五洲震荡，这样的报拿在手中就像一张一年四季久演不衰的节目单。

看漫画报的，老少咸宜；看养生报的，却是老人。看健康报的，男女都有，性生活栏目是共同扫描的第一眼。看服饰报的，是女人；看赛车和兵器报的，是男人。看电脑报的，中学生居多；看童话报的，小学生居多。看食品报的，常是那些经常光顾大饭店和经常去不成大饭店的两类人。看消费报的，常是那些兜里有钱和兜里没钱两类人，外加总买伪劣产品又总找不到说理地方的一类人。看音乐报的，发烧友或准发烧友居多，看完之后骂骂高级音响太贵、伪劣唱盘臭了街。看集邮报的，集邮者和倒邮者兼有。看法制报的，一般出了地铁看见罪犯不敢挺身而出；看房地产开发报的，一般开发不了房地产而可能是缺房户。看读书报的，永远是百无一用的读书人；看《参考消息》的，永远是循规蹈矩的中低层干部……

在北京乘坐地铁，地铁各站都有琳琅满目的报摊，万国旗一样飘飘洒洒，蜜蜂巢一般飞进飞出，飞到列车厢里人们的手中。全国许多报纸一下子都可以云集在地铁车厢里，品种繁多，众口调和，各取所需，方才有了北京人看报的洋洋洒洒的景观。

　　只是在地铁车厢里，一般难以找到看《人民日报》或《北京日报》的，因为只要出了地铁，单位里都订着这样的报纸。地铁看报的节目单上，便不会出现这样一幕戏。

北京的作家

北京盛产作家。

凡是写些东西的，不敢称哲学家、史学家、美学家的，都敢称为作家。虱子多了不痒，北京眼下的作家不敢说鱼甩籽一样多，却敢说每一片楼区夜晚不熄的灯光之下，必有一位或几位作家正在挥笔创作着或惊世骇俗或流俗庸俗之作。

北京有专门培养作家的机构。鲁迅文学院便是一个，几所大学校办的作家班也是其中几个，至于各种名目繁多的作家摇篮函授，是个杂志报纸就可以办，当然，是要收学费的。但那学费与作家头衔的分量相比，自是不在话下，可以忽略不计了。作家便可以如鸡孵小鸡，或者如复印机复制一样，批量生产了。

北京的作家，如今显得有点儿背运。诺贝尔文学奖始终也落不到头顶，便也罢了；名气再大，竟也不如攒电视剧的、写小品的、捣鼓流行歌词的。

北京的作家，曾经正经火爆过。一篇文章，全国皆知，不胫而走，速度之快，阵势之猛，不亚于当年最高指示一夜怒放于大江南北。于是，北京的作家，便有的自我感觉良好，俨然真的是坐在天堂的沙发椅上，吃着别人供奉的奶油蛋糕，膨胀得如同水发海带。

北京的作家，如今严重地分流：为官的为官，经商的经商。为官者以文学作为自己的敲门砖，从自己是文学的奴仆擢升为文学是自己的奴仆，享受着文学永远不会带来的权势。经商者一边做着发财梦，一边说着"曲线救国"的梦呓：发了财以后回过头再侍弄文学，就好像在说有了钱以后买只金贵的猫或鸟养养。自然，这两者都是少数。绝非极少数的南郭先生们，已经明察秋毫，文学这棵大树早已过了枝繁叶茂的兴盛期，再在这棵树下簇拥着凑热闹，无异于犯傻卖呆，自也飞鸟各投林，是鬼归坟、是神归庙了。

北京的作家，生在全国文化中心，便也常有中心的自我感觉，生怕别人冷落自己、淡忘自己。其实，尚未到人老珠黄的季节，无奈心中总似小鸟鼓动翅膀一样扑扇着背了时的名角的感觉。无人喝彩的凄凉，无论如何无法与当初的鼎盛沸腾相比。于是，甘于寂寞成了搁馊的隔夜剩菜。企望插足电台，占领电视，在一些与文学根本不搭界的大小会议上频频亮相，任凭人家把自己当点缀、当摆设、当活道具。光彩炫目的镜头前，总比孑然一身一杯清茶一支笔趴在写字台前要风光得多。于是，常有不甘寂寞渴望亮相的作家，便如遛鸟一样，在阳光灿烂的清晨钻出笼来蹦。

北京的作家，如今受外地作家传染（也有外地作家说是北京作家开风气之先），喜欢将自己的私人相册公布于众。在报纸杂志、在新书扉页乃至封面，总可以看到作家本人相片，这本无可厚非。让人难以忍受的是作家拿十几年前的照片冒充近照，更难以忍受的是搔首弄姿或故作深沉，与封面明星、挂历明星做着力不胜负的较量，满足读者好奇心的同时，填充着内心泛滥着的明星潜意识。其实，作家不是明星，作家的照片再漂亮，也无法与明星抗衡。明星有时的确需要脸蛋，作家需要的却永远是笔。当作品已经不能成为旗帜飘扬，旗杆上挂满再多的照片也只能像褛子布一样可怜、可笑了。

北京的作家，吃喝的机会多。外地来组稿的，企业慕名来访的，大小评奖开会的……吃喝的名目很多。稿费不高，高档饭店太贵，自己消受不起，只好借鸡下蛋，实在是北京作家的无奈。平常难得聚会，好不容易有个舞台，北京的作家可以一显身手了：女的敢穿，男的敢吃（当然不是全部），永远是这种场合的两大景观。若喝出"李白斗酒诗百篇"，也算喝出功劳；若喝出"无钱买酒卖文章"，也算喝出韵味。无奈既难喝出锦绣文章，喝的还都是公款请客，照样喝得地动山摇，只剩下功夫在杯中。穿，更不在话下，人配衣服马配鞍，本属正常；老来俏，也是二度青春的闪耀。瞅不下去的是半老徐娘偏要烂烂漫漫穿得个情窦初开，本该在家中做被面的布料，偏要裁在身上金碧辉煌。

北京的作家，如今学会推销自己。出版社比作家先精明一步，再不干赔本赚吆喝的买卖，有时出书竟比生孩子还难，十月怀胎是死胎的并非个别。没文采却有本事的，拉上个企业家当冤大头，写篇广告文学，再次的书便也不费吹灰之力出来了。学富五车却不懂"功夫在诗外"的，只好不要稿酬，外加自己添钱，自己包销，甚至自己联系印刷厂印制。上千册书堆挤进本来就不大的家中，就得像夏天卖西瓜、冬天卖大白菜一样，豁得出去吆喝，抖得出去斯文，脱得下去孔乙己的长衫。

北京的作家，爱开自己的、也常出席别人的作品讨论会。自然，好的讨论会和名副其实的讨论会，永远是需要的。文学需要讨论，但文学讨论会不是商品或活动的新闻发布会；更不是滥竽充数、随梆唱影、挨到中午到餐厅大啖一顿的宴会。至于礼品，这种文学讨论会也学着和新闻发布会一样，扔点儿骨头，招引一下馋猫馋狗。于是，吃人嘴软，拿人手短，讨论会自是和着酒气散发着一片连天的过年节气话。公平而言，北京的作家钱少，开这样的讨论会少，只能出席人家的讨论会。而再偏远的地方的作家，再不知名的作家，只要拍得出钱，也能杀进京城坐上主席台邀得满堂彩；再水的作品，也能开得出花一般灿烂的讨论会来；再高位的头头，再醒目的记者，再火爆的评论家，也能一锅烩地端在酒席台前。

北京的作家，请注意不是全部——老的可以凭一副恐龙架子；小的可以卖弄一身风骚；不老不小的可以吹捧小的巴结老的；老的又兼为官为长的，永远是一块活化石，别舍不得巧舌如簧灿若莲花去阿谀，必要时也别舍不得屈膝下跪唱个喏讨个安。向阳花木易为春，常如葵花向阳一样转，多年媳妇熬成婆，自己恍惚之中兴许就转成了太阳。

北京的作家，最不可理解也最滑稽可笑的，是那些一个字写不出来的，居然也叫作家，而且往往是著名作家，常要端坐在台上如端坐在莲花之中，挥动着永不知疲倦的左臂教导人们。他们的名字如今已经很少在哪怕一篇小文章前出现，倒是常在各式风光会议出席者的名单末尾一闪，像是夜晚小轿车屁股后面的尾灯一闪一闪，耀武扬威地告诉你他们的存在。

自然，上述作家只是少数。再少也挂着作家的牌号。不过，也没什么可奇怪的。文坛与人海一样，从来并不那么干净。北京的林子大了，什么鸟儿都有。

没有童年的孩子

不仅仅是北京的孩子，如今惯坏了的都市的孩子，个个自我感觉良好，都觉得自己是举世无双的王子或公主。

现代化的都市的确把他们惯坏了，特别是北京这样的大都市。他们从小吃三宝乐或起士林的蛋糕面包，喝太空时代的果珍和西班牙口味的高乐高，玩小天使、任天堂的游戏机，就连奶嘴都得是进口或合资的。吃成了一个洋胃，玩成了一双洋手，装扮成一个洋身，只可惜黄皮肤、黑眼珠无法更换零件，让其变绿变蓝。

所有花费，都是从爹妈手指缝下积攒下来的，要不便是从上辈老人牙齿缝中抠缩出来的。两代人吃够了苦：一个在解放前，一个在"文化大革命"中，自然加倍在孩子身上补偿，期望值永远如受热的水银往上升。孩子吃凉不管酸，觉得一切天经地义，本该如此，稍不如意，一是撒泼打滚，二是离家出走。孩子的消费个个提前进入小康。不是吗，你看孩子的嘴巴总是鼓囊囊的，腰包总是鼓囊囊的，郊游时的行装总是鼓囊囊的。而再看他们的能力，自己独自上街怕车撞，买东西怕受骗，走夜路怕遇见坏人，连上学考试都得父母陪读陪考。惯坏了的都市孩子永远长不大，宛若豌豆公主。

偏偏奇怪，有的爹妈又总想拔苗助长，把孩子过早地从童年推向成人的天地，仿佛孩子是他们手中的变形金刚，可以随意伸缩变大变小。厚厚的画夹，硕大的钢琴，望子成龙的爹妈在门外苦兮兮守候的样子，仿佛那一刻间每个孩子都会成为毕加索或莫扎特。

于是，孩子的童年只剩下了学习而缺少游玩。他们不能像乡下的孩子可以脱光衣服跳进小河戏水玩耍，也不能如山里的孩子可以爬上山顶跳上树枝摘取鸟蛋。从刚入小学一年级，爹妈就瞄准了大学，孩子便钉在了成人的靶位上，跟着爹妈起早贪黑苦读经书应付考试，像上紧发条的机械钟一样开始紧张地旋转。被都市惯坏了的孩子自有苦楚难咽的一面，他们的爹妈累，可他们比爹妈更累。

我的儿子今年秋天刚刚进初一，忽然迷上了乒乓球，天天放学不归挥拍对阵，我料定他成不了马文革，便希望他少打球，抓紧时间多学点知识，每次练球回来，总不给他好脸色。于是儿子在日记中写道：不会玩的人就不会学习，不要听信老师和家长"玩疯了"那句话，最伟大的老师和家长也曾是孩子，也曾经迷恋过童年，世界常因玩而得到发展。学会玩，也学会学习，允许玩的童年，才会有潇洒的青春。

惯坏了的都市孩子，反抗起来一般会让爹妈瞠目结舌而无可奈何。往往这种时刻，爹妈的心理最难平衡，会泪花闪烁责备孩子不懂爹妈的心，不知爹妈一把屎一把尿把你带大的辛苦！而孩子会断然回嘴说那是你们的责任！爹妈气着说：你才多大呀，翅膀还没硬就这样啦？又会说，你都这么大了还不懂事？……总之，这时刻，爹妈眼睛中的孩子一会大一会小，年龄概念完全打乱了，自己也不知孩子究竟多大了。

孩子这种时刻的表现，实际上是对惯坏了的一种反抗。他或许提醒我们惯并不等于爱，不要把孩子永远当成长不大的孩子，也不要让孩子过早变成小老头。记住他们还是孩子，同时想到自己曾经也是孩子。时时看到童年并回忆童年，在嘈杂纷繁的人生中并不那么容易。

北京的家长一般鄙薄经商，便把升学看成唯此为大，便把压力加码压在孩子身上，便和孩子一起抽成了不停旋转的陀螺。

北京的孩子，几乎没有童年。

北京的家长，几乎淡忘童年。

老人风景画

　　我们这个社会越发老龄化，都市的老人是一幅风景画。北京已经跨进世界人均年龄最高的几个都市之列，据说目前北京人的平均寿命已经超过 70 岁。

　　人到老年，风中残烛，过去的一切，悲壮也好，光荣也好，统统成为翻过大半的书页。现在，他们最渴望的是理解，最需要的是关心。总听说谁家孩子孝顺，谁家孩子不孝顺，甚至将亲生父母活活逼死的社会新闻。许多老人便也将自己晚年的希望寄托在儿女身上。两代人便上演着有关老人的一幕幕活戏剧。于是，有了俄国屠格涅夫的《父与子》，有了日本有吉佐和子的《恍惚的人》，有了美国的《金色池塘》，有了瑞典的《秋天奏鸣曲》，老年的英格丽·褒曼演出了她人生最后一个角色：老人。

　　老人把晚年希望维系在儿女身上，其实是一种无可奈何的悲哀。再孝顺的儿女也不是老人，无从设身处地替老人想周全一切，更何况大多数儿女并不会那么孝顺。大概都市的老人早已洞察出这一切，大多把希望从儿女身上移情别处。于是，曾拥有过一份权势的老人，可以四处散发喷发出不尽的余热。他们害怕门前冷落车马稀，希望人们仍能常记住他们。我曾在许多次各类大小发奖会、新闻发布会等名目繁多的会议上见到过他们。他们往往是从一个会场赶至另一个会场，每个会场只露短短几分钟面。他们的晚年比华威先生还忙。他们的作用和当年一样大。当然，也会有被冷落的，一下子缺少了抓挠，退到家中无所事事，便如同挖空了的老树一般，徒有往昔绿意葱茏的梦。

大多北京的老人没有这份烦扰与负担，他们便自得其乐寄情于棋琴书画，寄情于黄昏的鸟市，寄情于清晨的公园。他们最热衷的莫过于气功，无论什么式的气功，他们都极其相信，并热衷实践。他们比年轻时还能起早贪黑，还能吃苦耐劳，还能刻苦攻读。常在公园，甚至街头，见到一群又一群老人自发组织起来，在音乐伴奏之下翩翩起舞，将气功化为艺术，融进生命。那实在是一种颇为壮观的情景，上百人并不那么生机勃勃而是有些僵硬缓慢的手臂腿脚的舞动，如同瑟瑟秋风中抖动着的虬枝枯树一般，让人体味到生命的渴望与珍贵。于是，气功书永远畅销，气功师永远是老人的导师。当然，伪气功师也有了取之不尽的市场。

正午的街头，看孤独无助的老人倚在墙角晒太阳，就那么一动不动，相互间也不说一句话，常觉得老人的可怜，便常想起莫泊桑的小说《曼律舞》中那一对将年轻时跳的宫廷舞舞毕之后相拥而泣的老人。其实，饱经沧桑、演尽春秋的老人此刻也正在看我，觉得我十分可笑。老人心境苍凉，却往往不需要可怜、同情，但理解实在是用得太滥的一个词。因此，我常不敢看老人那一张皱纹纵横的脸，尤其是一双混浊其实老辣的眼睛。

都市的老人，如果同都市的年轻人在一起，往往会出现意想不到的间离效果。我曾在北京的一份画报上见到这样一幅彩色照片：一双鲜红的高跟鞋与一条肥大的棉裤旁一支拄地的拐杖。我也曾在幽幽的地铁站小摊上见到这样一幅黑白照片：公园长椅上，一对热吻的年轻恋人旁是一对漠然望着别处的老人。作为照片，老人与年轻人在一起，都成了艺术。真正在生活里，老人与年轻人在一起，却常常格格不入。年轻人会因自己青春如火而忽略老人的存在，老人又会看不上年轻人身上种种新潮的标新立异。艺术与生活，常使老人与年轻人产生一种无奈。而这种无奈，便成了人生永恒的主题。

　　老人的悲哀，永远不在于对比年轻人的衰老的年龄。年龄，可以是一种负担，一种生命终结的信号，也可以是一笔财富。老年，并不意味着等待生命的结束，同样可以意味着创造生命的尾声。令老人悲哀的是大多只会晒太阳、只会练气功，而鲜有人能够如生物学家达尔文晚年多病缠绕之下还坚持他的科学研究，或者如雕刻家米开朗基罗在生命最后一刻依然未放下手中的雕刀。当然，亦有人如卢梭在晚年"穿过葡萄园和草地的小径"，进行孤独而深刻的思考，写下他剖开内心世界的《忏悔录》。

　　那才是都市老人的风景画。那是一种"落日心犹壮"的境界，留给世界的是一派夕照的金碧辉煌。

疯狂的追星族

如果歌星占领不了北京的市场，便很难走红。因此，千万别小瞧了北京的追星族，他们并不仅仅主宰着都市流行金曲的排行榜。

别以为他们都是十几岁的半大小子和花季少女，他们并不仅仅占据着所有电台电视台的热线电话。

别责怪他们追逐的明星今天谭咏麟、明天郑智化，频繁更换得比换自己的流行装速度还要快。他们并不想让哪一个青春偶像在心中占有永恒。

别嘲笑他们对明星崇拜得如醉如狂，为了一张照片，可以跑遍全城高价去买；为了一个签名，可以守候在宾馆的门外，不顾寒风如刀、雪花飘飘。他们只想让哪怕瞬间即逝的真实感情倾吐出来有人倾听。

别找出这样一个最强有力的不容反驳的理由制止他们：整天追星追得影响学习！ 他们可能会影响一时的学习，但若强行驱逐走心中的明星，他们的心会像搬空的房间，空落落的，会更影响学习。

别又掏出这样一个刻薄得足以伤透他们自尊心的武器：整天追星你自己也能够混成人模狗样当一个星吗？他们追星可不是这样急

功近利也想自己当个星，像大街上见惯的修鞋摊或修车铺一样可以立等可取。

也许，我们成年人已经坍塌了心目中原有的所有偶像，像电影《牛虻》里的亚瑟摔掉了神的牌位。我们便看不起这些浅薄的只会唱歌或踢球的明星，我们便也难以理解这些人怎么可以成为追星族心中的偶像？我们自己缺乏力量或者信仰，不能够为他们建设起新的偶像，却粗暴地反对他们自己寻找偶像。

也许，我们已经锈蚀了、磨钝了、消失了残存的最后一缕真情；或者遮遮掩掩、欲说还休、畏惧担忧袒露那一份真情；或者已经不再相信、拒绝接受、完全漠视世界还会存在的那一份真情。因而，我们才无法想象、容忍他们对明星的真诚以至如痴如狂的感情，便以他们是孩子为由而不尊重甚至鄙薄他们的感情，便以世俗得发霉的标准要求他们学会潜藏、矫饰、扭曲自己的感情。

也许，我们早已淡忘了自己也曾经青春过一回，并不是一落生即刻之间完成了由猿变人的漫长过程，一下子从孩子成长为成年人。因此，我们羞于提起自己比他们更为可笑幼稚乃至狂热的青春季节。我们记不得或者根本视而不见一颗青春的心像水银一样极不稳定，容易起伏变化，容易狂热如潮。我们便用现在自己的设想要求他们成为自己的拷贝，而不管青春是有规则、有规律、有心理与生理的独特要求的。我们便不管青春的草地是多么葱茏、嫩绿，而不容置疑雷厉风行强行管制要求一律栽上参天大树，立刻结出耀眼的果实……

是的，千万别小瞧追星族，他们足以搅动得合家波动不安，搅动得都市色彩非常。他们可以用他们蔑视一切或崇尚一切的年轻的心，卷起一股青春的风，掀起一股青春的潮，令你忧心忡忡，也可以令你感到都市今天流行的不可遏制的律动。

我们所要做的是理解他们。他们追求的明星所唱所做的，正是他们希冀的那一份缠绵与力量，而明星从普普通通的人走向成功的辉煌，更是他们相同的梦想。追求、崇拜明星，实际上是追求、崇拜青春花季中的自己。这是他们渴望的心灵慰藉，就像他们常常自娱的卡拉 OK。

我们所要做的是帮助他们。让他们在追星过程中逐渐清醒多于盲目、冷静多于狂热、深邃多于浅薄、现实多于梦幻，帮助他们越过青春期流星溅落的天际，去寻找更值得用整个青春乃至全部生命去追求的光芒四射的巨星和恒星。

当他们回首重望追星的道路，会比我们看得清楚透彻。啊！原来的疯狂和热烈，不过是如暴风雨的天空。等到雨过天晴，他们才会感受到青春的天空、生命的宇宙是多么开阔、高远！　我们有时过于性急。我们有时没有学会有耐心。我们有时不允许成长需要时间，但我们要知道成长不可能像崩爆米花一样即刻之间崩满一桶一筐。我们没有看到，追星族所追逐的明星，其实正是他们自身成长的润滑剂和培养基而已。

外地人

可以说，北京城自金朝定为中都、元朝定为大都以来，没有纯粹意义上的北京人，都是外地人。是外地人创造并发展了北京。金、元的首领便首先是女真和蒙古人，更是外地之外地人！

北京人，眼下却可以看不起外地人。当然，比之上海人对外地人的鄙夷不屑，北京人要显得温良恭俭让得多。

纯粹意义上的北京人，应该是四五十万年以前的周口店猿人。曹禺的《北京人》里的那些人，并不是北京人。

北京人有着这么悠久的历史可以骄傲，当然都以自诩为北京人为荣耀。北京人不像上海人那样对外地人有明显的鄙夷不屑，多半不在于北京人更有教养，而是骨子里更多的更深一层的自傲，一付大人不与小人计较的姿态。

偌大的北京城，已经拓展到四环、五环路上了。凡是有人的地方，几乎都可以看到外地人；在闹市当然更多；在北京火车站，还可再加一个"最"字。如果说北京是一个大瓶子，那么倒出的水珠儿十滴中起码有一滴属于外地人，甚至更多。外地人在北京城比北京人还要活跃，水银一样流动着，冲撞着这个大瓶子里的水总是激荡着，犹如三月涨潮的桃花水。

在北京，外地人最集中的地方首先是集市：菜市、肉市，崇文门内同仁医院前的找活儿干的自发市场，永定门外浙江村发祥的服装批发市场……这不奇怪。在这些集市里，可以找到活儿，挣到钱。古代城市基本是个堡垒，它是为了战争而存在的。现代城市却主要是为了贸易。有集市才出现了城市，集市的再次频繁出现，又扩充着城市。原来永定门外那一带是农村，如今服装集市出现了，人流如潮，水泄不通，北京城的边缘又水漫金山般扩展到更远了。

在北京，被人看不起的最原始服务的活儿，是外地人在干。保姆、修鞋的、安防盗门的、封闭阳台的、建筑工地的泥瓦工、小饭馆服务员、一般单位看大门的、大马路上擦车的、收废品的、开电梯的……多半儿是外地人包揽。外地人瞅准了越来越自我感觉良好、越来越手懒嘴馋养尊处优的北京人的心思，挣北京人不愿挣的钱，干北京人不愿干的累活、脏活、下贱活。外地人不拈轻重、不惧险恶、不计锱铢、不拘细流；上万的钱敢赚、一分钱的活儿不嫌。这与北京人形成了鲜明的对比。

在北京，当然能看见倒卖火车票发票的、偷自行车的、劫出租车的、贩卖假烟假酒假唱盘磁带的、制造瘟烧鸡偷运注水肉的、翻印黄书翻录淫秽录像带的、陪酒女陪歌女乃至妓女……大多是外地人。更可恨的，是那些在地铁站口拉扯着孩子要饭的，前门一带个体商摊前扯着同样外地人衣襟的"托儿"，甚至占着公共厕所的茅坑憋得你无可奈何时一手向你要钱、一腿撒坑的……也都是外地人。偷大马路下水道铁井盖卖钱，让夜行人不留心掉进井中摔折了腿的，更是外地人！

但是，北京离不开外地人。北京人在体味着外地人给他们带来的便利、好处和廉价服务的同时，也承受着外地人的欺诈、骚扰乃至破坏。但北京人依然离不开外地人！北京人只能有容乃大，容纳清川，也容纳浊流。任何一座城市，都有这样的一副铁胃，消化着一切，吸收着也排泄着。越是大的城市，越是各种种族、各色人等、各式文化相互混合作用的熔炉。城市，永远给外地人提供冒险的机会、闯荡江山的舞台、伸展手脚施展抱负的天地。何况是北京！外地人在城市的流动，给城市带来了混乱和嘈杂，更给城市带来了生气和活力。流动着的外地人，与北京人一起，在这座城市起着由浅入深、由此及彼、由表及里的化学反应，潜移默化地让这座城市裂变出新的社会形态和新的创造力。若干年之后，谁又能说新的北京人不是当年的外地人演变而来的呢？外地人开拓着北京城的空间，北京城也开拓着外地人的空间。

我们宿舍楼开电梯的老两口，就是外地人，家住安徽农村。老两口一个开电梯，一个打扫楼道卫生，足不出户，便把钱挣进一个腰包。开电梯是三班倒，老头一般值晚班，白天帮助老伴打扫卫生，楼不大，一会儿就干完了活，两口子就聊闲天，看街景。日子一长，老两口不满足于这种优哉游哉的闲散生活，在楼前挂起"收购废品"的牌子。这样一来，别的废品收购车再进不了我们大院，我们楼里所有废品被他包揽，如同我们楼里所有人出口进口，必得坐他开的电梯一样，真是一夫当关，万夫莫开。

老两口比一般北京人挣得还要多，攒够了钱，过年时回农村老家一趟。回来的时候，带来了儿子和儿媳，扩大着他们的"根据地"。小两口有一手做蛋糕的手艺，旺季做蛋糕给北京人吃，淡季运送啤酒给北京人喝。一年不到，儿媳挺起了凸凸的肚子，不久添下一个闺女。闺女长到两岁，小两口、老两口挣的钱在老家盖起了新房。老两口回家安度晚年，小两口顶替他们的位置：夜晚开电梯、白天收废品，相亲相敬，活得滋润。唯一不满足的是生下的是闺女而不是小子，便又悄悄地怀上了第二胎。随着对面大楼一层层高起来，女人肚子也开始一天天鼓起来。而他们的闺女就准备在北京上小学了……

流动的外地人，给北京城增添了色彩，增添了活力，也给外地人自己增添了内容，增添了创造力和想象力。越是流动，越会给城市和人彼此带来好运！

德国哲学家奥·斯本格勒说："人类所有的伟大文化都是由城市产生的。"同样，也可以说：现代所有的动人故事也都是由城市产生的。斯本格勒还说："第二代优秀人类，是擅长建造城市的动物。"这种第二代人类，应该包括外地人，因为他们不仅和北京人共同建造着这座城市，同时还一起创造着这座城市崭新的故事。

"面的"司机

眼下，北京流行"面的"。甚至可以说，全国的"面的"，都是从北京这儿流行开来的。人称"逛燕莎、打面的、吃肯德基"，是时下北京人的三大时尚。

于是，北京城满街满巷，到处飞跑着黄色的小面包车。此种"的士"，简称"面的"。照一般的说法，"面的"之"面"是指此种车形像面包。依我所见，是说北京人如今打个"面的"，就如同吃个面包一样简单、方便。

那一次，我搭乘一辆"面的"，开车的司机是个不到30岁的年轻人，爱聊、也能聊。我一上车，他的嘴巴就像是充了电的话匣子，开始没完没了地聊，整个一个连阔如说评书。

他是个体司机，"面的"刚开了三个月。我说现在"面的"在北京快要拥挤得爆炸，听说要限制发展，个体营业执照很难开，你怎么这样顺当？他说刚刚从国外回来，临走时是辞了铁饭碗的职走的，现在回来没工作了，总得让我有碗饭吃吧？办事处一开证明，齐了！当然，适当的时候，我也递上点礼，给人家添上点卤！

挺棘手的事，到他的手里化险为夷了。国外大风大浪都闯过来了，还能在小水沟里翻船？

他是到澳大利亚打工，只去了两年，见好就收，打道回府。他说这叫打得赢就打，打不赢就走。咱外语不灵，人家说的咱听得懂，咱说的人家听不懂，只好给人家卖苦力，最后在一家工厂做塑料袋，弄得浑身上下塑料味。没办法，捏着鼻子干，赚够了钱回家走人！平均每年挣1万多美元，两年搞回家3万美元。临离开家时，老婆刚添下一个宝贝闺女，回来时两岁多了。一家三口张口要吃的伸手要穿的，花了6万块人民币买了这辆"面的"，挣点零花钱，自己用车也方便，一举两得。

大概见我是个不错的听众，他聊得更来情绪。萍水相逢，极易于讲心里话和大实话，因为一下车我走人，他开车，难再见面，构不成对言对事的负责和威胁，却能一吐为快，化解心中块垒，常是人们宣泄自己的一剂速效胶囊。

他接着把话像开车一样，顺着大道开上了小道又上了便道。他直言相告：咱素质差，到国外两眼一抹黑，除了给人家干活，不会别的，人家瞧不起咱。还是中国人自己亲，无论走到哪儿，中国人自己都有一个圈子，跟越南菲律宾人混不到一块儿去。

我说你外语不通，光在华人圈子混，两年多闷呀！他说那可不是，为了见识见识嘛！那些花公家钱的，出国考察这儿考察那儿，咱捞不着那份光，只好凭一把子力气了。要不全让这帮占了公家便宜的开了眼，咱还得尽听他们回来瞎白话儿，再教育咱一番资本主义怎么怎么不好！咱也想亲眼看看资本主义到底是怎么一回事，长长见识！

我说你思想觉悟蛮高的嘛，出国打工还想着受教育、长见识，不怕苦不怕累不怕闷的，也真是不容易。他笑了，一摆手。怎么不怕苦不怕累不怕闷？在澳大利亚，大家几乎都组织个临时家庭，为什么？还不是为对付这苦和闷？一回国，自动解散，而且保证谁也不说谁，一般也不再联系。要不一呆两年，那日子还不跟骗了一样可怎么个过法儿？

我问，你怎么样？也组织个临时家庭？

他反问我：你说呢？要不就去找妓女，那活儿我又不愿意干，怕弄回一身艾滋病。你说呢？

我说那你老婆怎么说？

怎么说？他一仰下巴，伸出三根手指，还不是为了这个家？就什么也不说了，3万块美金拿了回来，两口子一辈子加一块也挣不出那么多的钱，付出点牺牲还能再提吗？

加大油门，"面的"如飞，风驰电掣在北京宽敞的柏油马路上。两年前，他还在异国他乡奔波，像飞得不算太高也不算太远的一只鸟。他飞倦了，但飞得知足常乐，同时也飞得自给自足有余，便又飞了回来。

快到目的地时，我问他下一趟活准备到哪儿载客？他看看表，已近正午，告诉我不干了，准备回家，他每天只干上午半天，有吃有喝，挣得差不多就行了。他不用像其他承包"面的"的司机，为交每月3000元的租金而起早贪黑卖命。在澳大利亚够卖命的了，回来不能再这么干了。上午干完，回家喝点儿酒吃完饭眯上一觉，下午四点起来开车去幼儿园接女儿，这一天就算是拿下来了！

车戛然而止。您走好！山不转水转，希望下次再见到你！后一句话是我对他说的。

偌大的北京，茫茫人海，蝗虫一样多的"面的"，我还能再见他吗？

见不到他，会见到别人。每一位"面的"司机，都是一本打开的书。到北京，无论如何得打一回"面的"！

在北京，坐"面的"，你永远不会闷。"面的"司机似乎个个都是能说会道的姜昆或唐杰忠，言谈话语中透着幽默。

这一次，我坐在车上，不说话，但我猜想司机肯定得说话，只是不知道他找什么话题。司机的话题，就像是魔术师帽子里的彩带怎么抽怎么有，这你不得不服气。果然，当车开过东直门外的外国使馆时，这位师傅耐不住寂寞，突然回过头没头没脑地问我："你说怎么这么多中国人非得到外国去？"

我知道这是他看到使馆的意识流。这是极随意的，有枣一棍子没枣一棍子，你不必多么的在意，便随便地应了一句："为了挣钱呗！"没想这一句话为他后面的话开了闸门，他滔滔不绝起来。

"挣钱，干吗非得到国外去？那儿的钱，也不见得好挣。要是有个病更完蛋，真是人死了，没准儿连尸体都找不到呢！依我看，这么多人到国外去，主要是去泡妞，泡洋妞！"

我说你说的未免也太绝对。他打断了我的话，接着说他有几个哥们儿，到俄罗斯倒服装，倒了好几年，回来了屁都没挣来。干吗去了？天天泡在酒馆里，一手搂着一俄罗斯的胖妞。苏联一倒台，听说那儿的妞追着你干这事，以前是 5 美元一回，如今涨到 10 美元，天天在那儿刺花喇蜜，还能挣回钱来？

我想说你也说得太邪乎一点儿了吧，他根本不容我开口，话锋一转，说道，其实要泡妞干吗非得跑到国外？只要你有钱，在北京一样地泡，泡什么样的妞没有？我知道我不用说话了，他也不是为了让我来说话的，只是当听众就行，他是憋了半天可算找到倾泻的机会。

他接着说下去，先对我说明在国外和在北京泡妞的区别，不过一个是明的一个是暗的而已。然后，他迅速地把他的话题千条江河归大海一样，一下子归到了泡妞上面来了。看得出，他是泡妞的老手。我打量了他一下，30岁挂零的样子，脸色发黄，睡眼惺忪，挣的钱，大概和他那些到俄罗斯的哥们儿差不多，也都泡了妞。

他说现在的酒吧歌厅大多有这样的妞可以泡，不过要钱死黑，一杯饮料能要你半个月的工资。不过是来位小姐陪陪你，没什么意思。你什么也干不了，只能亲亲、摸摸，还花了不少钱。他说得直爽，没有什么不好意思，跟上商店买一盒香烟一瓶酒比较一下价钱看看哪儿的便宜，没什么两样。他说他一般是不到那里去，要去也是带着伴儿去。我闹不清这伴儿的概念是什么，但从他说话的口气，好像不是什么女朋友。他说这样不会太挨宰，因为挨宰的东西他不要，陪酒小姐不跟着你，怎么都好说。

看他说的很内行，也很过瘾的样子，我不知该如何说他。当性被压抑了很长时间，突然打开了闸门，就迅速膨胀起来，膨胀得几乎成为一些人生活的唯一，挣钱的目的用途就解决这个性的问题。历史把这个本来简单的问题复杂化了，它让上一代付出了压抑的代价，让这一代付出了膨胀的代价。这个"面的"司机，很能说明这一点。他不隐晦，讲起来不仅很在行，而且很投入。我问他这辆"面的"是自己的还是承包的，他告诉我是承包的，每月挣三四千块钱。我说人家到国外的人一个月能挣三四千美元呢，他摇摇头说他们花的还多呢。他想的就是这样简单而明了，在北京挣钱，在北京花，人生和生活的距离都缩短了。北京城发明的"面的"，养活了一批人，也毁坏了一些人。过去说：舞台小世界，世界小舞台；如今年轻人已经光看电视，很少光临剧院看舞台了，舞台显得冷落，可以说是"面的"小世界，世界小"面的"了。以后，你再看来来往往的北京"面的"，千万别光说它们旧、破、小，围绕着它们里里外外繁衍的人生故事，真是丰富多彩呢。

那天黄昏，搭乘一辆"面的"，开车的是个小伙子，同样很健谈。坐这样的车，你永远不会闷。

车还没开出一会儿，我已经知道了他的大概履历。小伙子今年33岁，原来给公交局一位局座开小车，然后调到办公室当干部。一年半之前，自己要求停薪留职，租了这辆"面的"，每月交3000块钱的份钱，剩下的归自己。一个月能落下2000来块钱。小伙子说得极有意思："干我们这行的，致富是不可能的，只能说是脱贫。满北京城的款爷款姐，没一个是给人家开车开富的。您这么大年纪的人，一定看过老舍的东西，《骆驼祥子》里虎妞他爹说祥子：'你看四爷穿绸缎的袍子，说的脑门子油亮油亮的，你再看看你……'还是祥子的'傍尖儿'说得好：'人家四爷是干什么的？四爷是拴车的。祥子是干什么的？祥子是拉车的。'"

我说他："既然你当初都熬到去办公室当上了拴车的，为什么不干了，非得跑出来当这个拉车的呢？即便拉车，给你们局座拉车不也比这风光吗？"

他摇摇头说："这您就不知道了，给局座开车，顶多混个嘴壮，钱拿的不多；到办公室了，轻松倒是轻松了，钱拿的更少！每月开工资，兜里就这么几张票子，看人家大把大把的钱票子花，心里不是味儿。再说了，自己受点委屈也算了，可我还有孩子呢，我这人不想别的，也不想远的，就想不能让孩子受了委屈，得让孩子吃的玩的穿的手不能紧。你说吧，现在这孩子哪儿哪儿不要一个好价钱？就是上个好一点的幼儿园，没有钱灵吗？没有钱你是寸步难行！就这么着，一咬牙，干起了祥子拉车的买卖……"我说："你这人够可以的呀，为了孩子，这不是牺牲了自己吗？"

他笑笑，极其一本正经地说："谈不上牺牲，跟老一辈无产阶级革命家相比，这算不得什么！"

这话说得我直笑，他却不笑，把着方向盘正襟危坐，目不斜视。为了孩子！笑过之后，想想他的话，心里忽然为他有些感动了起来。

我问他："晚上开车拉晚吗？"

他说："不！拉完了您这趟活儿，我就打道回府了。为什么呢？用现在一句时髦的词儿说是我有个温馨的家。老婆不管我什么时候回家，小酒壶都温好了等着我一起吃饭。老婆的嗓子眼儿不大，总得陪我喝上这么一盅。有这么一盅酒下肚，跟您这么说吧，一天再累再不顺心，全没了！我就对老婆说，您看过电视剧《杨三姐告状》吧？那里说过这么一句话，'我当铁齿的耙子，你当有底的匣子'。老婆给我再倒上一杯酒，端起酒杯对我说：'你的话，我再加上一句，你这铁齿的耙子在外面别掉齿儿，我这有底的匣子在家里别掉底儿！'所以，一般开车，我不拉晚，即使朋友晚上非拉我在外面吃饭，我也只是吃半饱，怎么也得回家和老婆喝那一盅酒！"

说完这话，他忽然呵呵笑了起来，笑得那样自得，那样开心，感染人。这时，街灯不知什么时候都亮了起来。薄暮时分垂落的一点晚霞已经飘散。车子在三环路上开得欢快而且飞快，长城饭店和燕莎商城已经灯火辉煌，路旁的居民楼房也是万家灯火，洋溢着家的温馨。

遭遇夏利

那一天清早，刚下完今年的第一场雪。地上有些滑，天上雾气很大，整座北京城像罩在磨砂玻璃里，灰蒙蒙一片。我要赶早班飞机到上海，在街口等了半天也等不到出租汽车。这种天气，的哥的姐们不愿意早早出门了。

好不容易从十字路口拐过一辆红色的夏利，浑身泥水，醉汉一样摇摇晃晃地开了过来，一伸手，停在身边。上得车来，司机年龄和我相差无几，一脸铁灰，满眼倦意，却很爱说话。三句话说完，知道我也曾到过北大荒，立刻来了情绪，说你是富锦的，我是密山的，离得不远！ 其实，离得挺老远的，一到了北京，北大荒再远的地方也变得近了，而我们彼此仿佛也老相识一样，近乎了许多，越说越透着亲近。

他的话越发稠了起来。这辆夏利，是他三年前花了9万块钱买来的，这价钱不便宜。不过，不洒这点儿血，车能买来，出租车的各种证弄不来，也是白搭。干了11个月，他就把车钱赚了回来。在北大荒，他开五十铃；回北京，他就开始开出租；车比老婆跟他时间还长，开得自然很油。"原来在出租车队时，大家就管我叫'车虫儿'！ 同样一辆出租，同样是人开，会开不会开，赚的钱差老鼻子了！"他回头冲我一笑，露出几分得意。

应该感谢北大荒，让他心不设防，对我很是信任。其实，后来我就明白了，那只是我的自我感觉良好罢了，他是昨天溜溜开了整整一天一宿的车，昨夜里下雪，要车的人特别多，他舍不得放下赚钱的好机会回家睡觉，车轮子一夜愣没停。他是怕自己犯困，和我说着话别让眼皮合上，我不过是他一杯提神的速溶咖啡。碰上这样的司机，就像面对一台跑了电的收音机，你听也得听，不听也得听。

大概我是个挺好的听众，这家伙的话像加大了油门换了挡，告诉我好些开出租的司机，手里都有几个"鸡"。我问他手里有几个"鸡"管什么用？他说管用大发了，你把客人拉到"鸡"那儿，酒店老板得给提成；"鸡"需要回家或者"上班"了——说到"上班"，他冲我狡黠地一笑说，BP机一呼你，你去拉她，这是拉您这样客人不一样的钱！　要不就是把他们一起拉到个僻静的地方，嫖客对我说你去抽根烟歇会儿，让我给他们腾地方放炮，少两张100块钱的票子，我不干呀！

我故意问他："你这不成了'鸡'的专车了吗？"他嘿嘿一笑："半专车！"我说他："你够有两下子的！　满北京城这么多人，你就能认出谁是'鸡'，谁是找'鸡'的！"这话他听得格外入耳，格外得意，对我说："不是吹的，开着车，站在路边打车的，我一眼就能看出谁是干什么的，那'鸡'挂像儿。谁要票，谁不要票，一眼也看出八九不离十，像您一准是要开票报销。"

像吸了大麻一样，他越说越来情绪，我趁热打铁问他："你手里有几个'鸡'？""我？四五个吧。""那你怎么为她们服务？""拉着她们往嫖客那儿跑呗，要不就是拉着嫖客往她们那儿跑，配对儿玩呗！"

　　他说得那样轻松，比他手里握着的方向盘还要轻松，好像玩小时候过家家的游戏一样开心。在这样见多不怪的生活里，人们已经干脆把开塞露当润肤霜公开往脸上抹了。

　　他已经说得刹不住闸，满嘴跑火车。这个看起来雪后初晴干净清新的城市，竟藏着这么多肮脏，他挣来的大部分钱竟也是这样脏的钱。他很得意，而且和这些脏同流合污，是如此肆无忌惮。望着车窗外雾沉沉的天空，我的心也沉沉的。莫非我们城市的发展，必然要带来这沉渣泛起吗？莫非钱真不是东西，为了钱可以将良心和肉体一起出卖？莫非我们真是此一时，彼一时，没有了什么恒定的道德标准和价值体系？蓬随风转，将高尚、美好、圣洁，沦陷于一片污浊之中，丹柯和荆轲的赤红的心已经风化成了化石，而我们的心只会向金钱摇起一面投降的白旗，我们却以为是以前一直引以为骄傲的红旗？没插遍世界上三分之二受苦受难的国土，先把我们自己的心插得个千疮百孔？

　　我有些厌恶他，凭自己的本事挣钱，只要那钱干净，挣多少都不是坏事。不干净，就是一张票子也让人觉得他脸上染上了污点。我问他："你是不是有时也玩一把？"他说他可不干那个。我嘲笑他："是怕得艾滋病吧？"

　　他没觉得什么，大概这样话他听得太多了，他回答得惯性般直爽："那倒不是，这帮'鸡'万一折进去，一交代和谁干过这事，把我也交代了出去，划不来。没我这事，她们折进去是她们自己的事。而且告诉你，一般这样的'鸡'，我只拉她们三个月。三个月以后，换人！"他的确是个"车虫儿"，润滑油不仅润滑了他的车子，也把他的脑瓜润滑得转动飞快像风车。

正说到这儿，他腰间的 BP 机吱吱响了起来。一手扶着方向盘，一手掏出 BP 机一看，他戛然一下把车停了下来，对我说："对不起，您得另打一辆车了！"我问为什么？他说："一个'鸡'呼的我，要我到她家接她……"不说这还好，为了接"鸡"，我就得下车另找一辆车，这是什么道理？

我拒不下车。

相持好久，他以为我要赶飞机，准不能和他较劲，不敢打持久战。"您就耗吧，耗到飞机起飞，看您怎么办？"他给了我一副死猪不怕开水烫的样子。

我说："即使飞机飞走了，你也得把我拉到飞机场！"

看我态度坚决，他又来了软的："我求求您行了吧？我这是和人家约定好的，一呼我，我就得去接人家。我不要您的车钱了行不行？我再倒找您点儿钱行不行？"

我依然不下车。我为什么要下车？为了让他去拉"鸡"？"鸡"就这么重要？"鸡"要上她的"班"不能晚点，比我的飞机要晚点还要重要？人们的轻重、黑白、美丑、善恶、缓急、上下，哪个该珍惜，哪个该鄙夷，哪个该拿在手里，哪个该踩在脚下……就是这样轻而易举地颠倒了位置？我知道我人微言轻，没什么本事，既管不了那些"鸡"，也管不了他以后接着再拉着那些"鸡"和嫖客去赚他的肮脏钱，但我现在坐在他这辆夏利车上，我就是不下去，起码在我的面前你这次别想得逞！

平常，我不是个好惹事的人，有时候还睁一眼闭一眼有事绕着走。那天，不知中了什么邪了。把我赶下去，去接"鸡"，我怎么都觉得受了侮辱。这年头，还没到"鸡"比人贵的份上吧？也还没到有钱能使鬼推磨的份上吧？人一到了满不吝的时候，谁拿你也没办法。

他望着我，我不望着他，把脸转向车窗一边，望着窗外。时间就这么一分钟一分钟过去了。雾茫茫的天，沉沉地压在头顶，似乎没有一点晴的意思。

这家伙到底沉不住气了，是真着急了，最后掏出北大荒这张王牌："大哥，看在咱们都在北大荒插过队的缘分上，您让我一把……"

北大荒这棵树上什么虫都有，雨后长蘑菇，也出狗尿苔。这时候，北大荒也不能让我动心。而且，我严厉地对他说："我告诉你，你的出租汽车的证件就挂在这眼面前，号码和你的大名就在这上面。你可以不怕我去告你，可我告诉你我是写东西的，你要再耽误时间不开车，我请你想想后果……"

大概这后一句话让他含糊："您是记者？"

我说："你不是一眼就能认准人吗？"我给他打了个马虎枪。看来写东西的人，还是记者最管用，要说是写小说写散文的，就瞎掰了。

我已经忘记具体僵持了有多少时间。反正，最后他把车还是开走了，一直开到机场。下车前结账，他指指计价器上闪动的红色数字，跟我要这么多钱。我只给了他一半："路上耽误的那些时间，我没跟你要求赔偿损失，你还跟我要钱？"他没有办法，苦笑一声："今儿我算是遇到鬼了！"然后一打方向盘，拐了个弯，飞快地把他这辆浑身泥水脏兮兮的夏利开跑了。

那天，我没赶上飞机。待我匆匆跑进候机厅，服务台前挂着本来我要乘的那班航班的牌牌早已被摘走，飞机已经起飞了，害得上海的朋友一通好等。

值得吗？

变味茶馆

　　北京的茶馆，曾经辉煌过，遍布在北京的大街小巷。前门大街的大碗茶，当年一分钱一大碗，现在想想简直像是天方夜谭；老舍先生的话剧《茶馆》演绎出的风土人情，更已是明日黄花。

　　北京人喝茶，讲究喝茉莉花茶，有钱人喝的是上等的，茶叶和茉莉花一片是一片、一瓣是一瓣；没钱人喝的叫"高末"，这个末，可不是茉莉花的茉，是茶叶末的末，虽然是茶叶末，也是地道的茉莉花茶的味儿。北京人喝的就是这口味儿。

　　北京人喝茶，讲究用盖碗；沏茶讲究用长圆柱形的瓷壶，壶上画着花鸟鱼虫或山水松竹，以前冬天用棉被或草套包严保暖，为的是香飘千里外，味酽一杯中。于是，那敦实臃肿的茶壶，就和身穿厚厚老棉袄的茶馆掌柜的一个模样了。北京的茶馆，喝茶的，卖茶的，都是这样的实在。

　　北京人喝茶，主要是到茶馆去休息、聊天，以喝为辅，以聊为主，北京称之为侃大山。纯粹为解渴而饮的极少，纯粹为细品滋味的也极少。所谓茶客之意不在茶，在乎饮茶之间也。之间偶尔会佐以杂伴儿（北京特产，果脯）或花生、瓜子、麻糖、小八件点心之类，都是点缀，绝不会喧宾夺主。不像广州，虽叫早茶、晚茶，实际是以吃为主，茶已经被一道道繁文缛节的吃食淹没得油浸浸，全无了一点茶道的清新和温馨。

北京人喝茶，茶馆就是个小社会，各种信息在这里碰撞，各色人等在这里云集。旧社会茶馆里贴着"莫谈国事"的纸条或牌子，照样是国事、家事、天下事，事事关心。新社会更是上至马列主义、下至鸡毛蒜皮，无所不谈。人称上海人敢穿，广州人敢吃，北京人敢说。北京的茶馆，尤其是这"说"的好场所。一壶茶不贵，人人喝得起，喝罢，说罢，内心宣泄罢，口中滋润，心中舒畅，认识的，不认识的，从茶馆出来，各奔东西，个个神清气爽，茶馆是寻常百姓的泄气阀、调节栓。有这样一副说茶馆的对联：四大皆空坐片刻，无分你我；两头是路喝一碗，各奔东西。道的正是人们到茶馆喝茶的心绪。

茶馆是寻常百姓的好去处，虽然嘈杂，烟雾弥漫，但花钱不多，收获不少，宣泄了心情，收集了信息，知道了时事，学到了知识，交上了朋友……难怪汪曾祺先生讲："泡茶馆可以接触社会……我这个小说家是在茶馆里泡出来的。"

只可惜眼下这样的茶馆越来越少，前门的大碗茶虽然编成了歌，老舍的茶馆虽然上了戏跑到国外去演，无奈北京的茶馆已被饭店、咖啡馆、卡拉OK歌厅蚕食得难有立锥之地。很难怪人们都是势利眼，都是见钱眼开，无情地抛弃了茶馆，实在是眼下的孩子爱喝的是可乐，年轻人爱喝的是咖啡，风水轮回一样，中国的茶叶，跑到外国去吃香，外国的饮料打入中国的市场赚我们的钱，有什么办法呢？谁还愿意开这种本小利微的茶馆？

话别说绝了，也有人愿意开的，北京前门大街的老舍茶馆，就是一家。只不过雕梁画栋，描金绣凤，将原来的茶馆调色盘一样涂抹成大红大绿，如杨柳青一幅喜兴的年画，如旧戏园子里的戏台子。多了一分堂皇的门脸和气派，自然价格也跟着水涨船高。进去，再不仅仅是为了吃茶，而是为吃消费。下里巴人的情致，被所谓高雅和堂皇所吞噬。人们到这里来，再不是为了图个方便，图个消闲，图个聊天和宣泄的痛快、随意，而是如打张门票进故宫看看慈禧太后睡觉的地方，花点钱逛大观园看看宝玉黛玉读书的地方，为了图个新鲜，图个好奇，图个热闹和气派。茶馆成了北京的一景，而不是北京的必须。

最令人汗颜的不是茶馆已经变形，而是茶馆前面搭了个戏台，在上面有些曲艺演唱。喝茶听唱，历来是茶馆的一项内容，犹如今天餐厅里有歌有音乐伴奏一样，人称之为"书茶"。茶香琴韵，袅袅婷婷，绕梁三日，不绝如缕，本是为茶文化织经纺纬，为茶客提神助兴。只是有一次，我见到一位年轻的女演员，口衔点燃着三根蜡烛的支架，唱了一段梅花大鼓。烛光在她的嘴上摇曳，大鼓词从她的口中吐出，手中要动作，脸上要表情，真是难为了她！当时，我正坐在靠近台前的第一张桌子前，眼睁睁看着她活受罪，禁不住直想"乌鸦和狐狸"的伊索寓言，实在替她难受。最后简直不敢抬头看她嘴中那三根蜡烛，索性垂下头来喝茶，那茶喝不出一点滋味，她唱的鼓词听不出一句话来。本是旧社会的杂耍，艺人不得已的谋生手段，为什么要重新搬进茶馆，冠之以传统让演者和观者一起受罪？

北京残存不多的茶馆，不是北京的古董。北京如此可怜的茶馆，已经无可奈何地变味。

伤心酒馆

　　北京大饭店越盖越高，北京的小饭馆越开越多，同茶馆的命运一样，北京的酒馆也越来越少。

　　原来的北京城，有许多真正意义上的酒馆。门面不大，店堂不宽，粗桌子硬板凳，粗瓷碟盛菜，小酒壶温酒。酒，不过是北京人最爱喝也最便宜的二锅头；下酒菜，不过是猪耳朵、花生豆之类。简单、随意，价钱不贵，块八毛的就可以喝得酒酣耳热，面涌酡颜。自然，这样的酒馆薄利多销，赚不来大钱。如今的大小饭店都看不上这点儿小钱，这样的酒馆正如冰棍一样在太阳底下融化，快要销声匿迹，是不足为怪的正常事。要的是效益，要的是宰人，谁还去开这种赔本赚吆喝的酒馆？钱，就是那明晃晃的太阳！

　　以往，光顾这样酒馆的大多是北京布衣芒鞋的普通百姓，诸如搬运工、三轮车工、中小学教师等人，以上了点儿年纪的老人居多。下了班，卖了一天的力气，夏天要到这里落落汗，冬天要到这里暖暖身子。酒馆就是他们歇脚的树荫，归航的港湾。无论相识的老酒友，还是萍水相逢的陌生人，三杯酒下肚，便都成了老朋友。

　　我有一位中学同学的父亲是个工人，妻子突然撒手西去，儿女长大，各自成家，自己的屋中便显得格外凄清、孤独。老人下班后不愿回家，每天都要到酒馆去坐坐，借酒浇愁。酒友围坐一起，酒盅相撞，话语交流，道是冷酒伤胃，热酒伤肝，无酒伤心。一盅盅酒浇湿了干枯的心，暖暖的劲儿袭满全身。昔日酒随人去，老人的心境也就转阴见晴，酒馆帮他度过了人生最艰辛痛苦的时光。

十几年前，我正在上大学。一个大风天，我和两个同学跑到南城一家小酒馆散心。酒桌对面坐着一位老人，独自喝着闷酒，不住喟然长叹、老泪蒙蒙。上前一问，方知老人是和儿子吵架，伤心之余，跑到这里以酒浇心。我们三人将酒给老人倒满，好言相劝，话语和酒一起下肚，老人渐渐转忧为喜，握着我们的手不让我们走。我们感受到小酒馆独具的人生况味和浓郁的人情。

这样的人们肚里盛着不少愁，兜里却没装着多少钱。这样的酒馆正是他们的好去处。如今披红挂绿的大小饭店，自然便拒他们于茶色的玻璃门之外。且不说并没有单喝酒的雅座，酒只是佐餐，吃的是南北大菜，每道菜可以有一个上溯古时老祖宗的典故。当然，这菜中的典故如菜中的配料一样是要钱的。就是说大饭店有专门喝酒的酒吧，也只是洋人、准洋人或年轻人的天地，不会有老酒馆中老人的一角之地。这里讲究的是酒的牌子、吧的氛围。高脚杯、高酒台、高座椅，把这里烘云托月般高高托起。用二锅头滋润起来的胃，绝对接受不了这里的人头马。酒馆中随随便便的穷饮、啜饮，也绝对适应不了这里气宇轩昂的富饮、豪饮。酒馆里喝的是酒，这里喝的是钱。酒馆里弥漫着如酒一样酽酽的人情，这里隔膜着人情，将浓浓的人情如旋转灯光一样切割成一丝一缕。

是的，这里的酒吧不是酒馆。北京为了城市的繁华，花钱建造了酒吧，是为了饲鸡下蛋、放羊剪毛、养牛挤奶，要从人们的腰包里掏钱的，而不是为了倒退到过去的岁月。或许，这是一种进步、一种发展。阳春白雪，自古难与下里巴人相融；XO 怎么也难调成村酒薄味。

其实，酒吧本来就是酒馆，只不过我们人为地将酒吧高档化罢了。如同卡拉 OK 歌厅本来在国外是大众百姓常见且低档的自娱性娱乐场所，跑到我们这里来就摇身一变变成了高消费。我曾在德国、法国和西班牙等国的都市，见过遍布大街小巷的酒吧，其实和北京原来的酒馆无甚差异。天暖时，阳光好时，酒吧的桌椅扩充到街头，酒杯中融入阳光彩并热辣辣地吞进肚里，更增添几分随意和惬意。年轻人也好，老年人也罢，或在那里快意交谈，或在那里慢慢啜饮，可以独自一人一杯酒并不要任何酒菜，面对街景，相看不厌，就那么慢慢啜饮，一直到太阳落山，酒吧打烊。

走在异国他乡的街头，让我怀念快要销声匿迹的北京的酒馆。我们还没有人家富裕，却学会了人家的消费，甚至比人家更能摆谱儿。崇尚浮华，当然鄙夷简朴；唯利是图，当然顾不上实际需要。再多再高再豪华气派的饭店和酒吧，对于北京都不是坏事。只是都市的发展，不见得非一色高档次。真该留几处小酒馆给老人栖息，给老人怀旧。北京的酒馆，曾是老人的一支手杖；现在留几处，是都市的一种返璞归真。北京这么大，不能不给酒馆留下一点位置。

快餐心态

　　都市生活节奏加快，快餐业便发达兴旺。北京得风气之先，大概是快餐业发展最快也是最多的了。站在北京热闹繁华的主要大街上，举目四望：麦当劳、肯德基、比萨饼……洋快餐比比皆是；中式快餐荣华鸡和洋快餐肯德基门对门地唱起对台戏，康师傅方便面几乎席卷了整个北京城……再辅之以各式速溶饮料，名目繁多，应有尽有，连吃带喝，就全齐了。北京人，享受现代生活，如果没有吃过一次快餐，没有喝过一回速溶饮料，会让人嘲笑。快餐，是北京人的一种新奇，一种时尚，一种象征。

　　说它是一种象征，便是说它不仅仅囿于饮食，而是一种较为普遍的社会现象。比如北京年轻人的恋爱，已经大大不满足古典式的浪漫，梁山伯与祝英台也好，罗密欧和朱丽叶也罢，那种"月上柳梢头，人约黄昏后"的慢慢腾腾的劲儿，着实让人心里起急。至于《西厢记》中张生见到崔莺莺那种"只教人眼花缭乱口难言，魂灵儿飞在半天"欲言又止兜圈子的劲儿，更让现在的年轻人不屑一顾。如今的恋爱，似乎用不着那么长的过门，更无须感情的酝酿，仿佛真是锣鼓长了没好戏，不再一味傻兮兮地抒情。人称第一天认识，第二天接吻，第三天拥抱，第四天就播下爱情的种子了。这不是恋爱快餐又是什么？

再比如办事，讲究的是高速度、高频率，公文旅行，一个文件上盖满几十枚大印，公事公办让人愁得一夜白发三千丈，可怎么得了。如今，讲快方法便捷得很，办事之前，提将些礼品和现金，名曰上点眼药、点点卤、洒点润滑剂，所谓"钱到公事办，火到猪头烂"。所有的礼品和现金，都是炖猪头的柴火，柴火越大便烂得越快。这不是公关工作快餐又是什么？

又比如布满街头的报摊书亭的各式小报书刊，内文印制粗劣，封面却一律五光十色格外打眼。庸俗不堪的内容，大多是花拳绣腿、男盗女娼、隐私秘闻、占卜释梦，加上房事大全，配上尽可能暴露的准黄色的照片和插图。中外名著可以印成豪华本精装本，摆在柜台上落满尘土当摆设。这些要的就是一时的快感，方才爱不释手。看罢之后，随手扔掉，要不就包了新买的带鱼。这同那些一次性的饭盒、筷子、餐巾，使过就扔掉，有什么区别？难怪有人津津乐道文化快餐，并矢志不渝努力适应，满足各色人等的不同需要。

难怪快餐在北京走红，它深深契合北京人的某些心理，确实短平快而奏效。说经商赚钱，便趸来一批水货假货，卖掉再说，管它砸不砸牌子；说办饭馆赚钱，便狠宰头一批来客，转手为利再说，管它有没有回头客；说文凭有用，夜大、职大的教室立刻挤破了脑袋，初中没毕业照样能速成大学本科生；说文凭没用，官儿才有用，官儿的头衔便如雨后的春笋，名片像雪片漫天地飞……高度近视、短期效应、占山为王、圈地为我，风车一样易于变幻的眼，花木一样易于摇落的心，在瞬息万变的时刻，逮不着头，也要抓住尾巴。处处是末班车的危险，机不可失，时不再来，错过这拨就没这拨了。萝卜快了不洗泥，这不是快餐心理又是什么呢？

快餐心理的另一面的表现，是讨回失落的青春。年轻时赶上三年自然灾害，哪里吃得上如今的快餐，天天是瓜菜代；最爱美的时候赶上"文化大革命"，全国上下一片"蓝蚂蚁"，抹雪花膏都是资产阶级，眼下可再不能错过，于是，减肥霜、美容霜、眼角去皱蜜……最为走俏，似乎真的能今天二十，明天十八，快捷得像水发海带。

快餐心理最突出的莫过于望子成龙。家长快餐速熟已无可奈何花落去，便寄希望于孩子，快餐便成了孩子的家常便饭。填鸭式的学习、花样翻新的辅导班、夜以继日的重金相聘的家教……无一不是期望孩子催肥，恨不一夜高千尺，个个能成为声名显赫的人物，仿佛当年的速成识字学习班，如今立等可取的修车摊。所有这些快餐心理，是初步步入现代化又格外急于求成的都市病之一。单说它讨巧图快，似不公允。应该说，这是往昔过于漫长岁月缓慢节奏和发展速度的一种逆反。历史有着不可推卸的责任，将人们的胃口伸缩无常。更何况，快餐确实有着精美的装饰和可口的味道以及舒适的环境，自然有着过去几十年一贯制单调色彩所没有的诱惑。如今的北京，在主要的繁华大街，都可以远远地看到不止一家的麦当劳叔叔在招手、肯德基先生在微笑。谁心里不会为之一动呢？而且，当北京人知道麦当劳和肯德基正是靠着快餐而迅速发家走向全世界，怎么不让本来束紧的心跃跃欲试？巴甫洛夫说连狗都知道两点间直线距离最短，人怎么不想抄近道走快路呢？

包装与人

　　据说，20世纪90年代是包装的时代，这是世界的大趋势，无可阻挡。北京当然不会落后而要走在前面。

　　所谓货卖一张皮，北京人越来越信奉这一条原理。尤其是当北京人听说我国精美的景德镇瓷器就是因为包装粗劣，在国际市场大吃其亏，确实太伤北京人的自尊心。于是，越来越多的北京人明白华而不实有时就是比实而不华更容易走俏。包子有肉不在褶上，已成为了陈年的老话。包子必须重在褶上，货物必须俏在包装上。

　　于是，包装成了一门学问，在北京工艺学校和工艺美院有一门重要的装潢专业。

　　一盒腊肉可以只是一寸小块，包装的藤匣却必须肥硕壮阔、工艺考究；一盒巧克力可以只是几粒，包装的铁盒却必须闪光耀眼；一双皮鞋可以是人造革代之以皮，包装却绝对要金碧辉煌；一件西装可以是扣子全部松动，包装却绝对美轮美奂……即便是有的货物的外包装暂时欠缺，还可以买上进口的新式包装纸，商店里代为包装。旧的包在里面，唤之为包装的包装，弥补美中不足。好看的包装确实令人赏心悦目，无形之中提高了货物的档次。连北京古老而有名的王致和的臭豆腐，原来只是零着卖或是简单的包装，很不打眼，如今都更换了包装，方形的玻璃瓶子，衬以赫然醒目的红色招牌。

店铺的包装比货物的包装有时更为重要。旧话里说庙小神通大，在于鼎盛的香火。眼下店铺大小不怕，怕的是门面破旧，逊色塌架。门面装饰水一样荡漾开来，所到之处，几乎都是一律的铝合金、茶色玻璃、霓虹灯箱……打扮得花枝招展，溢彩流光。至于内部以及所卖的货物，倒在其次。绣花枕头，驴粪蛋外面光，绝不在少数。吃亏上当，怨不着店家，只怨自己被外面的包装晃花了眼睛。一次，我到大栅栏一家新开张的饭店吃饭，门面装潢一新，门前瀑布灯群流泻一地银光，分外灿烂明艳。偏巧我坐的餐桌底下是一个臭水沟眼，虽有铁盖，又有地板遮挡，依然臭味时时袭来，奈何不得。店家可以舍得花钱装潢门面，却舍不得破费钱财迁移臭水沟。

人配衣服马配鞍，人们越发重视自身的包装，从首饰、化妆品到文眉文唇、假睫毛、假头套假乳房；从大衣、衬衣到内衣；从领带、手帕到胸针、胸花……不一而足。人们自身的包装越来越花样翻新，不惜血本，与货物的包装呈两条平行的射线，争先恐后急速前进。男的为求增加潇洒，女的为求增加"回头率"，胸无点墨的为求附庸风雅，腰缠万贯的为求无人不晓，寻觅职位的为求自身的增值，追求爱情的为求情场上的成功率，胖的包装成苗条，丑的包装成俊俏，肮脏的包装成纯洁如玉，卑俗的包装成高洁如云……"人不可貌相，海不可斗量"这句话，已被包装击败得溃不成军。海就斗量，方才滴水见太阳；人即可貌相，方才一叶而知秋，即便自身实在是如何包装也难以掩尽其丑，亦可雇佣他人权且代替自己，名曰替身包装。君不见大小写字楼中花瓶一般玲珑剔透的秘书和公关小姐增多，为的不就是替主人踢打开局面？

　　包装的形式、质地、材料以及内容，发展得迅如闪电，五彩缤纷，仅包装的最后一道工序彩带结拴系扣即让人眼花缭乱。那扣早不是几种诸如蝴蝶结、鸢尾结所能概括。真是人越来越精明，越来越看得清人自己的致命弱点，便是越祈求长生不老一样祈求以俊遮丑、以少胜多、以点带面、以假乱真。可以说没有比我们更重视第一印象的国人了，包装便在我们中间极易流行。包装，永远不是给自己看的；包装，永远是为了别人的；别人看着好，自己心里就踏实；自己便同包装一样，为别人而活着、而存在。

　　为此，我常想起在北京常见的假面舞会。那形形色色、光怪陆离、色彩纷呈的假面，恰似一个个形态各异的包装。虽然明白都是假的，都是遮挡一时的，却激起那么多的人的热情、欢快，乃至可以狂欢通宵达旦。我便明白了包装对于人是多么的重要，实在是功不可没的。试想，人类从森林中最初走出来，不是也靠着树叶或兽皮的包装，向猴子告别，向文明迈进的吗？而整座城市从农村走出来，建起了高楼大厦、立交大道、林带苗圃……哪一处又不是包装，将原来裸露荒僻的土地一层层包装起来呢？不仅仅北京一座城市，所有的城市都是一个大包装。我们每一个人在包装之中。

回顾标语

　　不知道我国其他城市乃至世界上任何一个城市，有没有像北京一样曾经铺天盖地有过那么多的标语？

　　清朝年间，大概没有标语，那时只有告示。追溯历史，北京的标语，应该说起源于五四运动时期，而疯狂鼎盛于"文化大革命"时期。北京的标语，留给上一代的纪念是光荣，留给我们这一代的回忆是梦魇。

　　上一代深夜里刷出的标语，是北京惊心动魄的闪电；清晨悬挂出的标语，是北京喜上眉梢的彩霞。在上一代的标语中，一个旧时代坍塌，一个新时代呱呱坠地。

　　我们这一代多么也想踏上这样的光荣之路，却未曾想到历史虽有着惊人的相似，可难有雷同的重复。那一年，我们也曾在深夜里出发，提一桶糨糊，抱一卷标语，踏着万籁俱寂的街道，映着昏黄迷蒙的街灯，刷成满城的"红海洋"。

　　依然是满城一条条撩人心魄的标语，依然觉得是投身什么伟大的革命，却不知这场"革命"把我们的民族推到灾难的边缘，连同把我们自己送上北去的列车，抛到了北大荒。就连驶出北京的列车车厢上也刷满了标语。看来我们这一代难以同标语脱离关系。标语燃烧着、膨胀着北京和我们。那个时代，北京的上空没有霓虹灯和广告牌，标语是它唯一的装点和色彩。很难设想，那时候的北京没有了标语，是一个什么样子？还不像雄鸡没有了鸡冠，孔雀没有了翎毛？

研究北京的历史，不能不研究北京的标语。标语不仅北京独有，也不仅是我国独有的土特产。雨果早在他的《九三年》一书中，就为我们记述了那场有名的法国资产阶级革命中，巴黎巴斯底广场和黎留世大街上形形色色的标语，勾勒出整座巴黎城"奇特月蚀状"的景观。标语，是都市的缩影，是都市性格的写真，是都市历史的注脚。

如今，北京明显的位置让给了广告。虽然，北京仍然还有标语，却再也不会有当年那样刷成满城红海洋的狂热、荒唐和可笑了。北京新的选择，标志着北京新的进步。历史悠久古城的进步省悟对于它只是历史一瞬，对于我们这一代却是全部青春做代价。当我们从农村的山坳重又回到北京，北京再不像当年用标语欢送我们走一样欢迎我们归家，而是甩给我们一件破工衣。北京的车水马龙立刻淹没了我们。

我们不抱怨，少了那些蛊惑人心的标语是好事。但不要以为从此标语真的会从北京绝迹。善于提炼出口号，并善于悬挂出标语，有时是我们的哮喘老病，会时不时旧病重犯。似乎没有一两句标语，我们的大楼便会右倾、车辆便会只能右转、花朵便会散发资本主义邪气……在有的人脑中，标语是孙行者头上的紧箍，需要时时提醒那些健忘的人、得意忘形的人。标语，是城市的红绿灯，是城市的晴雨表，是城市的风向标。

并非有意将北京的标语贬得一无是处。实在是打我们这一代一落生在这座都市，伴我们长大的标语大多没给我们留下什么好印象。小时候"三年超英赶美"留下的是笑柄;"人民公社是天堂"留下的是饿肚子……一直到我们长大再不看大人们贴标语而是自己刷标语,最后刷着标语把我们自己给刷出了北京,刷到了荒凉偏僻的农村,我们怎么能对标语再产生感情?

并不是说好的标语没有,"司机,请注意交通安全,您的家人正等您平安归来",就给人以温暖。但实在是有人沉疴痼疾难治,再温暖的标语到他们手里也变得如当年一样火药味浓烈,似乎标语只有匕首与尖刀的功能,而不能是烈日下的一匝绿荫、暴雨时的一柄阳伞!记得那次到一座北国重城,大街上横出一条标语令我倒出一口冷气:"宁可罚你倾家荡产,也不让你违章半步!"同样是写给司机的标语,实在是让人难以消受。幸亏不是出现在北京,但北京的标语虽然动听,却一样让人难以消受,比如商店里的微笑服务的标语,比如大街上遵守交通规则的标语,没有标语还好,见了标语,只会让你哭笑不得。

标新立异,是我们标语的特点。几十年一贯制的标语,世袭式的标语,永远难有。我们的标语像是孩儿的面,在他有限的微笑中让人感到一时的冲动;在他应该微笑却雷霆万钧时让人感到冷酷。我们的标语,总给人一种明日黄花的印象,或是一种沧桑感觉。

最难以消受的还不是这种故作惊人之笔的标语,而是在北京的旧墙上,依然依稀残存着当年"文化大革命"的标语,如一道长长的刀疤一样刻在北京的身上,即便已经结了痂,毕竟曾经流过血。前不久,我回到儿时住过的大院,院门过廊的墙上,竟然也存留着一条只剩下半截的标语。那字不大,是用彩色的笔写的,居然岁月剥蚀而仍然健在。要命的是,那标语不是别人写的,恰恰是当年我自己写上去的!

寻找清静

　　我知道，其实我自己很封闭。如果没有什么事，一般我很少下楼。我家住在 14 层，是这幢楼最高的一层。我以为楼层越高，可以越清静。其实，这是错的，街上的噪音，往往是向上跑的。纵使把房门都关得紧紧的，也难使房间清静。清静，只是一个梦，或者是一种心境。我只是自己关自己的禁闭。

　　住在北京这样的都市里，找热闹，很容易。热闹，处处都是，越繁华的都市，越是热闹非凡。灯红酒绿的地方，人群聚集的地方，广场、剧场、舞厅、歌厅、证券所、股票所……都很热闹。在北京这样的都市里，唯独要想找清静，不那么容易。起码，我不知道哪儿清静。

　　有人说，图书馆清静。那是以前，如今的图书馆，里面竞相办起了各式的展览，外面被各式嘈杂的小摊包围，清静，被内外夹击，早就如泄了黄的蛋一样，难有囫囵个儿了。

　　有人说，钓鱼清静。那也是以前。如今，钓鱼成了时髦，买好了现成的鱼往鱼塘里扔，然后再去钓；有时钓鱼的人成车成车地去，比鱼还要多；清静，早被钓走，上哪儿去找？

　　或许，偌大的北京城不会没有什么清静的地方，只是我一时尚未找到。不该怪它没有，只能怪自己眼拙。毕竟不是哥伦布，很难发现新大陆。

作为一个作家——我想我可以称为作家，虽然不是什么著名的，如今著名也透着热闹，泛滥成灾，闹哄哄的，像敲锣打鼓唱戏。作为作家，写作是天职，写作只需要一支笔或一台电脑、一杯茶或一支香烟，不需要什么热闹。如果总上卡拉 OK 歌厅，抱着一只话筒，像当年抱着一本红宝书，像如今抱着一只猪蹄子在啃，那还叫作家吗？如果总到股市上去转悠，梦想着一把抱上个金娃娃，发个大财之后、成为大款之后再去写什么文章，那也许可以还算个作家，只是梁凤仪式的作家。如果总上电视频频亮相，让人记住了你的模样，却记不住你的作品，甚至也记不住你的模样，只是好奇地看看你的模样，那有什么意思呢？

前两天，一位小姐打电话找我，希望我到她们的电视节目里走一趟。她说得很诚恳，我还是婉言谢绝了。我去过电视几次，觉得十分没意思。我把我上述的理由向她讲了，作家不是明星，犯不上粉墨登场到电视上去露脸，说几句逗人一笑或自以为有哲理的话。她很善解人意，理解了我，不再强求。以往几次，也是这样。头一次拒绝的是倪萍小姐，她要朗诵我的散文《母亲》，邀请我参加她主持的节目晚会。我当时很鲁莽地便一口回绝了。事后，听到她真情的朗诵，我很感动，也很后悔当初的鲁莽。但是，我并不后悔自己的选择。电视里会有许多我意想不到的热闹，却没有我想要找的清静。

在北京，要想寻找到清静，很难。自从人类建造了都市，便已告别了清静。因为清静只和天然、自然联系在一起。都市可以为我们创造许多物质和精神的文明，却难以创造清静，就好像都市的空调可以模拟出自然的风，却绝对不是天然和自然真正的清风了。

　　我无处可去。我只好回到我的 14 层的楼房里。我知道即使这里也难以真正清静，只能说是稍微的清静，因为毕竟可以控制的还有自己的心，让她稍微清静一些。因此，我不再寻找清静。清静，不在别处，只在自己的心里。

怀旧情绪

北京这座城市如今弥漫着怀旧的情绪。"老插餐厅"、"老三届餐厅"、"黑土地饭店"、"离婚饭店"、"忆苦思甜饭店"的兴起，是怀旧；唱那上一个时代的老歌，不仅出唱片，而且隆重举办老歌音乐会，是怀旧；不惜花钱占地建一个老北京的微缩景观的公园，是怀旧；喜欢看上个时代内容的电影，比如《红粉》，喜欢读上一个时代的散文，比如周作人，是怀旧；热衷于拍摄北京老胡同的影集电视，再蹬上三轮平板车，带上外国人绕着胡同转上一圈，是怀旧……

其实，要说北京城如今最爱怀旧、最爱聚在一起怀旧的，是我们这一代当年插过队的中年人。每年一到春节前后，我们一帮当年的朋友总爱聚会，虽没到"访旧半为鬼，惊呼热中肠"的地步，却总有"明日隔山岳，世事两茫茫"的感觉。怀旧的情绪，常常在这种时候和场合弥漫得格外强烈。

一般而言，小孩不会怀旧，他们的眼睛总爱往前看，总是嫌时间过得慢，恨不得自己早点长成大人。人到中年，其实还不到怀旧的时候，怀旧，是老年人爱把持的专利。为什么我们这一代人在人到中年的时候偏偏爱怀旧呢？记得小时候曾抄冰心的小诗："为了明天的回忆，小心划下你今天的每一笔。"抄是抄下了，并没有真正懂得那每一笔所付出的代价是多么昂贵，更没有想到从今天到明天的距离竟是那么的短！准确地说，回忆并不是怀旧。怀旧，总是带有一种苦味，带有一种春秋演尽、繁华脱落的苍凉感。那是对逝去的岁月一种恨爱交加的情感；那是对现在的生活一种不满足而失落的情绪；那是一种到现在还没有找到家又迷失了来时路漂泊无根的感觉；那是一种青春早已逝去却死不甘心，觉得心理年龄依然年轻的心态。

想想，如果我们这一代不是经历了"文化大革命"，不是经历了插队生涯，我们可能不会这么早又这么爱怀旧。人生最可宝贵也是唯一一次的青春，恰恰是在那时候被无情吞噬掉的。而且，我们自以为献身一场多么崇高而伟大的理想和事业，偏偏却是无花果、酸果、苦果，甚至是毒果。当这一切过去的时候，农村没有被我们改造，城市又抛弃了我们。红旗没有插遍世界三分之二受苦受难的土地，我们自己却成了受苦受难中的一个，工作、房子、孩子……一个个问题缠绕着我们。当我们从农村回到北京城的时候，我们一无所有。一切从头再来，是一句多么轻巧的话，因为我们无法从头再来，我们把岁月像种子一样撒进了有毒的土壤里颗粒无收的时候，又起码两代人带着勃勃的青春无情地立在我们的面前。我们没有任何资本，不堪回首的岁月，毕竟不是彪炳史册的革命经历，甚至连右派都不如，不会有人给我们落实什么政策。小时候北京有一首儿歌歌谣：一网不捞鱼，二网不捞鱼，三网……我们是百唱不已。如今，任是多少网也捞不上来我们的青春了，我们便只好怀旧。聚会，是最好也是最便当的不用花什么钱的怀旧方式。清风朗月不用一钱买，怀旧给了我们慰藉自己、画饼充饥的一张饼。

　　怀旧，对老一辈人去表现，是无奈的诉苦；对同代人去倾吐，是寻找安慰；对下一代人去磨叨，是讨人嫌的教诲。怀旧，对于艺术，可以是一种意境、一种氛围、一种情调、一种韵味、一种色彩，可以是一出《城南旧事》、一座《魂断蓝桥》、一幢《带阁楼的房子》、一首普希金《一朵小花》的诗歌、一支肯尼金《归家》的萨克斯曲……怀旧，对于我们的人生，却只是自慰于一时的一帖伤湿止疼膏。怀旧中的一切已经再不是当时的样子了，那雪原、山村、黑土地、红狐狸……包括我们的青春，都被时间蒙上了一层雾幛，被我们的心境涂上了一层色彩，温柔地欺骗着我们自己。如果说怀旧中的一切像是一堆枯枝，怀旧只是从我们心灵深处蹿出的火焰，我们自己烧着我们自己的生命。

　　屠格涅夫在他的散文诗《啊，我的青春！啊，我的活力》中这样写道："现在，我缄口不语，不再为那些失去的东西唉声叹气，难过伤心……'唉！最好别去想吧！'男子汉们断言道。"

　　我们是这样的男子汉吗？我无法这样断言。我明明知道怀旧是一种无可奈何的心绪，却时常难以逃脱怀旧情绪的的侵袭。我知道，这不是我一人而是我们这一代在劫难逃的命运。它在我们的心上打了一个死结，我们越是想解开它，它系得越紧。

但愿北京多条河

没有水的城市，如同没有女人的家、没有鲜花的花园。

北京城不是没有水。它北有昆明湖，南有龙潭湖，中间还有一道护城河。只是这些水对一个历史悠久、方圆百里的京城来说，太不成比例，太难解渴。昆明、龙潭两湖连年淤泥与污染（昆明湖经过治理好了许多），护城河几近成了一条黑河，难以倒映两岸绿柳红花、高楼立交桥的身姿，一到夏天，河水散发的味道不是清新，而是难闻，难以让人亲近。

北京城缺水，尤其缺一条横贯城市的漂亮且宽阔的河水。

可以设想，如果没有塞纳河，巴黎城会是什么样子；没有莱茵河，波恩城会是什么样子；没有多瑙河，维也纳会是什么样子；没有尼罗河和泰晤士河，埃及与伦敦古城又会是什么样子。这些世界名城肯定一下子会逊色不少，失去许多蜂拥而至的观光客。

可以说，有了水，才有了生命，才有了城市。有了城市之后，水继续滋养着城市，犹如维生素保育着儿童，润肤霜滋润着妇人，使得城市常常保持着儿童与妇女一样姣好而健美的容颜。

可惜，过去的皇帝更多的是大兴土木工程，九经九纬、左祖右社、面朝后市，城阙九重门，安知天子尊，他们更看重的是皇宫。

其次，他们修庙设坛花费的力气经久不衰。很难有任何一座城市会比得上北京城这样名目繁多、功能齐备的庙宇与祭坛。且不说庙宇，道儒杂陈、佛藏并举，遍及京城各个角落，只看那各式各样的坛：祭祖、祭地、祭日、祭月、祭天……可谓囊括宇宙四方八极。

雨水呢？水渐渐蒸发、干枯，渐渐污染、浑浊。前往北京城观光的国人也好，洋人也好，看的只是这些皇宫殿堂，只是这些庙宇祭坛，看累了，走出汗了，常常望着沙尘阵阵飘的天空感叹一句："北京城不愧是六朝古都，就是风沙太大，太干燥了！"

北京城，的确是一座干燥的城市。

曾有专家对这座城市亮起警示的黄牌："北京缺水问题不解决，不排除迁都的可能。"他们的胃口更大，要的水更多。而我只要一条河，一条穿城而过的清亮的河。

难道不可能吗？山作碧玉簪，水作青罗带，北京城有西山，北京城亦有大运河，怎么就不可能呢？水映山色，水壮城威，北京城怎么就不能成为一座湿润的城市呢？

将近30年前上中学时，我曾经打着行装睡在老乡家，挖京密引水工程，踩在淤泥烂塘中一锨锨、一筐筐运走泥石时，便做过北京城"一条大河波浪宽"的梦。那密云水库的清水却始终未见引至城中。

也曾经到过许多城市，且不用比巴黎、伦敦，感叹塞纳河和泰晤士河，只看看哈尔滨的松花江、南京城的长江，就常让我对北京城缺少这样一条壮阔的河水而不甘心。我去过徐州和芜湖，这两座城市并不大，徐州却有一条黄河穿城而过，芜湖却有一条长江环城而舞，我的心更是紧紧的，禁不住又一次次陷入北京城"一条大河波浪宽"的梦境。

如今，北京正掀起清治凉水河的大潮。路过永定门、左安门、右安门时，见到护城河两岸堆满水泥草袋，河底轰隆隆响着推土机，清治这条河的工程春天也快初见成效了。这总是让人高兴的事。越来越多的人开始正视北京缺水、缺一条明亮河水的现实。于是，梦才不至于那么遥远。

近看夜总会

不多年前，夜总会还是黄色的代名词，是资本主义腐朽生活的象征，只能在电影里光怪陆离的批判镜头里一闪而过。在一般北京人的眼里，夜总会即使不属于资本主义，也只是在南方的大都市里才会有。大概寒冷的冬天过于漫长，北京以前基本没有夜生活，晚上还不用到半夜，北京的街头就没有什么人了，冷清得只有风和路灯调情。

如今，夜总会已经堂而皇之地步入北京繁华热闹街头的灯红酒绿之中了，速度快得一夜恨不高千尺！

从文化宫、俱乐部，到夜总会，北京艰难地走了几十年。对于一个端了几千年架子的古国古都，名称的变化和内容的变化，一样历尽了沧桑。人们眼下见多不怪了，听惯了夜总会的名字，就像听惯了泡泡糖或猪头肉一样习以为常。北京的心脏却曾经为它而心律不齐。

自然，即便是现在，对于北京的大多数人，夜总会也只是听听而已，偶尔路过它身旁瞥一眼而已。毕竟那里不是文化宫，也不是俱乐部，甚至不仅仅是舞厅歌厅，绝大多数的北京人脖子都没有那么硬，愿意进去伸着脖子让人家宰上一刀。虽然，那里的音乐很柔婉，那里的烛光很幽暗，那里的环境很高雅，那里的小姐一律跪式服务，短衫短裙犹如飞来飞去的白蝴蝶，很让人怜爱不已，浮想联翩。

我曾到过一家夜总会，并不那么高档，不过是以北京过去挖的防空洞改造过重新装修的（我敢说中国乃至世界任何一座城市都不会有北京那么多的防空洞）。即使这里一杯最普通的饮料，也不是普通老百姓能喝得起的，更不要说还得加上百分之几十的服务费和不止百分之十的小费。原来，那跪式、那微笑、那烛光、那音乐……都是要钱的。寻常百姓，谁愿意到这里泡一个晚上，花去大半个月的工资？养家糊口，比享受像锯掉半截身子的跪式服务，更显得是当务之急。

我不知道光顾夜总会的都是些什么人。我们惯常想到的腰缠万贯的大款？或者专司傍大款为生的傍姐儿小蜜？

舞曲悠扬响起的时候，总见到一对对面目已熟悉的舞伴又不知疲倦地跳下舞池。总会发现男的都是上些年纪的，矮矮胖胖得犹如啤酒桶，或是瘦瘦薄薄犹如风干的鱼；而女的都很年轻，长得不敢说如花似玉，青春本身就是一种洋溢的美在四处喷射。变幻的灯光，将这一对对男女切割成大色块拼接的画面，成为夜总会百看不厌却多少有些雷同的景观。

夜总会的高潮在子夜时分，那才是最热闹而众目睽睽的景观。那一夜，我见到的是不知从哪里请来的一位女歌星，一边唱着令人直想要吃苯海拉明方能消除的鸡皮疙瘩的歌曲，一边用沙一样粗劣的语言尽情挑逗观众，一边又在剥卷心菜一样一层层剥落舞衣。直至三点式露出一身浑圆的肉为止。

我看观众并不大为兴奋，大概见多了不怪，难以刺激起越来越高的胃口。不过夜总会羞羞答答欲言又止总能给匆匆忙忙的北京人

（是少数）和匆匆忙忙到北京来办事的外地人（是多数）一个宣泄的场所，就像给爱下棋的棋手一方棋盘，给爱抽烟的烟鬼一只烟缸，给兜里有钱、夜晚又想消遣的人们一圈沙发、一杯饮料、一曲清歌、一点隔靴搔痒的刺激，一个扑朔迷离如醉如痴的梦。

夜总会的生活，并不是全部的夜生活或者是老百姓真正意义上的夜生活。但不管怎么说，有了夜总会，总给人们多了一个去处。人们可以不再憋在家里关了电灯看电视，关了电视睡大觉。不过，得有一个前提，去那里可以，你得有足够的实力。眼下，对大多数人来说，夜总会只是像金笔尖上点的那一点点金，物以稀而珍贵。它还不是大众情人，面向北京所有的人一律跪式服务。那还只是一种奢华、一种档次、一种炫耀、一种规格的象征。它基本不是为北京老百姓服务的，我猜想，它主要是为了吸引到北京经商的萍踪不定的外来客，尤其是外商和港台客。北京的百姓知道夜总会的良苦用心，不会攀比计较，拿自己可怜巴巴的兵力硬往人家枪口上撞。

但是，我的猜测其实是错的。这家夜总会的经理告诉我：来这里的大多数人并不是大款或者外商、港台客，而是我们自家的公款客。看来只能怪我见识少。公款请客，顺水人情，慷公家之慨，真是如风一样无处不在，无孔不入。夜总会居然也可以用公款，陪酒女也可以用公款……我望望舞池里一对对红男绿女，心里陡生一种悲哀。他们当中，谁是公款客？

北京真是有一个铁一样的胃，吃进什么都能消化；北京真是有一块肥沃的地，撒上什么样的种子，都能按我们的意愿开出我们想要的花。北京的夜总会，不敢说是全部，起码有的已经无可奈何地变形！我这样说，可夜总会的经理说，咱们北京的夜总会比起人家南方的来，还差着老鼻子去了呢，也就是刚起步！

步入精品屋

街头的冒牌货越来越多，街头的精品屋也越来越多。

不敢说两者一定存在着必然的联系，却敢说如雨后春笋般涌现的精品屋里，常常会藏着耗子和蟑螂一样，时不时会拎出来几件冒牌货来，却一律包装得金碧辉煌，比精品还像精品。

有事实为例，北京曾经查出的假皮尔·卡丹服装，数量惊人，叹为观止的是几乎全部出自精品屋。

越是名牌，越敢造假，越敢陈列在精品屋里，昂昂乎如庙堂之器哉，自我感觉非常好，绝不羞涩脸红。

看来雨后出春笋，也长狗尿苔。

一次，到家精品屋买衣服，老板说是外国货。我问怎么没商标？老板笑了，问我，你要什么商标？要哪国的？我这儿有联合国的，随你要！得意而坦白的老板，道出的是大实话，即便被宰上一刀，也明白自家痛在何处，疤有多大，血流几许。

装潢豪华、溢彩流光的精品屋，在北京一般不是趾高气扬地矗立在繁华的闹市，就是深闺藏娇般藏于很有排场的商厦内部。后者园中园一般，更显得不同凡响。但无论哪里的精品屋，都不会像纯情少女一样洋溢着青春的气息。人们也不要求它非这样不可，只是它们也实在是脂粉太厚，浑身珠光宝气太重，像个不会打扮的贵妇人，或摇身一变的暴发户。公平而言，它们藏假货，也藏精品，更藏有店家和买家躁动、奢靡、欲壑难平的一颗心。

望着越修越豪光逼人、五彩斑斓的精品屋，望着迷蒙闪烁如梦如幻灯光下的一排排货物，总让我胡思乱想，觉得这里像川剧里的变脸，闹不清哪一张面孔是真面孔，哪一件精品是冒牌货。

实在又不能全怪罪精品屋。且不说精品屋并非全是假货店，即使南郭先生滥竽其中，也只能怪你自己眼力拙。当然，眼拙上当受骗，权且跌个跟头拾个明白，尚有下次好说。无可救药的是北京有记吃不记打的精品屋常客，逛精品屋像进大烟馆一样上瘾，一进去如可舒筋活血般畅快，找到庸常生活、拥挤家舍中难以找到的感觉，立刻神清气爽，如货架上那些假货一样，也昂昂乎如庙堂之器哉！

当奢华浮靡如青苔滋生，花里胡哨如风沙漫卷，包装胜于内容，语言重于学识，一文不值的虚荣，可以用千金万银装扮，一张漂亮的脸蛋可以万水千山走遍，攻无不克，战无不胜……我们的精品屋货架上的冒牌货，当然可以升堂入室，当然可以畅行无阻，当然可以越贵越好卖，而人们也越是挨宰越不觉疼。

于是，不愁精品屋里价格令人咋舌的货卖不出去，不愁精品屋里的假货被查出会有新的假货前赴后继，就像打落一批树叶，会长出新的树叶一样。于是，人们走进精品屋，感觉总是那么良好。即使骂几句宰人，还是心甘情愿掏出腰包、伸过脖子，哪怕什么都不买，也像意淫一般，饱饱眼福，然后骂几句店主的心黑如蝎、买主的钱路不正，更恨不得大款们买走的都是假货方解心头之恨。

于是，进精品屋的人和真假精品一起，一下子身价倍增，身份陡变，抛光镀金一样，都变得绅士贵族起来、公主皇后起来，丑小鸭变成白天鹅起来……进进出出精品屋，就像大磨坊的面包刚刚从烤箱里出来，北京烤鸭刚刚从挂炉焖炉里烤熟。无论是人是货，进了精品屋，一律就都变成了精品，油光锃亮、喷喷香。

北京的精品屋，货物不见得比别处的多，却比别处的贵。因为它们摸准了赚好了钱的北京人，和带了一堆钱逛北京的人的追逐时髦、梦想浮华、心地虚荣又娇嫩的脉数。北京街头的精品屋，不敢说囊括了精品，却敢说囊括了世态风情。北京街头的精品屋，是街头的心理学家，是北京这座城市的温度计。

手持大哥大

BP机在北京已经如夏天的西红柿，臭遍了街。五冬六夏，满北京城都响着那玩意儿蛐蛐般的叫声，叫得人心里起腻烦躁。人人腰间都可以挎着一个 BP 机，就像当年人人手里都捧着一本红宝书。据报载：北京现在连卖淫的妓女都用 BP 机联络了，公安人员抓那些嫖客，也是通过妓女手中的 BP 机。而在美国，BP 机拴在奶牛的身上，到了该挤奶的时候，一呼 BP 机，牧场上所有的奶牛便一起开始自动出奶。看来，BP 机真是挑水的过景（井）了！

大哥大正在北京城扶摇直上而进一步取代 BP 机，连台湾的商人都看准了这个行情，准备向大陆进攻大哥大。虽然一时想象不出一旦人人腰间挎一个大哥大，是不是像全民皆兵人人挎一把"二把撸子"一样神气，却能看见眼下手持大哥大的主儿耀武扬威的劲儿。对着大哥大讲话，俨然对着麦克风，仿佛台下有成千上万的听众一样，讲完话收机喷吐着香烟的烟雾甩身而去，颇像大海里不可一世的乌鱼喷出浓黑如墨的烟雾掉头游走的神气劲儿。

大哥大，是北京新的一族的象征。就像军人看肩章上的豆儿，就像骑手看马鞍上的花儿，就像北京城上一辈的老爷子看烟袋锅上的坠儿。即便说不上有多大的权势，起码透出财力的底气。因此，手持大哥大者，绝非腰间别着 BP 机的人，有事无事走着乱串，即便坐车也只是"打的"来而已，一听腰里的蛐蛐叫，急得绕世界找公共电话，就像憋不住尿或者要窜稀一样。大哥大不用着这份急，他们不是坐在哪家餐厅哪家宾馆哪家歌厅里，就是坐在自己买的或者公家的却比自己买的还私有专用的小轿车里，扬起大哥大，像公鸡昂起血红的鸡冠，劲头十足。与其说大哥大给了他们方便、迅捷，不如说给了他们风光、威风。像不惜千金买宝刀买宠物一样，他们当然舍得钱买这种既实用又刺激的玩意儿。

不过，不要以为手持大哥大的都是什么了不起的人物。当大哥大的时髦新鲜劲儿过去，大哥大便如同皇帝的宠妃失宠一样沦落发给了下人。真正的老板经理坐车却一般不开车，开车的有专门的司机；真正的首长官人开会一般先不到场，先出场的一般只是老板经理的下手、首长官人的手下。他们风光之时，正是干活之时。大哥大用的频率越高速度越快，他们恰恰正是马不停蹄、汗流浃背。他们不过是碾道的驴子——听吆喝！大哥大，使他们的上司增加了说话的嘴，使他们自己增加了跑路的腿。大哥大是他们向上请示或向下传达或向左右联络的"二传手"，现代化的通讯工具越先进，他们越是偷懒不得。因此，一般小汽车里走下来的，不拿大哥大的往往是主人；一般鱼贯而入进宾馆宴会厅、办公楼会议室的，拿大哥大的往往坐不上主席台，便不必大惊小怪。

当然，忙里偷闲时，他们也可以拿起大哥大，给家人朋友或情人敲一个电话，享受一下现代化的电波，体味一下权势与财产拥有者的心境，便也自我感觉良好，昂昂乎如庙堂之器哉。如果他们既能握着大哥大，又能利用上司的权势、大亨的余威，为自己干点事，那么，大哥大的用途便发挥得淋漓尽致。大哥大便是他们面前的一座桥、一条船，载他们渡河到远方，优哉游哉！握着大哥大，他们便像握着未来毛茸茸的大手！

当然，兴之所至或情急性急之际，他们的上司也可以直接握起大哥大。前者，他们像闲暇时抱起一只波斯猫，逗它玩玩解解闷儿。后者，不是生意紧迫，就是仕途坎坷，风云突变，令他们有失风度，亲自拿起大哥大，就像顾不上尘土立刻绰起一把雨伞，顾不上烫手立刻端起一盆汤水。自然，一般情况下，他们只打直拨电话，用不着这个"二传手"。

报载：日本人不用这个大哥大，因为在日本分工明确、职责清楚，没有那么多的指示和请示，电话网络多且方便，用不着拿这么个累赘。此外，他们也怕沾上大哥大的病毒。

毕竟我们是中国而不是日本，大哥大在我国登陆，在北京走俏，是我们的国情。无论怎么说，它使得我们落后而显得不够用的电话得以补充。至于拿它附庸风雅当新潮，责任不在它，而在于手持它的人，愿意把它当成装饰自己的一件首饰，或跟随自己随叫随到又威风凛凛的一条狗。

脚恋修鞋铺

可以说，在北京，修鞋铺之多，是哪个城市也赶不上的。现在所说的修鞋铺，其实已经见不到铺子，一个小木箱，里面装些皮钉工具，外加一个小马扎，就是修鞋铺。在北京的修鞋铺，一般都是外地人尤以南方人居多。北京人是不干这玩意了，觉得挣不来多大的钱，整天风吹日晒坐在街上，太掉价儿。外地人摸准了北京人的脉，他们看准了只要爱时髦的女人在北京存在，高跟鞋就会蝶恋花般存在，劣质的高跟鞋亦会鹊踏枝般存在，修鞋铺便会一荣俱荣、一损俱损在北京存在。北京这么大，爱时髦的女人恐怕占全国之最，修鞋铺就不会没有市场，而是会大有市场。

北京如今流传着这样的民谣：看衣的质量到洗衣铺，看鞋的质量到修鞋铺。修鞋铺在北京的增加，像气温计的水银柱，表明制鞋质量的冷暖变化。于是，常看见精明而胆大的修鞋铺干脆向阳花木易为春般挪到商店门口，任市容检查人员如何赶，愣是棒打不散。到商店内买鞋，到商店外修鞋，两点一线，距离缩短，这倒符合巴甫洛夫的定律。

不敢说到修鞋铺的都是女人，却敢说女人居多；不敢说到修鞋铺的都是去修高跟鞋，却敢说修高跟鞋的居多。鞋多了一个高跟，就像树多伸出一根枝杈，倒是婆娑婀娜多了，却极易被风吹折。吹折了，也要长，要不孤零零只剩下一根主干，那树该是多么单调乏味不经看！

因此，别怪罪北京的女人穿高跟鞋穿得太狠，哪座城市的女人穿得不狠呢？没办法，无论上班下班、跳舞打球、赶路散步、奔丧赴宴，哪怕是上街买把香菜买张晚报的工夫，也要踩上高跟鞋袅袅婷婷风摆柳枝一番。

也别怪罪制鞋的把高跟钉得太松、粘得不牢，花样翻新的潮流弄得他们应接不暇。今天圆跟，明天方跟，后天坡跟，大后天马蹄跟……为了让时髦追风逐日，为了让北京的女人永远领导新潮流，自然萝卜快了不洗泥，因为他们知道，对于北京时髦的女人来说，样子永远比牢靠结实重要。

当然，也别怪罪北京虽然小轿车川流不息，我们的女人钻小轿车的毕竟太少；北京的马路虽然很宽很平，架不住我们的女人跑路实在太多，免不了要为赶公共汽车崴了脚，高跟鞋再结实，也经不住如此马不下鞍、曲不离口般力不胜负地穿，于是，修鞋铺瞄准机会，应运而生。

那么好的鞋，刚穿了几天，就掉了高跟，怎么就舍得扔掉？

那么贵的鞋，才走了几步，就裂开了口，怎么可以不要？

那么新潮的鞋，别处再难买到，只好修修鞋跟，接着再穿，拾回往日风光的感觉。北京的女人虽赶不上南方人的时髦，却有南方人赶不上的艰苦朴素。修鞋铺在北京便有着比南方城市更广阔的市场。

光怪罪鞋的质量，似乎只是问题的一面。任何事物都是阴阳契合，或是相克相生。修鞋铺和制鞋业并为连理，仿佛串通好了似的联手对付高跟鞋，来一场配合默契的混合双打。穿鞋者像夹在馅饼里的馅，夹在这两者之间，一手对付着制鞋业，一手求救修鞋铺。怪不得谁，周瑜打黄盖，一个愿穿，一个愿坏；一个愿修，一个愿美。

当然，受罪的永远是自己的脚。一次次的商店买鞋美化自己的脚，一次次到修鞋铺修饰自己的脚；一次次让自己的脚受罪，重蹈覆辙做着蒙面驴拉磨的功夫，却以为用脚丈量着地球做着新长征的游戏。

看明白了这些，就明白了我们自己，别光怪罪北京的女人或所有爱穿高跟鞋的女人。我们都是彼此彼此，人类学会了用树叶遮身、以草履裹脚的同时，就学会了虚荣，学会了矫情，学会了修饰自己、美化自己、夸大自己。人不再干孔雀打开五彩洒金的尾巴也露出屁股眼儿的傻事的同时，也懂得了不时将屁股眼儿当成嘴巴，或自欺欺人，或欺世盗名。于是，人在都市阳光灿烂的白昼，或在灯红酒绿的夜晚，得意的时候、炫耀的时候、忘乎所以的时候，高跟鞋要不经意地提醒你一下，让人在刚走出商店门口、刚踏进宾馆电梯、刚步入舞池、刚踮起脚尖准备接吻、刚抬起穿着紧身裙的玉腿跨过栏杆准备横穿马路时……鞋跟坏了、歪了、晃了、掉了。给我们一个小小的玩笑、小小的惩罚、小小的狼狈。鞋跟落地清脆的响声，像是一声隐隐的冷笑。

所有这一切，修鞋铺看得最清楚、明白，只是，它不说穿、不捅破，任我们越发自我感觉良好地踩着橐橐响的高跟鞋在北京城走着。

据说，在南方，已经越来越少有这样的修鞋铺。而在国外几乎没有修鞋铺。这绝不是说国外的鞋一定质量就高多少，不过是消费水平和消费观念不一样，人家穿坏了也就扔了。修鞋铺是我国尤其是北京的特产。它自然体贴我们实在还没到穿一双鞋没多久就扔一双的富裕地步。它自然也最明白我们往往记吃不记打，一次次买鞋、修鞋，一次次委屈着自己、又修饰着自己的脚。因此，修鞋铺在北京起码在很长一段时间不会发愁失业。因为在它的铺边经常响着这样一条自北京上一个时代就有的口头语：脚底下没鞋穷半截！

邮市·股市·文化

　　北京的股市，断无上海、深圳发达；但北京的邮市，却远比全国任何一座城市都要热闹。

　　这种反差，是一个极有意思的现象。从经济角度看，股市与邮市都为赚钱，而且都具有风险性，但赚钱额度之大，风险性之大，显然股市要超于邮市。从文化角度看，股市明显只是一种经济活动，而邮市里却含有文化色彩。按照新行的博弈理论来考察股市和邮市，股市更含有博弈论中的"零和"概念，即有你没我，我赚的就是你输的钱，两者总和总是零。而邮市则属博弈论中的"非零和"概念，即你我可能都会赚钱，即使都赔，也不会赔至为零，尚有邮票面值保底。这个博弈理论，从某一侧面可以看出，北京人从骨子里缺乏经营的意识和冒险的精神；北京人即便想赚钱，也要赚得高雅些，有些文化色彩。北京人这种宝贵的文化气息，很是有几分可爱；但北京人的保守姿态，在股市和邮市的选择上，很能折射出内心深处潜意识的某种特质。

　　北京邮市最红火的时候是在 20 世纪 80 年代末 90 年代初。那时候，北有月坛，南有宣武文化馆、崇文文化馆、陶然亭，东有东区集邮门市部内外，西有黄庄……邮市几乎在北京遍地开花。其中规模最大也最为规范的，当属月坛公园内的邮市。

它位于月坛公园北面拐角处，用一圈铁栅栏围起，尽头还有一角用塑料布搭成的凉棚，便于那些"斜风细雨不须归"的热衷者交换买卖。它开张于 1988 年，热闹非常，每天下午，尤其是周六、周日，人头攒动，水泄不通，人满为患的势头，一点儿不亚于后来上海、深圳的股市。

鼎盛时期，那里一套 T89 仕女图 3 枚邮票外带 1 枚小型张，面值 2.88 元，可以卖到 40 元。即使几年以后臭了街，低于面值 5 元依然没人买的马王堆邮票，当时也可以卖到 13 元。更不用说猴票、文革票和梅兰芳票了。大把买进，大把抛出，批发零售兼营，成版成版抛售，成交额上千上万元不在少数，电子计算器计账随处可见。J、T 票价格扶摇直上，小型张价格更是令人望洋兴叹……

那时，是邮市中的"牛市"。

邮票居然可以发财，而且可以发翻着几个跟头连着几个跟头的大财?! 邮票的这一功能被一部分精明想赚大钱又有些胆小的北京人发现，立刻抓住不放，并且流感般传染了另一部分北京人，于是，"集邮"的人水漫金山般涌入邮市。1988 年那一年末，抢购风在全国刮起，这些北京人没有随波逐流，抛出存款去抢购家用电器服装被面之类，而是抢购邮票。邮票保值、升值，比储蓄要划得来，比存放冰箱、洗衣机要省地方。尤其是其中的行家们翻阅新版本的美国斯科特目录（世界四大权威邮票目录之一）中的标价：我国龙票新票 125 美元，旧票 37.5 美元；文 1 毛主席挥手票 132 美元；全国山河一片红票 4500 美元；梅兰芳小型张 500 美元；猴票 10 美元……再看看我国新版邮票目录中的标价：文票 1250 元；梅兰芳小型张 1200 元；猴票 30 元；而它们本来的面值依次才 0.88

元、3 元、8 分而已。况且，看架势，行情还在看涨！掐指计算着它们上涨的价格，和自己拥有不断升值的财富，让北京人心头涌出一阵阵窃喜。邮市由此兴旺不已，水涨船高，走向峰巅。

邮市和股市相比，人们的心理是极其相似的。只不过，邮市因为集邮的概念，似乎需要懂得文化，起码外国字得认识一些，否则斯科特目录都看不懂，那要卖外国邮票不是要出洋相了。不过，这种文化，实在是如同集邮册上的花边，只不过是点缀，买卖次数多了，熟能生巧，巧能生花，邮市便是一所无师自通的大学校。

与股市有另一相似之处的是邮市中的大户，手中并不拿票，而且并不常在邮市上出现。同股市中的大户一样，他们完全可以凭借大哥大掌握并操纵邮市行情变化。

在邮市上见到的邮贩，大多是"二传手"。他们一般是从大户那里倒来票，在这里坐地出售，转手为利。他们也零售，但油水不大，主要是搞批发，成版倒票，不在话下。80 年代末邮市行情猛涨时节，正是他们生意如火如荼之时，一年之内摇身一变万元户、十万元户并非个别。

"三传手"、"四传手"，在东单等地一般零售，别看本小利微，每套票仅赚块八毛，却广种薄收，一天下来，10 元、20 元的赚头是小意思。即使他们也有手臭的时候，比如马王堆和熊猫票，砸在了自己的手里卖不出去，一般而言，他们都熟稔行情，精通业务，摸得准买主的心理，掌握了瞬息万变的邮市变化。

同股市不一样的地方，邮市每成一笔买卖，无须上税。他们到月坛只需交 1 元钱（这还是后来涨上去的）门票钱，在别处连这 1 元钱都免了。国家从邮市流失的税收不知该是一笔多大的数目？而管理邮市的人，像收费厕所的看门人一样每天只管收费，不问其他，自己每天收入五六元，其余的钱任他人赚去，远没有股市所应运而生的证券公司的经营策略与方式，当然便谈不上赚钱而发展的派头了。

同股市另一个不同之处，是邮市的这些成版成版的邮票从何而来？这问题，不仅我，许多人都百思不解。股票是由各企业或公司通过证券公司而上市，渠道明确而合法。邮市上如此巨额和数量的邮票，是通过什么渠道而来的呢？邮票是由国家发行并通过各邮局各邮票发行公司来出售，个人怎么可能一下拥有这么多数量的邮票，然后囤积居奇再高额抛售呢？如果说股市尚有借用公款或股票公司内部出卖信息而炒股的不正之风，邮市的不正之风的风源又在哪里呢？

其实，从一开始，股市和邮市就有本质的区别。邮票和股票本来就不是一回事。邮票具有商品属性，却不是纯粹意义上的商品。邮票可以随日月而升值或贬值，却与股票的升贬分属不同范畴。股票，你大可认为就是钱的代名词，而邮票毕竟是国家的名片。因此，当北京邮市爆起，将邮票本来邮寄信件的功能忽略而将其与股票等同起来，便命中注定将邮市自身畸形化。邮市火爆得快，当然跌落得也快，是自然而然的事了。

如今，北京的邮市只剩下月坛一家。

如今，月坛上卖的中国邮票有的居然低于面值还卖不动。

如今，把钱投入邮市的不少人，从邮市上抽将回手。但他们依然并未将这些钱投入股市。他们在掂量，在瞄准新的方向。大多数北京人对股市不屑一顾，或不放心投入。他们对股市的知识，比邮市还差。

北京人挣钱，不想冒风险，又想有面子。北京邮市短短几年的兴衰，很能折射出北京人的这种心态。文化，是北京人居住在这座古老京城的一种骄傲，是北京人极愿意往脸上搽的一种润肤膏或粉底霜。我不知道这种文化是否与旗人文化有关联？清人入关300年，被汉族文化所同化，却又统治汉人并改造着汉族文化。清朝灭亡，八旗子弟遗风健在并流溢久远。北京人即使人穷得叮当响，要养鸟、要斗蛐蛐；即使家挤得翻不开身，要养花，要侍弄大鱼缸；即使没什么书，要讲究个掸瓶、香炉、瓷器……要的就是这点儿文化味儿。这种文化支撑了北京人在艰辛生活条件下生存的乐天气息，也消磨了北京人的锐气。知足常乐，见好就收，中庸之道，在北京极得人心。

你看，邮市衰落之际，北京一些精明人又开始瞄上了古瓷、字画的市场。这是北京人极正常的一条思维轨迹。邮市，不过是北京人一面小小的镜子。

北京的节奏

北京的节奏，表现在汽车的轮子上，机场的跑道上，斑马线的人行道上人群匆匆的脚步里，上下班高峰期自行车链条飞转的轮子上。

北京的节奏，表现在白日商店门前高音喇叭的摇滚乐里，夜晚饭店门前霓虹灯和瀑布灯的闪烁中，公园中密如雨点的亲吻上，舞厅里快如鼓点的心跳上。

北京的节奏，表现在女人的服装上，孩子的玩具里，广播热线流行金曲的排行榜上，报摊书亭花样翻新层出不穷的各式小报上。

北京的节奏，表现在商店的橱窗里，酒吧的酒柜里，商品货色相同却色彩、图案、质地频繁变换的装潢包装上；表现在菜市场每天一样的牛羊猪肉鸡鸭鱼虾瓜果菜蔬却每天不一样的价格表上。

北京的节奏，表现在冷冻饺子、速溶咖啡、方便面、即食粥、快餐店的流水线上；表现在一染黑、咳必停、痢特灵、雀斑除各式药品化妆品上；表现在三分钟快相、一小时冲洗、立等可取的各式服务部里。

北京的节奏，表现在立交桥如蛇吐信子一样天天向前延伸上，大楼和吊车如长颈鹿脖子一样天天向上长高上，绿地茵茵如水墨画在宣纸上不住四下洇散里，鸟声啁啾却如冬天树上的叶子不住减少的叫声里。

北京的节奏，表现在音乐会上疯狂如雷的架子鼓上，运动场上疾跑如飞的双腿之间，游乐场中激流勇进的水波里，股票交易所人头攒动手臂挥动"红马夹"穿梭和电脑屏幕显示出的跌落上升的数字之间。

北京的节奏，表现在博物馆一会儿是展览一会儿是家具展销一会儿改服装展示会的招牌上，电影院左辟出一部分做咖啡厅右辟出一部分做歌舞厅的变化里，年轻人谈对象早一个女朋友晚一个男朋友眼花缭乱的更换中，中年人找情人春天一个告吹秋天一个分手时不我待的怅然里。

北京的节奏，也表现在清晨公园的鸟笼、气功、太极拳，黄昏街头棋盘上半天挪不动一个卒子的棋盘里。

北京的节奏，也表现在十字路口总也不变的红绿灯上，总也等不来车的汽车站前的站牌下，火车站总是拥挤不堪迟迟上不去车的月台上，飞机场总是起飞晚点的候机室里。

北京的节奏，也表现在宴席桌上上不完的菜敬不完的酒说不完的过年话里，办公室里看不完的报聊不完的天嗑不完的瓜子里，生意场上下不了决心思不尽的算计点不完的票子里。

北京的节奏，也表现在自行车总修总漏气的车胎上，小轿车跑得再快也无可奈何一堵再堵的车流里，商店里要想退掉残次伪劣商品磨掉牙跑断腿的推诿中，衙门口要想办点儿事拉抽屉的扯皮中。

北京的节奏，也表现在大楼盖成水电不通，宿舍住人煤气不着，电话安上线路不通，信箱装好望穿秋水等待绿衣使者驾到的一次次的企望中。北京的节奏，还表现在厕所水箱漏水越修越漏，衣柜大门不严越修门缝越大，门窗玻璃破碎越是天冷越是等不来人安装的一次又一次的无奈中。

北京的节奏，也表现在孩子入托虽然一次次送礼走后门却一次次等不到消息，病人住院虽然一次次托人趟路子却一次次在医院门外徘徊，项目渴望批准虽然一次次上报却一次次未有回声的等待中。

北京的节奏，也表现在马拉松会议桌上的烟灰缸火山一样的烟灰里，批示文件一个个圈圈连起的糖葫芦一样的圆圈里……

北京的节奏，左右两轨配合，高低音符制约，阴与阳契合，天和地难分。

北京的节奏，自己是自己的对手。

北京的节奏，战胜了一部分，就加速了一部分。

北京的节奏，无论如何，只会越来越快，谁也挡不住。

北京的节奏，表戴在我们的手腕上，磁力却在地球的地心里。

北京之吃

北京人眼下讲究吃，吃得越来越邪乎了。

古人说：民以食为天。城阙九重门，安知天子尊。在过去的京城，天皇合一，将吃与天相比，透着气派！可见得吃的重要对于北京人来说由来已久，绝非生命中不能承受之轻。

北京人之吃，铺天盖地，花样翻新，和北京城建筑层层相叠，左坛右社、前廊后厦一样，讲究的就是金碧辉煌，繁文缛节。北京的吃以前是被鲁菜占领，如今被粤菜统帅，自己虽有谭家菜号称出自宫廷豪门之后，但基本已经只剩下可怜的爆肚、炒肝、艾窝窝、小窝头一类的鸡零狗碎，没有了昔日风光。北京人的胃口里可以装下五湖四海的八大菜系，甚至西式的比萨饼肯德基麦当劳，却已经基本上没有了自己的东西。当然可以说北京人的胃口有容乃大，却也洋洋洒洒吃过之后打出几分无奈的嗝，遂只能做做遥想当年的美梦，挖掘一下御膳单，做几种名实难副的宫廷菜，骗骗外地人，也骗骗自己。

北京人之吃，如今追赶广东人的时尚，除了带毛的鸡毛掸子不吃，什么都敢吃。于是，吃的花样扩展着吃的地盘，吃的欲望侵蚀着城市的空间。书店被饭店蚕食，文化馆图书馆割出地皮开办餐馆，餐馆业如雨后春笋，连北京郊区吃泔水的猪都长了膘，弄得北京买瘦猪肉越来越难，就不足为奇。而大厨师的收入远远超过大学教授，李白诗云，"珠玉买歌笑，糟糠养贤才"，一行书不读，吃得万户侯，便也不足为奇。

北京人之吃，如今吃得越来越方便，也吃得越来越豪华。饭店装修得流光溢彩，只有商店能与之媲美。饭店与商店，如今成了北京耀眼入时的一对诱人的眼睛。吃的档次当然越来越高，有的餐馆席间还伴有三点式泳装女郎时装表演，将吃的范围繁衍开来，而且往往要冠以"食文化"之类高雅动听的词，让人们的胃口大开，吃的兴味空前高涨。原本就有"秀色可餐"一词，美女蘸着胡椒面或芥末油下肚，也是一道流行时尚菜。

北京之吃耗费巨额。据统计，全国之吃一年以上百亿元人民币的数目挺进，北京之吃恐怕起码闯进亿元大关。又据统计，全国之喝一年喝下一个西子湖，北京之喝恐怕起码也得喝进一个昆明湖。如果同教育的投资相比，不免让人背气。只好往好的方面使劲地想，便觉得吃得流油的嘴，总比只会声嘶力竭骂人、批判人的嘴，是个进步。况且，商海翻波涌浪，逼得人们把会议室搬迁至餐馆酒席间，把杯问盏、觥筹交错之间，生意就做成了，棘手的事就迎刃而解了，所谓壶中天地大，杯中日月长。吃，滋润了肠胃，便也润滑了为商为官的道路，打开了求人为己的门闩。北京人之吃，有吃得脑满肠肥的，也有吃得心头滴血的，有吃公款一掷千金的，有吃自家好不容易积蓄下的……无论是谁，大多进豪华餐馆去吃已经不仅仅是为了吃，吃的意义涵盖面确实水漫金山般淹到政治、经济、文化的前庭后院。

北京之吃，对于孩子是解馋；对于年轻人是排场；对于中年人另有一番怀旧功能。要不北京四城怎么一下子会冒出"老三届餐厅"、"黑土地餐厅"、"老插餐厅"、"忆苦思甜饭店",甚至"离婚餐厅"……那么多专为中年人开设的饭馆? 即使那是瞄准了专掏中年人腰包的,中年人也乐此不疲,哪怕吃一道名曰"全国山河一片红"的菜不过是一盘凉拌西红柿,吃一碗名曰"知青过江"的汤不过是一把青葱洒在高汤上,也吃得兴味盎然。到那里去吃,吃的是流逝的岁月、难忘的爱情,人生唯有一次的青春。于是,幽幽灯光下,谁知盘中餐,粒粒皆怀旧,浓重的情绪从心底溢出,吃便融进悠长岁月与况味人生之中了。北京人之吃,便不是只讲消费、只讲实用、只讲人情、只讲油水那么单调了。

上述北京人之吃,无论如何难以理解,都有自成一理的地方。即使喟然长叹一口气,也甘苦相知。唯有一种吃法,令人难以容忍。一位朋友告诉我:有位郊区农民暴发户携巨款进城迈进一家五星级饭店,拍出钱来问住一夜总统套间够不够? 答曰:够,且有富余。便住将进去,问吃什么最贵? 答曰:鱼子酱。呼将拿来。侍者端上来一片面包托着一摊鱼子酱。老乡将面包吃光,将鱼子酱剩下,留下一串笑柄。暴发户的豪吃鲸吞,将吃形而下成为动物的一种本能,又饰以金钱涂抹的一层油彩,显得滑稽可笑又可悲可叹。这使我想起法国人说人头马酒法国人不吃,偏偏卖给中国人。什么样的中国人专吃这种玩意儿? 大多是这位老乡一样的暴发户。他们不惜千金买洋酒,自以为吃出了派头,出尽了风头。要他们拿出这些吃的钱支持教育、援助艺术、投资再生产,他们要锱铢计较了。只好去吃,大吃特吃,饕餮不已,经过肠胃运动,化作大便变成肥料,造福于人类了。于是,他们既成不了现代企业家,也成不了美食家。

　　吃，对于北京人，上至大小官下至老少民，谁也离不了。却是这些畸形的吃，吃馋了嘴、吃倒了胃、吃穿了肠、吃霉了心、吃走了味，与吃的本意大相径庭。"民以食为天"的"天"意，便也无可奈何地坠入了地狱。

北京之怕

住惯了北京，享受着它的繁华和便利，同时分担着它的忧愁和伤病。许多地方让人爱，许多地方让人怕。

怕上街。马路是越建越多，越拓越宽；立交桥是越建越高，越建越阔；交通却是越来越拥挤不堪。似乎天天都在过节，人人都在放假。不仅北京的人，外地的人、外国的人，通通涌到大街上庆贺北京的节日，条条街道都熙熙攘攘，乱糟糟如蜂巢。打个的吧，兜里的"兵力"有限，又实在怕赶上个不打表的，车到站了，狮子大开口，跟你漫天要价。挤公共汽车吧，要耐得住性子，要不怕挤，还要练就一双磨得起硬茧的耳朵。因为车上不知什么时候就会为一点小事而开口大骂，纵使是衣着时髦的小姑娘，也敢雨打芭蕉、席天卷地，带上列祖列宗三亲六故一通破口大骂，让你犹如堕入红灯区一般羞得不行。当然，一切挨过之后，最怕的是堵车。并不长的路，一下子显得遥遥无期。你如同船行在海中央，前后拢不着岸，干着急，没咒念。

怕买东西。千万别把顾客叫上帝，这实在享用不起，能够和气生财就知足。咱也不怕多花两个钱，能够买到货真价实的就常乐。怕只怕商店改名叫商厦、商城，装潢得越发豪华和气派，却只是金玉其外，败絮其中，买到手的假冒伪劣，防不胜防。也怕本来不大的街头小店愣敢叫什么购物中心，外地请来的小姐涂着猩红的嘴唇，热情如火，站在门口拉客一样把人往里拉，拉进去，就让人倒了胃口。也怕"托儿"，别以为上钩的都是外地人，北京爱占小便宜的人比外地人还要多，只不过显得比外地人自以为是，却常常聪明反被聪明误。倒是那些老实的外地人遇到了"托儿"，还以为人家好心眼，遇到知音一般，吞吃了苍蝇，以为咽进的是"十全大补"。当然，更怕意外被搜身检查。北京的商店，尤其是大商店、合资商店，售货的小姐格外自我感觉良好，俨然个个是戴安娜公主或波姬·小丝，会在突然之间平地起风雷，硬说是商店里丢了东西，而且那东西一般都是贵重的，看你不顺眼，说你是嫌疑你就是嫌疑，有口难辩，货没买到，买了一肚子气，"上帝"变"囚徒"，滋味云泥之别，太难以消受。

怕去饭店。虽处处叫喊"食文化"，落实在"食"上容易，落实在"文化"上难。从不奢求吃出什么先秦盛唐的文化，吃出宫廷御膳的滋味，只要求吃饱肚子，解馋嘴巴。怕的是快刀宰人，汤里便流着自家的鲜血。怕的是碗碟不净，一盆浑水中捞将上来的便让你就着细菌下肚。怕的是名不副实，花哨的菜名，端上来的让你扫兴难受。怕的是冷语伤人，满脸堆笑的服务小姐翻脸不认人，骂人不吐骨头，让你食欲顿消。当然，更怕的是饭菜里吃出异物，即使有惊无险，也让你心惊肉颤。报载有人在菜中吃出个金戒指，系做菜的师傅所掉。只可惜凡人在饭菜中吃出的常常是沙子、苍蝇，甚至鞋钉。

怕上自由市场。黑心秤比比皆是，如图方便，只好忍去。怕的是强买强卖，东西没买成，欺行霸市者大打出手。怕的是鸡屁股里注水、松花蛋里包土豆、羊肉卷里羼马肉、死猪肉大摇大摆卖个大价钱……

怕打公共电话。怕漫天要价，他的嘴就是钟表，就是价格，你打三分钟，他敢跟你要半小时的钱；你打到南京，他敢跟你要打到东京的钞票。也怕电话亭里说着马季的相声，绵绵情话不断，抱着话筒像啃猪蹄子一样没完没了。也怕你打电话，后面等候的人像贴身警卫一样死靠着你，听得清他或她的呼吸和心跳，听不清对方话筒里传来的声音……

怕找人。北京实在是太大，如今三环路都已经打不住，往四环、五环上跑，找一个人，费上半天或一整天工夫，兴许还没找到，是常事。而小胡同像是迷宫，转进去再想出来，不那么容易；再加上好多小胡同已经拆迁，原来的地方盖起了高楼大厦，有名无实，在地图上找得到，到实地就没了踪影，别说外地人，就是老北京人，一样晕菜……

怕串门儿。怕门铃，先响了个惊天动地，吓了你一大跳，主人才姗姗而来。怕猫眼儿，先在里面瞅你一溜够，缩小一大圈，审查个底朝天。怕再窜出条狗来，"汪汪"地冲你叫，虽是欢迎你伸出舌头舔你的手或脚，却受不了这分亲昵。怕地毯，怕主人让你换拖鞋，怕自己抽烟把烟灰掉在地毯上面。怕分手时说的话越来越有礼貌，可以后见面的机会越来越少……

怕上医院。没什么别没钱，有什么别有病。怕医药费医疗费水银柱受热发烧般上涨。怕大夫护士的脸色雪柜一样冰冷。怕药是假的。怕针染上病毒。怕住院。怕给大夫护士塞上"进贡"的钱礼，人家不要，手术更没了底气。怕万一碰上个不负责的大夫或护士，那万一对自个儿就是一万般重呀，打错了针、看错了病历、把扁桃体换成肾结石摘走，哪一个万一也受不了啊！更怕把手术钳或绷带什么落在肚子里，一起缝合进伤口。怕咳嗽没治好反倒治成了喘……

北京之怕，是北京之病，北京再好，也不会没病，就像一个人再强壮，吃五谷杂粮长大，也不会一点病没有。有病不怕，怕是不治病。北京之病，人人是患者，人人是医生。

北京之爱

北京之爱，其实要说有多种多样的爱，比如父子之爱、母女之爱、扩而广之更为广阔的博爱。不过，这一切都抵挡不上流行的爱。流行的爱花落叶落，只剩下爱情一花独放，兼爱、博爱，成为了书面语言，只能在词典里才能查到了。流行的爱情已经金蝉脱壳，演绎得令人目不暇接，精采纷呈。

爱情已经变成贺卡上的贺词，越发动听，越发甜腻腻，越发千篇一律。逢到圣诞节、春节、情人节，它们就像小鸟成群结队地跳上枝头一样，跳上花花绿绿的贺卡，唱着动听的、甜腻腻的、千篇一律的陈词滥调。唱的人高兴，听的人舒服。如果人人说着这样的情话，怕是像大合唱，词都一样，连空拍和切分音都一样。语言被批量生产，语言的能力越来越退化。爱情变成了可以复制的拷贝。

爱情已经变成流行的小调和 Rap（说唱），播放在大街小巷、商店的高音喇叭和幼儿园孩子的嘴中。很像是泡泡糖，可以塞进所有人的嘴中，嚼烂以后，吐在地上，当成垃圾拉出城外，和烟头、浓痰、粪便堆在一起。连小孩都唱语录歌的时候，语录已经变形；连小孩都唱爱情的时候，爱情已经再无神圣、神秘可言，而沦落为几角钱一盒几块的泡泡糖，任人咀嚼。尽管那流行歌曲唱得再缠绵恻，尽管那流行 Rap 唱得再惊天动地。

爱情已经变成电台和电视台的热线节目，为爱人、为情人、为丈夫、为妻子，在那特殊的日子里，比如生日、节日，或者根本不是什么要紧的日子，都可以点播爱情节目。那本属于两人世界的情感交流，属于悄悄的喁喁细语，属于只可意会、不可言传的心的感应，非要通过电波扯旗放炮，沸沸扬扬，搞成一台大戏，让所有人都知道。爱情变成了展览，爱情变成了热销，爱情变成了批发的热闹市场。其实，那些事先制作好的节目，不过是一副扑克牌，轮番发过牌后，再洗洗牌重新发给你。爱情已经变成了一场游戏。

爱情已经变成花店里时髦的玫瑰，献花比热线点歌似乎还要浪漫。其实，花店的花在已经被剪得笔管条直的同时，便也剪掉了浪漫。浪漫已经让位于华丽和价格。爱情已经成为时髦，成为炫耀，成为搔首弄姿，成为东施效颦。这样的花，可以插在所谓爱情的花瓶里、插在爱情的晚礼服上，却再没有了田野的芬芳、大自然的清新和天然。

爱情已经变成影视中宾馆式的爱，越加豪华，也越加矫情。它只是演给别人看的，满脸厚重的脂粉能遮住丑陋，却涂不出真情。频繁更换的衣着，可以开成服装演示会，却更新不了爱情。

爱情已经变成"小蜜"或"傍家儿"，变成港币台币美元加鸡尾酒，变成钻戒项链手镯加桑塔纳，变成速溶咖啡、咳必停或痢特灵，变成更赤裸裸的乳罩、内裤、避孕套……吻，再不是一个令人心跳的字眼儿，也无须屏住呼吸再渴望等待，那一瞬间已不神秘，大庭广众之下鸡啄米的接吻，已被认为是新潮，成为都市的风景线，早都见多不怪了；爱情，早被情欲燃烧成了短暂的过门儿……爱情，仅要一个三级跳就直奔主题，立等可取。灵与肉，可以水火难容；爱情，和性已经飞快地划成了等号；而爱与情都已经剥离得只成为了累赘、多余的点缀和零碎……

西格曼一曲"爱情故事"，蒙骗了不知多少人，在北京的广播里唱，在北京的磁带摊上卖，很是流行。只是，流行的爱情，不少只剩下可怜巴巴风干鱼一样的外壳，已经没有了故事。

北京之假

　　北京如今流传着这样一句话，是将电影"世上只有妈妈好"的名字改动了一个字："世上只有妈妈真"。意思是世上除了妈妈是真的，其他一切都可能是假的，连爸爸也可能是假的。假冒伪劣，确实充斥在北京人的生活和城市的空气中，常常使得以"忠厚传家久，诗书继世长"为传统的北京人真假难辨，莫衷一是，哭笑不得。

　　其实，假冒伪劣，并不仅仅表现在北京城街头大小商店、集贸市场上的假药、假酒、假皮鞋、假名牌……或者是往棉花里掺沙子、往猪肉里注水、在秤盘下压石头……

　　假之所以肆无忌惮，不胫而走，在于我们自身的污染。申办2000年奥运会时，国际官员到北京考察，首先对城市污染皱起眉头。且不说风不再像从田野里、从草原上、从雪山顶吹来一样清新，光看那空气，夹杂着工厂烟囱冒出的煤烟子味和汽车屁股排出的油烟味，怎么不让人家皱眉头？经年累月的，北京人呼吸惯了这样的空气，已经有些麻木，或者说见多不怪。而且，当北京人还在为房子等最起码的生存空间和条件努力挣扎的时候，空气的清新，显得有些奢侈了。因此，忙碌的北京人很少有时间和心境抬头看看我们头顶的蓝天。天再也不像水洗过一样蔚蓝，即使暴雨之后，天边可以挂起漂亮的彩虹，天却依然是灰蒙蒙的，如同怎么洗也洗不干净的脸。而天上的月亮，不仅受到污染的威胁，更受到自以为北京之骄子的摩天大厦和北京之美女的霓虹灯的双重挤迫，即使在中秋之夜，也几乎已经看不清它的面孔，更不消说卧看牵牛织女星了。

当然，假也不完全在于城市的污染，而在于我们自己的手、自己的脑袋、自己的审美和价值系统，在于约定俗成，在于习惯，在于麻木，在于奢华，在于虚荣，尚未进入小康，便梦想一步跻身世界大都会。于是，北京的花，可以娇气，可以名贵，已经变得像整过容的女人，修剪得笔直像军训过的学生。北京的水，时兴用矿泉壶、磁化杯过滤，也不会是山涧里奔流下来的清水；而蒲公英喷泉和音乐喷泉喷出的水，在彩色灯光映照下，更是不仅改变了水的颜色，而且变了水本身的形状。

人已然被假左右，以假为真，以假为荣，假便蔓延得有些有恃无恐。假，可以是美、是俏、是娇宠、是档次、是品味、是时尚。女人，可以说是最容易受假诱惑的。北京的女人不服气上海女人的漂亮，也不服气广州女人的能干，偏偏又不想多干，便多剩下把自身弄得漂亮夺人。于是，街头骗人的广告，她们可以趋之若鹜；至于她们自己，从头到脚、从里到外，都可以自觉自愿舒舒服服甘受假的侵蚀。头发可以戴上用马尾做成的假头套，脸可以用各种化妆品涂抹成调色盘，眼睛割成肚脐眼一样的双眼皮就不在话下，连乳房都可以填充化学物……北京的女人，能说不能干、敢说不敢干的不少，电视里虚假的爱情，用嘴巴侃出来的爱情，最可以让她们哭湿了手绢，心里头恋恋不已。还有什么假不可以在她们那里无敌于天下呢？

当然，北京有的男人也好不了哪儿去！骑士的风度，只表现在情场上；雄性的豪壮，只洋溢在酒桌前。玩弄游戏，当然需要假；纸上谈兵，自然不怕假。要不怎么在流氓行凶面前，男人敢于冲上前去的越来越少；有个老头落入护城河的水里，勇于救人的偏偏是天津男人而不是北京男人。北京男人的假，在于侃爷越来越多，在于"天桥的把式，光说不练"的老话越来越有生命力。喷吐出来的话语，如同鱼吐出的水泡儿，即使再多，也只是无法兑现的假钞。

最受害的是孩子。看到天安门广场升国旗，老师让写那一瞬间真实情况，孩子写他正摸衣袋里的橄榄，作文得个不及格；捡了自己丢下的钱包，像模像样地交给老师，反倒得了表扬。这样的事，在北京不是天方夜谭。假，让聪明的孩子看准了世界的腰眼儿，一捅一个痒的是地方。

因此，不必奇怪人造丝、人造革、人造海蜇、人造蟹肉……遍布我们的四周。不必责备女人戴的是假珍珠项链和人造宝石的钻戒。也不必惊讶号称包治百病的江湖郎中、雇用枪手的假作家、抄袭他人的论文贩子、拉大旗做虎皮发行债券的假公司、足球场上踢假球的队员、空对话筒却是录音带唱歌的歌唱家……依然行销不衰；而高级职称遍地走，假文凭可以花钱买，假人民币不知什么时候就撞到你的手里，就不必见多还怪了。

黄昏或者夜晚，你要是在北京繁华热闹而又灯火璀璨的街头，遇见一位衣着时髦、身材窈窕、面容绰约的女人，冲着你甜甜地微笑，让你动心又动情。你向她走过去，仔细一看，却是个橱窗里那种用新式材料做成的时装模特，而不是什么北京奇遇，便是很正常的事。你不必为自己，更不必为它脸红。

流行时装

若问当今北京最流行最时髦的时装是什么？不是牛仔服，不是老板裤，不是砂洗装，也不是街上流行的黄裙子……

是游泳衣。

商潮翻涌，商战迭起，南方不住地向北京进攻。然而几百年一直是政治、文化的中心，一直是靠着全国财政税收供养的帝都，北京人一般是耻于言商的。如今却已经被搅动得躁动不安。下海，成了使用频率最多的一个词儿，就如同当年说"革命"、说"阶级斗争"、说"防修反修"、说"解放世界三分之二受苦受难的人民"一样顺嘴、得意、底气十足，且时髦流行。工农兵学商，东西南北中，下海的扑通扑通声不绝于耳，浪花飞溅，跃入水中的姿势美丽，捞将上来的宝贝诱人。世有世道，鳖有鳖路，有权者下海将手中的权力变为商品；公子哥下海老子的名字就是公司的牌匾；无权无势的草民下海，顶不济还可以星期天到跳蚤市场沾几星水花。至于教授摆地摊、作家办公司、歌星开饭店、大学生搞推销……几乎成了新闻热点，如同当年发现了大批判、上山下乡、活学活用毛著的典型一样，被大风起兮云飞扬一般鼓吹，热热闹闹地跑着走马灯一样五彩缤纷。十亿人民九亿商，北京已经快成了一片风起云涌的商海，几乎人人都跃跃欲试下海捞一番世界，当今流行的时装不是游泳衣又是什么？

或许这只是个夸张，是个笑话，是个荒诞的象征，是个黑色的幽默。但是，下海已成为一种最流行的趋势，万般皆下品，唯有挣钱高，已成为北京人普遍的一种心态。这似乎并不是笑话，也不怎么幽默。仿佛天上飘下来的再不是雪花和雨点，而是大把大把的钱票子。仿佛地上随便一掘就可以掘出金银岛一般的财富。仿佛有钱能使鬼推磨再不是过了时的训条，而成了新潮的语录。仿佛火到猪头烂、钱到公事办再不是揶揄或嘲讽，而成了牛顿的第四力学定律。钱，使穷惯了、穷怕了、对钱鄙薄太久了、批判太多的北京人，有一种久违的亲近感，忽如一夜春风来，千树万树再不是梨花开，而是钱眼大开、心眼大开。

原来钱不是王八蛋，原来钱是好东西，原来有钱并不堕入万恶的深渊，而擢升为万能的巅峰。于是，北京再不相信灰姑娘一类清贫的童话，也不相信不食周粟一类清高的传说，于是，北京创造着自己金钱君临一切、下海鲤鱼跳跃龙门的一类新神话。于是，我们看到为发财假货盛行，越是披露于众最多的假药集散地，越是采购者风云际会，如蝇逐臭，却以为蜜蜂采蜜。于是，我们听到过去的学而优则仕，闹而优则仕，让位于如今的商而优则仕；过去的无欲则刚，改为无欲不刚的新翻杨柳枝。于是，有了钱，便可以买到文凭、户口、房子、小老婆和外国护照。明显的交换，再不必羞羞答答，钱是漂亮而公开的公关小姐，攻无不克、战无不胜。于是男人信奉先拥有金钱而后拥有女人，女人信奉先拥有大款而后拥有金钱，再用这一份金钱像培植人工黑木耳白木耳一样培养另一份爱情。于是，小学生开始不再相信"学好数理化，走遍天下都不怕"

这些老掉牙的格言，而相信唯有有钱方可潇潇洒洒走一回。于是，我们便轻而易举地相信一类智商的人经商，二类智商的人为官，三类智商的人才去做学问。我们便天真烂漫地相信教授一边经商一边可以研究出精深的科学成果；作家一边办公司一边可以创作出鸿篇巨制；如同眼下大陆正走俏的港台作家，短短几年之内即一边做着生意发着财，又一边创作出几十本书的奇迹……

既然下海有着如此众多而色彩炫目的诱惑，怎不令人心向往之？即使不谙水性，也要在浅海、近海里扑腾几下，方解心头之痒！如此众多的下海者，游泳衣自然流行，何足怪哉！

仿佛恩格斯批判的"活着就是为了赚钱，除了快快发财不知还有别的幸福"，早已被人们忘记，丝毫打不起精神。而马克思在《资本论》中所讲的："本身不是商品的东西，例如良心名誉等等，也可以被它们的所有者拿去交换货币，并通过它们的价格，取得商品的形态。"仿佛也已经背时生锈，如同人老珠黄的女人引不起人们的兴趣。

鄙薄经商，固然幼稚；全民经商，却如同全民皆兵一样可笑。从穷日子爬过来的人们，渴望生活富裕并非罪过；发财之梦也并非仅仅属于北京人，它激励着北京和先富裕起来的南方一起奋争本无可厚非。谁也不会相信越穷越革命、越富越堕落的悖理。但是，应该明白世界在靠物质积累的同时，也要靠精神的高扬而发展。在貌似金碧辉煌的金钱之上，还有马克思所说的人类的良心和名誉，还有一代人铸造的灵魂。

金钱并不能买到一切。

游泳衣并不是救生衣。

胡同·人情

　　说起北京的胡同，我相信许多北京人会和我一样，感情复杂，一言难尽，说爱？说恨？说爱恨交加？

　　北京胡同几乎成了北京古老历史和文化的一种象征。这几年，有关北京胡同的书籍、摄影画册、电影、电视片，一下子多了起来，似乎生怕高楼越盖越高越盖越多的北京城，胡同会灭绝，而痛失了国粹。

　　其实，北京胡同并不是一个清晰的、统一的概念。正如笼统说人一样，是个极模糊的概念。人之中有好人、恶人、穷人、富人，顶不济还分男人、女人或大人、小孩。北京的胡同也是这样。据统计，现在北京的胡同大小有6000多条。这6000多条胡同差别太大了。据考证，北京胡同最早自元朝起就有了。一般人认为胡同是和北京特有的民居四合院联系在一起的。没有四合院，便没有胡同。四合院和胡同以几何图形式的平面划分形式，渐渐构成了北京城的形象。这种形式的构成，其实最初是皇城的扩大和衍化。只不过，越来越多人口和地盘膨胀的北京城，在日后漫长的岁月里，越来越顾不上漂亮而规整讲究阴阳契合左右对称的几何图形的划分形式了，就像破落了的贵族。

　　因此，真正堂皇的，愿意拿出来让外国人瞧的胡同，其中的四合院最初住的是官员王爷，日后渐渐住的是商贾政客，解放以后乃至"文革"以后住的是进城的干部、工人阶级或获有头衔官位的民主人士。那些四合院即使不是旧时的王府官邸，也是前出廊后出厦、进出两院有游廊垂花、门外带耳房的标准四合院。这样的胡同并不宽阔，也不喧哗。起码，这样的胡同是和小四合院的天篷鱼缸石榴树联系在一起的。这样的胡同，有一种陶渊明的味道。

　　北京大多数胡同可没有这种诗意盎然的味道。这是因为越来越离皇城远的地儿，盖起的四合院已经变成大杂院，或者说盖起来便是大杂院。而更多的连大杂院都算不上，只能说是简易的窝棚，是用碎砖头烂瓦外加麻刀合泥垒起来遮挡风雨的类似原始住宅。再不是那青砖绿瓦鱼鳞檐，再没有前廊后厦大影壁。无数北京城的普通百姓，就住在这里，一住一代乃至几代。就在现在到珠市口、天桥、花市、陶然亭附近，在那些繁华的大厦、商店背后，依然可以毫不费力地找到这样的胡同，这样的四合院。它们成了眼下市政府的"康居工程"的重要内容。对付它们，要用工程，可见难度之大。

　　于是，才有了与上述诗意盎然的胡同不一样的胡同。有了斜街、夹道、半截、扁担、耳挖勺、锥把儿、豆芽菜、下洼子……种种五彩纷呈的胡同名称，或弯或曲或窄或短或低或湿。最深刻的莫过于死胡同，这实在是北京人的智慧，不说此路不通，而说"死"。在我看来，这是对这种胡同几乎绝望的一种心情和态度。

　　于是，这样的胡同，下雨一街泥，无风三尺土，旧北京民谣说："刮风像香炉子，下雨像墨盒子。"实在是这样的胡同最形象的写照。这样的胡同，甭想散步。它断无走在上海梧桐树掩映的里弄和天津海河畔小径上的感觉。老北京有句话说：胡同净泥塘，走路贴着墙。所以，北京人一般管散步叫"遛弯儿"。何谓"遛弯儿"，是说遛出这样弯来拐去的窄小胡同，到河沿边儿上到公园里去走走。

这样的胡同，连带的大杂院形成的邻里关系，据说最让北京人骄傲，最让外国人羡慕。俗话说远亲不如近邻，千金买宅，万金买邻，都是说这种关系的亲密、相互照应的浓郁人情味。北京人人情味浓与这胡同、大杂院的居住环境有着极为密切的关系。当然，这是不错的，却也只是不错了其中一半。这样的胡同所串联起的这样的大杂院，其实把人性善良和丑恶的两方面，一并滋养了起来。这样拥挤而狭窄的生存空间，迫使人们的社会属性一部分消融在动物属性之中，在一个门门相对、窗窗相靠的大杂院里，呼吸和心跳都彼此听得格外清楚，人们便毫无隐私可言。"文化大革命"一爆发，大院里亲近的邻里便立刻频频抛出炸弹，贴出一张张大字报揭发对方的问题，不亚于将档案袋抖搂公布于众。恶，便如潘多拉的匣子，从这样的大院、这样的胡同打开。

这样的胡同，据说还有一样可以给北京安慰和回忆的，是一年四季清晨夜晚叫卖各种食品的吆喝声，伴着剃头的铁夹子的响声、磨剪子磨刀的喇叭声、卖油的梆子声、卖针头线脑的铁镰声、卖糖果的铜锣声……此起彼伏，宛如一段段乐曲，可以让人发思古之幽情，遥想古老北京胡同的一幅幅民俗画卷。其实，这种胡同所回荡的叫卖声，同这样胡同所连带的大杂院一样，是贫穷落后生活的缩影，是北京底层百姓艰辛生计的写真，给我们只是如胡同一样窄小肮脏的酸楚，绝不会产生"小楼一夜听春雨，明朝深巷卖杏花"的诗意。1933年，一位外国音乐家曾创作了一首《北平胡同曲》，在当时最讲究的大光明戏院演奏，一位已经被北京人遗忘的名叫徐訏的作家曾经讽刺这种"北平胡同曲"："他的一切幻想离开了人与社会，他不会从'萝卜赛梨'的声音想到叫的人正是在大雪地里颤抖着在走，而为的是他家里三四口人的生存⋯⋯"的确，那声音不是北京胡同的光荣。

这样的胡同，还有一种冷热病的老毛病，已经快被我们遗忘，或者说已被我们容纳、接受，视为理所当然。那就是北京胡同最爱改名。别看胡同并不扎眼，却极爱追逐时尚与风头。解放以前，将大脚胡同改为达教胡同，鬼门关改为贵人关，狗尾巴胡同改为高义伯胡同，驴市胡同改为礼士胡同，裤子胡同改为库资胡同，牛蹄胡同改为留题胡同⋯⋯不一而足。"文化大革命"又给了北京人一次为胡同改名的机会，据统计光以"东"字起头的胡同名就改了有300多条（比如改为东风路等）；以"红"字起头的胡同就改了有100多条（比如改为红到底胡同）；至于将枣子胡同改为"红强胡同"，下洼子胡同改为"学毛著胡同"，八宝楼胡同改为"灭资胡同"⋯⋯更是不胜枚举。影响最大、也是最热闹的是将东直门外原苏联大使馆前的扬威路改名为"反修路"，红卫兵领衔主演，万人聚集街头，轰轰烈烈，不亚于一场大戏。其实，改这名也好，改那名也罢，说到底，多变的是人而非胡同。

北京的胡同，养育了北京人，尽管给予北京人的是不健全的营养；北京的胡同，给予北京人许多回忆，却不只是温馨。年轻一代会与胡同越来越遥远、越来越隔膜；年龄大一些的，谁又没和胡同有过千丝万缕的联系？回味它当然可以，其实回味它更多掺进了对自己青春与生命逝去的情感，而不是胡同真实的情景；拍摄它当然也可以，其实拍摄它更多已是从艺术角度观照它把它演变成一种艺术，而再不是胡同原始的样子。胡同是有感情的，但不是我们今天重新审视它的人的感情，正如踏着它地面的人，可以走出胡同而踏进高楼新居，而胡同本身只可能在北京的地图上越来越少。

北京的胡同，并不是北京人的骄傲。缩小它、改造它、乃至彻底消灭它，才是北京人的骄傲。（当然，最后可以留下几条作为北京历史的标本，供后人研究、凭吊，也可以以此赚钱，但不能多，也不会多。）

北京话

　　一般人认为北京人讲话就是爱带儿字音，要不就像电视剧里的侃爷一样能侃，把根稻草说成金条。这实在是对北京话的大大误解。

　　我敢说，全国各地方言之中，唯北京话最为丰富多彩，它的形象、厚实、一语双关、俏皮、幽默，尤其是幽默，大概是其他方言没有比的。这绝不是自夸。北京话的这些特点是与北京特殊的历史、特殊的政治、文化、经济地位分不开的。现代北京话中，仍能寻找到秦汉魏晋唐宋元明等朝代的古词，还能找到不少少数民族的语词：比如"嗷糟"（心烦或不净之意）、"水筲"（水桶），就分别是元代和明代时用的古词；"您"，北京人常爱称呼这个词，就是来自蒙古族；"大夫"（医生），则来自女真语。同时，北京城作为古都，既有上至皇帝的宫廷语言，又有下至五行八作的市民语言，这无疑也使得北京话雅俗兼备，相互融合。比如"待见"一词，是喜欢的意思。"这人怎么这么不招人待见呀！"便是来自皇帝对臣下有带领引见之举。被带领着见皇帝，是项荣光的事。而"来劲"这个词，是来自妓院。只不过如今，人们分不清哪个是来自玉宇琼宫，哪个是来自下里巴人罢了。就是这"罢了"一词，其实也是从满语演变而来的。这在《红楼梦》一书中常能遇到。

北京话，实在是历史长时间冶炼、北方多民族多方交融的结果。这后一点对于北京话的形成、发展，在我看来更为重要。因为辽、金、元、清，北京一直处于少数民族政权统治之下，语言不可能不受到少数民族语言的影响。语言学者曾经指出，北方汉语早在1000多年前便与阿尔泰语系的契丹语、女真语、蒙古语有着密切联系，这应该是很自然的。同样，汉语也影响并改造着少数民族的语言，其中最为明显的莫过于清代的满族。

明初迁都北京城之后，随迁而来的江淮一带的官员及随从乃至百姓，无形中使北方语言与中原语言大融合，远距离杂交，呈现语言更为丰富而富于新鲜的活力。这种活力进入清代，使得北京话演变为现代的北京话。一部《红楼梦》，就是用这种北京话写成的，它的语言优势无疑已经领导全国新潮流。虽有地方戏操地方方言，但大多数文艺、文学作品，是以北京话与人们交流，并得到人们的认可。即使到现在，《红楼梦》里的北京话离我们也并不遥远，我们读它并不费劲。

细琢磨地道的北京老话，能看出北京人的智慧。北京话说出来，仿佛看得见，摸得着，非常形象，十分给劲。

比如说讨价还价，北京人说是"打价"。一个"打"字，将价码儿拟人化了。以后北京话中出现的"宰人"，价太贵坑人之意，其实都是从这一根筋上繁衍出来的。

比如说盯着，北京人说是"贼着"，贼读平声，如贼一样不错眼珠儿瞄着你，那是什么劲头？

比如说稀松，干事没把握，北京人说"不着调"。连调门都没找着，你还能指望他把事干成了？

比如说事情干糟了，没办法了，北京人说是"没辙"了，或"抓瞎"了。车辙找不到了，还怎么开车？眼都瞎了，还抓挠，能抓到什么？一下子，把抽象的事具体形象化了。

比如说天刚黑下来，北京人说是"擦黑儿"，刚刚和黑儿擦了边，这分寸劲儿！

比如说办坏了事，北京人说是"砸锅"，你说家里锅有多重要，全家人指着它吃饭，把锅都砸了，这事办得有多糟糕吧！

比如说白费事，北京人说是"瞎掰"；说别扭，北京人说是"窝心"；说顺便，北京人说是"带手儿"；说不爱回家，北京人说这人"没脚后跟"；说隐瞒，北京人说这人"蒙席盖井"；即使北京人吵架，不说这事没完，我不服你，而嚷嚷一句"姥姥！"……

这样生动得活灵活现的北京话，可以编一部词典。当然，随着时代的发展，有些北京话，小时候我们还说，如今已经不大讲了，比如"淘唤"（寻找）、"杀口"（味道）、"转影壁"（躲藏）、"狗食"（不通情理）、"蹭棱子"（软磨硬泡）、"拍花子"（拐卖儿童）……语言就是一条河，冲走了一些、沉淀了一些、流失了一些沙子或泥土，泛着无数簇新而有生命力的浪花，流向一片新的天地，潮随平野阔，月涌大江流。许多北京话，已经不知不觉流向全国，为各地人运用，只不过没有人再去意识到罢了。比如假招子、猫儿匿、巴结、忾头、撑掇、外快、栽跟头、张罗、套近乎、眼面前、找碴儿、倒腾、拆兑、胡呲……原来都是实实在在地地道道的北京话。

当然，也有外地人一般不用或少用的，一下就能听出来的北京话。那是北京的特色，或者说是北京的味儿。一般而言，每一个地方，都有这样的语言，使得这个地方让人说起来、听起来，有了色香味的特殊感觉。二百五、倒饬、嘎杂子琉璃球、二五眼、赶情儿、皮实、少兴、数落、瓷实、寸劲儿、大发、压根儿、眼力见儿、说话噎人、干活溜嗖、背书不打奔儿、神聊海哨胡抡……只要这样的话一说出口，你一准认定他是北京人。说这样话最地道的，要数北京人艺的老演员，或者胡同深处晒太阳的老头老太太。这样的话，让北京有了色彩，也有了历史和现实光影交错的感觉。

现代北京话，应该说是清人关之后，满人与汉人共同创造的结晶。舒乙先生曾说："满人很有语言天赋，对北京语言的形成有很大的作用。"这话讲的是很有道理的。因为舒乙先生本人就是满人，他的父亲老舍先生更是用地道的北京话写过那么多北京风味的小说，对满人语言有过搜集、研究和创造。当代学者曾经专门研究现今仍旧流行的北京话中的满语词，指出如好生、糟改（贬低、侮辱之意）、悄没声儿、不碍事、偏（吃饭）、牙碜、外道、关饷（发工资）、打发、哈拉（味道变坏）、各（gé）色（特别）、敞开儿、乍乎、巴不得、央格（求人）、奔拉、瞎勒勒（说话）……一一都是满语。而如今年轻人爱说的"盘亮儿"（脸蛋儿漂亮）、"率"（气质好，身材好），恰恰也是满人的创造。

西方学者赫尔德说过："语言是心灵和自己的契约。"意大利哲学家克罗齐指出，语言的出现，"不再是机械的、人为的或发明的东西，而是创造性的活动和人类精神活动的第一次肯定"。那么，语言的形成和发展则更是我们创造性的精神财富。别误会北京话只会带儿字音，别鄙夷北京话只会造就侃爷。

新名词儿

眼下，新名词儿丛生。

新名词儿与我们共时共生，如同我们身上的虱子，头发间的头皮屑，腋窝的狐臭，脚上走的泡……虽听着不如过去文词儿那么温文尔雅，一时进不了辞典，甚至有些刺眼、倒胃，却是我们生活中一部分醒目而残酷的真实。

择出北京近年涌出的新名词儿若干，或许能够从一个侧面反映出眼下北京人生活中的某些新现象。

傍大款

傍大款，由"傍"和"大款"两个词组成一个动名词。其中，"傍"字用得最俏。

何谓"傍"？新华字典里解释：靠的意思。现代汉语词典进一步解释为"靠近"。辞海里解释为"临近"。

那么，为什么不叫"靠大款"？

显然，"靠"字抵挡不住"傍"字。"傍"字在此生龙活虎，惟妙惟肖。傍大款专指这样一类女人，即用青春、美貌，加上性，交换大款手中的钱，化为自己食有鱼，出有车，身有绫罗，玩有天堂。她们不是那种旧式或一般女人找个依靠，靠个坚实的臂膀度日谋生的。一个"靠"字无论如何削足适履对她们也难恰如其分。

"傍"与"嫁"字有着霄壤之别。傍大款并非为嫁大款。她们一般不计较也不重视一纸婚约。她们要求的与大款们一致，即都是即食方便面或速溶咖啡式的感情游戏，可以招之即来，挥之即去。"傍"字在这里颇似蜻蜓傍水临风亭亭而立，一阵风来即可点水而去。一个"靠"字怎如它贴切而销魂？

按照现代汉语词典和辞海的解释，"傍"有近的意思。再近也是存有距离。傍大款明知大款另有妻妾，依然飞蛾投火，一头扎进大款怀中，绝不遮遮掩掩，既无妓女之彷徨，又无少女之羞涩，何来距离之感？

"傍"字在这里不仅仅是靠的意思，更不是近的意思。它是甜腻腻、麻酥酥、肉津津凑过去、贴上去的综合之意。其中，贴的成分更大。因为她们实际上不过是这帮款爷腰间胯下的一帖一次性伤湿止疼膏，时间维持长些，亦不过是一帖贴在肚脐眼儿上的什么神功元气袋罢了。

"拌"与"发"

"拌"与"发"这两个字与傍大款有关，是傍大款的姊妹篇。

"拌"，其实粗解很容易，即百姓俗称的"操他妈的"操字。当然，现在"拌"字已非大款专用，而流行于年轻人之间。

为什么把这种发生性关系的行为称之为"拌"？而且往往为男性独用，就像独用避孕套一样？"拌"字用得别出心裁，是否为避免"操"的粗俗而变得文雅含蓄？错。如同搅拌威士忌中的冰块或水果山德中的冰激凌，视女人为手中玩物，一个"拌"字把这些男人的心理揭示得淋漓尽致。那种居高临下，优哉游哉的样子，将原本的圣洁与第一次的神秘，赤裸裸打破，只变成一杯威士忌一样随意而刺激。

有人指出，这里用的应该是"办"字而非"拌"。那更为可怕，如同办一件什么事情一样，连一点儿人情味和情趣都丧失殆尽，实在连动物不如了。

应该指出，无论"拌"、"办"哪个字，一般指第一次性关系。

"发"，指大款玩腻了女人，又不想显得毫无情义像吐掉嚼烂的泡泡糖一样甩掉，便"发"给了朋友或其他相关人享用。若说有些惜香怜玉之意，一个"发"字却已经浸出冰冷冷的劲头。"发"，在这里表面是转让或赠送，但比让和送透着一股冷漠无情。我猜想，这里的"发"字，大概是从大款们常做的生意中"批发"一词引发而来。那么，他们其实是把女人当成经手的货物一样处理，"发"只是一种手续而已。货物批发过程中，他们可以出面请买主一顿，把货物打磨装饰一番，甚至不住口夸赞货物如何舍不得出手之类，一派热情，不尽欢颜。那只是生意经而已，"发"出之间，笑容里包含的是批发价格的高低得失。

应该指出：这种"发"，绝不仅仅一次。

大　腕

过去叫名角儿，解放后荣称艺术家，如今时兴叫大腕。大腕者，一般只在文艺界叫得欢实。很少听别处也这样叫，比如没听说把黄胄叫成画家大腕，把陈景润叫成科学家大腕。政界头面人物，只听说叫铁腕的，没听说把国家总理叫大腕。

演艺界自己津津乐道，在报刊上、舞台上、影视中，相互吹捧中或旁人介绍中，慷慨频繁使用"大腕"这个词。说之兴奋，受之无愧，戴上这顶大腕的桂冠，一下子有些日月经天、江河行地的良好自我感觉。

大腕一词何时兴起？我以为与走穴风兴起有关。且不论走穴的得失利弊，总觉得走穴跋山涉水之中"大腕"一词不胫而走，颇有些江湖气，落草为寇的不平气，占山为王的傲气。当然，还有一点土气。

我以为大腕难登大雅之堂，底下随便叫叫可以，就像唤小名、绰号一样，可以开开心，找找感觉，自我心理满足，有些调侃、揶揄、玩世不恭或风流倜傥的味道。

能把那些真正的大艺术家叫大腕吗？比如把卡拉扬叫指挥大腕？怎么听怎么别扭。把侯宝林不叫大师而叫相声大腕？总觉得像说相声一样，有点儿滑稽。

扎　针

新词中不少是借用其他领域的专用词汇为己而用，是一种兼收并蓄有力的表现。"扎针"，便是这样一个新词儿。

它借用医院专用语，在这里它的本意已面目皆非，也才生动无比。"扎针"，是指走后门送礼的意思。比如说孩子进幼儿园出现麻烦，旁人会说："你没给园长扎点儿针?"即此意。

与"扎针"意思相同的新词儿很多，还有"添卤"、"上菜"、"进贡"、"点眼药"……可谓"钱到公事办，火到猪头烂"，本质是一样，花样却翻新。但哪一个词儿也赶不上"扎针"形象、生动、逼真。添卤、上菜、进贡……一一表现在外面，一目了然。唯"扎针"扎进肉里血里，渗入你的肌体乃至骨髓。送礼送到这份上，绝非医生扎针的治病救人，而是对受礼者的厌恶。扎他一针，好处要在暗处，要让他心里清楚，也要他挨上一针扎疼上一疼，其中感性色彩在这一词中格外复杂，是其他词无法比拟的。

扎针，还有个手艺问题。该扎在屁股上的，往脸蛋上扎非坏事不可。送礼的技巧与猫腻，远比添卤、上菜、进贡要隐晦曲折。对比前者的奥妙，后者的词儿显得紧、透、漏而直白了。

"扎针"，还有个被扎者皮薄皮厚的问题。那是令扎针者头疼的，不过，扎的次数一多，熟能生巧，巧能生花，再笨的扎针者也清楚，实在是皮薄者少而三针扎不出血的皮厚者日渐增多。

开　涮

"开涮"这个词，和这两年南北火锅鼎盛一起应运而生。

"开涮"不是开玩笑的意思。面对着滚沸的火锅、红油白油、葱姜蒜味精桂皮……种种佐料齐全，把你像夹一块羊肉片一样，往那滚开得不住冒泡的火锅里一涮，就着那色香味俱全的佐料吃进嘴里，滋味儿并不那么好受。这里已经没有了一点儿开玩笑的味道。谁和你开天大的玩笑，也不会舍得把你往滚开的油锅里扔。

"开涮"中的"开"与"涮"两个动词用得都极妙。"开"，不仅是开始，内有不服气反戈一击叫板的意思。比如"开练"的开字也有这层含义，并不是只指开始打吧，而是"怎么着？打架？怕你？打吧！"语气之中含有的微妙，只可意会，难以言传。"涮"，很清楚，扔进火锅里受罪，关键是扔进一会儿即捞出吃掉了，那种受到轻薄、小视而无法容忍的不平之气，与"开"字的不服气上下贯通，使得两个动词组成一个力度饱满的名词，包容强烈的动作色彩。因此，不仅"开玩笑"在这里远远够不上级别，而且"上当"、"中了圈套"一类的解释，也显得平稳而缺乏表面张力。

另外有一词儿"折里了"，与它意思相近。"你整个把我给折里了！"是指剩菜折罗一样，或车翻把人折在车下、扣在车底。而上的当、受的骗、中的圈套，程度相近，但与在鼎沸火锅中"涮"依然无法相比。那种刚才还把你切成片切成段像模像样摆在兰花瓷盘里，突然之间抛进锅里涮上了，个中滋味，实在妙不可言。

搓火与碴架

搓火，这个词儿大约是从以前搓澡一词演变而来。那时，澡堂子里专门有管搓澡的师傅。花上几角钱，师傅从你的前胸搓到后背，搓得红红的犹如煮熟的虾，然后从浴池里舀上一桶热水，醍醐灌顶一般浑身上下一冲，泥褪身清，晕晕乎乎在一片腾腾蒸汽之中，飘飘欲仙。

如今，搓火再没有这等享受。那是一种胸中火起、怒从心来的愤怒样子，往往是打架的前兆。还是搓澡这个"搓"字，意思却迥然不同。那是让你皮肉舒服，这是让你皮肉吃苦。

不过，也不能说两者没有一点姻缘。搓澡的"搓"，讲究的是一点点搓，搓得你浑身发红冒汗。搓火的"搓"，也是一点点将火蔓延全身，而且同是浑身的劲儿一点点被他人搓起。只不过一个是舒服，一个是难受；一个搓出的是泥，一个搓出的是火。

还有一个新词儿叫"逗咳嗽"，与搓火意思相近，却不是一个等级。逗咳嗽显然是小儿科，而搓火之后紧接着登场的是开练。不过，眼下新词儿不叫打架，叫"碴架"。

"碴架"，我初以为是找碴子打架的缩写，就像 TV 是英语里电视的缩写一样。不对。现在打架根本用不着找什么碴子，没有原因也可以拳脚相加，血肉横飞，无理可讲。那么，这个"碴"字做何等讲解？就是横插一杠子抄起家伙就练，用不着任何过门儿。如果论"搓火"的"搓"字尚有时间的酝酿和准备，"碴架"的"碴"字根本等不及时间，说练就练！搓火与碴架常常像炮仗捻儿和炮仗本身的关系，捻儿点着火须燃烧一会儿，炮仗本身爆炸可只是瞬间完成的事。

　　碴架，现在还可以繁衍出系列新词儿，比如"碴歌"：即在歌厅里看谁出钱多点歌手为自己唱歌。这里的"碴"已没有打架的意思，而是拔份的威风了。

　　看，拔出萝卜带出泥，"拔份"，也是一个新词儿。新词儿就是多，刚撞着你的前脑门，又踩着了你的脚后跟。

新谚小考

语言随时代变化发展。考察一下，同为北京方言，老舍与王朔已大不相同。这并非个人能力所为，全在于民间流行的语言冲击所致。近几年来，百姓中流传的类似民谣、警世、人生的格言式谚语，俯拾皆是。与旧时诸如"逢人只说三分话，未可全抛一片心"、"只管自扫门前雪，勿管他人瓦上霜"、"穷死街头无人问，富在深山有人亲"……已大相径庭，且丰富多彩，五花八门，琳琅满目，应有尽有。

我早想编一本《当代中国民谚辞典》。它是民间百姓自己的创作，淋漓尽致、智慧非常又不无幽默地道出了民心与民声。如果能够出版，定会畅销。因为那不仅仅是一本十分有意思的书，而是一面哈哈镜，照见的是我们自己及我们生活的种种或令人捧腹或令人心酸或令人悲愤或令人无奈的光怪陆离。

那民谚如同毫不客气的风，吹掀起都市灯红酒绿华丽的外衣，将我们生存世界中各种社会现象：丑恶的也好、不公的也好、庸俗透顶的也好、沉疴痼疾的也好，一一暴露其外。语言朴素直白，却一针见血，与过去流传的古老民谚相比，多了几分含泪带笑的调侃、幽默和诸多的人生况味、世态炎凉的社会内涵。而那俏皮又有恰到好处的功夫与韵味，实在远胜当今一些卖笔杆的文人、耍嘴皮子的相声演员唾沫飞溅声嘶力竭的抒情。

比如，对极其普遍令人厌恶又无可奈何的走后门之风，民谚云：看别人走后门，别生气；自己没后门，别丧气；自己有了后门，别客气。极尽调侃之气。

对送礼之风，民谚极多，常见的有：扎扎针，放放血，点点儿卤水，上点儿眼药；宏观的有：女爱俏，男爱钞，孩子要上"小天使"，老人给个痒痒挠；微观的有：抽烟不顶事儿，冒沫（啤酒）顶一阵儿，要想办点儿事儿，还得组合柜儿；总结：钱到公事办，火到猪头烂。

对机关各部门特点（包括特权）的概括，民谚云：跟着组织部，提干迈大步；跟着统战部，有吃又有住；跟着铁道部，出差有卧铺；跟着外交部，留洋有门路；跟着商业部，吃喝两不误；跟着宣传部，经常犯错误；跟着教育部，穷得光屁股……虽不无偏颇，又不得不令人会心一笑。

对单位几种人色组成的概括，让人不能不拍案叫绝，惊叹其简明扼要，准确无误：大有作为，难有作为，无所作为，胡作非为。哪个单位的人不如此而能逃出其中呢？活脱脱剥离开单位臃肿肥肉而赫然醒目露出几根赤裸裸筋骨。

至于机关作风：一张报纸一包烟，一杯茶水泡一天，已屡见不鲜。而"才不在高，应付就行；学不在深，奉承则灵；斯是科室，唯我聪明"，则将有些机关小官僚脸谱刻画得入木三分。

讽刺腐化堕落干部的民谚则多如牛毛，如按接班人"四要四不要"条件化出的另一则"四要四不要"：要大吃不要大喝；要跳舞不要乱摸；要受贿不要勒索；要打牌不要赌博；说得比较含蓄，或正话反说。而另一则民谚则爽快透顶，直捅肺管子：跳舞三步四步都会，麻将三宿四宿不睡，拿回扣三万四万不退，玩女人三个四个不累。

那民谚还如同无所不在的街灯，虽不光辉灿烂，却照亮都市各个角落。不同文化层次、不同年龄、不同职业，都有合适的民谚在等着，恰似尺码合适、剪裁贴身的装束，披挂在各自身上，令你或会心或共鸣或自惭或尴尬或威风荡尽或斯文扫地。

比如，说知识分子：核武器不如听诊器；原子弹不如茶叶蛋。

说作家：巴金不如包金，冰心不如点心。

说记者：一类记者玩股票，二类记者会上泡（有红包），三类记者拉广告，四类记者才见报（写稿）。

说大学生：黑道白道红道黄道蓝道（指做官、发财、学问、留洋等）的五彩路面前的哀叹：年龄诚可贵，文凭价更高，若要根子硬，两者皆可抛。

说中学生：用中学生爱唱的流行曲演化而成——明天考试，《拒绝再玩》；选择题，《跟着感觉走》；附加题，《你知道我的迷惘》；作弊被抓，《不是我不小心》；发成绩单，《焚心似火》；好成绩，《一生钟爱》；不及格，《谁说我不在乎》；60 分，《无需要太多》；高考落榜，《你是我心口永远的痛》。

说小学生：用的则是熟悉的影视片名——星期一《走向深渊》，星期二《夜茫茫》，星期三《路漫漫》，星期四《今夜星光灿烂》，星期五《冲破黎明前的黑暗》，星期六《胜利大逃亡》，星期天《今天我休息》、《快乐的单身汉》，家长会《今夜有暴风雪》，郊游《寻找回来的世界》。

说个体户中的大款：抽鬼子烟，打外国的（的士），跳霹雳，嗅洋蜜（女人），喝酒要喝威士忌，洗澡得洗桑拿浴。

说围绕着大款身旁吃喝玩乐的"傍妞"：跟着款爷走，拉着买单的手。

说经济大潮中的各色人等：发了海边儿的，富了摆摊儿的，苦了上班儿的，醉了当官儿的，忙了靠边儿的（退位后忙于办公司之类）。

说经济大潮中的百姓心态：十亿人民九亿侃，还有一亿在发展；十亿人民九亿商，还有一亿跑单帮。

民谚又如同无花而带刺的仙人掌，虽不能摆满都市的座座阳台，却能时时让人意识到生活中并非尽是芬芳而修剪得矫情十足的鲜花。它让我们会感到刺得身发痒、心发疼，却让我们警醒有必要廓清生活中的空气，清扫污秽、腐化与堕落，而万勿一味污染、喧嚣、膨胀下去，跌进欲海狂潮爬不上来。

仅举吃喝风为例，那民谚丰富多彩而绝非一条。比如说倒酒，是"斜门（起酒瓶盖）歪道（倒），卑鄙下流（酒沿杯壁而下）"；说酒后，是"久（酒）经考验"；说酒宴成风，是"革命小酒天天醉，喝坏了党风喝坏了胃，喝得机关没经费，喝得老婆不让睡，最后告到纪律检查委员会，纪委说当喝不喝也不对"；说百姓愤忿："不吃白不吃，吃了也白吃，白吃更得吃；不说白不说，说了也白说，白说也得说。"……

自然，民间流行的民谚也不尽是讽刺愤恨社会的不良、不公及不平。它涵盖面极广，大可供社会学、民俗学、美学、文学以及心理学诸方面认真研究。

比如：都有一颗红亮的心，都有一本难念的经。实在道出一种普遍存在的心理的无奈。

比如：找一个你爱的当情人，找一个爱你的做爱人。实在折射出当代青年人一种婚与恋的实际矛盾与剥离。

比如：一哄而上，一哄而乱，一哄而散。又实在是我们搞惯了的运动式的大哄大轰的缩影。

再比如：以前是一条马路一盏灯，一家商店一根葱；如今是大蛋糕，像锅盖，上汽车，用脚踹，喝啤酒，和驴赛。两相对比，又说明了近些年改革开放的一种进步。尽管这种发展依然是初级阶段，犹有不少可笑与不足之处，毕竟是艰辛的进步。

当然，生活中的谚语版本不同，流传渠道不同，更会有良莠参差，下流与下作的鱼目混珠。但其中大多数民谚哀而不伤，怨而不怒，入水不粘，进火不熔，颇具传统美学的温文敦厚，或刚柔兼济，东方的讽刺又夹以当代的黑色幽默，个个称得上是侯宝林和卓别林，可谓嬉笑怒骂皆成文章。

自古文章流传于世有两类，一是文人的作品，一是民间的创作。明人洪自诚《菜根谭》中云："人心有一部真文章，都被残编断简封锢；有一部真歌吹，都被妖歌艳舞湮没。"说得不错，真文章出自真心，当代生活不断涌现出的新民谚无一不是出自百姓的真性真情真心。即便其中大多如铁蚕豆一样硌牙，如巴豆一样易令人腹泻，却可以清心败火，可以启人警醒思悟，可以知民心民情。如果真能将全国各地广泛流传的民谚搜集齐全，去芜存菁，科目纲属，分门别类，编成一部《当代中国民谚辞典》，一定是洋洋大观，非常有意思的。它不仅是推门见笑、开心一乐的娱乐宫，更是对号入座、对症下药的小小门诊所和咨询站。

可以说，民谚是我们生活的索引，是我们生活的小百科全书，是我们生活硬币的另一面。

北京老饭庄（上）

　　北京饭庄的渊源，可以上溯到金朝。金海陵王1153年定北京为中都之后，便开始有了饭庄。那时候叫酒楼。这在《东京梦华录》一书里有记载。元明两代，北京的酒楼正经红火过一段，马可·波罗游记中有过描述。到了清朝，尤其到了清朝中叶以后，北京的饭庄愈发兴旺起来。可以说，领导全国新潮流。

　　北京的饭庄有约定俗成的规矩。叫堂的最大，所谓堂，是既可办宴会，又可以唱堂会，饭庄里不仅有桌椅，还有舞台和空场，很是气派。因为最早的堂都是京师官吏大型公宴或是小型私宴的地方，所以一般都在皇城周围，靠近王府官邸。比如金鱼胡同的隆福堂、东皇城根的聚宝堂、打磨厂的福寿堂、大栅栏的衍庆堂、北孝顺胡同的燕喜堂（衍、燕都是与"宴"谐音，均宴请之意），以及东单观音胡同的庆惠堂和前门外樱桃斜街的东麟堂两家冷饭庄，无一不是如此。所谓冷饭庄，平日不卖座，只应承大型官宴，像如今的内部饭庄，对外不营业更是牛气。《清稗类钞》里讲："京官宴会，必假座于饭庄……以隆福堂、聚宝堂为最著。每席之费为白金六至八两。"价钱自是不菲，非一般人敢于问津的。

　　比堂略小的才叫"庄"，再次之的叫"居"。它们与"堂"很大的区别在于只办宴席，不办堂会，是一般官员或进京赶考秀才落脚之地。清末民初号称北京八大居即是如此。八大居包括：前门外的福兴居、万兴居、同兴居、东兴居（此四家又称"四大兴"），大栅栏的万福居、菜市口北半截胡同的广和居、西单的同和居、西四的沙锅居。其中福兴居的鸡丝面颇有名，光绪皇帝每次逛八大胡同，必去那里吃鸡丝面。沙锅居专用通县张家湾的小猪，做出的白肉有66样品种，地小人多，只卖半天座。过去老北京有句俗语：沙锅居的幌子，过午不候，说的就是它的兴隆。广和居是鲁迅先生邀朋聚友常去的地方。广和居是道光年间专为南方人开设的南味馆，其中南炒腰花、酱豆腐、潘氏清蒸鱼、清蒸干贝、蒸山药泥，都驰名一时。

　　说起南方馆，并不是只到如今才遍布京城。南方馆最早的兴起要数康熙、乾隆年间。康熙、乾隆都曾六下江南，带回玩的、吃的，让北京大饱了眼福和口福。到嘉庆、道光年间，愈发火爆。这些南方馆大多开设在南城，这是因为南城会馆多，南方进京考试的秀才聚集于此。同时，南城又有有名的八大胡同，灯红酒绿，自然也是餐馆云集的原因之一。

　　粤菜便也是在那时应运而生，可以说是粤菜最早打入北京的先锋，而且就当时气派而言，一点儿不比如今阿静粤菜馆和香港美食城差。据考证，北京最早的粤菜馆叫醉琼林，至光绪年间红火的粤菜馆要数陕西巷的奇园和月波楼两家。陕西巷即八大胡同之一，自南而北的走向，这两家粤菜馆即在南端热闹之处。《京华春梦录》一书曾这样描述当年粤菜漫卷京城的景象："东粤商民，富于远行；设肆都城，如蜂集葩；而酒食肆尤擅胜味。若陕西巷之'奇园'、'月波楼'，酒幡摇卷……"

如今看看北京，有着自金代即有的饭庄悠长历史及清末民初鼎盛一时的老字号，而今安在哉？上述饭庄，大约除了沙锅居和同和居还在，其余早已风吹流亡散去，不知去向了。同和居前不久重新装修，却难再找到当年鲁迅先生品味的风情了。沙锅居新近也趋于时尚改换了门庭，内外装潢一新。只是依然是沙锅与白肉，品种虽多，新花样无几，北京俗话说：包子有肉不在褶上。门面装潢得再漂亮，内容还是老一套，那装潢也是村姑的装扮，透着几分土气。

听说还有一处是在这几年新恢复老牌子的致美斋。北京城所谓的"斋"，都是原来的点心铺进而升格晋级办成的饭庄。论档次和规模是逊于堂、居、楼的。致美斋是同治年间开办的，它的一鱼四吃、红烧鱼头和萝卜丝饼，最享盛名；它的馄饨也别有风味，曾赢得诗赋赞美："包得馄饨味胜常，馅融春韭嚼来香。汤清润吻休嫌淡，咽后方知滋味长。"（同治《都门纪略》咏致美斋馄饨）我专门跑了一趟煤市街，从北口走到南口，没找见致美斋的踪影。问一位老先生才得知致美斋早搬到东面的粮食店街，这里的原致美斋已成杂院，面目全非。便又摸黑穿过王皮胡同，在中和戏院边看到一家饭店，并非致美斋，而叫全聚德快餐厅，厅内空空荡荡。没想到重新挂起老字号没几年，又将致美斋老牌摘掉了。

再有一处挂起老招牌以吸引众人的是正阳楼饭庄。正阳楼饭庄创办于咸丰年间，清末民初颇引人瞩目，它紧靠前门，地处繁华热闹之处，以烤羊肉出名，价钱又不贵，是一般百姓常光顾的地方。不止一种报刊书籍记载着它的名声。《旧都文物略》中说："八九月间，正阳楼之烤羊肉，都人恒重视之。炽炭于盆，以铁丝罩覆之，切肉者为专门之技，传自山西人，其刀法快而薄，片方整，蘸醯酱而炙于火，馨香四溢。食者亦有姿势，一足立地，一足踏小木几，持箸燎罩上，旁列酒尊，且炙且啖。往往一人啖至三十余碟，碟各盛肉四两，其量亦可惊也。"

眼下正阳楼招牌已非当年的招牌，内容更非当年内容，地点也非老地方。人重返历史是不可能的，历史也绝不会向人重复第二次笑魇。因此，无论是正阳楼也好，致美斋也罢，同和居、沙锅居也算上，老字号的招牌都难以挽回北京老饭庄的颓势。个中原因，究竟何在？

面对汹涌而来的粤菜、川菜，以京菜、鲁菜为主的北京饭庄只有招架之功，只有充满繁华而又伤感的回忆。恐怕与经营观念、经营方式以及固守正宗、依恋旧梦有关。并不是北京的饭庄不努力，这几年来，北京饭庄力求摸准百姓口味与脉搏，从雅文化角度，推出仿唐菜、红楼菜等的仿古菜系，又从俗文化角度出发，在大饭店里让野菜、窝头原系灾荒年代穷人的食品登上大雅之堂，一一都是为振兴北京饭庄的尝试。不能说没有效果，却依然不成气候，只给人以负隅抵御的姿态。有人说过：什么事一到了振兴的份上，恐怕已是快到了末路。这样说，或许过于悲观，但有一点可以说，要想重振北京饭庄盛风，仅仅靠老字号是不行的。任何事物兴衰都有个过程，辉煌只属于历史，老了自然要寿终正寝，这是新陈代谢的规律。这样说，可能对老字号依然有些悲观和无奈，但只有迈过这一步，方才海阔天高，来路轩豁。

北京老饭庄（下）

在我看来，北京出现正经的饭庄，首先不是为百姓，而是为官员服务的。这是显而易见的。这不仅从多种文书记载中可以查看，而且从饭庄当时菜肴品种名目繁多、上菜布施的繁文缛节，都可以一目了然。

开宴前要先上四鲜果、四干果、四蜜饯，再加八冷荤；正式开宴上头道菜一般用大海碗盛八宝果羹；然后上燕窝、鱼翅，再加上烧整猪、烤全鸭；两者之间需上中碗、大簋（带耳之盆）八味热菜；八味热菜之间需上三道点心：甜点、奶点、荤点（即饺子、春卷、烧卖之类）；最后四大汤菜、四大炒菜殿底；若是冬日加一道什锦火锅沸沸扬扬端出。

也有说不是八大碗八味热菜，而是十大碗，即：一清汤细做的攒丝雀；二肥炖清蒸糯米鸡鸭羹；三去甲摘盖一寸有余的烹虾仁；四苏东坡的酱油炖肉；五陈眉公的栗子焖鸡；六八宝烤猪；七挂炉烧羊；八剥皮去刺剔骨的酱糟鱼；正中间再摆上对称的两大海碗，分别是参炖雏鸭和合白鳝鱼。

其实，这不过也是一种说法。说法不一，说明菜肴丰富，五花八门，各大饭庄，各有高招，难以雷同，自有看家本领。菜名起的是溢彩流光，菜肴吃的是富丽堂皇。

再看盛菜所用器皿，也是绝对讲究。且看《百本张钞本子弟书》中一种记载："忽听得一声'摆酒'，答应'是'，按款式许多层续有规矩。先摆下水磨银镶轻苗的牙筷；酒杯是明世官窑的御制诗；布碟儿是五彩成窑层层见喜；地章儿清楚、花样儿重叠，刀裁斧齐而且是刀刃子一般薄若纸，仿佛是一拿就破不结实；又见罗碟杯碗纷纷至，全都是宋代的花纹童子斗鸡，足儿下面镌着字，原来是经过名人细品题……"虽是唱词，却也可一斑窥豹。

这都是指清末年间的事，奢靡之风，叹为观止。常听说"食文化"一词，而且以中国食文化为世界之最而自豪，便常要脸红。如果说真有这么一种食文化，对于清代中国已经渐渐演变成一种畸形的文化。到了一个朝代快要走向灭亡的时候，这种畸形文化便越发恣肆泛滥，无以节制。饭庄之兴，是社会发展兴旺的一种标志。饭庄中浪费奢靡之盛，则是社会腐化堕落的标志，是一个朝代走向灭亡的标志。因此，清朝末年，如此纸醉金迷、挥霍铺张、饕餮不已，便不是什么奇怪之事。

《道光都门纪略》中写道："京师最尚应酬，外省人至，群相邀请，筵宴听戏，往来馈送，以及挟优饮酒，聚众呼庐，虽有万金，不足供其挥霍。"

《京华春梦录》还写到饭庄宴罢，红笺召妓之状："宴客酒楼，凡招妓者，手书红笺，一呼即至。""红纸片上书客姓，下署姬名，右标姬之班，左书客在之处。核其类别，可得三种：一曰'城里条子'，例须十金……二曰'饭庄条子'，例须五金……三曰'过班条子'，例须三金……笺召可至，引吭妙歌，靡靡惬耳，拳酒樗蒲，均可代庖，凡此种种，同于饭庄，至若银灯照影，玉颊映桃，芗泽尽够消受，媚态愈觉温存，则此间乐，真不复思蜀矣。"

　　上述所道一切，与今日京门有何其相似之处，便觉历史真是有着惊人相似之处。且不说公款宴请，一掷千金，挥霍铺张，只看最后红笺召妓，如今不是也有效法的吗？宴罢之后，即使随红笺而去、伴三陪女而乐的人为数不多，到卡拉 OK 歌厅，到 MTV 包间去随陪歌女"引吭妙歌、靡靡惬耳"者，却不乏其人。

　　沉渣泛起。北京的饭庄在钩沉历史、挖掘名菜的时候，很容易将这一切拔出萝卜带出了泥。常听说有"世纪末情绪"一说，这一说实在应引起足够的警惕。历史常能给我们一面镜子，让我们在大步向前迈进的时候，千万别重蹈覆辙。

　　曾有人认为北京饭庄宴请豪华奢靡之风，是自同治年间起。因为那时太平天国和捻军先后被平定，朝廷认为天下太平，京师宴席才日渐奢侈。其实，早在康熙年间，王渔阳在《居易录》中便指出过："近京师筵席，多尚异味，戏占绝句云，'滦鲫黄羊满玉盘，菜鸡紫蟹等闲看。'"看来吃喝之风，实在是源远流长。这与我们民族崇尚俭朴的传统，简直无法协调。或许，这就是我们自己的两重性？王渔阳的时代比起清末可能要稍好些，"何必珍馐列满筵，玉壶但送酒如泉"，"酒阑人散无他事，带醉分寻傅粉郎"的景象，实在是触目惊心。如果王渔阳活到清末时节，目睹青出于蓝而胜于蓝的这一切，不知该做何等感想？

　　1905 年，北京第一家西餐馆六国饭店，在中御河桥东开张。除专门经营西餐之外，还有日本菜。在吃的方面，我们是绝不甘落后，也是勇于开放引进的。清宣统年间曾有诗云："海外珍奇费客猜，两洋风味一家开，外朋座上无多少，红顶花翎日日来。"原来常去光顾的还是这些达官贵人。当然，大多不是掏他们自己的腰包。无论西餐还是上述一切中餐，同今天一样，越是豪华的，越是奢靡的，越是大的饭庄酒楼，越是声歌弦乐不夜天的，越是在玉树银花灯火阑珊处的，越是公费宴请。

听说全国政协副主席孙孚凌先生在北京政协会议上提出：设立宴席税，所收费用支持教育。这实在是件大快人心的好事。老百姓谁心里都清楚，上宴席用公费吃喝的，一辈子也轮不到自己身上一回。宴席税收得高高的，也压压公款宴请的不正之风。收得越高，百姓越高兴。不过，细又一想，此举虽好，却也是无法制止历史源远流长的公宴之风，退而求其次的办法。欣喜之余，又有几分悲凉和无奈。

北京小吃

论起小吃，北京是很有名气的。大清王朝坐镇北京，尤其是清末年间，小吃五花八门，色彩纷呈。可以说，如今流传下来的小吃，无一不是旗人之滥觞。

依我来看，北京小吃渊源有三。一是清朝皇室御膳中的一种，比如萨其马、蜜供、豌豆黄、奶酪、栗子面小窝头、花生粘、艾窝窝……——都可以从御膳单中见到它们的名字。值得一提的是奶酪，在牛奶里加糖点酒，凝固而成，冰镇而食。这种吃法显然是蒙古族人的专利，清人入关之前即已尝到，进入宫廷之后做得愈发精致而已。另一是小窝头，它的传说因和慈禧太后连在一起，便愈发热闹而声名大震。说是八国联军打进北京，慈禧逃难之中，锦衣玉食几遭断绝，御厨无奈之中用杂面做成这种小窝头，吃得慈禧眉开眼笑。当然，当慈禧重新进宫再吃的小窝头，已绝非杂面，聪明的御厨改用栗子面，继续博得老太后的赏赐。

北京小吃发达起来并传入民间，是清亡之后的事。皇朝虽亡，八旗子弟却是驴死不倒架，养尊处优之气未尽，游手好闲之风又添。徐霞村先生早在30年代就说过他们这些人"除了犬马声色之外，唯有靠吃零食来消磨他们的时光，因此北平各胡同里售卖零食的小贩之多，也为国内任何城市所难望其项背"。这恐怕是北京小吃渊源之二。北京小吃由此"旧时王谢堂前燕，飞入寻常百姓家"，自此绵延不断，还又平添新的香火。

说它添了新的香火，是那些小吃断无皇胄贵族之气。比如说豆汁，貌似豆浆，颜色却发绿，而且是那种霉绿，类似泔水。味道发酸，据说是做绿豆粉条或团粉的下脚料，经过发酵兑水而成，比豆浆都要贱。再比如驴打滚，不过是一层粘面中间裹红糖水，然后再在豆面中一滚，光听听这名字，粗俗得并非俚中取趣，而实在如当时北平多驴拉脚驮货，累了倒在沙土地上一滚，蹭蹭痒痒的样子。任何一种民间小吃，都要染上时代的投影。再比如硬面饽饽，当时常在夜间挑担而卖，边卖边吆喝。饽饽，据考证是北平土话，即"点心"之意。不过，那点心做得也实在简陋得很，只是炝面火烤而已，但形状给你弄得多种多样，镯子样的、元宝样的、五福捧寿、鞋底子鱼、螺丝转儿……稍讲究点儿的，内加红白糖，外面点上个喜兴的红点或喜字。那家伙板硬、实着，确实经饱抗饿，买它的大多是吸足了鸦片或半夜找不着饭辙的人罢了。

而这一切，正是北京人颇引以为傲的小吃。

当然，也有不错的，比如夏季用柿饼、杏干做汤，加梨片、藕片制成的冰镇可口的果子干，实在是北京独有的夏天饮料加食物的美味，既可解渴，又可充饥。比如茶汤，用糜子面炒熟加百果木樨冲制而成，当时人们给予它极高的赞美：翰林文章、太医药方、兵部刀枪、光禄茶汤。可谓叹为观止。再如杏仁茶，取杏仁去皮用小磨细磨，再用糯米屑同煎，加水加糖，用滚开的水冲至糊糊状。清诗有赞曰："一碗琼浆真适合，香甜莫比杏仁茶。"编撰过四库全书的清代学士纪晓岚当年曾作诗 32 首，俱写京厨烹调之糟，唯有一首诗赞美杏仁茶。

不过，这都是强弩之末，即便当初在宫廷内风光一时的小吃，比如颇负盛名的小窝头，大概除在北海里的仿膳饭庄还能多少吃出一点当年的滋味，其余的已是徒有虚名了。

北京小吃另一种渊源来自民间民俗。这是地道的百姓吃食。从民俗角度来看，可以触摸到百姓的文化、心态以及随节气变化的农事家事的特征。如果细细研究，是十分有意思的。比如元旦过后讲究吃驴肉，谓之"嚼鬼"，因在民间俗称以驴为鬼。立春那天无论富贵贫贱，人们一律要吃萝卜，谓之"咬春"，图个吉利，那时节半夜里都能听得见挑担的嘹亮清脆的叫卖声："萝卜有卖赛过鸭梨啰！"开春四月的榆钱糕、藤萝糕、玫瑰糕，六月的樱桃为吃一岁百果新味之始，五月的新玉米谓之"珍珠笋"，重阳的花糕、腊月二十三的糖瓜……无一不和节气时令有关，透着和土地、和自然的亲近感觉和野趣。

说北京小吃是北京历史的一个注脚，也许有些为过，但说它是北京历史册页中的一幅插图，却是很合适的。

如今北京小吃，依然满街遍是，却已是风光不再了。东四隆福寺的小吃店已拆，西四和菜市口一北一南两家有名的小吃店，虽依然还在，却只剩下豆腐脑儿、炸糕、麻团、驴打滚几样品种。各式春节庙会上，有名的西四小吃胡同里，也无外乎这几样小吃。从品种来看，赶不上四川小吃；从口味来看，赶不上南方小吃；从精致来看，又赶不上新进合资的日式、韩国的小吃。不敢说北京小吃已经日薄西山，只是真的感到北京传统小吃大多做工粗糙，包装更不讲究，味道远不如从前。许多慕名而来的外地人尝罢对之摇头，就连北京人自己尤其是年轻人，也渐渐疏远了它们。

一次，一位外地的朋友非要请我带他喝豆汁。满北京城，如今只剩下南城磁器口有一家豆汁店。那店还是那么小，虽换了新桌子新板凳，豆汁味道却比以前差多了，令这位朋友眉头紧蹙，扫兴而去。

一次，我带儿子在东四瑞珍厚老店买回仅仅两个硬面饽饽，告之这是北京小吃的特产。回到家，他只啃下一角，便将两个饽饽丢在一边，再不问津。怎么能怪他呢？那原本就是夜半时分饥饿之人权且果腹之用，如今做的花样没有以前漂亮，干硬程度却比以前有过之而无不及。一任尘埋网封的老面孔吸引年轻人，恐怕比京剧吸引年轻人还难。

清人当年曾有咏北京小吃的诗："新鲜美味属燕都，敢于佳人赛雪肤。饮罢相如烦渴解，芳生齿颊润于酥。"重新翻阅清人的诗句，忽觉得有挽歌之意。拥有着几百年历史的北京小吃，如今在中外夹击之下，实在是步履蹒跚。要想重振昔日威风，恢复当年底气，依然让"新鲜美味属燕都"，尤其是让年轻的一代感觉到新鲜美味，看来已非一日之功。

酸梅汤

酸梅汤在北京很有名气，看清末民初书中记载，当时起码有前门大街的九龙斋、西单牌楼的邱家小铺、琉璃厂的信远斋，以及街巷里路遇斋、路缘斋之类的小店多家。店家门口悬挂"冰镇梅汤"布檐横额，黄底黑字，甚为工巧，迎风招展。大白布伞下，一列青铜冰盏，卖者要打出各种清脆的点儿来，吆喝着顾客。当时有诗曰，"铜碗声声街里唤，一瓯冰水和梅汤"，曾是北京夏天一景。京剧名角梅兰芳、马连良爱喝信远斋的酸梅汤，无形中又抬高了它的身价。

如今，卖酸梅汤的在北京只剩下信远斋一家。信远斋的酸梅汤确实做得最好。曾在报纸上看到，"文化大革命"期间，军宣队进驻信远斋，看一个做酸梅汤的老师傅拿的工资比经理更比自己还高，心里不服气，这酸梅汤还有什么难做的吗？便降了人家的工资，武大郎开店，要矮大家一般齐。老师傅一气之下回了老家。赶巧柬埔寨宾努老先生访华，在人民大会堂喝酸梅汤，觉出和以前来北京时喝的味道不一样，便问周恩来。在周总理过问之下，方才把老师傅又请了回来。

这则轶闻，一说信远斋的酸梅汤名气之大；二说信远斋的酸梅汤做法独特并非等闲之辈。曾查《燕京岁时记》和《春明采风志》书，记载大同小异，都是："以酸梅合冰糖煮之，调以玫瑰、木樨、冰水，其凉振齿。"看来，关键在于"煮"和"调"的火候和手艺，于细微之处见功夫。

如今的信远斋，地方还在琉璃厂，酸梅汤还是这种制法，却再不是敲着铜盏儿的老式卖法了，而是制成易拉罐和汽水瓶盛之，一瓶或一筒的价钱比可口可乐还要贵些。我猜想如此之贵，一是成本，二是为抬高自己非同寻常的身价吧。

曾想过这样一个问题，足迹踏遍世界的可口可乐是1886年发明而制成继而销售的；信远斋是道光年间创办，其酸梅汤也是在那期间走俏京城。道光自1821年起1851年止，即便是道光末年，酸梅汤的历史也比可口可乐多30余年。如果说，以往酸梅汤远远斗不过人家，是因为自己工艺落后；如今引进易拉罐先进工艺，为什么依然在可口可乐后面？漫说打进不了国际市场，就是在享有历史声誉的北京，为什么问津者也不那么多呢？是不是因为宣传？广告远逊于可口可乐？反正，很替信远斋的酸梅汤鸣不平。

便求教一位专门研究饮食的专家，他说这只是我的一厢情愿。宾努、周恩来和酸梅汤，也只是传说。信远斋的酸梅汤斗不过可口可乐，并不在于人家可口可乐汹涌澎湃的广告宣传。100年来，这么有名的信远斋酸梅汤之所以裹足不前，自有其自身的原因。北京烤鸭也是国粹，论历史不及它长，为什么渐渐推广全国并且在世界许多地方有了知名度？

便又问究竟自身原因何在？

答曰有五点。天！他一口气竟说出五点。

一是工艺的区别：酸梅汤叫汤，就说明这一问题。我国古代汤指的是中药，这在神农尝百草中即有记载，尚书中亦有"若作和羹，尔为盐梅"之说，现在新疆有地区维人发烧吃汤出汗，汤中放的就是梅。宋代《太平御览》中记载梅做的汤方为清凉饮料。因此，汤必是熬、煮、煎之类，我们的酸梅汤属于经验加手艺。国外先进饮料是科学加工艺，可口可乐即是配方，现代饮料更是高科技产品，用不着笨重地熬制。二是工具的区别：我们的酸梅汤基本还是铜锅之类原始器皿熬制，人家国外已经现代化密封式流水作业；三是水源，信远斋原来用的是甜水井里的水，如今用的是自来水，北京今天水污染程度与百年前相比，只能让人无可奈何；四是性格的差别，与可口可乐相比，酸梅汤性格属柔性，甜中带酸，可乐型饮料讲究舌感要见棱见角；五也是最重要的一点，从国际饮料流行新趋势来看，会越来越崇尚古罗马原生态的饮料，讲究轻、薄、软。轻，指的是含有微量元素；薄，指的是无色无味；软，指的是越来越少至无刺激性。从这一趋势来看酸梅汤，不是回天无力的问题，而是命中注定会逐渐被淘汰，而让新一代饮料所取代。它诞生在农业社会，那时科学技术都不发达。它的历史作用已经完成。

　　我不知道他讲得是否正确，只觉得不无道理。不知怎么，总还是为信远斋的酸梅汤不服。那么悠久历史的玩意儿，真的就那么无可奈何花落去了吗？也许，花开花落实属必然，并非无奈，只是偏爱于酸梅汤，心里头，便总是酸酸的。

窝　头

　　说起北京的象征，会有许多，绝不止一种，比如长城、故宫、颐和园、天安门……

　　应该说，窝头，也是其中一种。

　　过去，窝头是穷人吃的。老舍、梁实秋，在他们的文章里都描写过这玩意儿，但我猜想大概他们不会常吃。北京话中常有"看你这窝头脑袋吧！""瞧你这个窝头命吧！""兜里也就剩俩窝头钱了！"无一不是贫穷的同义语。解放以前，北京街上有好多卖窝头的小摊，窝头就装在麻袋里，哪管它凉不凉、脏不脏。穷人买两个窝头吃，北京人叫"抱着窝头啃"，一个"抱"字、一个"啃"字，把窝头对于穷人的重要性，说得活灵活现，入木三分。富人是绝对不会抱着窝头啃的，即使吃烤鸭子也得翘着兰花指，透着几分斯文。

　　写过《清宫秘史》、很有些名气的姚克先生，曾经专门到一家店里品尝窝头。那窝头要比街摊上的好些，还配上豆芽菜、小米粥、面汤和烙饼。"不过又干又粗实在很难下咽。好容易讨了一大碗面汤才把这碟子吃下肚，烙饼只吃了三分之二，又呷了一小碗小米粥，胃里已饱得胀腾腾的再也吃不下了。"姚克先生说得很坦白，若不是饿极了，那玩意儿实在难以下咽。偶尔为之尝尝鲜，权且当做体验生活，当然可以把窝头写得很美。

　　我是吃窝头长大的，起码吃到上中学。我并不爱吃它，但没办法，必须得吃。为了让我对它产生感情，变强迫吃为自愿吃，父亲曾想出不少高招。比如往窝头里掺点儿糖精，那时糖很金贵，糖精用一点儿即可有甜味；比如将窝头切成片，放在火上烤，烤出焦黄的脆壳，一咬嘎崩脆；比如将玉米面发酵，蒸出来的窝头膨松一些；最拿手的是他老人家总结出来的一句格言：小时吃窝头尖儿，长大做大官儿。这句格言，每逢到窝头揭锅准备吃时，他都要搬将出来，然后再从刘邦到朱元璋历数做上大官的人小时候都是吃过窝头的。最后，看我将窝头咽下去了，他要再总结上一句："哎！吃得苦中苦，才能享上福中福！"

　　但说心里话，我不爱吃窝头，也不信父亲的话。那么多吃窝头的，包括父亲在内，没看见谁当上大官的。苦涩的欺骗和自欺欺人，伴随着窝头的味道，送走了我的童年和少年。一直到我升入中学的时候，才觉出窝头实在是香的，并不是难咽，而对它充满渴望。

　　那时，天灾人祸，蔓延了整整三个年头。读初中的我正是长身体的时候，胃口大得像无底洞，全家的粮食一下子不够吃，一切要凭票供应，一到月底就断顿，连纯粹的窝头都吃不上了。父亲常买回些豆腐渣掺在玉米面里蒸窝头，母亲常到天坛根底下挖些野菜回来剁成馅，用玉米面包着野菜蒸团子。那种混合着酸豆腐渣和苦野菜味的窝头，虽然更难下咽，却不用父亲再念叨他的格言，我吃得很香。实在是饥肠响如鼓，便真相信了姚克先生当年描写穷人吃窝头的情景绝非虚构："腭骨边的肌肉像火车轮上的轴杆一般动着。整个窝头才到嘴边就仿佛变成了软糖，一霎时就化得无影无踪了。"

上初二的时候，一天上学路过花市一家小饭馆，门前排起一串长队，原来是卖窝头的，每个窝头切成两半，每半个上面抹一层芝麻酱，每人只能买一半，不要粮票。我忍不住那窝头的诱惑，也排了半天队，终于买到了半个窝头，吃得那份香就甭提了，尤其是窝头上面又抹上一层芝麻酱，直觉得是上等窝头了，犹如今天蛋糕上抹一层鲜奶油。

事情过了30多年，许多往事忘却了，这件小事却记得这样清楚，足见窝头对于我生命的重要。那个年代走过来的人，谁没有和窝头有着千丝万缕相关联的回忆呢？说窝头是北京的象征，一点儿不假。

如今，窝头在北京成为了点心。慈禧太后爱吃的栗子面小窝头，已经不仅在北海仿膳饭馆里卖，几乎满北京城都在批量生产，装进精美包装盒里，作为送人的礼品。大小饭馆里的窝头，成为了一道时尚菜，炒窝头更是花样翻新，让人们尝到一种新风味。即使平常人家隔三差五也要买上一袋窝头，回家尝尝鲜，调剂一下口味。只不过，那窝头已经做得越来越袖珍，越来越精巧，而且插上一枚红枣。北京人真是对窝头有着忘怀不了的情愫。三十年河东，三十年河西，窝头从最底层如今鱼跃龙门也坐上龙廷，用句时髦的话说叫做"过把瘾"。

只是窝头的味道，已经绝非昔日。窝头成了点缀，绝不是主食了，多少有些造作；贫穷一下子出落成高贵，毕竟只是假贵族，一不留神就如孔雀抖开翎毛而露出屁股眼来一样，露出窝头自己本来的窟窿眼来。

话说稻香村

　　我不大清楚北京的稻香村创建于何年，自打小时候起，就开始吃稻香村的食品。那时，父亲还在世，逢年过节，总要到东安市场里的稻香村买几样南味点心尝尝。以后，"文化大革命"一来，稻香村大约更名为东方红之类，但那点心的味道并未更改，便依然爱买它的食品。插队去北大荒，一冬土豆白菜胡萝卜老三样吃得肚子里没有油水，躺在火炕上精神会餐，常念叨的北京食品中，总忘不掉稻香村的点心。插队期间回京探亲，总要带上一堆诸如六必居的咸菜、王致和的臭豆腐……回北大荒解解馋。这一堆东西中也少不了稻香村的南味点心。可以说，稻香村的食品像老朋友一样，伴我走过童年和整个青年时期。现在，如果我到外地，想给朋友带去些什么礼物，常常要买些稻香村的食品，比如徽州麻饼、萨其玛、松花蛋糕、江米酒、桂花、玫瑰等等好多好吃的。在我眼里，它们像老北京的大串糖葫芦、风筝、泥人一样，是北京的一种象征。

　　我看重稻香村，还在于它几十年来一直保持着相对稳定的质量。人们买东西看牌子，不仅仅是一种虚荣心理，而是想买回的东西踏实。老牌子的不见得都好，新牌子的也不见得都不好。新牌子装潢漂亮，却常能碰见金玉其外败絮其中的，便常在拥有溢彩流光的外包装的东西面前踟蹰。越是外表晃眼，越怀疑里面的馅如何，就如同常在公共汽车上见到衣着时髦化妆漂亮的女人，一开牙却脏话连篇，雨打芭蕉般席天卷地，让人无法受用一样。稻香村的食品包装不如新潮食品考究，可以说稍稍有些落后。去年中秋节前夕，我要外出想给朋友捎去一盒月饼，稻香村的铁盒月饼比之其他厂家毫无特色，图案是嫦娥奔月或花好月圆，画得极笨拙，印制也不精美。但我还是坚持买了它们，因为它们货真价实，包子有肉不在褶上。

今年元宵节到了，买元宵，自然我要买稻香村的，虽然得大清早去排长蛇一般弯弯曲曲的长队。眼下，除了买股票或火车票，很少能见到买东西排这么长队的壮观。桃李不言，下自成蹊，我想，这该是稻香村无言而免费的广告。

稻香村的元宵，我平常也常吃。以前，家住和平里，离着不远处便是稻香村的一家分店，常去买元宵吃。但这次元宵节买的元宵，让我觉得超过以往。一个长方形的纸盒，内装两个塑料盒，各有和好的一斤面，各有黑芝麻、桂花、可可三种馅，是那种南方汤圆的吃法，你可以自己去包，吃多少包多少。

那面的确是正经细细磨过的水磨江米面，不像市面上买的江米面，说是水磨的，其实粗粗的像辗牲口料的大磨盘上磨出来的一样。那面吃在嘴里绵绵软软，黏而不腻，不粘牙、有弹性。以我吃元宵的经验，元宵煮熟之后，看锅里的汤，如汤已浑浊，说明元宵身上的面颗粒粗，一部分落进汤里，煮成一片白色且汤水发粘。真正水磨细面元宵煮熟之后，汤水依然清澈见底，不浑不粘，完全是一种"明月松间照，清泉石上流"的境界。这次元宵节买的稻香村的元宵，便是这种爽朗清明的感觉。

那馅做得也的确精细，桂花的浓郁香味确实来自桂花，不像有的名曰桂花却只剩下齁嗓子眼的甜。桂花馅中的桃仁是新鲜的，不像有的桃仁尽是哈喇味。黑芝麻中的瓜子仁，一粒粒虽小却精致喷香，不像有的黑芝麻馅只剩下一团黑，稻香村的黑芝麻馅中黑中泛白，甜中带香，于细微之处见精神，便让人在小小元宵前感慨不已：如今还有这样做生意的吗？

在唯利是图、暴利为快的时下，稻香村讲究的还是传统的薄利多销的老一套，那些动不动连爆米花都要合资的大企业恐怕不屑一顾，稻香村却赚的是良心钱，虽少却踏实，自然我们买它的东西便也踏实。在假货盛行、伪劣产品屡禁不止的时下，稻香村给予我的这一份货真价实，让我觉得尤为难能，觉得几十年来对它的信赖一直未受欺骗而值得。需要说明的是，我并没有拿人家什么好处，稻香村也无需广告，我只是吃到好元宵说几句公道话而已。

元宵节过去了许久，那一盒元宵早已吃完。从不爱吃元宵的儿子这回也吃上了瘾，好几次催我："哪儿还有卖这种元宵的，再买点儿嘛！"

我却在稻香村再买不到这种元宵了，只好等待明年元宵节解馋了。

前门外

有好几年没到前门去了。

我说的前门，不单单指前门楼子，是说前门楼子以南到珠市口东包括打磨厂、鲜鱼口西包括大栅栏廊房几条这一带，一般人称前门外。前门外曾经是北京最繁华热闹的地方，是外地人进京必要逛上一遭的地方，是北京的骄傲，一块风水宝地。

自明朝将京杭大运河终点码头从鼓楼积水潭南移至大通桥下，北京的商业中心便也随之从鼓楼积水潭一带南移至前门外。古代哲人说万物由水而生，看来一点不假，水滋润得商业肥腴，便也滋润着城市的发展。明清两代，吏户礼兵刑工六部均设在前门内东西两侧，外地进京朝觐的官员、赶考的秀才，图方便图近便贴近皇城，便都住在前门这一带。这里弥漫着官气，却也吹拂着文化气息。政治、经济、文化三色花开，自然让这一带色彩纷呈，风光超过北京外城周遭任何一处。那时，王府井都赶不上它热闹。而今流光溢彩的燕莎、兰岛，当时更是一片荒地。前门的繁华，让整座北京城重心偏移，仿佛一艘巨轮，大多数人马与辎重都压在前甲板，而使得北京一头沉。别的不说，光看庚子事变那一年（1900年），义和团火烧大栅栏的老德记洋药房，一夜的大火蔓延开来，烧毁的店铺就有 4000 多家。前门这一带热闹的店铺该有多少家吧!

前门,几百年来,曾是北京的象征。尤其是光绪二十七年(1901 年),在前门建了火车站,只要下了火车,抬头第一眼望见的就是前门楼子,前门更成了北京的一张最赫然醒目的名片。大前门牌的香烟,就是从那以后才有的。小时候,看电影《青春之歌》,镜头里出现前门楼子,心里为它骄傲,觉得镜头里的前门楼子那么高大那么美,和林道静一般的美。插队在北大荒,看《第二次握手》的手抄本,读到前门楼子在小说里出现,心里也莫名为它激动,仿佛前门楼子一下子就在眼前,仿佛前门楼子就属于我自己私家的珍藏!

从 1948 年到 1968 年离开北京去北大荒插队,我在前门边上的打磨厂住了整整 20 年。这 20 年,是我整个的童年和青年。前门印在我青春生命的年轮里,我不能不为它隐隐地激动。

打磨厂是条老街,据史料记载,自明朝初年便有了这条街。那时,房山的石匠运石制磨,最初便住在这条街西口一座破庙里。随着前门这一带繁荣发展,饭店林立,豆腐房酒坊以及会馆如蘑菇丛生,都需要用石磨磨面和磨别的东西,制磨的石匠便从房山涌来,越来越多,从街西口铺铺展展竟住了大半条街,打磨厂这名字就这样叫开了。我住在这里的时候,一家石厂也见不到了,多见的是饭馆,把街口挤得满满堂堂、热气腾腾,飘散着酒香菜香和浓浓泔水混合的气味。

我家住在靠西口较近的地方。听说往东走,是乐家的同仁堂药店的制造车间,再往东走,是老二酉堂、宝文堂书局。小时候,我在第三中心小学读书,学校就靠在我家旁边不远,是座旧庙改建的。打磨厂这条街一共东西长才三里地,光我知道的就有连同这座庙以及西口石工住过的破庙好几座。庙宇之多、香火鼎盛，足见这条街的兴隆。只是那时我一般到西口去，很少往东走。一直到考入汇文中学，才常走出东口去崇文门乘车，但已经见不到宝文堂的遗址了，只见到一些纸扇店、宫灯厂的小店铺。长大以后，曾在旧书店里看到并买过宝文堂出的书，感到很亲切，仿佛一条胡同里长大的小伙伴阔别重逢。但也感到遗憾，常埋怨自己小时候懂得太少，又没向老人求教，错过了亲眼目睹哪怕是它遗址的机会。

还让我感到遗憾的是，在打磨厂的正中间，曾有一家"顺兴刻刀张"，当时不仅在打磨厂这条街有名，在满京城乃至全国都是名声大噪的。它是道光二十七年（1847年）就在打磨厂开张，光绪六年（1880年）正式挂上"顺兴刻刀张"的牌子的。这家专门经营刻刀的小店，一直到解放以后1956年公私合营迁厂到顺义，才离开打磨厂的。那年，我正上小学二年级。可是，我对它一无所知。以后读书读到齐白石在20世纪30年代曾专门到这家小店铺买刻刀，觉得这里的刀刻石如泥，不锈刀卷刃，又觉得店家为人忠厚、心地善良，便总到他那里买刻刀，并将小店推荐给当时许多书画家。齐白石曾对店家说，你是铁匠，我是木匠，都是匠人，深知匠人的手艺不可小视。拳拳之情，可以想见。齐白石在1934年曾送店家一副堂联："君有钳锤成利器，我由雕刻出神工"，并送三轴亲笔国画：一幅螃蟹写意、一幅工笔蜻蜓和一幅工笔蝈蝈白菜。1936年，齐白石南归之前，又特意为小店书写了"顺兴刻刀张"的牌匾。山不在高，有仙则灵；店不在大，有名则鸣。小店使得整座打磨厂被踩下了包括齐白石在内的许多大师如李桦、刘砚、古元等金石篆刻、木刻家的脚印。我后来看书中介绍"顺兴刻刀张"在打磨厂96号，当时我家住打磨厂179号，相距并不远，便愈发遗憾，失之交臂，便失之永远，起码连白石老人亲笔题写的匾额都没能看见。

那时候，不仅我一人，就连全院的大人，都很少往东去，一抬脚情不自禁就往西走。大家不知道东边有这么多妙处可去，只认为前门大街最热闹。我们大院里住着的三教九流，既有大学教授、英文翻译、工程师，也有三轮板车工、泥瓦匠、小学教师……但无论是谁，不管手头钱多还是钱紧，前门让他们近水楼台先得月一般，买什么都讲究，买什么都能说出个子丑寅卯。我到现在依然记得清楚：买鞋要到内联升、买帽要去马聚源、买布要逛瑞蚨祥、买咸菜要去六必居、买点心要到正明斋、买表要到亨得利、买秋梨膏到通三益、买水果糖到老大芳……就是我爸要买五分钱一包的茶叶末，也要去张一元。连我们小学生买个笔墨纸本，也要去公兴。这些店家均在前门大街这一带。大家说起到那儿去，亲热的劲儿就跟到老街坊家串门一样。

当然，像我们院里这些人家，只能到这些店去。我们这些人家再富的也逛不起廊坊二条的珠宝店，但他们知道并懂得那里的珠宝地道而且名贵。德源兴的翡翠、荣兴斋的梁货（店老板姓梁，专做仿古玉器），是最有名的，国民党要员孔、宋两家人以及白崇禧，都常常光顾于此。我从小就常听老人念叨这些古董，看他们得意洋洋的样子，仿佛那一枚枚玉器、翡翠，都戴在自己身上一样，便总想起他们教训我们小孩常吼的一句话："你们了不得了？不听话啦？自以为比前门楼子还高啦？"觉得他们那样子才比前门楼子还高呢，便暗暗地笑。

大家更常去的地方是大栅栏。顾名思义，这地方以前肯定有栅栏。以后看书知道高高尖尖木栅栏堵住东西街口，是乾隆年间的事。说穿了，不过是朝廷虚弱，怕官逼民反。那时候，北京城很多胡同都建起这种木栅栏，不知为何以后叫大栅栏的只剩下这一条街。在明朝的北京图上看到这里叫廊房四条，在清乾隆北京图上便叫大栅栏了。据大院街坊讲，大栅栏最热闹不在于卖货店铺多，而在元宵节的花灯，各店悬挂出来的花灯各种各样，五彩缤纷，连带得四周廊房头条、二条、三条、西河沿，包括我们打磨厂都处处点燃花灯，前门大街简直成了灯的海洋。可惜，这壮观景象我从未见到。

大栅栏给我童年最深的印象，一是有同乐、大观楼电影院和前门小剧场，我常去那里面看电影。那一年大观楼放映立体电影，是全国头一次，排队买票的长队甩出了大栅栏，我和弟弟一大清早就去轮流排队，全家看那场杂技团精彩又笑话百出的立体电影，觉得是那么新奇。我常到前门小剧场听相声，可以随时进出，每半小时才收费1角钱，又方便又便宜。二是有家鼻烟铺叫天蕙斋，高台阶、瘦门脸，窄小得像个鼻烟壶。因为我们大院有个给外国人当翻译的老头爱闻鼻烟，常让我们几个小孩子替他跑一趟大栅栏买鼻烟，便常爬上这高台阶，看看那画得琳琅满目的鼻烟壶，偷偷闻闻给老头买的清凉得有些呛人的鼻烟。

我还常去鲜鱼口，它在大栅栏对面。据说明朝大运河南移北京终点渡口，这里常卖鲜鱼。听老人们讲这里原先有座木桥，可见得河离这里很近。但我从未见过桥，只知道它东面不远的地方，现在还叫三里河、水道子，便相信大运河起码是枝杈流经这里不远。

从我家穿过长巷头条，便是大众戏院，那时，新凤霞、小白玉霜常在这里唱评戏。往西走一点，便是天兴居炒肝店，旁边是清华浴池，对面是联友照相馆。把西口的是便宜坊焖炉烤鸭店、天成斋鞋店、马聚源帽店。小时候，没钱吃便宜坊，天兴居的炒肝可是没少尝。那时，一角钱一碗，星期天，父亲常带上我们兄弟俩，在清华池泡好热水澡，出来一人吃上一碗热炒肝。我的小学、中学毕业相都是在联友照的，插队到北大荒，冻坏了耳朵，回北京买了顶皮帽，是到马聚源买的。只不过，那时马聚源已经改名叫东升鞋帽店，从鲜鱼口搬到大栅栏里去了。

鲜鱼口快到西口路东有家百货店，我妈管它叫"黑猴"。她老人家一直到临终之前还念叨"黑猴"，能走动的时候买块布之类的东西，也愿意去"黑猴"，一直到我家搬了家，"黑猴"才依依不舍和我们告了别。据我妈讲，以前这里店前摆着用楠木雕刻而成的黑猴，手捧着一个金元宝。据说，原来真有只黑猴，白天帮主人干活，夜晚帮主人看店，招揽得生意格外兴隆。黑猴一死，店家为感谢这只猴，特意做了这个木雕，没想到，保佑这家店生意越来越红火，人家忘记了它的店名，都管它叫"黑猴"……

"黑猴"也罢，马聚源也罢，鲜鱼口、大栅栏、打磨厂也罢，这里每一条胡同、每一家店铺都曾融有我童年、少年乃至青年的梦。说起前门，等于打开一本旧相册，里面有我穿开裆裤开始的一张张发黄的旧相片，总让我回忆起许多往事，怀旧的情绪浓得如一杯热酒。

我从北大荒插队回到北京，又住进打磨厂。以后，搬了家，搬得离前门越来越远。前门也渐渐离我越来越远。

前几年，一位南方朋友来北京，我陪他逛过一次前门，从肯德基方向开始一直走到珠市口。尽管我一路尽数沿街两旁的百年老店的昔日风光历史，他却止不住摇头，连连说没想到前门外竟是这样子，既看不出老，也看不出新。其实他说得挺对的，可当时，我私下心里还很不服气。

又几年过去了，前门似乎没有什么新的变化，倒是变得越来越旧。前几天，我又去了一趟前门。我从珠市口往北走，穿过粮食店街，然后穿过蔡家胡同到煤市街，然后穿过大栅栏到廊房头条，到打磨厂、鲜鱼口……一条条都是我自儿时就熟悉的胡同，一家家都是我自儿时就逛遍的店铺，公兴虽然重新装潢了茶色玻璃，内连升重新油饰一新，全聚德虽然重新盖起雕梁画栋，但大多数店铺被挤得更小了，改变门庭了，甚至没有了。而那些胡同里的宅院，各种小房挤得像罐头盒。那些低矮潮湿的房子，起码在前门外站立了一个多世纪以上，老态龙钟得让人感觉惨不忍睹。正是华灯初上时分，辉映着高楼大厦的灯光，辉映得这些断壁残房越加灰暗醒目。刚刚倒在地上的垃圾、脏水，散发着浓重刺鼻的霉味。炉灰还在发着余热，烧得发黄的蜂窝煤将最后一缕微弱的火苗吐将出来，舔着看不见星星的夜空……

我的心一下子很沉很沉地往下坠。这里是我的前门，我可以这样说。我的青春和我生命的大部分是和这里联系在一起的。这里的历史，是属于北京的，同时也是属于我的。我觉得它不该是这样子。当然，我并不是说它一定要变得时髦而金碧辉煌，如同燕莎、兰岛那般簇新。它本来就不属于新潮，也没有必要非去追逐新潮。但它起码要保持、挖掘自己的特色。没有了特色，它便很容易被淹没，淹没在日新月异的变化之中。

或许，花开得最热闹的，最容易凋谢？前门外自明朝已经风光了几百年历史，风水轮回该让位于新兴的闹市区？潮起潮落，方才使得历史和城市平衡？前门，命定一般只剩下一个枯萎的标本横躺在北京现实之中，或是一曲怀旧的老歌录制在城市民谣的磁带之中？

　　就不能抖擞一下精神，恢复一下子生气？将几百年的历史化沉重为财富？就不能把百年乃至几百年老店也塑造成肯德基、麦当劳历久常新的形象？就不能把前门外辟成一片古色古香流韵悠长古代商业街？勾画出一幅须眉毕现淋漓尽致的清明上河图？我们不是很有本事也很舍得泼费财力去平地建造新的宋城、唐城，乃至老北京微缩景观吗？

　　真的，我很为前门不平，不服这口气。也许，说着轻巧，干起来难，几百年尘埋网封厚重的历史，并不是一页轻轻翻得过去的书。

　　我忽然想起"文化大革命"中，破四旧破到前门大街上，要把这些百年老店统统改一个革命化的新名字。我一直在琢磨这件事。虽然，不少店改得火红一片，左得炙手可热。那些最能代表前门的老店没这样改，它们即使被迫无奈，改得也依然古风悠长、韵味十足，并未流俗而立马儿篷随风转。比如：月盛斋改为"京味香"，便宜坊改为"新鲁餐厅"，通三益改为"秋江食品店"，大北照相馆改为"新北京"，六必居改为"宣武酱菜园"，亨得利改为"晨钟"……这是个奇怪的现象，现在看来无所谓，但在当时那种形势下，敢于并极富智慧地如此更名换姓，并非所有人都能够干出来的。前门这一带，必有能人。我便相信前门外绝不甘心就这般模样！

　　过几年，再去看看前门！

天桥梦

　　如今，外地游人到北京来玩，专程去看天桥的，已经是绝无仅有。就连北京人自己，也快把天桥忘得个干干净净，只剩下个公共汽车站的站名了。

　　天桥，是属于上一代人的，是属于老北京城的。它鼎盛时期，该属于清朝之末、民国之初。原本是民间艺人渐渐集中而形成的娱乐场所，以表演戏剧、杂耍、魔术、武术为主，兼卖小吃什么的，大多是摆地摊，即使有个场子，不外乎简陋之极的棚子或帆布围成的透风的墙。那时，出了前门到珠市口以外，已是一片荒凉，民间艺人进不了长安、广和剧院，当然只好在这荒凉的地方摆下场子，亮亮技艺了。天桥正位于珠市口以南、永定门以北，四周聚集而居的大多是穷人。穷人也得穷中取乐，天桥便自然而然形成了穷人的游乐场。与上海的大世界、南京的夫子庙、天津的劝业场等游乐场相比，天桥更显得下里巴人。如今，人们在北京找游乐场，找再次的，也轮不上天桥了。天桥即使能苟延残喘到今天，也难热闹如初，落个门前冷落鞍马稀，不是什么怪事。

　　小时候，我赶上个天桥的尾巴。那时正是解放初期，我家住前门边上，离天桥也就二三里地，走着，十几分钟就到，便常到那儿去。那里每一处地摊，耍各种把式的都是先练后招呼要钱："有钱的您帮个钱场，没钱的没关系您别走，您帮个人场……"我们一帮小孩子便总是这种帮人场的主儿，免费看了许多玩意儿。回家后，照葫芦画瓢，我们就在院子里也演一回"天桥"。上中学以后，我有点儿演戏的细胞，中学毕业考中了中央戏剧学院表演系，其中大部分受益于天桥那些土艺人。

其实，说天桥艺人土，并不准确，或者该说土是一种品味与韵味。许多民间艺人如侯宝林当初就在天桥摆过地摊，说相声用白沙写字为生，日后成了艺术大师。至于清末对口相声的创始人艺名叫"穷不怕"的，民国初年滑稽京剧演员艺名叫"云里飞"的，都是天桥培养出来，只可惜他们没有活到解放以后。还有京都大侠燕子李三、摔跤名手宝三，都出自天桥，新凤霞也在天桥唱过评戏。因此，千万别瞧不起天桥。在天桥摔打过的，不仅要经过最底层百姓的洗礼，还得经过这里流氓恶霸的磨砺，个个饱经沧桑，不是身怀绝技，绝对混不下来。他们与那些靠捧角捧出来的，或者如今靠包装出来的明星，不可同日而语。

说起天桥，我对那里叫得上名、叫不上名的艺人，一一充满崇敬。

那时候到天桥去，我最爱看的是摔跤，变戏法，还有拉洋片。

说起摔跤，北京人叫做撂跤，两个人光着脊梁，裹一件粗麻布的褡裢，露出一身滚圆而突兀的肌肉。看他们摔跤，其实主要是听他们摔前嘴上的功夫，你一句我一句："今天咱们给老少爷们儿们撂上一跤，看我不把你摔个嘴啃泥，算是对不起你！""我还真是老太太尿尿不服（扶）你！看我把你撂倒来个老太太钻被窝！"……他们一边斗着嘴，一边走着圆场，斗蛐蛐一样，逗观众的兴致，且不开练呢。所以，北京有句歇后语：天桥的把式，光说不练。没到过天桥的人，体味不出这句话的奥妙。不过，他们说得确实有意思，十分风趣，虽然粗俗，却不猥琐，下层百姓黄连树下弹琴，苦中作乐的情趣，在那些斗嘴里一一体现出来，让观众听来熨帖，像是和自己聊大天。

当然，我左等右等，听他们嘴巴上唾沫翻飞地耍嘴皮子，主要不是等着看他们摔跤，而是等到最后宝三出场。现在想来，那时宝三已经轻易不出场了，即使真等出宝三来，也只是象征性地给对手来一个大背挎或扫堂腿而已，并非真刀真枪。不过，只要等到宝三出来了，就是我们的胜利，全场的欢呼和掌声，不亚于欢迎哪国总统出场。

变戏法的是个胖子和胖女人两口子，那时看他们也就40多岁的样子，虽然搽着胭脂，却怎么看怎么像老头老太太。女的公鸭嗓，沙哑地在一旁煽风点火吹呼着，男的穿一长袍大褂，嘴上和女人应和着，手里不住忙乎着，一会儿从袖子里变出一把扇子，一会儿从大褂里变出一对鸽子来……好像他那大褂里藏着无穷无尽的宝贝，怎么变也变不完。最爱看他和女人逗几句贫嘴，然后骑马蹲裆，往后一退，一撩大褂，立刻从裤裆之下变出一大玻璃缸活蹦乱跳的金鱼来。虽然每每看到最后都是这老一套，每次依然惊呼大叫。

这节目一直看到"文化大革命"的前两年，"文化大革命"一开始，变戏法成了封资修，天桥一片凋零，便再也没见到过这一对胖艺人。

日后，我在清人《都门杂咏》"咏戏法"一诗中看到："海碗冰盘善掩藏，能拘五鬼话荒唐。偷桃摘豆多灵妙，第一功夫在裤档。"便止不住总想这一对胖艺人，总觉这诗像是专门为他们俩而写的一样。

在我看的天桥节目里，拉洋片是唯一要钱的，只要几分钱而已。拉洋片，又叫西洋景。一个大木头房子似的大匣子，前面有一个个窟窿眼儿，匣子前面摆一溜长板凳，坐在上面，眼睛对准窟窿眼儿往里看，就是所谓拉洋片了。拉洋片的艺人站在匣子外面一个板凳上面，一手拉着线绳，一手敲着锣鼓，口中念念有词，连说带唱，都是匣子里面洋片的解说词。那洋片不过是一幅幅画，像唱戏里的布景，或照相馆的背景，但一幅幅可以更换。画面以名山胜水的景色尤以西洋景物为最。窟窿眼处安放着鱼鳞片的镜子，往里一瞧，万花筒一般，一个景能折射出十几个景，一个人变成十几个人，特别吸引小孩子们。

我已经记不起拉洋片的站在板凳上唱的都是什么了。但有一句开篇词，几十年过去了，总也忘不了："往吧里边再看喽，这又是一大片……"那韵味悠长，鼻音尤重，仿佛总在耳边响。那是地道的北京的声音。如今，流行歌曲唱北京的桥、唱北京的楼、唱北京的大碗茶，甚至唱北京的天桥，唱得再委婉，锣鼓点儿敲得再悠扬，也找不回那种地道的味儿了。无论我走多远，哪怕离开北京到国外，一想起拉洋片的那两句唱，立刻觉出一股北京的味儿，夹杂着蜂窝煤的煤烟子味儿和炝锅的葱花味儿，一起袭上心头，便浓浓地醉了。

如今，这一切都已经逝者如斯，摔跤远赶不上柔道更刺激；变戏法儿的都讲究激光幻术；拉洋片更无法和CD视盘相比。难怪天桥已经从北京人眼中消失，变成了一个公共汽车站的站名，变成了老北京的一个符号。岁月如梭，时代的步子迈得一代人死去、一代人老去、一代人新生，天桥虽然能给我们一个旧梦，但它的消亡，说到底是件好事。并不是一切死亡都不是好事，世上一切都长生不老，是件很可怕的事哩。

听说电视连续剧《天桥梦》已经快要拍完；听说天桥整个地盘将卖与香港人，京港合资将天桥旧貌重新恢复过来，融进新内容、新色彩，再次吸引中外游客。无疑，这都是好事。可是，电视拍得再好，老天桥修复得再真，也难是原汁原味了。

我们太喜欢复古，太喜欢整旧如新，太喜欢重温旧梦。既然是旧梦，不如就让它睡去，留下想象和怀念的空间。

广和楼

　　小时候，我常去广和楼（后来改名叫广和剧场）看戏或看电影。

　　据说广和楼最早建于明代早期，是当时一位皇亲巨族查氏出资兴建的。明朝早期，自正阳门往南前门大街，是京城唯一一条青石铺地的宽敞大街。那时，没有东面这条肉市胡同，也没有西面那条煤市街和粮食店街。一马平川，为的是皇帝出故宫南去天坛祭祀。只不过日后小贩在街两旁盖起棚户，越盖越多，后来又将棚房改建成砖房，越盖越阔气，渐渐将广和楼隐在后面了。想当初，广和楼是面临宽阔繁华大街的，绝不像现在挤进小胡同里面那般不起眼。想那时肯定是风光气派得很。

　　我小时候见的广和楼早已不是明朝的戏园子了。据说清庚子年间广和楼就被烧毁，后被查氏后代出资按旧图重新修建的。历经沧桑，岁月剥蚀，我见的广和楼大概是解放之后再次修建的，也不是清代的广和楼了。一色水泥建筑，门前一排售票窗口和赫然醒目的巨大戏码广告牌，以及轩豁的院落，都不是一般剧场所能见到的，可以遥想当年风景定是不同寻常。

　　据说广和楼到康熙年间声名陡震。因为康熙大帝曾微服到广和楼看戏，后来赐给广和楼一副楹联："尧舜生，文武末，莽操丑净，古今来许多角色；日月灯，江海油，风雷鼓板，天地间一番戏场。"

不过，据考证，广和楼真正红火，是清乾隆下江南归来"三庆、四喜、和春、春台"四大徽班进京演出之后，清末民初喜连成、富连成戏班均在广和楼演出。梅兰芳、周信芳、侯喜瑞，不少名角都在这里登台献过艺。

小时候，我去广和楼时，广和楼虽然挤进肉市里面，却风光犹在。它的休息室里摆满这些名角的古装戏照，很是提气。仿佛置身于此，那么多名家荟萃，一起簇拥在你的身前身后。

我去那里看戏说实话，只有一次。还不是名角演的，是我的小学同学他爸爸主演《四进士》。同学给我一张票，我进去一看，舞台上没任何布景，光听他爸爸一个人哼哼叽叽地唱，实在没看出什么意思来，看到半截，我就睡着了。

可能是我不懂京戏的奥妙，亵渎了这门国粹的艺术。那时，广和剧场有时是马连良、谭富英等人演出，排队买票的人海了。尤其是马连良出场，有人会连夜排队买票。我更爱去那里看电影。小时候，许多电影都是在那里看的。一般情况下，它那里都是白天演电影、晚上演京戏。

据说，广和楼除了康熙的那副楹联，还有一副挺有名的楹联："学君臣、学父子、学夫妇、学朋友，汇千古忠孝节义，重重演出，漫道逢场作戏；或富贵、或贫贱、或喜怒、或哀乐，将一时离合悲欢，细细看来，管教拍案惊奇。"并有门扉两联金字："广歌盛世，和舞升平。"可惜，我一个也没见到。

或许这些联幅早已被时光冲洗殆尽，或许依然斑驳尚存，只是我未曾留意。那时候，我不关心京戏，只图一时的热闹，放了学没事干，兜里又有几角钱，便跑到那里看电影。

广和楼给我的最后印象是"文化大革命"中，那一年冬天我从北大荒插队回北京，突然想尽尽孝道，在广和剧场买了几张票，晚上带父母去那里看戏。那天，演的是革命样板戏《红灯记》，钱浩亮、袁世海、刘长瑜都出场了。妈妈大概看不大懂，我看见爸爸不停地给她讲解着戏中的内容。我才忽然意识到，虽然家离广和剧场那么近，老两口从未来过，这是他们头一次到这里来看戏，也是最后一次。

那一天，下着挺大的雪。戏散之后，我带他们从肉市胡同中间一条挺窄挺短的小胡同拐到前门大街的全聚德烤鸭店。肉市和小胡同里灯很暗，地上的雪很滑，他们老两口互相搀扶着，还在说着刚才戏里的事，显得津津有味。其实，白天爸爸还去街道挖防空洞，那么大年纪干那种小伙子干的累活，被街道的"小脚侦缉队"监督劳动改造。这一刻，荣辱全忘，四大皆空，满眼是一片夜色朦胧、白雪皑皑了。不管怎么说，广和楼给了他们片刻的安宁和安慰。

那一晚，他们吃烤鸭吃得格外香。那是我唯一一次带他们吃烤鸭，也是他们生平唯一一次吃烤鸭。如果不是到广和剧场看戏，我会想到带他们来吃一次烤鸭吗？

广和楼一别已经有二十余载了。从那年冬雪飘飞的夜晚带父母看戏之后，我再也未去过广和楼了。听说如今它旁边拆了一片房，一直拆到它的墙脚下，不知要盖什么楼。而它的后面则被无数丛生的小蘑菇般的破房浅屋拥挤着，没有了昔日敞亮的风光了。它里面已经不再演戏，只是演一些录像片，武打的、言情的，招引一些过路的外地民工。往昔那些感叹人生如戏、戏如人生的对联，如今替代为"男女欢情"、"枪战刺激"或"儿童不宜"之类的招牌,招牌上错字歪歪扭扭,再也找不出当年书法的行云流水了。夜晚,除了售票窗口一盏残灯如豆闪闪烁烁,肉市以及它附近几条小胡同里,拥挤着外乡人。这一带旅馆颇多,新来的外乡人是不会有兴致夜晚找广和楼看戏的,主要目的是找旅馆,于是便常常和广和楼擦肩而过,看都不看它一眼。碰到北京人问路,打听一下旅馆在哪里,那些胡同窜子会热情地带你走,走到旅馆伸手向你要问路费,起码10元钱。广和楼外面的戏,演得比里面还要精彩而出人意料。

　　历经沧桑、演尽春秋、走过几个朝代几百年历史长路的广和楼,就这样色彩黯淡下来,纵使我的父母能够重新活过来,纵使天空依然飘飞起晶莹如玉的雪花,我们重新走进广和楼,或者说梅兰芳、周信芳、马连良、谭富英,包括喜连成、富连成所有人马重新粉墨登台,广和楼也难恢复昔日风光了。

　　或许,这就是历史。再精彩再长的戏,也有落幕的时候。

大院琐忆

北京前门外西打磨厂，原是颇有名气的。这一带紧靠皇城，正经热闹非凡过一阵子，特别一是店铺多，二是会馆多。会馆，这个词对于住惯火柴盒般单元楼房的年轻人来说，显得有些陌生。这需要捣捣历史的来龙去脉。自从隋炀帝设立进士科，一直到明清时科举制度完善，逢至辰、戌、丑、未的会试之年，各地文武举子荟萃京城，总得找个吃饭、睡觉的地方。开始，租个单间，有钱的住什么"状元吉寓"，没钱的赁小寓所。渐渐的，同乡举子进京考试觉得应该住在一起，彼此好有个照应，便聚资建一个院落，为的是籍有稽、游有业、困有归。这便是会馆。据考证，北京城第一座会馆，是一位在史局里任职的官吏于明朝嘉靖年间修建的。当然，这些星罗棋布于前门外的各式会馆，到了清朝末年已经有了许多变化。岁月剥蚀，到解放之后更是面目皆非。但马死不倒架，昔日风光犹存，与老舍笔下的大杂院不可同日而语。时不时敲着哪块影壁，摸着哪棵古树，都会触摸到一段小猫吃鱼般有头有尾的历史故事。宛如踩着尾巴头会动，说不准碰着哪根神经，纷披着时代的光和影，向你不住诉说。

我家原来便住在这里一家唤作广东会馆的院落。从刚刚满月搬进，一直到我去北大荒插队，整整住了 20 年。

相传嘉靖四十五年（1566 年），一伙广东老乡合资兴建了这座广东会馆。大兴土木的那热火劲，我猜想一定颇似如今广东、香港人到内地来建饭店、办餐馆，兜售他们的衣装和生猛海鲜之类。起初，广东会馆建在广渠门内，名曰"岭南会馆"。那地方离前门起码有 5 公里，赶不上打磨厂一带兴旺、热闹。出了打磨厂西口，吃有全聚德，买有珠宝市，逛有大栅栏，听戏有广和、同乐戏院。就是寻花问柳还有八大胡同，离着都不远，不过一箭之遥。加之这些穷秀才最初钱财有限，会馆盖得如同小破庙一般，渐渐破败、凋零。科举即将废除，商人纷至沓来，飘摇前后，许多会馆的地皮被商人买去或重建或改作商行，那劲头很像如今财大气粗的港商与北京人合资，北京人让出地皮来，他们泼出美元来，铲平一堆碎砖乱瓦，建起富丽堂皇的香港美食城或饭店来一般。岭南会馆便是商人出资，从广渠门移至打磨厂，改名为广东会馆。建馆时，立了一座石碑，端坐在院内的巨大影壁旁。相传碑文是同治皇帝的御笔，谁知是真是假？反正这样一来，广东会馆声名大噪。在前门外一带，其他一些会馆，比如鲜鱼口的南康会馆、长巷头条的汀州会馆、草厂十条的湘潭会馆、新开路的常山会馆、高庙胡同的芜湖会馆、芦草园的京江会馆、鸾庆胡同的粤西会馆、墙缝胡同的泸溪会馆、大蒋家胡同的贵州会馆、猪市大街的南康会馆……统统不能望其项背了。

使得广东会馆非同一般会馆的，还在于这里曾有过非同一般的风云人物居住。锦州总兵袁崇焕被诬杀斩首，传说袁崇焕的头就是被人偷偷埋在原广渠门的会馆里，以示会馆的侠骨忠义。清末维新派梁启超、康有为、谭嗣同等人物亦曾来往于此。民国元年，孙中山大总统北上至京，亦曾在会馆小住。这些都是久居广东会馆老辈人的传说。我对此是颇为怀疑的，总以为是以讹传讹，只不过为给广东会馆脸上贴金、壮壮门面而已，房东以此向大家多要些房钱罢了。但不管怎么说，广东会馆确实在前门一带历史悠久，脉数非浅，是众口一词、不容置疑的。

这一点，仅从会馆的大门口、前院空场、中院影壁、后院枣树即可看出端详，让人立刻正襟危坐，不敢小觑。

也许是小时候我太小。总觉得那大门奇大无比，黑漆漆的两扇大门永远关闭着，只留下旁门敞开供人出出进进。旁边小门尚且如此轩豁，那两扇大门可想而知多么开阔。只是大门上的黑漆已经斑驳脱落，像长满老年斑的爷爷。大门前的高台阶，也在诉说着昔日的堂皇。它不是青砖垒砌，而是整块大石板铺就，油光锃亮，让人脚踏上会馆第一步就觉得地气灼热，不同寻常。只是日子久了，台阶磨损，踏出凹槽，时常存着雨后的积水，阳光下一闪一闪，亮着怪眼睛。

使得大门口威严而绝非凡夫俗子小家子气的，还在于它前面是这一带最大的泰丰粮栈，一色花岗岩墙，一脉水泥方砖地面，与它对峙，构成相看两不厌的景观。它的右面是这一带最兴盛的公兴百货店，当然无法与如今的西单购物中心相比，但当时在打磨厂一带却是独此一家，别无分店。大至服装皮箱，小至针头线脑，这里应有尽有，无形中给会馆里的人们带来了便利。旁人一问公兴在哪里？人总会说就在广东会馆旁边。事实上也是先有广东会馆，后才建起的公兴。广东会馆需要的若只是仁瓜俩枣，公兴便难得如此红火。它的左面是这一带最有名的董德懋大夫私人诊所。董大夫行中医，却始终西装革履。他的医道不仅前门乃至北京都有名，无疑使得广东会馆与他的诊所辉映成趣，相得益彰。我们这一代曾制造出这样一句歇后语：打磨厂的大夫——懂得冒儿啊！虽说是拿人家董大夫开涮，实际透着对打磨厂这条街上他的诊所和广东会馆的骄傲情感！

广东会馆前院的空场，与一般会馆迥然不同。一般会馆没有这样开阔的院。方砖铺地的空场上一览无余，十分宽敞。正面才是进得内院的院墙和院门，门是雕花排门，墙是瓦盖飞檐。精细的门与墙，与粗犷的空场对映，颇似小家碧玉与壮士相连一起，刚柔相济，让人心胸开朗。空场两旁是凹下约两尺的沙土地。这是当年为举人秀才进京赶考、商人出入买卖安放马车之地。牲口撒撒欢，蹭蹭蹄子，打打滚儿，沙土地是它们的伊甸园。角落里还有一口水井，饮牲口自然也方便得很。以后，交通工具发达了，车马不用了，改用洋车、汽车，这片空场也依然如故，为的不是怀旧，而是显示它的气魄与排场。只是水井被填，下面安放了自来水管，全院的水表都安装在那里。

进得中院的影壁是广东会馆的一绝，绝处不在于影壁，在于影壁旁的石碑，因相传是同治御笔而身价倍增。其实，打我认字时看它便已模糊不清、难辨一字，谁晓得它到底出自谁人手笔！但全院人却奉若神明，没孩子的女人摸它说是可以怀上孕；孩子病的母亲摸它说是可以祛病免灾；丈夫出门的媳妇摸它说是可以保佑一路平安……总之，石碑性属阴，对女人格外钟情。没说男人不可以摸，也一直未听说男人摸了它管什么用。

它们在广东会馆巍巍挺立了漫长的岁月，曾是我们捉迷藏的好天地。黝黝夜色之中，影壁和石碑两侧，有时蝙蝠翻飞，有时萤火虫闪烁，格外弥漫着一种童话的氛围。谁想到"文革"时一夜之间它们都化为灰土。

　　我对广东会馆感情最深的还不在于影壁，而在于后院的三棵枣树。我觉得它们才是会馆的象征，或者说会馆因有它们才不同一般，才逢凶化吉，才得天独厚。广东是正经南方，枣树又正经属于北方。这样一来，才算是南北合璧，阴阳相属。其实，会馆中种植枣树的有的是，只是这三株枣树格外粗壮，年头久得让人说不清。有说建会馆时种上它们的，有说建会馆之前就有了它们，会馆的规模图样是以它们为中心建的。当然，都有些演绎色彩，但它们确实年头久了，超过两辈人以上。它们疏枝横斜，瘦削刚劲，不管年景好坏，旱也好，涝也好，年年中秋节前后，一颗颗尖脑袋、圆肚子的大枣红彤彤挂满树。阳光下，耀眼得像一盏盏小红灯笼。那时候，是全院人们的节日。谁也舍不得打枣，除了我们这些小馋猫忍不住馋虫逗引，偷偷爬上树摘枣尝尝鲜之外。要是被大人们发现，可了不得！　那训斥哟，好像我们一个个得了"两分"，都是不可救药的败家子！仿佛那三株枣树成了龙种，成了金枝玉叶，谁也碰不得。不到中秋节，人们是不会动竹竿子的。当大人孩子们欢呼着一起挥舞竹竿出动时，拿脸盆、竹筐、洗衣盆，在地下接枣的，大都是娃娃和老人；拿竹竿尽情敲打的，大都是大人；只有我们这些半大小子疯狂地爬上树，顺着那摇摇晃晃的树枝往上爬，摘那最尖尖的红枣……所有的枣被摘被打下来之后，在院中堆起一座小山，大人们用脸盆分枣，我们孩子们端着枣送往各家。即使上班没在家的人家，我们也会给他们留下红红的枣。三株枣树给广东会馆带来了祥和、甜蜜。那甜甜的枣的味道一直能弥漫到新年和春节。有的人家一时吃不完，把枣晒干或者醉了，一直能吃到来年开春呢！

　　曾经有一位同班女同学对我总提起那三株枣树表示不以为然。

那位女同学姓麦，是个典型的广东人，家住在草厂头条的广东会馆里。那个广东会馆是无法与我们相比的。别的不说，它开门见山，只有一个院。其实，我也没去过，都是听大人们讲。

麦翘翘小鼻子对我说："老王卖瓜，自卖自夸。我们院也有三棵枣树，比你们院结的枣还多，还好呢！"

我不服气。这怎么可能呢？当时，我就这么固执而笃定地想。想毕心里又不踏实，很想到她院里看看虚实，又不大敢独自一人去。那时，我们上小学五六年级，小封建却浓浓的。麦长得挺漂亮，皮肤尤其白润得像剥了壳的鸡蛋。我挺喜欢她的，其实只是偶然一想而已，说不上来为什么。忽然心血来潮想到她院里去看看，这种莫名其妙的感情一时袭上心来，弄得我做贼心虚一般倒不敢去了。

可又想去。为了那三株枣树。终于，有一天，她病了没来上课。老师派我把作业本给她送去，正巧可以看看她夸口的枣树了。草厂头条与打磨厂只隔一条街，很近的。刚走进她的这座广东会馆，就一眼望见三棵枣树，说实在的，院不大，三株枣树确实比我们的要辉煌得多。正是落日时分，满树红红的枣儿披戴着晚霞，颗颗像红玛瑙，照得我满眼通明。她说得没错。我像只好斗的公鸡，一下子垂下了乍起的翅膀和鸡冠。

孩子的心有时窄小得像针鼻儿。小学快毕业时，她和学校里一位叫张杰的男同学合演《小放牛》。在台底下看她和人家亲亲热热、载歌载舞、跳跳蹦蹦、起起伏伏、像风吹麦浪的样子，我心里忽然拱出一种说不出的滋味儿，只觉得我也会跳会唱，演得不见得比张杰差，干吗不是我和她演一段《小放牛》呢？

就在这一年夏初枣树开花的时候，来了一场大风，把满树枣花吹落殆尽，麦家大院三株枣树到秋天几乎颗粒未收，而我们广东会馆的枣树依然硕果累累。这难道不是奇迹吗？我暗暗得意，为枣树，也为《小放牛》。

我一直认为广东会馆这三株枣树一定是历尽风霜，饱经沧桑，曾经沧海难为水的。否则，为什么影壁毁于一旦，而它们却能幸免于难，而且一直果满枝头？这是上天的保佑，是全院人心的祈祷！一直到我离开北京去北大荒插队时，那三株枣树依然生机蓬勃，仿佛阅尽春秋尝遍炎凉的老人，挥动着那瘦削的树枝，送我北上远行。离开广东会馆最后的印象，便是枣树的影子，枣树实在是广东会馆的象征。游子浪迹天涯，梦中有时也扑满枣树疏枝横斜、枣儿摇曳的影子……

一晃，20多年流水般逝去。青春已如鸟儿飞走一去不返。这20年中，很少回广东会馆，最后这六七年中更是一次未去。不是不想去，是怕去。怕人去院空，面目全非，如同那一年去麦家望见她的那枣树颗枣未收，满地飘零。那里毕竟藏有我童年、少年和青春开始一段最为珍贵的时光。我怕触动那每一根敏感的琴弦，奏响出一支惘然而伤感的回旋曲。

如果不是孙道临先生要拍电影，想去看看我曾经住过的这座广东会馆，也许一时我还不想去。那电影剧本是我写的，写的就是发生在这座广东会馆中我自己和母亲的一段真实的故事。善良的孙道临先生曾为这个平凡的故事流下他艺术家真诚的眼泪，他那样善解人意地一眼看中了剧本中的三棵枣树。他对我说电影开拍时，他要充分运用镜头强化这三棵枣树，要透过枣树俯拍大院、仰拍天空，母亲年轻时的身影掩映在春雪未消的瘦削枣枝下，母亲去世那一刻正是院中这枣树满枝怒放累累红枣时……他讲得格外动情，他理解我的心，知道这三棵枣树非同一般，是大院的心，是我的心，是岁月的标志，是历史的见证，是命运沧桑的一种象征！寻找了北京城许多院落，也没能找到这样如意的三棵枣树。他自然把希望寄托在广东会馆。

广东会馆里的三棵枣树已经没有了。

膨胀出各家的小屋、厨房，如同雨后丛生的蘑菇，蚕食着大院的空地。三棵枣树再辉煌壮观，再能年年给人们捧出累累红枣，也抵不上生存空间的重要。虽然北京的楼房已经越盖越多，越住越窄巴和越住越宽绰的人依然对应存在。院里添丁进口的人们没办法，忍痛砍下了三棵枣树。

影壁没了。枣树没了。前院空场也挤挤挨挨盖满了小房，再无法冬天尽情撒欢溜冰，春天扯起床单当幕布演大戏，只能仄身容一辆自行车通行了。广东会馆的脉数已尽了。它已经有100余年的历史，职尽其责，该是寿终正寝了，却依然如牛负重艰辛挺立在这里。我感到说不出是一种苍凉，还是一种悲壮。

只剩下了大门口，也已非当年了。也许是我长大了，它不再显得那么奇大无比。侧门已经封闭，大门敞开着，却丝毫显不出门庭的轩豁。原因在于大门的前后左右很臃肿，堆满一包一筐的杂物。一辆辆自行车更把门口挤得像沙丁鱼罐头。怎么忍心怪它呢？20多年过去了，一个个老人相继故去，我的鬓角都开始滋生白发，它还能不苍老斑斑、老态龙钟吗？

唯一能寻得见当年风光的，是侧门旁边的一小块黑板上还留有往昔的字迹。那黑板是当年我和伙伴用白灰膏抹在墙上，然后涂上一层墨汁，在上面书写毛主席语录的。那上面端写着老人家的话，字字仿宋、遒劲有力，都是我写的呀！20多年过去了，居然还依稀可辨，并没有随岁月一起流失，真是神奇莫测！那一道仿宋字迹，犹如一道旧伤口留在大门旁的墙上；又如一抹怅然的笑和明亮的目光，留给大院，留给我……

北京人·续

京都鱼鳞瓦

老北京的房顶铺的都是鱼鳞瓦，灰色，和故宫里的碧瓦琉璃成色彩鲜明的对比。鱼鳞瓦虽不如碧瓦琉璃那般炫目，那般高高在上，但满城沉沉的灰色，低矮着，沉默着，无语沧桑，力量沉稳，秤砣一般压住了北京城，气魄如云雾天里翻涌的海浪。难怪贝聿铭先生那时来北京，特别愿意到景山顶上看北京城这些灰色的鱼鳞瓦顶。

在我的童年，即20世纪50年代，北京的天际线很低，基本上被这些起伏的鱼鳞瓦顶所勾勒。因为那时候成片成片的四合院还在，而且占据了北京城的空间。想贝聿铭先生看见这样的情景，一定会觉得这才是老北京，是世界上任何一座城市都没有的色彩和力量吧？

想想，真的很有意思。那时候，四合院平房没有如今楼房的阳台或露台，鱼鳞状的灰瓦顶，就是各家的阳台和露台，晒的萝卜干、茄子干或白薯干，都会扔在那上面。五月端午节，艾蒿和蒲剑要插在门上，也要扔到房顶，图个吉利。谁家刚生小孩子，老人讲究要用葱打小孩子的屁股，取葱的谐音，说是打打聪明，打完之后，还要把葱扔到房顶。这到底是什么讲究，我就弄不明白了。

　　对于我们许多孩子而言，鱼鳞瓦的房顶，就是我们的乐园。老北京有句俗话，叫"三天不打，上房揭瓦"，说的就是那时我们这样的小孩子，淘得要命，动不动就跑到房顶上揭瓦玩。那是那时司空见惯的儿童游戏。我相信，老北京的小孩子，没有一个没干过上房揭瓦这样调皮的事的。

　　那时，我刚上小学，开始跟着大哥哥大姐姐们一起玩这种上房揭瓦的游戏。我们所住的四合院的东跨院，有一个公共厕所，厕所的后山墙不高，我们就是从那里爬上房顶，弓着腰，猫似的在房顶上四处乱窜，故意踩得瓦噼啪直响，常常会有邻居大妈大婶从屋里跑出来，指着房顶大骂："哪个小兔崽子，把房踩漏了，留神我拿鞋底子抽你！"她们骂的时候，我们早都踩着鱼鳞瓦跑远，跳到另一座房顶上了。

　　鱼鳞瓦，真的很结实，任我们成天踩在上面那么疯跑，就是一点儿也不坏。单个儿看，每片瓦都不厚，一踩会裂，甚至碎，但一片片的瓦铺在一起，铺成了一面坡房顶，就那么结实。它们是一片瓦压在一片瓦的上面，中间并没有泥粘连，像一只小手和另一只小手握在了一起，可以有那么大的力量，也真是怪事，常让我那时好奇而百思不解。漫长的日子过去之后，大院里有的老房漏雨，房顶的鱼鳞瓦换成波浪状的石棉瓦或油毡和沥青抹的一整块坡顶。说实在的，都赶不上鱼鳞瓦。不仅质量不如，一下大雨接着漏，也不如鱼鳞瓦好看。少了鱼鳞瓦的房顶，就如同人的头顶斑秃一般，即使戴上颜色鲜艳的新式帽子，也不是那么回事了。

　　前些天，路过童年住过的那条老街，正赶上那里拆迁，从房顶上卸下来的鱼鳞瓦装满了一汽车的挎斗，一层层，整整齐齐地码在车上，也呈鱼鳞状。那可都是前清时候就有的鱼鳞瓦呀，经历了一百多年的雨雪风霜，还是那样的结实，那样的好看。又有谁知道，在那些鱼鳞瓦上，曾经上演过那么多的童年游戏、带给我们那么多的欢乐呢？

其实，那时房顶上疯跑的游戏，平日里并没有任何内容，但形式带给我们的快乐大于内容，能惹得邻居大骂却又逮不着我们，便成为了我们的一乐。当然，要说它带给我们最大的乐，一是秋天摘枣，二是国庆节看礼花。

那时，我们的院子里长着三棵清朝就有的枣树，我们可以轻松地从房顶攀上枣树的树梢，摘到顶端最红的枣吃；也可以站在树梢上，拼命地摇树枝，让那枣纷纷如红雨落下。比我们小的小不点儿，爬不上树，就在地上头碰头地捡枣，大呼小叫，可真的成了我们孩子的节日。

打枣一般都在中秋节前，这时候，国庆节就要到了。打完枣，下一个节目就是迎接国庆了。

国庆节的傍晚，扒拉完两口饭，我们会溜出家门，早早地爬上房顶，占领有利地形，等待礼花腾空。那时候，即使平常骂我们最凶的大妈大婶，也网开一面，一年一度的国庆礼花，成了那一天我们上房的通行证。由于那时没有那么多的高楼，晚霞中的西山一览脚下。我们的院子就在前门东侧一点，天安门广场更是看得真真的，仿佛就在眼前，连放礼花的大炮都看得很清楚。看着晚霞一点点消失，等候着夜幕一点点降临，就像等待着一场大戏上演一样。我们坐在鱼鳞瓦上，心里充满期待，也有些焦急，不住地问身边的大哥哥大姐姐：礼花什么时候放呀？

其实，我们心里谁都清楚，让我们期待和焦急的，不仅仅是礼花点燃的那一瞬间，更是礼花放完的那一刻。由于年年国庆都要爬到房顶上看礼花，我们都有了经验，随着礼花腾空会有好多白色的小降落伞，一般国庆那一天都会有东南风，那些小降落伞便都会随风飘过来。燃放礼花的那一瞬间，我们会稳稳地坐在那里，看夜空中色彩绚丽的礼花，绽放在我们的头顶。但降落伞飘来的那一刻，我们会立刻大叫着，一下子都跳了起来，伸出早已经准备好的妈妈晾衣服的竹竿，争先恐后去够那些小小的降落伞。

当然，够得着够不着，全凭风的大小和运气了。因为那一刻，附近四合院的鱼鳞瓦顶上站满和我们一样的孩子，在和我们一样伸着竹竿够降落伞。风如果小，降落伞就被前面院子的孩子够走了；风要是大，降落伞就会像成心逗我们玩似的从我们的头顶飞走。记得国庆十周年时，我正上小学五年级，属于大孩子了。那一天晚上，不知是天助我也，还是那年国庆放的礼花多，降落伞飘飘而来，一个接着一个，让我轻而易举就够着一个，还挺大的个儿，成为我拿到学校显摆的战利品。

也就是从那一年以后，我没再上房玩了。也许，是认为自己长大了吧？

北京的树

以前老北京的胡同和大街上没有树，树都在皇家的园林、寺庙或私家花园里。故宫御花园里有号称北京龙爪槐之最的"蟠龙槐"，孔庙大成殿前尊称"触奸柏"的老柏树，潭柘寺里明代从印度移来的娑罗树……以至于颐和园和天坛里那些众多的参天古树，莫不如此。清诗里说：前门辇路黄沙软，绿杨垂柳马缨花。那样的情况是极个别的，我甚至怀疑那仅仅是演绎。

北京有街树，应该是民国初期朱启钤当政时引进了德国槐之后的事情。那之前，四合院里是讲究种树的，大的院子里，可以种枣树、槐树、榆树、紫白丁香或西府海棠，再小的院子里，一般也要有一棵石榴树。老北京有民谚：天棚鱼缸石榴树，先生肥狗胖丫头。这是老北京四合院里必不可少的硬件。但是，老北京的院子里，是不会种松树柏树的，认为那是坟地里的树；也不会种柳树或杨树，认为杨柳不成材。所以，如果现在你到四合院里看见这几类树，都是后栽上的，年头不会太长。

如今，到北京来，在南半截胡同的绍兴会馆里，还能够看到当年鲁迅先生住的补树书屋前那棵老槐树。那时，鲁迅写东西写累了，常摇着蒲扇到那棵槐树下乘凉，"从密叶缝里看那一点一点的青天，晚出的槐蚕又每每冰冷落在头颈上"（《呐喊》自序）。那棵槐树现在还是虬干苍劲，枝叶参天，起码有一百多岁了。

在上斜街金井胡同的吴兴会馆里，还能够看到当年沈家本先生住在这里就有的那棵老皂荚树，两人怀抱才抱得过来，真粗。树皮皴裂如沟壑纵横，枝干遒劲似龙蛇腾空而舞的样子，让人想起沈家本其人。这位清末维新变法中的修吏大臣，中国近现代法学的奠基者的形象，和这棵皂荚树的形象是那样的吻合。据说，在整个北京城，这是屈指可数最粗最老的皂荚树之一。

在陕西巷的榆树大院，还能够看到一棵老榆树。当年，赛金花盖的怡香院，就在这棵老榆树前面，就是陈宗藩在《燕都丛考》里说"自石头胡同西曰陕西巷，光绪庚子时，名妓赛金花张艳帜于是"的地方。之所以叫榆树大院，就因为有这棵老榆树，现在，站在当年赛金花住的房子的后窗前，还可以清晰地看到那棵榆树满树的绿叶葱茏，比赛金花青春常在，仪态万千。

但是，说老实话，给我印象最深的，还都不是上述的那些树，而是一棵杜梨树。

六年多前的一个夏天，我是在紧靠着前门的长巷上头条的湖北会馆里，看到的这棵杜梨树，枝叶参天，高出院墙好多，密密的叶子摇晃着天空浮起一片浓郁的绿云。春天的时候，它会开满满一树白白的花朵，霎时明亮照眼。虽然，在它的四周盖起了好多小厨房，本来轩豁的院子显得很狭窄，但人们还是给它留下了足够宽敞的空间。我知道，人口的膨胀，住房的困难，好多院子的那些好树和老树，都被无奈地砍掉，盖起了房子。前些年，刘恒的小说《贫嘴张大民的幸福生活》被改成电影，英文的名字叫做《屋子里的树》，是讲没有舍得把院子的树砍掉，盖房子时把树盖进房子里面了。因此，可以看出湖北会馆里的人们没有把这棵杜梨树砍掉盖房子，是很不容易的事情，也是值得尊敬的事情。

那天，很巧，从杜梨树前的一间小屋里，走出来一位老太太，正是种这棵杜梨树的主人。她告诉我她已经 87 岁，10 岁搬进这院子来的时候，她种下了这棵杜梨树。也就是说，这棵杜梨树有将近 80 年的历史了。

那年的冬天，我旧地重游，那里要修一条宽阔的马路，湖北会馆成为了一片瓦砾，但那棵杜梨树还在，清癯的枯枝，孤零零地摇曳在寒风中。虽多少有些凄凉，但毕竟还在。我想起了俄罗斯一位作家写过的一篇小说，说一座城市修路，中间遇到一棵老树，于是这座城市的领导和专家一起讨论，要不要为了路把树砍掉？最后，为了树，路绕了一个弯。心里为这棵杜梨树庆幸，也许为了它，新修的马路也会绕一个弯。

前不久，我又去了一趟那里，马路早已经修平展了，但那棵杜梨树却没有了。

还说北京小吃

北京小吃，绝大多数是清真的。无论是《故都食物杂咏》、《燕京小食品杂咏》等旧书中描写过的那些名目繁多而令人垂涎的小吃，或是新近在什刹海开张的"九城"小吃城，还是传统的隆福寺的小吃店，或者是原来门框胡同旁边的小吃街，绝大多数都是清真的，回形清真文字的招牌，是必须要张挂出来标示的。即使是解放以前挑着小担子穿街走巷卖小吃的，担子上也都要挂着简单的清真招牌。为什么呢？回民，在北京城只是一小部分，为什么却占据着几乎全部的北京小吃的领地？清朝的时候，是北京小吃最红火的时候，旗人并不是回民啊，为什么从慈禧太后到平民百姓的胃口，都被回民改造成清真口味了呢？

那天，我遇到一位高人，他年轻时在北京城南著名的清真餐馆两益轩里当过学徒，解放以后，曾经当过南来顺的经理。没有建菜市口大街的时候，南来顺在菜市口丁字路口南，是当时北京最大的小吃店，几乎囊括了所有的北京小吃。可以说他是一辈子和北京小吃打交道，不仅是知味人家，而且是知底人家。

老先生告诉我，北京小吃，清真打主牌，是有历史渊源的，最早要上溯到唐永徽二年（651年）。那时候，第一位来自阿拉伯的回民使者来长安城拜见唐高宗，自此伊斯兰教传入中国，与此同时带来清真口味的香料和调料。比如我们现在说的胡椒，明显就是，胡椒的一个"胡"字，说的就是回民，其他如茴香、肉桂、豆蔻都是来自那里。那琳琅满目的众多香料和调料，确实让中原耳目一新，食欲大增。要说改变了我们中国人的口味，最早是从这时候开始，是从这样的香料和调料入味，先从味蕾再到胃口的。

大量西域穆斯林流入并定居中国，是在元代。北京最著名的回民居住的牛街，就是在那时候形成的，他们同时便把回民的饮食文化带到了北京，如水一样蔓延进了人们的喉咙，是比香料和调料还要厉害的一种耳濡目染和潜移默化。写过《饮食正要》的忽思慧，本人是回民，又是当时的御医。《饮食正要》里面写的大多是回民食谱，宫廷里和民间的都有，大概是最早的清真小吃乃至饮食的小百科了。比如现在我们还在吃的炸糕之类的油炸品，在老北京，在汉人中，以前是没有吃过的，那是从古波斯人时代就爱吃的传统清真小吃，如果不是牛街上的回民把它传给我们，也许，我们还只会吃年糕，而不会吃炸糕。

应该说，牛街是北京小吃最早的发源地。

老先生说得有史有据有理，牛街的小吃，到现在也是非常有名的，即使在地下小作坊里没有卫生许可证做着黑小吃的，也要打着牛街的招牌，才好推销。牛街确实是北京小吃的一种象征，一块金字招牌。

过去说牛街的回民，"两把刀，八根绳"，就可以做小吃的生意了，说的是本钱低，门槛不高。老先生问我，知道什么叫做"两把刀，八根绳"吗？我说这我知道，所谓两把刀，就是有一把卖切糕或一把切羊头肉的刀，就可以闯荡天下了。别看只是普通的两把刀，在卖小吃的回民中，是有讲究的。切糕粘刀，切不好，弄得很邋遢，讲究的就是切之前刀子上蘸点儿水，一刀切下来，糕平刀净，而且分量一点儿不差（和后来张秉贵师傅卖糖"一把准"的意思一样）。卖羊头肉，更是得讲究刀工。过去竹枝词说：十月燕京冷朔风，羊头上市味无穷，盐花撒得如雪飞，薄薄切成与纸同。那切得纸一样薄的羊头肉，得是真功夫才行。粉碎"四人帮"之后的80年代初，断档多年的个体经营的传统小吃又恢复了，在虎坊桥南原23路终点站，摆出卖羊头肉的一个摊子，挂着"白水羊头李家"的牌子。一位老头，切——其实准确地应该叫片，片得那羊头肉真的是飞快，唰唰飞出的肉片跟纸一样薄。每天下午五点钟左右，摊子摆出来，正是下班放学时间，围着观看的人很多，老头刀上的功夫，跟表演一样，让老头卖的羊头肉不胫而走。

八根绳，说的是拴起一副挑子，就能够走街串巷了，入门简单，便很快普及，成了当时居住在牛街的贫苦回民的一种生存方式。所以，最早北京小吃是摊子，是走街串巷地吆喝着卖，有门脸儿，有门框胡同的小吃街，都是后来民国之初的事了。

回民自身的干净，讲究卫生，更是当时强于汉人的方面，赢得了人们的放心和信任。过去老北京人买东西，经常会嘱咐我们孩子：买清真的呀，不是清真的不要啊！ 在某种程度上，清真和卫生对仗工整，成了卫生的代名词。

北京小吃，就是这样在岁月的变迁中慢慢地蔓延开来，不仅深入寻常百姓之中，也打进红墙之内的宫廷，成为了御膳单的内容之一。可以这样说，北京的名小吃，现在还在活跃着的爆肚冯、羊头马、年糕杨、馅饼周、奶酪魏、豆腐脑白……几乎全是回民。民国时期和建国初期，北京最有名的小吃一条街——大栅栏里的门框胡同，很多来自牛街的回民。有统计说，那时候全北京卖小吃的一半以上，都是来自牛街。开在天桥的爆肚满的掌柜的石昆生，就是牛街清真寺里的阿訇石昆宾的大哥。北京小吃，真的是树连树，根连根，打断了骨头连着筋，和牛街，和清真，分也分不开。

这样一捯根儿，会发现北京小吃，即使现在有些落伍，还真是不可小视的，它的根很深呢。懂得了它的历史，才好珍惜它，挖掘并发扬它的传统优势。同时，也才会品位得到，别看北京古老，真正属于北京自己的东西，除了藏在周口店的北京猿人的头盖骨，其实并不多，基本都是从外面传进来的。开放的姿态和心理，才有了北京的小吃，也才能够形成北京的性格。

北京庙会

老北京，春节庙会是一景，走得动的人，几乎没有没逛过庙会的。如今的庙会，虽然每年春节都还很热闹，摊位拍卖每次都很火爆，今年厂甸庙会移址到陶然亭公园，更是争论纷纷。

但是，无可奈何的现实告诉我们，庙会已经不是传统中的庙会了，形散神也散了。

老北京庙会起于辽代，鼎盛于清代，兴旺期延续到民国和新中国之初。庙会，庙会，是依托于庙的，没有庙就没有会，要不干吗非要叫它庙会？因此，春节期间到庙中祭祀，祈福祝愿，是其原始的意义。而且，日后逐渐形成传统，除有些庙会从初一到十五都可以去，如厂甸和妙峰山，有许多庙会是专门讲究哪天去的。比如初一去前门关帝庙，初二去广安门外财神庙，初三去宣武门外土地庙，初四去花市火神庙，初五去白塔寺……一直到三月三去逛蟠桃宫庙会，达到高潮。清末震钧写的《天咫偶闻》中称蟠桃宫庙会是"一幅活《清明上河图》也"。其实，北京城这样的庙会都是"一幅活《清明上河图》"。

每一处庙会有属于自己的特色。比如，求子的，会到东岳庙去拴娃娃；辟邪保平安的，会到白云观摸石猴。庙会因此才色彩纷呈，形式多样而丰富，就是一年之中你心里有再多的不痛快，也有一处的庙会保你消灾祛病，甚至报仇雪恨。过去老话说是心到神知，意思是你只要人到了，就会有神保佑你，如此，人们才会从初一到十五有逛不完的庙会。庙会才成为了人们的一种民俗，更是一种文化的传统，乃至一种朴素的民间信仰。

因此，如今的庙会，由于庙宇的减少，可以移至公园等其他场所，但要想延承民间民俗的传统，像跳脱衣舞似的，删繁就简只剩下了吃和玩两种，是远远不够的。

当然，庙会可以有吃，也可以有玩，庙会后来的发展，也逐渐形成了一种嘉年华式的大众联欢。各种各样的集市，是沿寺庙周围随之而起的。其商业不过是以土特产为主，自给自足；娱乐以民间杂耍为主，自娱自乐。除了这样的民间性之外，更重要的是各处的庙会除经典的吃食、玩物和娱乐活动之外，也有各自的特色，并非千人一面。比如，土地庙庙会卖鲜花，花市庙会卖绢花，白塔寺庙会卖秋虫，厂甸庙会卖古玩字画，太阳宫庙会卖太阳糕（一层大米面，一层黑糖，一共十几层，最上层立一支江米面捏的小公鸡）……而黄寺庙会的打鬼、白云观庙会的清早舍大馒头、妙峰山庙会为贫民专设的各种形式的大棚善会……即使现在你只能想象，这样的活动都是那样的丰富，那样的妙趣横生，而且，又是那样的关注民生。万民同乐，共同迎春，才是庙会的主题，也是年的主题。

对比传统庙会，我们今天的庙会饮食和游乐活动，显得有些单调。并不是我们缺少前人的智慧和想象力，而是我们把庙会中的经济因素无限制地放大，放弃了对传统庙会的形式与内容的挖掘，和对其文化意义的坚守。似乎庙会就是老祖宗留给我们的一个赚钱的饭碗，成为了当下流行的节日经济的一种，传统的文化便仅仅沦为装点门面的漂亮符号，吸引人来的绣金屏风。

纵有千万个理由，将所剩不多依托原始地点的厂甸庙会移至陶然亭公园，都不是最好的选择。厂甸的老地方毕竟还在，老庙址还在（保存相对完好），人气还在。厂甸庙会是北京庙会中最有名最盛大的一个，从大年初一一直延续到正月十五。按照张中行老先生的说法："在所有的庙会里，以厂甸为内容最丰富，说得上雅俗共赏。"而且他说北京人有个怪脾气和嗜好，那就是过年期间，厂甸是不能不去的。张中行先生自己"每年厂甸十五天，至少要去两三次"。那时候，他能够在画摊旁碰上张大千和陈半丁，在书摊前碰到周作人和钱玄同，他说："小人物，巧遇大人物，也是人生一乐吧？"如今，即使逛厂甸时再也没有这样的巧遇，但依然在老地方逛，起码可以让我们有一种旧地重游的感觉和怀想吧？

文宣武和武宣武

在老北京，宣武的地位非同寻常，可以说是任何一个地区都无法比拟的。

在老北京，无论出自文献文本，还是出自老百姓之口，常常会有城南和宣南的称谓，比如林海音先生的作品《城南旧事》。这里的城南有历史特有的能指，具体指的范围大都在宣武，而宣南的"南"，就是城南的"南"，二南同一，绝对不会让老北京人混淆。在北京任何一个城区都可以有地理意义的南北之分，却都不具有宣南这样的历史文化意义之所在。

宣武之所以拥有如此厚重的意义，在于历史的馈赠。自明朝从南京迁都到北京，大运河的终点漕运码头，由积水潭南移到前门以南，以后又相继扩建了外城，一直到清朝禁止内城开设戏院，将戏院绝大多数开设在前门外，以及前门火车站交通枢纽中心的建立……这一系列的历史因素，造就了城南特殊的历史地位与含义。

以前门为轴心，辐射东西的城南特别是西侧宣武一带，曾经是北京城商业文化娱乐的中心，其历史的文化涵义，对于建设新北京保护老北京意义深重。不仅对于我，对许多北京人，城南和宣武乃至宣南，是一个情感深重的称谓，从口中吐出这个词儿，会有一种霜晨月夕的沧桑感觉。

在我的眼里，称宣武文宣武和武宣武，是有道理的，这个道理也源于历史绵延的结果，是宣武这棵大树上结出的两种最有特色的果子。

先说文宣武，这里还要说历史。先不说别的，这里只说说会馆，说说会馆和宣武的关系。可以说，文宣武的文化，首先得益于会馆的建立。会馆文化，从某种程度而言，代表着宣武的文化，或者说促成了宣武文化别具特色和意义的发展。

明清时会馆大多建在前门外。那时的吏、户、礼、兵、刑、工六大部，都设在前门内的东西两侧，只隔一道外城墙。外地人进京，无论是赶考的秀才，还是办事的官员，住在前门一带，自然方便一些。于是，各地举子或商人、官员，以同乡为单位，纷纷开始集资在这附近盖起大小院落，很像是如今的各地办事处，为的是藉有稽、游有业、困有归，是再自然不过的事情了。据说，前门一带会馆有140多家，毫不夸张地说，大部分在宣武。

如果现在来选宣武最著名的会馆，还真的有些为难了，因为著名的会馆太多，而且列举出的这些著名的会馆，大都不仅著名于宣武，同样在北京也是著名的。南横街的粤东会馆不著名吗？清末由广东同乡出资，买下康熙年间大学士王崇简父子的怡院一角，占地六亩，足够大的了。戊戌时期，保学会就是在这里成立，变法的风云人物康、梁等人都出入这里。民国元年，孙中山来京时的欢迎会，也是在这里召开的。想那时，出入这里的都是主宰中国命运的风云人物，个个心怀百忧，志在千里，且吟王粲，不赋渊明。

珠朝街上的中山会馆就不著名吗？当年被清诗人钱大昕赞美为

"荆高酒伴如相访，白纸坊南第一家"。清末被留美归来的唐绍仪（后在袁世凯当临时大总统时当过国务总理）买下，改建为带点儿洋味的会馆。民国元年，孙中山当了大总统，来北京就下榻在这里，一样地沾满了仙气和灵气。

米市胡同的南海会馆呢？当年康有为就是在这里起草万言书的，那该是何等的襟怀。想当年吴稚晖从天津大老远特地到这里，翁同龢从朝廷深院下轿到这里，更不用说戊戌六君子常常在夜深时分来到这里聚议。多少现在听起来如雷贯耳的大人物，都曾经和这里结缘，往来会馆间，搅动着中国近代史的风云变幻，又该是多么的让人神往，让人充满想象。

还有北半截胡同住过谭嗣同的浏阳会馆呢？粉房琉璃街住过梁启超的新会会馆呢？南半截胡同住过鲁迅的绍兴会馆呢？……这样的会馆真的太多。正是由于这样多的会馆汇集于宣武，才使得宣武的文化气息得天独厚，那么多的文化领袖都出入在这里的会馆之间。无论革命舆论，还是新文化运动，还是报刊业的发展，宣武都走在北京乃至全国的前列。宣武虽沾一个"武"字，但说宣武是文宣武，当不是自夸，而是实事求是，是历史使然。

再说武宣武。宣武本身就有一个"武"字，前面再加一个武字，在我看来，和传统意义上的文治武功并不是一个意思，而应该特指它含有武术和功夫以及舞蹈戏曲在内的舞台艺术。从本质而言，这里的"武"字，是"舞"的同音变体，和文宣武的"文"字是一个意义上的并蒂花开对仗的两枝，是文化的另一种形式。也就是说，宣武从根儿上说，是崇尚文化和艺术的；或者说文化和艺术，是宣武的立身之本的两条最重要的根系。

宣武的这个"武"字所代表的艺术，主要来源于天桥和八大胡同两支。天桥所代表的是北京最正宗的草根艺术，撂地摊的艺人，个个有一手惊人的绝活儿，他们所创造的市井俗文化，至今拥有着旺盛的生命力，是北京的文化遗产。而八大胡同的历史真正面貌一直在被扭曲或遮蔽，是的，八大胡同确实一度娼妓泛滥，但是，如果说八大胡同就是娼妓的代名词或符号，起码是不全面的。从某种意义而言，它也曾经是中国京剧的重要发源地。而这点意义，始终被抹杀，或没有得到应有的重视。

乾隆下江南之后，带回来四大徽班，是京剧繁荣的一个重要历史时刻。这四大徽班的主要演员，一开始都落户在八大胡同。首先进京来的三庆班，住进了韩家潭；以后，四喜班住进了陕西巷；和春班住进了李铁拐斜街；春台班住进了百顺胡同。号称清同光十三绝的主要名角，大多也都住在八大胡同一带，如四喜班的老板兼须生时小福，住在百顺胡同；春台班的老板兼须生俞菊笙，王瑶卿、姜妙香的老师陈德霖也都住在百顺胡同，俞振亭和他办的斌庆社住大百顺胡同，就连后来梅兰芳从李铁拐斜街的老宅搬出，也在百顺胡同里住过；在我国首拍电影《定军山》的谭鑫培也在大外廊营盖上的西式小楼安居，那里就在韩家潭的身后。我猜想，大概是韩家潭百顺一带已经住不下，才另毗邻为居的，逐渐发展到它们的外围。所以，后来有民谚说："人不辞路，虎不辞仙，唱戏的不离百顺韩家潭。"这是对那些情景最为形象的概括。

在我看来，和清末民初康有为、梁启超、鲁迅、李大钊那么多的文人志士聚集在宣武的会馆里，才有了宣武的文脉一样，如此众多且重要的京剧名角住在八大胡同，有历史的偶然和必然，更有着不同寻常的意义，这个意义，使得宣武有了自己独特的艺术之脉，或者我们概括为宣武的武（舞）脉。

　　和天桥的草根艺术对应着，这一脉艺术则是中国最古老最高雅的艺术，当时是属于宫廷和士大夫的艺术，可以说，是经历了八大胡同时代的历练，进而在大栅栏和珠市口等众多戏园子的演出，才使得这门艺术步入民间，并且焕发出崭新的生命力。谈中国京剧史，就绕不过宣武，这是宣武值得骄傲的资本。和它可以列数那些文坛叱咤风云的人物是宣武的骄傲一样，也可以尽说这样一批艺术大家名角，也曾经在宣武的地盘上，为宣武扬名扬威。

　　文宣武，武宣武，宣武如此丰腴厚重，应该格外珍惜才是。这种珍惜，不是简单的文化搭台，经济唱戏，不是直接地让历史成为今天的侍从和门童，而是要认真研究、仔细把握住宣武这得天独厚的文化与艺术的两根脉。它们是宣武支撑和发展的根，我们不要急于将它们挖出去当值钱的老人参来卖。

　　如今，宣武和崇文的老名都没有了，与西城、东城合并了。这多少有些匪夷所思，可能对于未来的经济发展有好处，但是，从文化意义而言，不仅对于宣武，对于北京都是一个无法估量的损失。

京城四大老药铺

说京城四大老药铺，先得说药铺都要顶礼膜拜的药王庙。北京城最大的药王庙在城南天坛附近的东晓市，建于明天启七年（1627年）。似乎有药王爷神明的启示和保佑似的，在老北京城，药业发达，几乎都在城南。

过去卖药的药铺，最早分生、熟两铺，生铺是采购来大批药材后用古法炮制之后批发，熟铺是再作精加工后卖成药。旧北京像讲究有四大花旦一样，生铺有四大药行之称，均在城南：花市上头条的隆盛和天成、花市上二条的惠风、打磨厂的天汇。它们有北方帮、南方帮之分，隆盛和天成是北方帮，药材多来自中药材古地河北安国；惠风和天汇是南方帮，一经营白术、元参等，一专从川广进黄连厚朴杜仲藏红花羚羊，都是贵重药材。

最早生、熟两铺，是相互并存发展的，熟铺渐渐做大，将采购炮制与精细加工研制于一体，取代生铺，成为气候，是清末民初的事。北京城后来称之为的四大药铺：同仁堂、鹤年堂、千芝堂、万全堂，先后创业于明、清两朝，但造就各自的鼎盛名声却都是在清末民初时。主宰着北京城药业的这四大老药铺，恰恰也都在城南，都说是得药王庙的庇护。

同仁堂是龙头老大，同仁之名取自易经，意为无论亲疏远近一视同仁，讲究一个医德。清末竹枝词中，有"都门药铺属同仁"和"买药逢人问乐家"之句流行。同仁堂开业于康熙八年（1699年），门脸在大栅栏，制药厂在西打磨厂胡同，祖上是从浙江宁波府慈水镇来京的手摇串铃的游医，又称铃医。到了乐显扬这一辈，成为了清太医，时来运转，他将祖上的秘方和宫廷的秘方结合一起，创办了同仁堂。他建立的"炮制虽繁必不敢省人工，品味虽贵必不敢减物力"原则，成为同仁堂的古训，也成为京城所有药铺效法的楷模。

自雍正初年（1723年）起，同仁堂就特制宫中御药，据说现在故宫里还有老佛爷吃剩下的同仁堂的乌鸡白凤丸。因是制御药而获有特权，可以预支官银，调高药价，同仁堂的地位不可一世，稳坐京城药铺的第一把交椅。1900年庚子事变大栅栏一场大火，烧了同仁堂，药铺里又住进八国联军，称雄200年的同仁堂，才步入低谷。结束一蹶不振的状况，是解放以后的事情了，风光一时当过北京市副市长的乐松生，是乐家第十三代传人。他也成为了同仁堂乐家最后一代掌门人。

万全堂，据说开在明永乐年间，比同仁堂的年头还老，传说也是乐家祖上的买卖，是后来乐家把它当成女儿的陪嫁赠与他人，才改换门庭。民国期间，万全堂有京城名医杨绳武题写的对联："万国称扬誉广三千界，全球景仰名垂五百年"，足见其五百年悠久的历史。所以有人说，是先有万全堂，后有同仁堂。

当然，这只是传说，万全堂真正开业是在清康熙年间，乾隆二十一年（1756年）和三十三年（1768年）曾经两次失火，却是火烧旺运，旧地重建之后依然生意兴隆。它的门脸开在崇文门外路西巾帽胡同南，往胡同里面走就是马连良旧宅，高台阶下就是原来的 8 路公共汽车站。 那时候上中学，我常常要走到这里坐车，天天和它打照面。据说堂中有一幅有名的抱柱联："修合无人见，存心有天知"，讲的也是医德。我没有看见过，但门外正中间的万全堂的匾额，左右两侧有书写着"万全堂乐家老铺精制饮片丸散膏丹仙胶露酒"的金字通天大匾，每天都晃着我的眼睛。"遵古炮制，选药精良"，是万全堂的古训，也是它历经沧桑生意一直兴隆的要义。我印象最深的，是 1959 年，在崇文门外拍电影《青春之歌》，看热闹的人特别多，因为万全堂的高台阶上面看得清楚，我和好多人挤到上面。那大概是万全堂从来没有过的壮观了，因为后来没几年，"文革"一来，它的那两块通天匾被锯成了一截一截的；1992 年建新世界商厦，占了它的位置，彻底见不到它的影子。

鹤年堂的名字很雅，取淮南子中"鹤寿千年，以极其游"之意，和药铺没有什么关系。相传是严嵩别墅花园里一个厅的名号，"鹤年堂"三个字是严嵩的手书，后来败落之后流落在外，被药铺的老板得到，觉得这字苍劲有味，就当成了自己药铺的名字。

鹤年堂是明嘉靖末年（1566 年）创办的老字号，据说大门两侧有忠臣戚继光书写的"调元气""养太和"的配匾，堂中有曾经因上疏严嵩五奸十罪而被严嵩害死的另一个忠臣杨继盛书写的抱柱联：欲求养性延年物，须向兼收并蓄家。现在虽然看不到了，但只要一想，将两位忠臣和一个大奸臣的字放在一起展览，不知道当年老掌柜的是怎么想的，是不因人废字，还是故意让人们做个对比联想？鹤年堂的位置不好，在菜市口，过去杀人的地方，每次杀人，监斩官就坐在鹤年堂内。人们传说鹤年堂用人血馒头入药发家，门前还有好几个人才能够摇得动的巨型大铁算盘，为了摇动它的声音压过犯人临死前的骂声，总之都不是什么吉祥的东西。不过，即使如此，鹤年堂依然生意火爆，一度曾经和同仁堂平起平坐。民国期间曾有记载："近虽西药林立，同仁鹤年二家家族，于平市四城设分肆无数，而购药者不约而同趋前门桥及菜市口两处。"

千芝堂也是开在明末之年，但规模远不及同仁、鹤年两堂。千芝堂取"世有千芝，天下共登仁寿"之意。这意思，不是取自古训，而是千芝堂留存下药目中的话，是千芝堂自己的追求吧。有传说千芝堂藏有千万支灵芝，我看大概只是传说而已，未必可信。千芝堂真正发达，是清光绪七年（1881 年），搞药材批发的吴霭亭花了两千两银子买下千芝堂，现存千芝堂的匾额就是吴霭亭自己书写（店开在花市口南，两层木制阁楼，古色古香，一直挺立到 1993 年，建金伦大厦时被无情吞噬）。吴聘请懂药材懂制药又懂管理的王子丰当掌柜的。王极其精明，八国联军进京时低价大量收购有钱人家存的参茸，战后再原价卖出，又把当时四大名医之一的施今墨请到千芝堂坐堂，就是其中两招。一下子，将千芝堂经营得风生水起，晋级京城四大药铺的行列。

当然，京城四大药铺，历来说法不一，其中一说是把庆仁堂归入四大药铺之内。因此，有必要说说庆仁堂。论历史，庆仁堂成立得很晚，是王子丰自恃开创千芝堂有功，和吴霭亭闹翻之后，在崇文门外大街的路东偏北自立门户，一样的雕梁画栋，锣对锣鼓对鼓，唱起了对台戏。庆仁堂取"庆有延年益寿，仁心普济万方"之意，也是"庆贺仁义之人聚在一起"的意思。匾额请清末举人汪竹清书写，起码比吴霭亭的字要好。

王子丰掌管药铺有经验，他不仅请来施今墨的弟子裘缉融坐堂问诊，对学徒都要求极为严格，必须学习书法、背诵《汤头歌》和

《药性赋》。他还为自己这家药铺特意命名为"庆仁堂参茸庄"，这意思很明显，自己资金雄厚，专门经营人参、鹿茸、麝香等高级药材。参茸庄要比药铺高一档次，是故意给千芝堂看的。那是1912年的事。1917年，又在珠市口南开设南庆仁堂，以后陆续在虎坊桥开西庆仁堂、在东四开北庆仁堂、在前门大街开庆颐堂（现长春堂店址），全市7个连锁店，生意越做越红火。它的牛黄清心丸最负盛名，解放以后，能够生产牛黄清心丸的，只剩下同仁堂可以和它比肩。

还要特别说一下德寿堂，因为城南原有的大小老药铺上百家，包括四大老药铺（同仁堂1900年被火烧，万全堂、千芝堂和鹤年堂，分别在1992年、1993年、1999年，在扩路建楼轰鸣中被拆毁），谁也没逃过20世纪末。现在，四大老药铺名字还在，却都不是原样了。全京城的老药铺，只剩下德寿堂硕果仅存，在修建两广路时和阅微草堂一起幸免于难，还留下全须全尾原始的模样。它那三层小楼，样式是西洋的，琉璃等装饰是传统的，三层的钟楼和左右城门门洞，还有一列小火车穿越其间，可谓是中西合璧式样了。关键是到现在还保存着，留一份历史的记忆给我们，将老北京当初的药业景象，留给我们一份活标本，真的难能可贵，算是保留京城四大老药铺一点依稀的影子吧。

德寿堂创办比较晚，1921年先在南小市开张了5间小房，1934年才在现今两广路上建成了这三层小楼。它的老板康伯卿，原在乾元堂药铺学徒，偷学得一点儿制药手艺，卖点儿眼药棍、万应锭之类的小药，夹包串巷，赚来一些辛苦钱。那时，这样的小药都是贫民百姓的常用药，我小时候还吃过万应锭呢。赚钱不多，却积少成多，康伯卿把最初那5间小房，渐渐扩展到这三层小楼，还在广渠门外买了11亩地，养鹿百余头，专门提取鹿茸。他研制的康式牛黄解毒丸，曾经风靡京城，盖过其他药铺，应该属于后来居上。那时候，北京各大小戏园子，舞台大幕上都挂有绣着"德寿堂康氏密制牛黄解毒丸"的绣帘，都是德寿堂连带大幕一起赠送给戏园子的，也算是开了老药铺做广告的先河。

最后还应该说件事，也许有点儿意思。"文革"中，这几家老药铺都被改了名：鹤年堂改为人民药店，万全堂改为解放药店，庆仁堂改为永向阳药店，千芝堂改为井冈山药店……算是它们几百年沧桑史中的一个花絮，立此存照。

梨园故居多城南

　　早先年间说：人不辞路，虎不辞仙，唱戏的不离百顺韩家潭，说是梨园行唱戏的名角住在百顺胡同的和韩家胡同的居多。这样说，自然是没错的，仅仅短短的一条百顺胡同，40 号是著名武生俞菊笙的故居，四大徽班之一春台班也曾经在那里安营扎寨；36 号是文武老生程长庚故居，四大徽班之一三庆班在那里；38 号是武老生迟月亭故居；55 号是青衣前辈陈德霖故居。

　　其实，梨园行的名角不都住在这两条胡同，只不过，倒都是住在附近，几乎遍布前门外大栅栏这一带，彼此相距不远。如此密集抱团，在我看来，原因有两点：

　　一是乾隆下江南，带回来四大徽班，这便是北京京剧的最初发端，当时四大徽班都落户在城南。首先进京来的三庆班，住进了韩家潭；以后，四喜班住进了陕西巷；和春班住进了李铁拐斜街；春台班住进了百顺胡同。再以后，顺理成章，号称清同光十三绝的主要名角，大多也都住在城南前门外，如四喜班的老板兼须生时小福，住在百顺胡同；春台班的老板兼须生俞菊笙，王瑶卿、姜妙香的老师陈德霖也都住在百顺胡同，俞振亭和他办的斌庆社住大百顺胡同。这样群居的连锁效应，和他们都是梨园行的有关，彼此传染，相互照应；也和千金买宅，万金择邻的传统观念相关，和如今住进新楼盘里都是不认识的生面孔，老死不相往来的居住现象，绝不相同。

第二个原因，和清政府禁止内城开设戏院有关。当内城的戏园子都被关闭的时候，所有的戏院都开设在前门一带，这和前面一带紧靠着皇城根，六大部的衙门口近在咫尺。全国各地人员进京办事做生意而住的会馆，大多数在附近，无形中方便了城里城外人看戏的方便。再加上本来四大徽班进京后，便都在这一带安营扎寨，群居效应的带动，梨园行的名角们，自然也就扎堆儿就近把家安在了这里。在民国时期，大概前门一带住不下，才另毗邻而居，渐渐蔓延出前门，西至椿树胡同周围，东至崇文门外，南至大吉片。

在前门之西，由于前些年椿树胡同拆迁，原来住在那里的余叔岩和尚小云的老宅已经见不到了。同样因拆迁的原因，海柏胡同里的叶盛章故居、棉花头条贯大元故居、棉花三条于连全故居、棉花六条赵桐山故居，也都已经不在了。但是，棉花五条武小生叶盛兰故居还在，至于棉花七条铜锤花脸裘盛戎、武老生李少春故居、棉花八条梨园名宿金少山故居、棉花九条另一位前辈马福禄故居，老宅还在不在那里，由于多日没去那里，心里忍不住有些担忧。

此外，椿树胡同附近的山西街甲13号的四大名旦之一荀慧生故居，门口挂有宣武区文物保护的牌子，虽然四周拆得七零八落，但故居的房子幸而保存完好，鹤立鸡群，很醒目。紧挨着山西街的西草厂88号，是名丑萧长华故居，保存不错的四合院，院中一株沧桑老枣树，院门正对着新开张的沃尔玛大门，很好找，也幸运健在。铁树斜街149号，是京剧大师梅兰芳的祖居；大外廊营胡同1号，是著名老生谭鑫培的故居；培英胡同20号，是梅兰芳的老师号称"剧坛盟主"的王瑶卿故居；红线胡同 17 号，是老生杨宝森故居。如果再往西北，西河沿 215 号，是铜锤花脸裘盛戎故居；幸运得很，虽然历经沧桑，大多也都还在。

在前门之南，北大吉巷里，有京剧名宿李万春先生的故居和他的鸣春社老院。和李万春做街坊的，还有几处梨园行的老宅：39 号住过刘连荣，他是和梅兰芳配戏的名角，《霸王别姬》，梅兰芳的虞姬，他的楚霸王；7 号住过时慧宝，清末著名青衣时小福的四子，他是武老生，又是梨园界有名的书法家，樱桃斜街梨园会馆门簪上"梨园永固"四字就是其作品。此外还有，保安寺街 15 号，是疙瘩腔的创始人老生高庆奎故居；后兵马司街 13 号，是名旦张君秋故居；平坦胡同 3 号，是须生奚啸伯故居。

过前门外大街往东走一里地，鞭子巷有梅兰芳和李多奎的老宅，可惜胡同早拆，无从寻访了。但在东兴隆街南的奋章大院胡同，53 号是架子花郝寿臣的故居，堂皇还在。当年，郝先生花了两千大洋在那里买下的这块地皮，大约一亩，盖起的四合院，只是当时地名不雅，叫粪场大院。郝先生给当时的北平市市长写了一封信，希望改为奋章大院，三天后便被批准，奋章大院的街名，便一直叫到了现在。因为郝老先生生前便立下遗嘱，把老宅捐献给幼儿园。沾孩子们的光，幼儿园一直健在，那座北京典型的四合院保存完好，连大门上面精美的砖雕，都完整无缺，颇值得一看。

还特别值得一看的，是北大吉巷 22 号李万春的故居，京城里典型的倒座四合院。大门朝北，门框上一个大大的福字，近一个世纪的光阴过去了，依然清晰，色彩未褪；门柱上方有戗檐砖雕，下方有汉白玉墙腿；大门两侧，西有一块、东有四块拴马石。虽然大吉片已经拆迁得一片瓦砾，但此院鹤立鸡群还在，非常扎眼。这院子原是余叔岩的老宅，当初余叔岩看中了李万春，收为义子，亲授《八大锤》，并让李氏全家搬进这座老宅来住。相传李万春的父亲花了4500大洋买下这座院子。两代梨园名宿，雕梁画栋，廊檐下全部画的是戏牌，是别的老宅绝对没有的。这座院子，正房为南，倒座房为北，各三大间，当年都带有宽敞的走廊，正房的这一痕迹非常明显，当年是李万春父母住，后来虽然廊子都搭建成了房子，但西边要通向后面的小院，所以必须留出空间。一根朱红色的廊柱，像是旗袍开缝中伸出的一条腿，便露在外面，泄露出逝去时光里的一些秘密。通往后院的是一个门道，门洞上方的墙上有一块硕大的菊花砖雕，逸笔草草，刀锋流利，是民国早期的风格，有些韵味，和现在不可同日而语。西跨院西边三间房，和院子里所有的房有女儿墙，门窗都是砖券拱形，西洋的味道很浓。这是当年李万春住的房子，据说前几年墙上还有"坦白从宽，抗拒从严"的字迹，字迹从来比人活得年头长，李万春都去世几十年了，字还在墙上顽固地留着。可惜现在看不见了，应该留着它才好，那是历史的物证，是流逝的岁月留存到现今的眼睛。

即便胡同大面积拆迁，但现在到前门外这一带走走，许多京剧界名宿的老宅，依然健在，都还能够见到，虽然人去楼空，老屋颓败，京腔京韵的那种感觉飘忽还在，能够让你迎风怀想。只是，我要给你提个醒儿，要去得趁早，拆迁的速度，有时快于我们的步子，越晚，你看到的地方肯定会越少。

北京的门联

我一直以为，门联最见老北京的特色。这种特色，成为了北京一种别致的文化。国外的城市里，即便有古老宏伟的建筑，建筑有沧桑浑厚的门庭，但它们没有门联。就像它们的门庭内外有可以彰显它们荣耀的族徽一样，北京的门联，就像这样的族徽一般醒目而别具风格。当然，在我国其他城市里也有门联，但都不会像北京这么普遍，而且大多数城市的门联，可以说是从北京这里学过去的，蔓延开的。有据可考，北京最早的门联出现在元代之初，元世祖忽必烈请大书法家赵孟頫写了这样一幅门联：日月光天德，山河壮帝居。可见门联在北京的历史之久了。当然，这样的帝王门联，是悬挂在元大都的城门之上的。我这里所说的门联，是指一般人们居住的院子大门上的那种。但我相信彼此只有地位的不同，其形态与意义，是相似的，也可以说，是一脉相承。北京院落大门之上的门联，是忽必烈门联的变种、衍化而已，就像皇家园林变成了四合院里的盆景。

说起北京的门联能够兴起，和老北京城的建筑格局有关。老北京的建筑格局是有自己的一套整体规划的。从紫禁城到左祖右社、四城九门，一直辐射开来到密如蛛网的街道胡同，再到胡同里的大宅门四合院,再到四合院的门楼影壁屏门庭院走廊,一直到栽种的花草树木,都是非常讲究的,是配套一体。而作为老北京最具有代表性特征的四合院,大门是给人的第一印象,就像给人看的一张脸,所以叫做门脸儿,自然格外重视。老北京四合院的大门,皇帝在时,是不允许涂红色,都是漆成黑色的,只有到了民国之后,大门才有了红色。所以,现在如果看到那种古旧破损的黑漆大门,年头一定是足够老的了,而那种鲜亮的红漆大门,大多是后起的暴发户。

老北京四合院的大门,一般都是双开门,这不仅是为了大门的宽敞,而是讲究中国传统的对称,这就为门联的出现和普及提供了方便,门联便也就成为了大门的一种独特的组成部分。这种最讲究词语和词义对仗的门联,和左右开关的对称大门,正好剑鞘相配,一拍即合。在老北京,这样的四合院大门上,是不能没有门联的。门联内容与书写水平的高低,体现着主人的文化,哪怕是为了附庸风雅呢,也得请高手来为自己增点儿门面——你看,提到了"门面"这个词儿,北京人,一贯是把门和脸放在一起等同看待的。门联,对于四合院的大门,就是这样的重要。正桩儿的四合院,正如西洋人穿西装一定要戴领带一样,如果大门上没有门联,一般是不可想象的。

现在,外地人、外国人看北京,看什么呢?胡同越来越少了,四合院越来越少了,大门上的门联,一般都得有百年左右的历史。随着岁月风霜的剥蚀,本来就已经所剩不多,这样的胡同和四合院大批量地拆迁,自然也就越发难以见到了。我一直有这样一个梦想,如果把它们搜集起来,编成老北京门联大全一本书,该是多好的一件事情。后来,我发现,这个事情我做不了,能力有限,只能寄希望于有能力有学识的他人。我现在能够做的，就是把我熟悉的、我所看到的北京的门联，记录在案。因为，我还发现，前几年曾经亲眼看见的门联，现在，有的已经看不清楚了，有的索性连门带院都履为平地了。许多你认为美好有价值的事物，被当成废土垃圾一起清除，好像一切以新建大楼的建筑面积来计算价钱了，而且还能够翻着跟头一样连年翻番。

我只能把我这几年跑街串巷所看到的一些门联，赶紧介绍给大家，有兴趣者，可以前往一观，兴许过不了多久，它们便再也看不见了——

"诗书修德业，麟凤振家声"（草厂三条 5 号）；

"读书使佳，好善最乐"（前孙公园 65 号）；

"多文为富，和神当春"（西兴隆街 53 号）；

"绵世泽不如为善，振家业还是读书"（庆隆胡同 3 号）；

"芳草瑶林新几席，玉杯珠柱旧琴书"（保安寺 10 号）；

"忠厚培元气，诗书发异香"（南芦草园 12 号）；

"宏文世无匹，大器善为诗"（校场口头条 47 号）。

这几幅门联，都是讲究读书的，我们的祖先是崇尚万般皆下品，唯有读书高的。所以，老北京的门联里，这类居多，最多的是"忠厚传家久，诗书继世长"。这几幅门联，写的意思是一样的，但特色不一样，要我来看，"多文为富，和神当春"，写得最好。如今，讲究一个"和"字，但谁能够把"和"字当做神和春一样虔诚地看待呢？又有谁能够把有知识有文化是你未来富有的基础作为理所当然的观念来对待呢？最后一幅"忠厚培元气，诗书发异香"，其以前院子的主人是一个卖姜的。你想想，一个卖姜的，都讲究诗书，多少让我们现在的大小商人脸红吧。

"经营昭世界,事业震寰球"(长巷头条 58 号);

"及时雷雨舒龙甲,得意春风快马蹄"(长巷头条 20 号);

"恒占大有经纶展,庆洽同人事业昌"(大蒋家胡同 70 号)。

这三户主人都是商家,但三幅门联写得直白而坦率。老北京,这类门联也颇多,最有代表性的莫过于"生意兴隆通四海,财源茂盛达三江"了。

同为商家,"吉占有五福,庆集恒三多"(冰窖斜街 12 号),写得略好,吉庆也是商家的字号,嵌在联里面;五福即寿、富、康、德和善终;三多即多福多寿多子孙;都是吉利话,但具体了一些。

"源头得活水,顺风凌羽翰"(南柳巷 35 号);"源深叶茂无疆业,兴远流长有道财"(南晓顺胡同 16 号);"道因时立,理自天开"(南柳巷 29 号)。这三幅,前两幅都说到了经商之"源",后两幅也说到了,但说的是经商之"道"。第一幅比第二幅说得要好,好在含蓄而有形象;第三幅比第一、二幅说得也好。这是一家当铺,后来当过派出所,不管干什么,都得讲究个道和理,好就好在把道和理说得与时世和天理相关,让人心服口服,有敬畏之感,不敢造次。

再看,"定平准书,考货殖传"(东珠市口大街 285 号),"平准"和"货殖"均用典,货殖即是经商;平准,则是在汉朝就讲究的经商时候价格的公平合理,那时专门设立了平准官;虽然显得有些深奥,但讲的是经商的道德。

"生财从大道,经营守中和"(东八角胡同 12 号),说得朴素,一看就懂,讲究的同样是经商的一个道德,前后对比,却是一雅一俗,古朴兼备,见得不同的风格。

能够将门联既作得有学问,又一语双关,道出自身的职业特点的，是这类门联的上乘之作，也是更为常见的。"义气相投裘臻狐腋，声名可创衣赞羔羊"（新开路 4 号），一看就是经营皮货买卖的，是户叫"义盛号"的皮货商。"恒足有道木似水，立市泽长松如海"（苏家坡 89 号），一看就是经营木材生意的，而且将自己的商号含在门联的前一个字中，叫恒立。能够让人驻足多看两眼，门联就是他们的漂亮而别致的名片。

将门联作为自己的名片，让人一眼看到就知道院子主人是干什么的，也是北京门联的一个特点，一种功能。比如卖酒的：杜康造酒，太白遗风；看病的：杏林春暖，橘井泉香；洗澡的：金鸡未唱汤先热，玉板轻敲客远来；剃头的：虽为微末生意，却是顶上功夫……可惜的是，这里好多在小时候还曾经看到过的门联，如今已经难得再见。我见到的，只有北大吉巷 43 号的：杏林春暖人登寿，橘井宗和道有神，那是老中医樊寿延先生的老宅。还有钱市胡同里几幅：增得山川千倍利，茂如松柏四时春；全球互市翰琛书，聚宝为泉裕货泉；万寿无疆逢泰运，聚财有道庆丰盈；聚宝多流川不息，泰阶平如日之升。都是当年铸造银锭的小作坊。

当然，在门联中，一般住户不在意那些个一语双关，更多的着意家庭，或祝福家声远播，家业发达——

"河内家声远，山阴世泽长"（长巷头条 70 号）；

"世远家声旧，春深奇气新"（洪福胡同 16 号）；

"子孙贤族将大，兄弟睦家之肥"（北大吉巷 47 号）。

或祝福合家吉祥，太平和睦——

"居安享天平，家吉征祥瑞"（西打磨厂 45 号）；

"家祥人寿，国富年丰"（梁家园西胡同 25 号）；

"瑞霞笼仁里，祥云护德门"（兴胜胡同 12 号）。

或期冀山光水色，朋友众多，陶冶性情——

"山光呈瑞泉，秀气毓祥晖"（杨梅竹斜街 33 号）；

"圣代即今多雨露，人文从此会风云"（群智巷 53 号）；

"林花经雨香犹在，芳草留人意自闲"（草场三条 13 号）。

这样说的都是笼而统之的，一般的过年话。但也有具体的，比如希望有仕途功名的——

孝（此字看不清了）家声传两晋，文章德业着三槐"（草厂八条 8 号）；

"笔花飞舞将军第，槐树森荣宰相家"（西河沿 152 号）。

后者，我还看到了难得一见的横幅"春如泽帝"，意思更加明显，倒不遮遮掩掩。也有希望多福多寿多子孙的："大富贵亦寿考，长安乐宜子孙"（洪福胡同 21 号），"寿考"即高寿。朱熹说："文王九十七乃终，故言寿考。"这样的门联很多。

但更多的还是讲究传统的道德情操——

"惟善为宝，则笃其人"（草厂五条 27 号），讲的是一个善字。

"恩泽北阙，庆洽南陔"（草厂七条 12 号），诗经里有"南陔"篇，讲的是一个孝字。

"文章利造化，忠孝作良园"（中芦草园 3 号），讲了一个孝字，又讲了一个忠字。

"中乃且和征骏业，义以为利展鸿猷"（廊房二条 65 号），讲的是一个义字。

"韦修厥德，长发其祥"（南芦草园 17 号）；"文章华国，道德传家"（南芦草园 19 号）；"江厦勋名绵旧德，山阴宗派辟新声"（西河沿 154 号）——讲的都是一个德字。

"守身如执玉，积德胜遗金"（栾庆胡同 11 号）；"厚德家声振，积善世绵长"（栾庆胡同 17 号）；"忠厚留有余地步，和平养无限生机"（草厂横胡同 33 号）——说的是德善兼顾，相互依存。

"门前清且吉，家道泰而康"（培英胡同 33 号），讲的是做人的清白。"芝兰君子性，松柏古人心"（西打磨厂 58 号），讲的则是心地品性。只不过，前者说得直截了当，后者用了比兴的古老笔法。而"古国文明盛，新民进化多"（草厂八条 25 号），则可以看出完全是紧跟民国时期的新潮步伐了。

最有意思的是，草厂五条 27 号，它原来是湖南宝庆会馆，很深的左右两层大院，高台阶，黑大门，那幅门联不是在大门上，而是刻在门两旁的塞余板上，很特殊。进大门洞后，还挂着一块 1993 年文明标兵的牌子，经历了这么多年，玻璃镜框还在。想一想，讲究"惟善为宝，则笃其人"的院子，应该得文明标兵的称号。

遗憾的是，我所看到的，仅仅是老北京门联的一小部分了，不知还有多少精彩的，已经和我们失之交臂。仅就我听说的，原广渠门袁崇焕故居就有：自坏长城慨古今，永留毅魄壮山河。大外廊营谭鑫培英秀堂老宅有：英杰腰间三尺剑，秀士腹内五车书。烂漫胡同东莞会馆有：奥峤显辰钟故里，蓟门风雨引灵旗。海柏胡同朱彝尊故居的古藤书屋有：一庭芳草围新绿，十亩藤花落古香。粉房琉璃街的新会会馆有：新诗日下推新彦，会客花间话早朝……当然，再往前数，在曾朴的《孽海花》里，还记录着保安寺街曾经有过的一幅有名的门联：保安寺街藏书十万卷，户部员外补阙一千年。此门联民国时还在，曾经让朱自清先生流连颇久。自然，那都是前尘往事，显得离我们那样的遥远了。

我最欢的是在东珠市口大街的冰窖厂胡同曾经有过的一幅门

联：地连珠市口，人在玉壶心。以玉壶雅喻冰窖厂，地名对仗得如此工整和古趣，实在难得。我一连去冰窖厂胡同多次，都没有找到这幅门联；也曾多方向老街坊打听，却没有打听到这幅门联曾经出现在哪一家院落的大门上。

有一阵子，我迷上了门联，胡同串子似的到处乱串，像寻宝一样地寻觅门联。因为我心里隐隐地感觉，这样的门联，也许快要成为"夏季里最后一朵玫瑰"了。有一次听人告诉我，在宣武门外校场口头条 47 号有一幅门联，格外难认，却保存完好，我立刻赶过去，一看，像小篆字，又像钟鼎文，古色古香，其中几个字，我也认不得。一打听，才知道门联是：宏文世无匹，大器善为诗。再一打听，此院原住的是我汇文老校友、前辈学者吴晓玲先生，这样的门联只有他这样学富五车的人才匹配。去的时候，正是夏天，院子里有两棵大合欢树，绯红色的绒花探出大门，与门联相映成趣，很是难忘。

还应该补充这样几个门联，都是独眼一般半幅。一在南柳巷林海音故居对面 51 号，右边半扇门上，"香光随笔是为画禅"。一在杨梅竹斜街 90 号，左边半扇门上，"合力经营晏子风"。前者，原来的大门在另一条胡同上，这是后开的门，开了门，却一时找不到门板，便随便找了一块安上了，找到的这块，却是棒打的鸳鸯，只找到一只，另一只不知飘向何方。后者，大院里新搬来一户，就住在大门的右边，为了把房子往外扩大一些，人家和房管局的人认识，就把右边的大门给卸了，换上了一扇小门，便只剩下了这半幅门联，这么多年来，让晏子一人孤胆英雄一般独挡风雨。

另一在长巷五条路东一个小院，只剩下半扇门，摇摇欲坠，破裂得木纹纵横，但暗红色漆皮隐隐还在，凸刻着"荆楚家风"。过了几天，我路过那里，门联没有了，换上了两扇新门，涂着鲜红的油漆，像涂抹劣质口红的两瓣嘴唇。

真的，在越来越多的四合院和胡同的拆迁下，在越来越多的高楼挤压下，我觉得这样的门联快看不见了，或者说要看以后得去博物馆看了。要看得抓点儿紧了。在唯新是举的城市建设的思维模式下，大片的老街巷被地产商所蚕食，拔地而起的高楼大厦，似乎要比四合院更有价值，却不知道没有四合院的依托，北京城还是北京城吗？没有了四合院，那些存活了近百年的门联，上哪儿去看呢？它们和欧洲房子前的雕塑和族徽一样，是北京自己身份的证明呀。我们就像狗熊掰棒子，为了伸手摘取自以为是的东西，轻而易举地丢弃了最可宝贵的东西。

前两天，我陪来自美国的宝拉教授去大栅栏，特意去了一趟钱市胡同，窄窄的胡同里，静无一人，那几幅老门联还在，只是有的已经字迹模糊了。其实我才两三年没去那里，日月风霜的剥蚀，比想象的要快。

老北京的门联啊！

北京老旅馆的前生今世

　　说起老北京的旅馆，如今人们最爱说的是东交民巷的六国饭店、崇文门内的德国饭店和前门外的第一宾馆。没错，这三家都在清末民初就是最有名的旅馆了，而且都带有点儿洋味，明显地印着那个时代西风东渐的痕迹。如今，除了德国饭店没有了，六国饭店和第一宾馆都还健在，成为了那个时代留给我们最好的遗存。

　　其实，作为北京近代的旅馆业，它们并不是最老的。作为一座文化商业城市，会馆可以说是北京近代旅馆业的前身。清末在册统计的400余家会馆，都起着旅馆的职能，以各地名字命名的会馆，实际上就是当时各地驻京的招待所。只不过，那时会馆只是住人，吃饭的问题另有附近的饭馆解决，各司其职，职能比较单一。所以，那时的会馆旁边一般都会有不错的地方风味的饭馆相配套，比如南海会馆边上有南方的老便宜坊、绍兴会馆边上有南味的广和居，成为了那时京城的一大特色。

　　北京近代旅馆业的真正发达，是以1901年前门火车站的建立为标志的。交通的便利，必然导致人员的流通和货物的周转，那种以乡里为轴心的农业时代传统单一的住宿格局，显然已经不适应时代发展的需要。于是，才诞生了近代的旅馆业。近水楼台先得月，在前门火车站附近的打磨厂和西河沿，一时旅馆如雨后春笋大增，几乎成为了那时的旅馆一条街。

那时的旅馆大致分为客店和货栈两类，前者专门为散客服务，后者专门为商人服务。前者或客房讲究，比如前门第一宾馆，走廊轩豁，青砖铺地，一厅一室的布局；或鸽子笼似的，很逼仄，但价钱便宜，为下等人士居住，类似鸡毛小店。但后者则必须有宽敞的空场，好装货停车用。货栈在近代旅馆业占据着北京的大半江山，不可小视，如打磨厂的大同、太谷、大丰，都是当时有名的南货栈或粮栈。

这样繁多的旅馆需求，不可能都如第一宾馆那样新建而成，许多是改建的。探求这一点很有意思，往往会拔出萝卜带出泥一般，带出相关的历史，或灵光一闪，或惊鸿一瞥，让你觉得北京这座城市的道儿真的是深得很。

在前门一带，不少旅馆的前身，一是镖局，一是饭庄，一是妓院。这是因为时代的发展，专门为客人武装押送货物的镖局，无可奈何地衰落，便只好改作他用，而连年战争和经济的衰败，必然也连带着饭庄和妓院的衰败。于是，借助它们原本合适的地方，就地取材，现汤煮现面，摇身一变为旅馆，是它们最便捷的求生之路。

比如，粮食店街现在的施家胡同第一旅馆，就是原来有名的三义镖局。所谓"三义"，指专门护送山西青云店、娘子关和阳泉这三路的货物。清末改为三义客店，一直到现在还在开张营业。

打磨厂的福寿堂，原来是清末建起的一家有名的老饭庄，当年前门一带的富商如同仁堂的乐家、瑞蚨祥的孟家、马聚源的马家，宴请客人都要到那里去，才感到有排场。抗日战争爆发后，原料运不进来，被迫倒闭，改成了旅店。

石头胡同的石头胡同旅馆，蔡家胡同的蔡家胡同第一旅馆，陕西巷的陕西巷旅馆，无一不是由原来的妓院改建而成的，其中陕西巷旅馆相传是当年和蔡锷将军有一段革命加爱情风流史的鼎鼎有名的小凤仙挂牌的地方。如今这些地方都还健在，只不过如果要进陕西巷旅馆看看，得花两元钱的参观费，真的是借历史发财的聪明法子。

有时会想，如果把这些旅馆前世今生的故事都写出来，挂在店里的墙上，北京这些老旅馆，别看破旧，没准能够老树发新枝，让好奇的人们多一种寻思古之幽情的好去处呢。

老北京孩子之玩

　　现在孩子玩的把戏越来越多，小到电动玩具，大到迪斯尼游乐场，电脑游戏算在这两头之间，琳琅满目，玩不胜玩。许多老北京的孩子之玩，已经被无情地抛弃，想想虽然是时代发展之必然，却多少也是遗憾。好玩的玩意儿，和好吃的东西一样，应该不受时间的局限。

　　我一直以为孩子的玩和环境关系密切，老北京孩子之玩，是和老北京人居住的胡同、四合院相关联的。那样一种邻里密切的环境，孩子的玩一定是群体性的，只要在窗户跟前招呼一声，其他孩子便跑出来和你玩在一起了，不会如今天居住在单元楼房里的孩子，一个人昏天黑地和电脑游戏玩一天。居住的形态决定着大人的心态，也影响着孩子玩的样式。

　　因此，在老北京，不管穷人富人的孩子，玩的花样会有不尽相同的许多种，其中正月里养小金鱼和十月里玩蝈蝈蛐蛐这样两种，是绝对少不了的，而且是最有讲究的。当然，大人也玩这两样，讲究的名堂多。《帝京景物略》中说，光蛐蛐的颜色之分就颇为讲究："以青为上，黄次之，赤次之，黑又次之，白为下。"至于养蛐蛐的罐、斗蛐蛐的法子和场面，更是讲究层层递进，繁文缛节，最后

"铁甲将军战玉霜"，决斗出冠军，大概是当时的"超女比赛"吧。至于金鱼，金受申老先生在文章中说，光龙睛鱼就举出有红龙、蓝龙、墨龙、紫龙、望天、翻鳃、鸭蛋等多种，养的方法也是有鱼虫、晒水、换水多样，光是鱼虫就有苍虫、青虫、米虫之分，什么时候喂什么虫，是不能乱套的。所以，旧时谈起四合院里，有"天棚鱼缸石榴树"一说，可以想象，那时候养金鱼是四合院构成的软件之一。

对于孩子而言，没有大人那样多的讲究，正月里养金鱼，图的是"吉庆有余（鱼）"的意思，那时节，满胡同里都会有挑着担子卖鱼的吆喝："大小金鱼的买——"再穷的人家，图个吉利，也会给孩子买条小金鱼的。老舍先生写的话剧《龙须沟》里那个小妞子为了一条小金鱼而丧了命，可见养金鱼对于老北京的孩子是多么的不可或缺，是那时孩子们玩的重要游戏之一。至于玩蛐蛐，老北京的孩子看重的是蛐蛐的勇武争斗之气。如果养金鱼大多是女孩子的玩意儿，那么斗蛐蛐则是属于男孩子的游戏。男孩子即使买不起也逮不着如《都门记略》中说的那种"以铜渣和松香味膏，点镜上，振翅即带铜音"的上等蛐蛐，就是弄只等而下之的"油葫芦"，也得玩玩啊。那时候再笨的孩子，在四合院的老墙根儿那里也能够逮着一两只油葫芦的。

我小时候家住在前门外一个叫做粤东会馆的大院里，那是一个三进三出的大院。在迎面影壁后面，有一个挺豁亮的空场，一左一右种有两株丁香树，每年春天烂烂漫漫开得都让我们孩子特别得兴奋，那劲头一直能够蔓延到暑假。丁香树枝叶葱茏，撒下一地的绿荫。那时候，我们全院孩子玩的兴奋点，不在金鱼，也不在蛐蛐，都集中在了这里。趁着大人上班不在家，我常常从家里偷出被单、床单，跑到空场上，把床单或被单挂在两株丁香树之间。这就是我第一次登台演出的幕布。似乎只有有了幕布，才像模像样真的那么一回事似的，有了真正当演员正式演出的感觉。幕布，对于我最初对话剧的认识，就那么的重要，有那么大的神秘感。我想以后我考上了中央戏剧学院，最初的启蒙就在这里吧？

我和几个半大小子、丫头躲在幕布后面，几个上中学的大姐姐为我们化妆。那时化妆不过是把指甲草揉碎了，挤出一手红红的汁，就往脸上抹，然后划着火柴烧着一段吹灭了，用那火柴头上的炭灰把眉毛涂黑，便自以为真像演员那么一回事。记得有一次，我们正在幕布后面，大姐姐把指甲草往我们脸上抹的时候，床单大概没系牢，不知怎么忽然掉了下来，后台一览无余，逗得小崩豆儿们捧着肚子乐，算是演出的最高潮。还有一次，我们在台上兴致勃勃正演着，台下一个小崩豆儿憋不住了，掏出小鸡鸡就尿，惹得大家不看我们演节目，光看他尿了。我们想办法叫大家看，怎么喊也不灵，一直到他把尿长长流水般尿完为止，大家的目光才又重新像小鸟一样飞回丁香树的枝头。

也许，一个时代有一个时代孩子玩的游戏，这些游戏，没有进化，只有变化，不以高科技为标准，无所谓优劣。失去了胡同和四合院的依托，我们少了许多值得珍惜的东西，孩子的游戏只是其中之一。

北京老地铁

北京最早的地铁，是绕着北京城原来老城墙的位置，把北京城老城绕了一圈。当年，虽有梁思成的陈情反对，还是轰轰烈烈地拆掉地面上的城墙，修了地下面的地铁。那是 20 世纪 60 年代的事情。北京近几年修建了很多新的地铁线路，但是，这一段老的环城线，还是北京地铁的重中之重。想一想，上面的明城墙曾经驮着梁思成飘不散的旧梦，下面轰隆隆跑着的地铁，该是多么的沉重。

这一段环城线地铁，的确老了，显得破旧，犹如纽约的地铁。下地铁的楼梯陈旧，走廊破败，因为当初设计的空间狭窄，难有国外地铁常常可以看到的琳琅满目的橱窗，除了几间屋子里卖一些杂货，地上铺着地摊卖报纸杂志外，几乎没有什么落脚之处。售票的窗口尤其寒酸，前几年连香港台湾地铁里那种电子售票的机器设备都没有，老式的高高窗口，像是以前的药铺或当铺的柜台，呆板得很。窗前总灰蒙蒙的，没有洗干净脸似的，显得脏兮兮的。上下班的高峰期，售票窗口前排起长队的那些面无表情的买票者，总让我想起 60 年代排队买肉买蛋的人们。

有一段时间，我常常在崇文门这一站乘坐地铁。地面上进出口前横七竖八地挤满自行车，都是上班的人图方便，随手丢在这儿乘地铁，下班以后，坐上地铁到了这儿，上来再把自行车骑走。方便倒是方便了，就是杂乱无章，说地铁下面万一发生紧急情况，人员疏散容易出现问题，清理了多少次，这里照样还是自行车的天下。

崇文门地铁站上面的北边的新侨饭店和南边的马克西姆餐厅的门脸，这些年都有了大大的改观，而地铁站的上下都还是老样子。除了多几个灯箱广告外，还是像京城的老宅门一样，那么的破旧。原来在站台上摆的小摊，卖的报纸特别的红火，现在一律取消了，但站台依然挤巴巴的。列车进站时，上车和下车的人流挤成了一锅粥，是地铁最兴旺的时候，人气指数最高，人声鼎沸得像闹市。特别是车厢门打开的那一瞬间，就像揭开锅刚刚出笼的包子，热气腾腾地跑下车，挤成了一地的包子褶儿。

白天，在这里候车的，大多是外地人，背着大包小包，手里牵着孩子，被山野的风吹红的脸膛，在东张西望，尤其盯着柱子上的站牌，寻找着哪一站是他的归宿，或能给他带来好运。那些密如蛛网的陌生站名，格外冷漠，也充满诱惑：雍和宫、鼓楼、积水潭、月坛、长椿街……很多外地人是问我这些站名的，这上面每一个地名都有一段历史，都是外地人向往的地方。去雍和宫烧香拜佛，去鼓楼登高望远，去前门看前门楼子和慈禧太后修的京奉线的老火车站。而去积水潭的，大多是求医的，而且是折了腿断了胳膊的，打着绷带拄着拐的，那里有积水潭医院，骨科专科，全国有名。而对于长椿街，只是充满着望文生义的想象，那里根本没有什么绿树葱茏的风光，连一棵椿树也找不到。偶尔从那里下地铁的，大多是去宣武医院，特别是那里的大夫林峰救活了香港凤凰电视台的主持人刘海若之后，外地人慕名而来的越来越多。

早上和黄昏，地铁里的北京人才多了起来。在地铁里观察谁是北京人谁是外地人，一个最简便易行的诀窍，就是外地人的眼睛一般忙着盯着车窗外，而北京人一般愿意买一份报纸看，坐在那儿也看，站在那儿也看。都说外国人坐地铁看书的人多，北京人坐地铁只看报纸。所以，地铁站上面总有卖各类报纸的小摊，挂在摊子上的万国旗一样飘飘洒洒的报纸，总能像从蜂巢里飞出的蜜蜂一样，飞进地铁的车厢。全国各地的报纸一下子都可以云集在车厢里，一张报纸看到到站下车也没有看完。再一个区别，是北京人比外地人爱说话，而且是粗葫芦大嗓门。北京人个个是"侃爷"，上至马列主义，下至鸡毛蒜皮，都能够说出个子丑寅卯，如同炒菜似的爆炒得香味四溢，说的听的，都津津有味。车厢里一下子噪音的分贝增大，热闹得开了锅，旁若无人的"侃爷"们，地铁里成全了他们语言的狂欢。

夜晚的地铁，才是它喘口气的时候。在幽暗的灯光中，地铁如龙，驰骋在夜色中，就像驰骋在梦中一样，有些微醺的感觉。摇摇晃晃的车厢里，空荡荡起来，司空见惯的大多是瞌睡的人，地铁上面的夜空里见不到的星星，变成了地铁里一闪一闪的灯光，仿佛星星坠落下来的精灵一样扑朔迷离。每逢这时候，我总会想起英国的老牌摇滚歌手彼得·莫菲唱的那首有名的《地铁》："不要在地铁里睡觉，不要在倾盆大雨里睡着。"总会让我感动，像是很少听到的一种叮咛，尤其是在这凄清而寂寞的地铁里，这种叮咛是那样感人而清新。

我也常常会想起吕克·贝松导演的那部叫做《地铁》的电影，那些镜头里奔忙如鲫的人流，冷漠如木偶的面孔，和那震耳欲聋的地铁对生活穿梭不停的回避，对现实的逃离，孤独的流浪，漂泊无根的无奈，还有那里面的一支摇滚乐队……那种日子对人生的重压，一天的繁忙对人心的蚕食，地铁车轮撞击铁轨的隆隆单调声响，正是对人疲惫麻木和昏昏欲睡的最好伴奏。

在北京地铁里，会偶尔出现想不开的人，跳到带电的铁轨之间，地铁会暂时停运，把人救上来，但这样的事发生的并不多。但像徐静蕾演的电影《开往春天的地铁》那样，人们涌出车厢像开花似的一瓣瓣绽开的感觉，也只能是出现在屏幕上。由于只有一个站台，便也难得出现隔开好几个站台的情人挥手相望而失之交臂或列车飞驰而过人去楼空的镜头。浪漫的故事，在北京的地铁里发生的概率极少。

北京的老地铁确实老了。新修的线路，比环城线要宽要好。正在修的线路，能够通往郊区更远的地方，它们再不只是绕着圈子环城跑，而是放射性的，肯定会跑的路更长，修的站台更漂亮。但是，我相信，即使那时候，人们也会特别愿意乘坐下环城老地铁，那一种怀旧的感觉，和逛北京的老胡同一样，哪怕它们再老再破，却是别处无法取代的。尤其是当你乘坐环城老地铁时，想到头顶上曾经有一圈梁思成哭过梦过的明城墙，你一定会觉得，即使跑遍了世界上所有的地铁，哪一处也无法和这一处相比。

北京新地铁

不少北京人近两年都会感叹北京新地铁建设速度之快。这种感叹，一则以喜，一则以忧。喜的是，北京城市建设速度的一日千里，未来北京人出行方便的希望共冀。忧的是，这样快的速度会不会造成萝卜快了不洗泥的隐患？

自 2005 年起，北京地铁建设已经出了五起大事故。近日出现地铁新的线路十号线苏州街附近塌方致使六名工人丧生的悲剧。人们的忧虑并非杞人忧天。

谁也不可否认，近年来北京城市建设日新月异。同样，谁也不可否认，同时存在着赶进度的问题，迎接奥运会，向某个日子献礼，成为了醒目的口号，当然也成了惯性的思维。其初衷都是好的，却隐含着对工程质量的忽视和伤害。而且，北京地铁建设面对的是地质结构和地下管网的复杂等不可回避的问题。当年，市长王歧山早就指示要弄清北京城区地下管网的分布图。前不久，一位专家又曾说开工之前起码要对周边地质情况进行最少半年的勘察。显然，对市长指示的地下管网分布图的重新勾画，成为了一笔难以兑现的糊涂账。对于专家所提出的地质勘察的起码要求，我们重视不够或根本被我们忽略了。这样的要求，显然与速度、进度是矛盾的，但却是科学的。轻视了科学的要求，一切良好的初衷都是主观主义的，我们受到由此得来的血的惩罚还少吗？

去年我曾在美国芝加哥住了两个月，经常走它城市边缘的快速路，类似我们的二环或三环路，那里一段路和我们一样，也在大动干戈地修整。但是，没见过那里的工人加班加点，黄昏之前，工地上已经没有工人了；周六周日，更是一片静寂，在这里住了好几年的朋友告诉我，他来这里时这段路就在修，修了好几年了，还没有修完。似乎，他们并没有我们这样的急性子。也许，我们不可以责备他们速度之慢，而是可以借鉴人家的科学严谨的态度，这种科学态度，是对施工质量的保证，对人生命的保证，对城市明天的保证。

北京地铁的建设，关系着北京人未来的前景，而不仅仅是为了某一个日子，比如美好而重要的奥运会。科学从来不是为日子服务的奴婢。奥运会也不是一个什么都可以往里装的漂亮的礼盒。

目前苏州街地铁路面的坍塌，六位无辜工人生命的丧失，应该是为我们又一次敲响警钟，过分地追求进度，头脑中总有为某个日子献礼的思维模式，其实是我们过去历史中"大跃进"建设的"基因链"的延续或滋生，是我们城市建设的一种惯性病，值得认真反思。"大干快上"，大干多少天，迎接什么什么日子，都曾经是我们熟悉而醒目的口号，刷写在工地上，飘扬在旗帜上，是过去年代的一道风景线。但是，由此而带来的建设的损失乃至对人生命的威胁，有过深刻的教训，我们不应该忘记。

北京地铁建设始自20世纪60年代，那是以推掉了明城墙为代价的，我们不希望今天新的地铁建设，再付出工人兄弟性命这样沉重的代价。以前，走在纽约和巴黎的地铁里，并没有我们这里的堂皇；走在莫斯科的地铁里，可以说是世界上最富丽堂皇宽敞明亮的地铁了，特别是遍布各个地铁站内的琳琅满目的雕塑和壁画，可以说是世界上最富于艺术性的地铁了。那时曾想，有一天我们北京的地铁也像纽约和巴黎的地铁一样四通八达就好了，也能像莫斯科的地铁那样轩豁而富于艺术气质就更好了。现在，我想宁可没有它们那样富丽堂皇，宁可暂时不能密如蛛网，宁可建设的速度慢一些，不必赶奥运会，不必为某个日子献礼，而能够安全、牢固，在北京地铁各线全面畅通之前，再也听不到让人牵肠挂肚的事故发生的坏消息。

前两天，在报上读到这样一则消息，两位即将出国留学的大学生，是一对情侣。他们出国之前特意买了一束白玫瑰，插在了地铁十号线苏州街事故发生的工地上，祭奠那六位工人的亡魂，希望这样的悲剧再也不要发生。我想，如果有可能的话，在地铁建成的时候，应该在这个新的地铁站里建一个雕塑，就像在莫斯科地铁站里常见的那样，该多好。就雕塑那六位工人，他们的头上戴着安全帽，他们的胸前簇拥着那一束白玫瑰。安全帽没有带给他们安全，白玫瑰却可以永不凋谢，将过去日子的回忆和我们的沉思，一起矗立在那里。

北京人行道

　　最近在北京塞万提斯学院举办的城市发展会议上，一位在北京工作生活多年的委内瑞拉建筑师，安东尼奥·奥乔亚，他尖锐地批评我国城市建设发展的混乱，在全世界绝无仅有，即使连发展中的拉美国家的城市都不如。他以北京为例，说在北京的马路上已经没有了散步的乐趣，人们走在马路上只是"为了从这一头走到那一头"的机械运动。安东尼奥先生说的"马路"，指的就是人行道。

　　安东尼奥先生的话虽然不那么中听，却实在值得我们认真反思。我们的城市建设过于讲究所谓国际大都市化，而形成了几乎千篇一律的既定模式，道路建设成为了这种模式的一种重要参数和标志，那就是马路越修越宽，即便非主干道，也都是有好几条车道的宽阔的大马路，仿佛只有这样才能够显示一座国际大都市的气派。连接马路两边人们通行和交流的方式，几乎全要依靠立交桥和过街天桥，在世界上的任何一座其他城市，哪怕是纽约、巴黎这样真正的国际大都市，都难以看到如北京一样多而杂乱无章的立交桥和过街天桥，肆意切割着城市的轮廓线。而与之相对比的人行道，却被不断蔓延的外接出来的店铺和越来越多的停车位所占领，显得越来越逼仄，和硕大轩豁的行车道形成极不平衡的畸形对比，人行道越来越被无意和有意地挤占和忽视。

城市的马路，由人行道和车行道所构成，是城市主要的公共空间，为城市所有公民所拥有。马路除承载着交通作用，还必须具有其他的功能，安东尼奥先生所说的散步，就是其中之一。记得我母亲在世的 80 年代初期，她老人家可以踩着小脚在家前的马路上散步，并可以每天清早走过马路到对面的牛奶站取奶。现在，还能够做得到吗？在国外，特别是在美国的大城市里，都能够看到在马路边上散步和跑步的人，他们和身边川流不息的车辆互不干扰，形成相看两不厌的风景。这在我们这里特别是在如北京一样的大城市里，能够看得到吗？我们这里许多人行道安装上了船锚似的粗粗的路障，为了防止拥挤的小车上来停车，也阻碍了人们的散步，走路都要如跳棋一般不停地躲闪腾挪，更不要奢望跑步了。记得我小的时候，最爱走北京一条叫做台基厂的马路，那里的人行道比较宽敞，而且路旁有漂亮的合欢树，花影婆娑，是通往王府井的最惬意之路。如今，这条马路已经风光不再，人行道辟为了停车场，宽敞的回忆让位于拥挤的现实。

难道我们的城市建设越来越现代化，越来越国际化，却是以牺牲人们在人行道上散步的乐趣为代价的吗？这样的现代化和国际化，是真正的现代化和国际化吗？

加拿大著名学者简·雅各布斯在她那本享誉世界的著作《美国大城市的死与生》中特别指出，旨在丰富公共生活、具备内在特性的城市的人行道必须拥有这样三种用途：保障安全、方便交往和孩子的同化。安全，自无需多说，保证出行者的安全当然是要放在第一位的；散步，就是交往中最常见而亲切的方式；孩子的同化这一点，雅各布斯解释孩子的户外活动，课余都是在一些零碎的时间里发生、要在家附近见缝插针地进行，而这些随意玩耍大都是在人行道上完成的，所以，她说："30 或 35 英尺宽的人行道足以承担任何形式的随意玩耍。"而"20 英尺宽的人行道——在上面排除了跳绳的可能性，只刚刚可以够玩轮滑"。

雅各布斯经过认真的研究和缜密的调查，给我们提供了关于马路中的人行道的数据和理念。这种数据，也许我们一时难以达到，还需要假以时日；但这种理念，却应该引起我们重视，因为它不仅尊重了居住在城市里有车族之外大多数普通人的路权，更尊重了城市未来的主人翁、孩子们的成长需求，同时，也使得这一城市特殊而重要的公共空间的作用得以张扬、重视和重新认知。这样的理念，合乎人性化，合乎城市建设的伦理，足以供我们参考和思考，特别是在我们的城市建设的速度不断攀升、城市建设急于和世界接轨、总梦想成为辉煌的国际大都市日益膨胀的现实面前，及时调整我们的思路、布局，给予我们城市的马路特别是人行道以新的定位、规划和投入，是十分必要的。因为我们的城市实在缺少这样适应于城市生活的人行道了。

城市建设，不仅仅是高楼大厦、剧院博物馆、绿地花圃和宽敞的大马路，以及多不嫌多的立交桥。不奢望给人行道与它们一样的待遇，只要一样的重视就可以，让人行道恢复人们散步的乐趣，人们走在马路上不再只是"为了从这一头走到那一头"，我们的城市建设将会出现一种新的风貌。雅各布斯甚至将其提升到这样的高度来阐释："街道和人行道，是一个城市的最重要的器官。""是城市规划的一个中心问题。"她以孩子失去在人行道随意玩耍，一味地把孩子从街道上赶进公园去玩耍为例，说那是一件再糟糕不过的事。同样，我们也可以说，如果把在人行道散步的人们也都一味地赶进公园去散步，同样是再糟糕不过的事情了。把马路还给马路，把人行道还给人行道，让散步回归于人行道，让孩子能够在家前的人行道上尽情玩耍，是我们城市建设中应该做到的事情。如果说高楼大厦是我们城市的身躯，立交桥是我们城市的腿脚，马路则是我们城市的动脉，人行道便是我们的毛细血管，所以，它们才能够称得上是"城市最重要的器官"。

　　让人行道恢复人们散步的乐趣，应该成为我们北京城市建设的一个口号。

北京地下管线

  刚刚看到报纸新闻报道，说北京自来水管又破裂了，而且，还是在城南的洋桥。这已经不是第一次水管破裂，今年以来，起码是第三次了，附近百姓家中断水。今年开春，洋桥地区的地下水管破裂，水漫金山，清澈的自来水在柏油马路上翻滚，导致附近的居民楼断水，过去了并没有太多日子。春节期间，大年初四，也是在南三环的洋桥，几乎同样的地区，就已经出现过一次地下水管爆裂，同样的水漫金山，淹了道路，水快没了汽车轱辘，附近的居民楼夜食断水。

  如果稍稍再往前数，时间过得也不久，西城文津街路面坍陷，也是地下管线出了问题，大型挖掘机开进现场，查明是管线渗漏所致，热力、燃气、自来水等所有和管线相关的单位都出动，却因地下管线复杂，给抢修带来困难。

  还是前不久，北工大校门前的马路上，也是由于地下管线出了问题，热水喷涌如柱，正好打在骑车要赶往麦当劳打工的大学生身上，烫伤了这位女大学生和前来救她的父亲。

  地下管线爆裂或渗透的现象，仅仅这半年时间就已经发生多少起？除野蛮施工的原因需要另行问责外，我们所面对的补救策略，几乎是哪儿漏补哪儿，头疼医头，脚疼治脚，打补丁一样，救火队一样，疲于补救，充满无奈。因为，上至市政府官员，下至具体工程单位，几乎所有人都说不清，我们脚底下所埋藏的密如蛛网的管线到底是什么样的具体情况。北京城从清末民国到新中国建国以后所铺设的地下管线，和岁月一起层层加叠，纵横交错，成了一笔糊涂账，至今拿不出一张详尽的地下管线图纸来，怎么能不是哪儿出了问题，赶紧到哪儿去修补呢？

记得前几年，三环路长虹桥附近，也是和今日文津街一样，出现了路面坍陷，也是由于地下管线出了问题，没办法解决，只好用最笨重的法子，在泄漏的管线周围浇注水泥，围合砌死。问题是解决了，但如果下一次这里再出现问题，只好再把水泥刨开了。难怪我们的路面成了拉锁马路。谁也不敢说我们的脚下没有埋藏着隐患，地下管线就是埋在那里的不定时炸弹，不知什么时候就会钻出来，用冷水用热水用污水用气体，找我们的麻烦。

如果说文津街是老街，地下管线更为复杂，我们可以把责任推给历史，那么，无论三环路的长虹桥前，还是北工大前的马路，还是洋桥，或永定门，可都是这些年新建的呀！　为什么也和那些老街一样脆弱不堪，难道地下管线的图纸依然也没有吗？也需要我们去哪儿漏补哪儿，头疼医头，脚疼治脚吗？

在城市化迅速的进程之中，我们极其需要的不仅仅是速度，而且更需要质量作为保证。排除豆腐渣工程，我们也需要视质量为生命，而不能萝卜快了不洗泥。如果说由于历史的原因我们没有地下管线的图纸，那么新建的地下管线就应该不仅有图纸备案，更需要有质量依托，不能够再让地下管线渗漏或爆裂而让路面突然塌陷，危及行人与车辆的安全，成为事发之前防不胜防的隐患和事发之后丑陋的一个又一个补丁，让我们提心吊胆，不知什么时候在哪里又有哪一段水管会爆裂。

记得前几年青岛山洪暴发，青岛市区丘陵地区泄洪通畅，检查结果一看，得力于德国当年修建的排水系统，虽然经历百年沧桑，地下管线依然完好。那时，还听说青岛有的地方自来水管爆裂泄漏，一查是我们自己安装的水管接处出了问题，而在附近不远德国当年安装的自来水接管却还结实如故。据说，德国至今仍保留着当年地下的管线图纸，标明具体的位置。我这样说，并非要为德国当年侵略中国霸占胶州半岛张目，而是说我们的质量为什么不如人家，难道不应该值得反思吗？

还记得看电影《悲惨世界》，最后警察追冉阿让，是在巴黎的地下管道里，那管道宽阔如同我们这里能开过一辆汽车的地下隧道，警察和冉阿让方才可以一前一后，一跑一赶，腾挪自如。当时看电影时就极为惊异，巴黎也是一座古城，无论自来水管还是污水管，在人家那里为什么就一目了然，出现了问题方便维修呢？至今，在巴黎的塞纳河边还特意保留一座地下水道博物馆，供人们参观。当然，历史上人家的资本主义和我们的封建社会的生产力有天壤之别，但新中国成立之初我们忙着搞政治斗争而忽视经济建设，新时期以来重视速度乃至急功近利的政绩工程和贪污腐败的豆腐渣工程，而置质量于不顾，不能不说也是值得我们检点的原因之一。

我真的希望再听不到、起码少听到因地下管线出了问题而导致路面塌陷、居民断水的新闻。我希望我们以后拥有自己新的地下管线图纸，我希望我们的地下管线质量能够得到保证，我希望我们走在北京的马路上不会提心吊胆，而真的如歌中唱的那样，"我们走在大路上意气风发斗志昂扬"。

北京人改地名

　　公交线路的地名改不改，公主坟最后终于被保住不改的消息，这两天成为了新闻，成为了尊重民意和民主的事情而被赞扬。说心里话，看到这样的消息，真感到惭愧。地名，是历史与文化的遗产，其符号的象征意义，传承着民俗、地理与民间心理的信息和脉络。正如我们行不更名、坐不改姓一样，地名根本就没有讨论改与不改的必要。我们这里却拿它当成事，并拿它来说事，号称文化中心的北京，怎么能不让人脸红？

　　不过，细想一下，北京人自古以来，就特别爱给地名改名，北京人的这种习惯，透着北京人的性格，也可以说是这座城市的性格吧。北京兴起改地名最热的时候，一在清朝，一在民国。举几个简单的例子，宣武区有个大吉巷，这是一条自明朝就有的老胡同，最初叫打劫巷，大概出现过打劫的事情吧？后来觉得这名字不大吉利，清末改名为大吉巷，提升了胡同的意义。大吉巷西边不远有条胡同，也是自明朝就有的，起初因为靠近护城河地势低洼成了烂泥塘，叫烂泥胡同，觉得不雅，后来改名为烂面胡同，一字之差，烂泥塘变成了能吃的面条了，后来还是觉得不雅，到了清朝，改名为烂漫胡同，灿烂起来了，从具象变为了抽象，透着体面。看，都是清朝时候的事情。

到了民国，把清时没来得及改的地名接着改，比如，把哑巴胡同改为雅宝胡同，把鸡罩胡同改为吉兆胡同，把喂鹰胡同改为未缨胡同，把裤子胡同改为库资胡同，把屎壳郎胡同改为时刻亮胡同，把狗尾巴胡同改为高义博胡同，把张秃子胡同改为长图志胡同……

这样的例子，可以说不胜枚举，可以看出，大多是用谐音改名，这是中国地名学的一大特色，体现着汉字的魅力，透着北京人自以为是的聪明劲儿，也折射着人们潜意识里泛神的一种崇拜。名不正则言不顺，骨子里就是这样的重名轻实，虽然常常干着挂羊头卖狗肉名实不符的事情，但起的名字、叫着的名字，得是响当当的。看着好看，叫着好听，北京人讲究的就是一个面子。

北京改地名最盛，除了清朝和民国时期，大概得属"文化大革命"时期了。不过，这一时期的改名风潮，基本偏离了以前的以谐音为主和儒家吉利之类的文化传统，而是以革命色彩为主要标准，不少胡同街道的名字改为了向阳、向党、红卫、卫东、为民、永红、反修、反帝、兴无、灭资、学毛著、东方红等名字。据民国时期统计，地名更改计300多条；不知"文革"时期有没有统计，应该是远远超过了300条这样的数字，因为仅仅改用"东"字起头的胡同就有300多条。这样庞大的数字，说明那时候的北京人是以胸怀天下为己任的，地名在北京人的眼里，不过是所要指点江山而粪土当年的一种，是应该横扫一切随叫随到而必须俯首称臣的一种象征。

可以看出，北京人对于改地名，一直是有历史、有传统的，是情有独钟的。它体现出一直生活在天子脚下的北京人良好的有些膨胀的心态。只要想一想，那个时期，多少人看着爹妈给自己起的名字都不顺眼，拿着户口本到派出所说改就把自己的名字给改了，那地名又怎么能在话下呢？说改不更容易手到擒来就改了吗？

幸好，这次公主坟的地名没改。北京人这回聪明是聪明了，但没有必要再扯旗放炮表白这回自己是真的不傻了。

北京人住别墅

　　近日来，关于北京近郊别墅区大兴土木，私搭乱建的报道一下子多了起来：有电视节目主持人私搭二层阳光房，和物业连续发生冲突，其施工队和前来制止的物业人员大打出手，最后被告上法庭；有一位老板将自己买的两套别墅重打锣鼓另开张，不仅把两套连通在一起，面积扩大了一倍不说，还安装了私家电梯，最后执法人员出面而被强行拆除。都说城市旧房拆迁的时候才会出现所谓"钉子户"，新建的别墅区里，居然也有豪华版的"钉子户"，而且新闻不断。据报纸报道，有的别墅区居然一半以上的业主在私搭乱建，有的甚至重新设计，将房屋的主框架拆除，私搭乱建出的房屋超过原房屋面积的十倍之多，以致有别墅区由此而受害的业主和物业联手，发起"拯救我们的家园，整治违章搭建"的行动。

　　别墅区如此严重的私搭乱建乱象，恐怕全世界绝无仅有。它的危害性有目共睹：挤占了绿地等公共空间，提高了容积率的指数，破坏了别墅的整体美感，直接导致整个别墅区的品质降低、价值贬值。这些绝非个别的、有钱并舍得花大钱买下别墅的业主们，会不懂这样最重要最直接也最浅显的道理吗？他们不知道这样做的最后结果，会是搬起石头砸自己的脚，最后把好端端的别墅造得面目皆非吗？

别墅区如此严重的私搭乱建，让我想起以往大杂院里的私搭乱建，那些原本不错的四合院，因为住进的人越来越多，一代又一代新生者要生存，要结婚，要养儿育女，没有办法，只好向四合院要空间，各家各户搭建起来蘑菇一样丛生的小房，辟为厨房、仓房或婚房等各种各样用途。在这样与日俱增的小房的挤压和蚕食下，再美再规整的四合院，也变得美感尽失而惨不忍睹，乃至使得邻里关系变得恶劣，风波迭起，演绎着人们由居住空间的局促而挤压得心灵空间逼仄的活报剧，滋生出日子的辛酸和悲凉，直接导致生活幸福指数的下降。前几年播放的电视剧《贫嘴张大民的幸福生活》，就是这样的一幅生动的生活写照，为结婚而盖一间新房并且是一间不得不把一棵大树盖在中间的小房，张大民历尽悲欢离合，尝尽辛酸苦辣。

四合院变大杂院，是过去贫穷时代的无奈，是积攒下来的一代代越来越多人群居住空间问题的历史遗存，谁都不愿意这样做，谁也都不愿意看见这样丑陋的景观，并且谁都希望努力使之改观。

如今，住进别墅的人们，生活的时代背景完全改观，早已经脱贫致富，居住空间足够宽敞了，为什么还要重走在大杂院里私搭乱建的老路呢？而且是毫无节制地扩大并理所当然地占有公共资源呢？是因为人心不足蛇吞象，还是一种思维意识的惯性，乃至我们民族的某种劣根性使然？

我想起已故江苏小说家高晓声，在20世纪80年代初，曾经写过的一篇小说《陈奂生进城》。刚刚从贫穷时代步入改革开放新时代的贫穷农民"漏斗户主"陈奂生进城，第一次住进县招待所5元钱一夜的高级房间（那时陈奂生一天的工分值才是7角钱，他心想自己拼死拼活干一星期的农活都挣不出这一夜的店钱，心理非常不平衡）。由此，因为是花了这样一天5元的住店钱，陈奂生临走那天，特意用床上的提花枕巾擦了一把脏兮兮的脸，又不脱衣服使劲蒙着被子困上一觉，他觉得即使这样糟蹋，把整个房间弄得脏成猪圈，也不值那花了的5元钱。

特意用床上的提花枕巾擦了一把脏兮兮的脸，又不脱衣服使劲蒙着被子困上一觉，这样两个富有典型农民性格的生动细节，让我不由得想起在别墅区里在自己的房前屋后大兴土木的富人们。

如今，我们在漂亮而宽敞的别墅区里私搭乱建的心理，在某些方面，和农民陈奂生不是很相像吗？我们不是和陈奂生一样，觉得别墅是自己花钱买的（而且，可不只是区区5元钱），我们就可以有权利想怎么着就怎么着，怎么着都觉得合情合理、应当应分，甚至怎么着都觉得自己还不够本呢，即使把整个房间弄得脏成猪圈，陈奂生不是也觉得还不值那花了的5元钱吗？

我们在别墅区里为所欲为地私搭乱建，和陈奂生进城住店的心理状态，不过是五十步笑百步。虽然，我们比漏斗户主要阔了许多，已经可以住进原来只能在电影或画报里看到的像外国那样的别墅里面了，但我们依然带着陈奂生的胎记。我们刚刚从一般的楼房里住进别墅里，和陈奂生刚刚摆脱贫困住进县招待所里的心理几乎完全相似，虽然陈奂生住的只是5元钱一夜的店，我们住的是几百万元甚至上千万元钱的别墅，区别只在于钱的数目，可钱的数目并没有帮助我们抹去陈奂生的胎记，脱胎换骨而走出去多远。说到底，我们和陈奂生一样，还是个农民，是个刚刚富起来的农民，有了钱不知道怎么折腾才好，便容易把该擦在脸上用的润肤霜，当成开塞露抹在了腚上。

别墅，看来并不只是靠财富就能够矗立起来的，还需要有一点比财富更重要的公德意识、心灵善意、文化品位和精神修养来支撑才行。否则，即使我们有一天都住进了轩豁的别墅，我们的心里还是和以前住在拥挤的大杂院里一样贫瘠；即使我们有一天都住进了漂亮的别墅，我们的心理还是和以前住在拥挤的大杂院里一样丑陋。

北京票贩子

　　到长安大戏院看话剧《长恨歌》那天去得早，在戏院前的京剧大花脸的雕塑前溜达，迎面走过来一个小伙子，亮亮的大嗓门问我："有富裕票吗？"我说没有，他马上问："那你要票吗？"我知道碰上票贩子了，便问他多少钱一张。他立刻从衣袋里掏出一沓子票，对我说："那得看你要多少钱一张的了。"我抽出他手里最上面的一张，看了看票面的定价是 280 元一张，问他这张多少钱？"看你是个看主儿，卖你 80 元。"我又看了一眼票，忽然看到上面的左下角印着"赠票"两个字，便又问他："你这不是赠票吗？"他倒是坦率地说："没错，是赠票，这次上海来北京演的《长恨歌》，一共这四场，是文化部请的，跟你这么说吧，一半以上是赠票。"那为什么票跑到你这儿来了呢？我不解其因，他笑笑，不说话，讳莫如深。

　　忽然，小伙子抬头看了我一眼，好像是为进一步博得我的信任，不能小瞧他，从衣兜里掏出一张名片递给我："你可以随时找我，想找什么票都行，我就是干这个的，正规的，我们是一个公司。"

　　好家伙，如今北京的票贩子都升堂入室有了名片了。我看了看名片，正面印着北京市新世纪票务公司，小伙子姓曾，印着业务主管，还印着地址和电话。背面印着这样几行字："收售北京市文化演出门票（演唱会、芭蕾、体育……），以诚守信，免费送票。"有买有卖，有接有送，这买卖还真的做大了。在三百六十行，如今多了倒票这么一行，而且，只要有卖票的地方，比如火车站、医院，就有票贩子，蔚然成风，渐具规模，成为五行八作的一个行业，真是让我有些吃惊。

我只好笑着对小伙子说："我有票，以后找你买票。"小伙子以买卖不成仁义在的风格大度地和我分手，跑到别处去兜售他的票。

看了看表，离开演还有一段时间，我在花脸前广场的椅子上坐下来。过了一会儿，两个年轻的姑娘突然走到我的身边，问我："我们想问您是看《长恨歌》的吗？我们想知道今天这场票主要是谁发的？"我一时没明白她们的意思，她们接着解释："我们是两个首师大的大学生，想看这场话剧，票贩子卖的票都太贵，想知道是哪儿发的票，怎么都跑到票贩子手里了？"我问票贩子卖她们俩多少钱一张。"280的卖200，一分都不能够少，也太贵了。"我知道现在快开演了，而且来看这场话剧的人不少，而售票处也只剩下280元的票了，票贩子水涨船高。我对两位大学生说："你们别着急，等开演了，票就便宜了。"她们俩说："什么事呀，想看的看不着，不想看的，倒票赚钱。"

坐在剧场里，我在想，赠票过多，导致票价过高，票价过高，导致票卖不出去，票贩子便应运而生，如此恶性循环，演出市场混乱现象也就见怪不怪了。在文艺复兴时期，蒙特威尔第将歌剧从皇宫贵族中引入民间，要让普通百姓看得起，在威尼斯歌剧院演出时一张门票才卖两个里拉，便宜得只能让我们现在瞠目结舌，遥想当年了。我们实在应该向蒙特威尔第学习学习。可我们现在是学会了怎么编着花儿地赚昧心钱，要想学会蒙特威尔第的心地比学会他的艺术还难。

　　灯暗下来，就要开演了，　不知道那两个大学生从票贩子手中买到票没有？

老北京是一座戏剧之城

　　现在不少人几乎已经忘了，老北京曾经是一座戏剧之城呢。

　　北京的戏楼从一开始就是宫廷、王府与民间共存，是老北京一大景观，也是与众不同之处。宫廷的有紫禁城里的寿安宫大戏楼、颐和园里的德和园大戏楼，王府的有那王府的戏楼、恭王府的戏楼，这些到现在还保留着，成为世界上绝无仅有的宝贵遗产。至于民间戏楼，在北京城兴建会馆的时候，就没有忘记在会馆里辟出最醒目的地方搭建戏楼和戏台，在街肆胡同里兴建商业性的戏楼，特别是在前门、宣武门、天桥一带可谓星罗棋布，应该说是到了清中期达到鼎盛，更是任何一座城市无可匹敌。

　　自从乾隆爷下江南带来徽班进京，剧场一下子如雨后春笋，造就了北京之最。那时候，老百姓看戏，比现在要方便得多，和到寺庙里进香一样方便，抬脚就到。戏剧本身具有宗教的功能，这从古希腊的戏剧中就可以找到明证，我国也一样。北京城重视寺庙和戏楼的建设，老北京寺庙与戏楼之多，可以说是创造了世界之最。两者之间微妙的联系，在正乙祠的戏楼更可以明鉴，因为正乙祠本身是庙，又有了戏楼的功能，足见符合那时人们的精神追求，无形中相辅相成地造就了北京之美。

其实，北京最早的戏剧演出，自元朝就开始了，关汉卿的戏剧就在那时在北京的勾栏瓦舍里唱响而走红。作为剧场的存在，史书上记载是在明朝。广和楼剧场和大众剧场就是明朝的，可惜一个是解放后改建的，一个前年已经拆了。如今，依然挺立到现在的，最值得一看的是阳平戏楼。

阳平戏楼是阳平会馆里的一个组成部分，在会馆里建戏楼，足见戏剧民间化的普及程度，而会馆里的戏楼便成为了北京独特的景观，和寺庙藏在胡同里，有异曲同工之妙。除了阳平戏楼，还有安徽会馆里、湖广会馆里的老戏楼，现在都还健在，都值得一看。湖广会馆老戏楼早已经翻修一新，开门揽客，成为了如今外地游客到北京城听京戏的好去处。安徽会馆由于深藏在前后孙公园胡同里，它的老戏楼早已经修完了，开门听戏的日子也不会远，当年洪升的大戏《长生殿》首演便是在这里，可不是什么现在的保利剧场。

最值得一看的，我要说还得是阳平戏楼（也有说平阳戏楼）。说起会馆里的戏楼，它年头最老，是明末清初建的，现存的"醒世铎"匾额，就是明末清初的书法家王铎所书，便可明证。"铎"是古时法事和战时用的大铃，戏剧从来就被古人认为有述古鉴今的警世之功能。据说这块"醒世铎"匾额，是现在阳平戏楼唯一幸存的匾额了。"文化大革命"时红卫兵闯进来，幸亏管库房的一个人把这块"醒世铎"匾额给翻了个个儿，用漆布盖上，没有被红卫兵发现，才留到今天。

阳平戏楼还完整保留戏台三层，十二檩，上有天井，下有水井，规模与设置，在民间戏楼中绝无仅有。天井可悬制大型布景；水井一可以做水彩戏，比如水帘洞，二可以防洪，三唱戏有水音儿，可谓一举三得，是古人的智慧。

看台是明清时代老戏楼的格局，分为两层，戏台的对面是看台的二楼雅座，左右两侧呈环抱状伸向戏台，护栏有雕花栏板装饰，墙上有菱花扇窗通风。二楼上包厢雅座，一楼是普通观众的座位，放方桌木凳，可以喝茶看戏。那才是地道的北京味儿。

今天，来北京，如果只到过皇家园林，只看过皇宫和官庙，只进过现代的国家大剧院或保利剧院看过戏，而没到这样的老戏楼里听一段京戏，留给您的北京印象，起码是不全的。我一直想向市旅游局提一个建议，开辟一条新的旅游路线，取名"老北京戏剧之旅"，就沿着上述所说的宫廷大戏楼，从故宫到颐和园和圆明园，然后到恭王府和那王府的戏楼再转一圈，最后在阳平戏楼听一出老京戏或昆曲，那才是老北京的滋味呢。

如今，包括阳平戏楼，已经被刘老根大舞台占领，据说演出很是红火。从商业角度出发，赵本山看中阳平戏楼，辟为刘老根大舞台在北京的第一个剧场，可谓独具慧眼，而阳平戏楼的辖管者，翻修并养活阳平会馆和戏楼，都需要一笔持续的费用，应该说也无可厚非。据说，一年下来，可以有利润 6000 多万元，拉动内需超亿元。问题是，让荒芜了那么多年，好容易重新亮相的阳平老戏楼，掀起盖头来，变身刘老根大舞台，怎么看着都有点儿不对劲儿，仿佛魔术里毛巾一抖，鸡变鸭一般，莫非如今鸭子一定就比鸡要值钱，而且时髦？或者说，只有鸭子才能有亿元以上的收益？这事看起来总觉得怪怪的，颇具反讽意味。

禁不住想起阳平戏楼那块"醒世铎"匾额。我们不该只记得戏楼的商业用途，而忽略了传统大戏讲究的那种汇千古忠孝节义，聚一时悲欢离合之"醒世铎"。不知道现在阳平戏楼挂没挂上王铎写的那块"醒世铎"的牌匾。应该挂上才是。

北京的京剧和上海的昆曲

处于京城，京剧这玩意儿打一开始就染上庙堂的色彩。先是乾隆，后是慈禧，无一没有染指，方才使得徽班进京，进而让京剧压倒了昆曲，在京城风生水起，热热闹闹了那么长的时间。"文革"前后，依然是官方介入，后来主要是江青掺和，革命现代京剧即样板戏又风风火火，叱咤风云十余年。但是，客观而论，庙堂的热情，对于京剧的发展也并非没有好处，个中是非功过，不宜一概而论。

这几年，北京愿意打出京剧创新之牌，先是有大型新编历史京剧《袁崇焕》，现在又有新编史诗京剧《赤壁》，编剧亦都是出自庙堂之手，对于京剧古老的艺术的钟爱和对于京剧革新的倾入，自然都是精神可嘉、作用不小的。

不过，我以为北京的京剧，从革新和发展这个角度而言，还是应该向上海的昆曲学习才是。虽然近代以来，京派海派文化不尽相同，各有千秋，不过，我们还是虚心为好。我们北京京剧在这方面的思路，明显和上海昆曲不大一样。我们是大步往前走，更重视新编，着眼一个新字，期冀新剧目，重用跨界新导演，就连舞台装置都要新，让人从里到外耳目一新。上海昆曲则不同，他们似乎是回过头来往后走，注重传统，最近，他们创新挖掘汤显祖的经典老剧目，重排"临川四梦"：《紫钗记》、《牡丹亭》、《邯郸记》、《南柯梦》。在这里，除《牡丹亭》之外，其余三梦，百余年来，只有剧本，从未有人搬上舞台，没有任何程式经验可以借鉴。可以说，这和创作新剧一样充满难度，从某种意义来说，何尝不是一种创新呢？

而且，一下子将四梦整体呈现于观众的面前，立体展现可以和莎士比亚相提媲美的汤显祖戏剧之魅力，上海昆曲团此举可以说是惊人之笔，起码不亚于我们的新编史诗《赤壁》。如果我们谦逊一些，并客观一些，上海昆曲此举的意义非同寻常，影响也是极为深远的。可以想象，虽然费尽气力，但有汤显祖经典剧作作为依托，又都是尚在的老一辈艺术家联袂倾心投入，必定不会是过眼烟云，而可以常演常新，为后代留下一笔宝贵的财富。

如今，借助电影《梅兰芳》的公映，梅兰芳为人所知并热议。对于京剧的革新，梅兰芳有一著名的观点叫做"移步不换形"，当年是略显保守而遭批判的，如今却依然有着警醒的意义存在。作为我国传统的古老剧种京剧，所有的经典剧目都是经过前辈艺术家和几代观众的共同打磨锤炼而成，漫长的时间为其磨出了结实而厚重的老茧，才让其走了那么长的路，一直走到今天。我们更要有一份敬畏之心，更多的宜于对传统的剧目的挖掘与革新，不宜于轻而易举地另起炉灶，非得像修脚师傅一样将其老茧修掉，然后自以为是地在其脚趾上涂抹上豆蔻色彩。梅兰芳对此一直是极其谨慎的，他自己在解放以后只排过一部新戏《穆桂英挂帅》，还是从豫剧的传统剧目《挂帅》改编过来的。

尽管我们的热情有加，初衷甚好，但对于新编史诗京剧《赤壁》，坦率地说，我不看好。舞台装置的豪华，史诗字眼的超重，都说明我们对于京剧的理解和认知出现了某种偏差，我们多少有些过多的梦想超越，而忽略了京剧的博大精深自有很深的内涵留待于我们挖掘。在这方面，上海昆曲比我们要扎实，要更有眼光。所以，我赞同有的评论家的观点："当代人总觉得能站在古典的肩膀上，往上一蹿，就比古人高出许多。"这比喻很形象，我们真的是有些这样子，愿意站在古典的肩膀上作振臂一呼状。而上海昆曲这一次则躬身屈膝，虔诚地向汤显祖致敬。

北京需要一座儿童剧院

　　我一直以为，哪怕再小的一座城市，最少应该能够有一座儿童剧院。虽然如今电视、电脑、游戏软件和各种光盘，可以让孩子足不出户便可以完成对外部世界的迅速链接，但是让孩子走进儿童剧院，毫不隔膜而直接地感受与现实不同的另一个世界，对于一个孩子的成长作用是任何多媒体达不到的。

　　小时候，我常常去王府井附近的儿童剧院看戏，它带给我的快乐，是别处哪怕是如动物园一样再好玩的地方也无法取代的。戏还没有开演，早早就坐在座位上，看着天鹅绒的红幕布静静地垂在台上，想象着幕布后面的情景，心里总会有一种异样的激动，觉得神秘得有些像是《天方夜谭》里的魔瓶，不知幕布拉开后会出现什么。那种弥漫在整个剧院里童话的感觉，比看安徒生或格林的书还要强烈而让心蠢蠢欲动。周围的嘈杂声，广播喇叭里的音乐，台前乐池中的试音，交织在一起，让这种童话的感觉更加浓厚，氤氲蒸腾出这种童话的背景。以后，我在许多剧院里看过不同品种的戏，哪一处也没有这种童话般的感觉，这是只有在儿童剧院里才会拥有的感觉，对于一个孩子，它是独一无二的。

　　记得我在那里看的第一个话剧是《枪》，讲述了在抗日战争中一群孩子的故事，那时我刚上小学三四年级。 看完回来，我们一起学着也演，虽然记不住台词，也记不清情节，凭着印象，我们就在教室里排练了，就在学校的礼堂演出了。儿童剧院是那时我们乘坐的一艘宝船，带我们驶向一个崭新的天地，两岸猿声啼不住，轻舟已过万重山。

在那个并不大的儿童剧院里，我看过《宝船》、《马兰花》、《白雪公主》、《以革命的名义》、《一百分不算满分》等许多话剧，它们伴随我度过整个童年和少年的时光，方掬芬和连德枝，是我最喜欢的演员，她们所扮演的孩子，比我们身边所有的孩子都可爱，都让人想亲近。纵使以后我长大了，自己也有孩子了，带孩子走进儿童剧院，依然觉得是和走进公园、展览馆或游乐场一样重要并惬意的事情。有一阵子儿童剧院在破旧之中关闭了许久，我曾经特意在当时的晚报上写文章，呼吁应该尽快修好这样一座北京唯一的儿童剧院。即使那样，我带着孩子辗转到别的剧场，还看过《豆蔻镇的居民》、《保尔·柯察金》、《小鸟飞回了森林》等许多儿童剧。

要说我和儿童剧院是有点缘分。儿童剧院整修后要重新开张之前，我从中央戏剧学院毕业不久，儿童剧院好多位老大姐特意到我家找到我，要我为剧院重新开张写一个儿童剧。遗憾的是，我没有能够写出来。

前些年，我偶尔在大街上能够看到方掬芬，没想到她家离我家那样近，不是缘分吗？她的腿脚不大灵便，有人搀扶着她在散步，晒太阳。看到她，总让我想起小时候走进儿童剧院的情景。那真像是一个梦境，是孩子才会有的梦境。

老街赋

我再一次来到西打磨厂。

那是前些天，我陪来自美国的保拉教授逛前门，在前门楼子旁分手之后，鬼使神差地往东一拐，又进了这条老街。

自从 2003 年以来，一次次的旧地重游，这里有些人已经认识了我，半个多世纪一直住在这里的老街坊，见我一次又一次地往这里跑，对我说：你是不是要为咱打磨厂写一本书呀？我说是啊，虽然我的能力现在还不够，但我一直有这样一个梦想，把我们的西打磨厂写成一本书，就像埃米尔·路德维希为尼罗河写传一样，他把尼罗河看成一个活生生的人，把它的地理融化在历史的变迁之中，把它写成了一个有血有肉有情感的人。

西打磨厂是条北京的老街，当年以房山来这里打制石磨石器的石匠多而得名，在明《京师五城坊巷胡同集》里，就曾经记录下它的街名。在清光绪年间的《京师坊巷志稿》中，不仅有它的街名记载，还有详细的介绍。介绍中说它当时有两口井；南城吏目署设在那里；还有玉皇庙、关帝庙、铁柱宫，和专门祭祀鄱阳湖神的萧公堂（鄱阳湖神被称之为萧公）几座庙，也建在那里；粤东、临汾、宁浦、江西、应山、潮郡六大会馆，也散落在这条老街两旁；乾隆十四年（1750 年），编纂四库全书的总校孙溶延从江宁来京，就被朝廷安排住在这里。可见，那时的西打磨厂，是紧邻皇城脚下的一块要地。

在这本《京师坊巷志稿》中，还特别记载着这样一则传说："正统己巳春，打磨厂西军人王胜家，井中有五色云起，日高三丈余，隔井面日视之，有青红绿气，勃勃上腾，至巳末即无，明旦复有，二十余日乃灭。"这七彩云气的缭绕，无疑更增加了西打磨厂的神奇色彩。

清末民初，西打磨厂和西河沿、鲜鱼口、大栅栏四条街，成并行齐整的矩形，是前门外四条著名的商业街，在北京中轴线的位置上地位至关重要。西打磨厂的店铺多，曾经非常有名，当年绸布店中八大祥之一的、和瑞蚨祥齐名的瑞生祥，在中国历史上第一次放映电影的福寿堂饭庄，都在这里红火过。专门给清宫军队做军服的永增军装局，日本人在京城特意办的明治糖果公司，也都开设在这里。至于说当时名噪一时如顺兴刻刀张、福兴楼饭庄、恒记药店、万昌锡铺、三山斋眼镜店、大丰粮栈，还有叫上名和叫不上名来的年画店、刀枪铺、胡琴作坊、铜铺、铁厂、豆腐店，大小不一的公寓客店，以及京城最早的民信局，都鳞次栉比地挤在这里。只要想一想西打磨厂东西一共 1145 米长，居然能够挤满这些店铺，就足可以想象当年这里的繁华鼎盛，吃喝玩乐，诗书琴画，外带烧香拜佛，在这样的一条胡同里都解决了。

现在，我再次造访西打磨厂。我出生刚刚满月，就住在西打磨厂，一直住到 21 岁到北大荒插队。我的童年、少年和青春前期最重要的时光，是和这里联系在一起的。

但是，站在它的街口，我有些恍惚，眼前的一切似是而非。街口路南，还是大北照相馆，却和我小时候见过的大北西式楼房完全不一样了。它的位置，是以前的瑞生祥绸布庄，1935 年就倒闭了，兴衰更迭，这里换了不少东家。大北照相馆原来在石头胡同，石头胡同是八大胡同之一，大北照相馆的主要顾客，是那些青楼女子，和那些唱戏的演员的戏装照。1958 年，大北照相馆才从石头胡同搬到这里来。我见过以前瑞生祥的老照片，是二层木制楼房，雕梁画栋，古色古香，眼前的大北照相馆是仿照这样的风格重建的。现在，提起瑞生祥，没有人知道了，大北照相馆曾经因专门给国家领导人拍照而出名，我读中学的时候，这里的橱窗里摆着当时的国家主席刘少奇和掏粪工人时传祥握手的彩色大照片，成为那个时代的一种象征。大北照相馆，成为了西打磨厂一个醒目的地标。找到了它，就算是找到了西打磨厂，它是西打磨厂的开端。

紧靠它的东边，原来是北京有名的王麻子刀剪铺，紧靠王麻子刀剪铺，是福兴楼饭庄，号称老北京八大楼之一。它开业在民国之初，当时是和煤市街里的泰丰楼、致美楼，香厂胡同的新丰楼，东安门的东兴楼齐名的。

它的对面，路北紧把着西口的是东天成，卖烟袋锅子的店铺。旁边是万昌锡铺，掌柜的是我家同乡河北沧州人，最早开业在光绪二十六年（1900 年），专门制作锡制的水壶、茶壶、水盆、水烟袋之类的器皿，也做香炉供碗之类的寺庙用品。虽然后来钢精和搪瓷用品时兴，但万昌锡铺还是苟延残喘一直延续到 20 世纪 60 年代，我读中学的时候，它还在那里，只不过改成了铜器修理部。再旁边是北京城曾经非常有名的眼镜店，叫三山斋。三户人家合伙开的买卖，意思是要成为三座山一般雄峙京城。它开业在同治三年（1864

年），民国时期，是它的鼎盛时期，那时大概流行戴眼镜，看电影里末代皇帝溥仪不就总是戴着一副金丝边的眼镜吗？许多上层人士都爱到它这里买眼镜，当时的军阀吴佩孚、段祺瑞等，也都附庸风雅到它那里买眼镜。名人效应一带动，致使很多人也以到三山斋买眼镜为时髦，据说有一阵子每天店还没开门，顾客就已经等候在门前了，生意红火得不得了。难怪我看到的一幅摄于1949年的西打磨厂西口的老照片上，10米多宽的路上铁制牌坊上，横跨着的就是它的招牌，一个横幅，拦腰写着"三山斋晶石眼镜店"。所谓晶石眼镜，就是现在我们说的水晶眼镜，水晶都是专门定点从外地采购而来的，比如无色透明的水晶石来自苏州，墨色水晶石来自乌兰巴托，茶色水晶石来自崂山，因此，质量绝对有保证。我父亲曾经从那里买过一副茶色水晶石镜片的眼镜，其实是很普通很便宜的那种，但是父亲很是不舍得戴，告诉我们这可是三山斋的，值钱得很，一直存放到了"文化大革命"，怕人说是戴那种墨镜的是坏人，偷偷地给扔了。

这三家店铺，"文化大革命"前都早已经寿终正寝，我印象中，它们的位置，后来成为了红光理发店和前门小吃店。这两家店都很大，很长一段时间占据了打磨厂西口，流水前波让后波，芳林新叶催陈叶一般，成为改朝换代的一种新的象征。

可惜，如今这一切都彻底没有了，眼前看到的是一片宽敞的空地。

幸好前面的那座四层小楼的旅馆还在。它是赫赫有名的前门第一旅馆，原来叫第一宾馆。光绪二十七年（1901年），京奉火车站就是现在的前门火车站修成，旅客如云，好的宾馆都聚集在附近，说它是那时的京城第一宾馆，并不为过。这家旅馆开业于宣统三年

（1911 年），之所以有名，是因为 1919 年，五四运动爆发后，北洋政府逮捕了不少进步学生。那一年的 8 月，周恩来为救学生，专门从天津来北京，就住在这家旅馆里。1949 年北平和平解放前夕，共产党地下工作者搞地下活动，也是在这里住店作为掩护。

还是四层小楼，但中式木骨架的清代风格，已经看不出来了，墙体是用水泥沙子抹上的，柱子也都是水泥的四方形西式的。但是，宽敞还是很宽敞的，院落和室内改造很大，已经看不到青砖铺地和一厅一室的布局。不过，房间和走廊的样子，还是能够看出那个时代的影子，难怪前几年的电视剧《秋海棠》、《甄三》拍民国早期的外景，专门跑到这里来拍摄。从外面看，很长的一排墙向东延伸着，一扇扇窗户临街向北，窗前粗粗的花铁栏杆也有些年头了，多少还是能够看得出当年的风光的。它立在打磨厂的西口，应该是很提气的。

它的东边就是原来的毡子市胡同口，这是一条斜斜窄窄的巷子，从这里可以到北孝顺胡同。再往前就到了鸭子嘴，西打磨厂在这里有一个拐弯儿，地势也开始稍稍低了一些。这是和当年泄洪河道从这里南北穿过有关，即使现在走，也是很明显地能够感受到。就在这拐弯儿的地方，路南的 262 号，原来却是一座观音阁，建于清咸丰年间，也曾经是香火缭绕，经过 150 多年的风雨变迁，我见它时应该就早已经老态龙钟。没有想到，眼前是一座簇新如同一位待嫁的新娘一般的新庙。走进一看，前院的石碑没有了，后院很空旷，大厅里面摆着简单的玉器之类东西，在卖货了。一打听，就是原来的观音阁。我却怎么也不相信。

已经找不着鸭子嘴的一点儿影子了，如今，那里已经拆得干干净净，新修不久的前门东侧路横穿而过，前门火车站的钟楼，像是浮出水面一样凸现在眼前。

　　走到董德懋私人诊所，就快到我原来住的粤东会馆了。我从出生就住在那里，对那里一往情深，多少次来都要去那里看看，或者说，因为有它的存在，我才一次次不停地去那里看看。

　　董德懋私人诊所是西打磨厂的骄傲，满北京城，没有不知道的。董德懋是京城四大名医施今墨先生的得意弟子，老北京一句有名的歇后语：打磨厂的大夫——懂得冒儿呀，就是从这儿来的。据说这句歇后语闹得董大夫很头疼，想要改名字，但是，他的老师施今墨先生不同意，觉得行不改名、坐不改姓，关键看的是自己的医术和心地。董大夫听从了老师的意见，坚持了自己的名和姓。董大夫高寿，一直活到 90 多岁，我小时候见过他，穿西装，行中医，住小楼，坐轿车，为人和蔼，举止儒雅，非同寻常。他家住在后院，是一座典型的四合院，前面的二层旧式小楼是他的诊所，水泥沙砾抹墙，一派西式风格，房前有开阔的空场，方砖铺地。后面的四合院是典型的老北京味儿，他家算是这条老街难得一见的中西合璧的宅院。

　　以前，来一次，这里变一次，上上一次来看，是出租给外地人，经营水果和日用百货。前一次来，把房前的空地都占了，还竖起了铁栏杆。这一次来，什么也看不见了，董家中西合璧的老宅院，已经成为了一片空地，栽着两株不高的小松树。

　　现在，除了我们粤东会馆，打磨厂一条街还保存下来的，只有临汾会馆了。临汾会馆，别看外面的门脸已经是面目皆非，院子里面比我们粤东会馆保存得要好，进大门，往左拐，有一道木制屏门，朝东，门上书有"紫气东来"四个隶书大字。拐进院子，东边走廊的墙上，有一块乾隆三十二年（1767年）"重修临汾东馆记"的石碑，一块光绪九年（1883年）"京师正阳门外打磨厂临汾乡祠工会碑记"的石碑，两块碑都镶嵌在墙内。应该是打磨厂现存唯一完整的文物了。

临汾会馆，和我们粤东会馆一样，三进三出的大院落。作为行业会馆，在它的重修碑记里有"重整殿宇以妥神灵，外及厅庑戏台等处咸加修葺"的字样，说明在乾隆年间这里是有戏台的，那就要比粤东会馆堂皇了。我问这里的老街坊，戏台会是在哪里？他们都说住进来戏台早就没有了，戏台的位置，应该在现在大门旁这座二层小楼的位置。这倒也合乎规矩，会馆建戏台的，一般有建在这个位置的，聚会乡祠，看个大戏，叙个乡情，图个方便和排场。在河南开封一座保存完好的商人会馆里，戏台就是在这个位置上的。

不过，为什么戏台变成了小楼，又是什么时候变的，这要从乾隆十六年到二十年（1751—1755）说起。打磨厂曾经是北京那时民信局最早出现的集中之地，当时号称四大民信局的胡万昌、协兴昌、福兴、广泰，都在打磨厂一条街上。民信局是民间办的，可以说是中国最早的邮政，一直到光绪二十二年（1897年），清政府才正式成立邮政局，也就是说打磨厂的民信局早了清政府近150年。宣统三年（1911年）清政府在这里设立了打磨厂支局，民国之初，南城电报局也开设在打磨厂。可以说，打磨厂这条街，清末以来，一直是邮政的重地。这些民信局一直到1937年才陆续关张。解放初期，到我读中学的60年代初，临汾会馆的这座二层小楼，一直都是邮局，我买的第一本杂志《少年文艺》，就是从这里买的。它的前身应该是民信局，白云苍狗，临汾会馆的戏台，就这样演变着它戏里戏外的人生过程。

邮局关张之后，它成为了邮局职工的宿舍，1976 年地震那年，楼上一层被震塌，现在是重新修起的二层楼，后接上的一层，接缝明显，像是历史的断层一般，给人们醒目的提示。夏天，我来看它的时候，从一楼到二楼整整一面墙上，长满了绿绿的爬墙虎，风吹拂着它，像是一块巨大的绿地毯在轻轻地抖动着。秋天来的时候，那一面墙上的叶子都红了，像是烧着了似的，蹿起了一汪汪的火苗。如今，正是早春时节，一面墙的叶子枯枯的，写满沧桑。正巧遇到一个老外拿着照相机在拍照，站在门口的老街坊问他是哪国的，他没有听懂，我用拙劣的英文问他，他明白了，说他是法国人。老街坊又问你干吗对这破房子感兴趣，我又用拙劣的英语问他，他叽哩咕噜说了一串，我听不明白了。

临汾会馆斜对面的大院，曾经是打磨厂一条街最堂皇的院子了，原是国民党一位姓李的官员的私宅。上次，我进那个院大门前的时候，一个女的正出来倒垃圾，一个身穿看车的那种棕色工作服的男的，推着自行车紧跟着女的走进院。我跟在他后面，和他搭讪：听说这院子以前是国民党一个挺大的官住的，是吗？那男的没说话，女的回过头笑着对我说：你算是问着了，那就是他们家。那男的还是不说话，我跟着他走进后院。这是一个三进三出的大院子，每个院子里的正房都是四大间，前出廊，后出厦，连接每一院落都有一个很大的过厅，厅有花窗，顶有彩绘，虽然年头久远，但风姿犹存，可以想象当年的气派。和临汾会馆相比，一个前清遗老气息，一个民国新派风格，对比很是明显。

那男的住在后院过廊里后截出来的东房里，这让他有些落魄的感觉。我问他这院子现在是不是都你们李家一家住？他还是不说话，只是很和气地冲着我笑。倒是那女的对我说：他是不愿意跟你说，你让他说说，这院子以前还有歌舞厅呢，到现在里面还铺着花砖地呢！她一说歌舞厅，让我立刻想起临汾会馆里的戏台，前清遗老爱听戏，民国新官爱跳舞，莫非故意让它们在打磨厂一条街上做对比吗？我拖着那男的，请他带我去看看这个在大宅门里很少能见到的歌舞厅，他没办法，只好带我走到前院。他指着那一排正房四间说：这就是，现在我大伯家住。我再一次厚着脸皮请他带我进屋看看，他敲响了房门，里面的老太太应声了，打开了房门，老太太正在睡觉，刚刚从床上爬起来。果然，红漆的圆柱还在，西德的花砖地还在，老太太却是一脸茫然。将近100年的时光过去了，浮生若梦，繁华事散，人老景老，谁知兴废事，今古两悠悠。

这一次，再走进去，院子里的大部分房子已经拆了顶棚，只剩下三两户住户，那位老太太家的屋子还在，但我没打搅她老人家。

这回真的到了我住的大院粤东会馆了。

粤东会馆的历史和袁崇焕有关。当年崇祯皇帝听信谣言，袁崇焕被诬陷而在菜市口斩首，其头颅最早就是广东乡亲偷偷埋在粤东会馆里的。那时候的粤东会馆在广渠门，袁崇焕祠就是在粤东会馆附近建的。我住的是第二家粤东会馆了。当初广东同乡嫌广渠门那里的小，而且远，交通不方便，出资迁到西打磨厂，占地二亩，盖了这个新粤东会馆。想那时的广东人和现在的一样，能折腾，起码是赚了钱，要不怎么能够置办第二房产？

它是一个三进三出的大四合院，街旁的高台阶上，两大扇黑漆木门，两侧各有一扇旁门，大门内足有五六米长的宽敞过廊，出过廊是青砖铺就的甬道，东边一侧，有一个自成一统的小跨院，应该是当年前来住下的同乡的一些赶马车的下人住的地方。西侧是一片凹下一截儿却很开阔的沙土地，沙土地就是用来停放马车，让马匹休息蹭蹭痒痒打打滚的场所。那里成了我们小时候踢球的草场。甬道的下面挖了一个一人多深的大坑，里面藏有全院的自来水表，捉迷藏的时候，我们小孩子常常藏进去，就像电影《地道战》一样，谁也找不着了。

然后，看到的才是真正的第一道院门，中间是有盖瓦的墙檐和牌坊式的门柱组成的院门，按照老四合院的规矩，它应该叫二道门，以前说的大门不出二门不迈的二门。它的两边是灰白色骑着金钱瓦的院墙。迈过院门前后几阶台阶，是一座影壁，影壁一边是一棵丁香，一边是一座石碑，写着好多人捐资重修粤东会馆的名单和缘由。再往里走，是以坐南朝北正房为中心的三座套院，除第一座院有了前面的二道门，不再设门之外，其余两座院各有朝东的一扇小一些的木院门，一为方形门，一为月亮门。这两院内，前院种有三株老枣树，后院有花圃和葡萄架。西厢房已经没有了，但东厢房非常齐整。我家就住在东厢房最里面的三间。每天上学放学时走进走出，要走老半天。那年带一个女同学到家里，一路各家窗户里扫射出来的目光，纷纷落在身上，越发觉得心重路长。最高兴的时候，是秋天打枣了。我们会把最外面的大门和小院门都关好，不让别的院子里的孩子们进来。我们爬上枣树，使劲摇晃着树梢上的红枣，然后让枣红雨一般纷纷落地，是我们最开心的节日。

那时候，我们常常爬上房顶。站在房顶上，天安门城楼和广场甚至再远处的西山都能够一眼看得见，国庆节夜晚燃放礼花的大炮，也能够依稀望得见它们大致的位置。国庆节的晚上，我们早早地坐在房顶的鱼鳞瓦上，静静地等待着突然的一声炮响，然后是满夜空的五彩缤纷的焰火。在下一次礼花腾空之前的空隙中，弥漫在蒙蒙硝烟烟雾的夜空中，会有白色的降落伞像一个个白色的小精灵向我们飘来，那是礼花中的一部分，是随着礼花腾空喷涌而出的。那小小白色的降落伞，总能够缓慢地向我们飘来，飘过我们房顶的时候，我们只要一伸手就能够把它们够下来……

可是，这一次，我走进粤东会馆的大门，只到原来的二道门的地方，就被围栏给挡住了，童年的记忆一起也被挡在里面了。我正愣在那里，从东跨院里走出来一位妇女叫我的名字，一看是老街坊。她告诉我，除了跨院三户人家没有搬走，其余全部拆干净，盖起了灰瓦红柱的新房。我遗憾地地对她说这回看不成了。她把我请进她家，顺手把紧靠后窗的床铺的褥子掀开，又搬来一把椅子，放到后窗外，让我踩着床铺跳窗而进，一睹大院新颜。

我从这个小小的后窗跳了进去。空荡荡的院子，空荡荡的房子，过去历史曾经发生的一切，仿佛都已经不存在。我打开虚掩的房门，走进我原来住的那三间东房里，簇新的砖瓦，簇新的玻璃窗，水泥地，夕阳正透进来，将房前那棵老槐树斑驳的枝影打在地上。一切的景象仿佛不真实似的，像是置身在戏台上那样恍惚。不知它以后的用场，也不知以后要住什么人，只知道老街坊越住越少，而老街巷老院落也越来越少。

又从那扇后窗跳出来，又走在老街上，心里忽然有些迷蒙。再往东走一点儿，就到新开路的路口，西打磨厂的一条街，到那里戛然而止，繁花落尽，降下了帷幕。可是，我却没敢再接着走下去。我不知道下面会变成什么样子了。我怕看见那变成的样子。

鲜鱼口补遗

重打鼓另开张的鲜鱼口，近日盛装一新开市。新开张的 12 家老字号，便宜坊、天兴居和金糕张，这三家是鲜鱼口的老店。其余 9 家均不是。

其实，鲜鱼口的老字号很多，店铺鳞次栉比，还可以重新挖掘，蓄势待发。我从小住打磨厂，和鲜鱼口一街之隔，一天八遍地往那儿走，非常熟悉，愿意将知道的补遗如下，供开发者参考，供游人怀旧。

鲜鱼口应该不止于如今开张的这一段。明正统年间，因在正阳门东南护城河开口泄洪，方才有河水过打磨厂和孝顺胡同流经此地，先有了鱼市，后有了鲜鱼口的地名，兼有了小桥和梯子胡同的地名。梯子胡同是河堤往上爬呈梯子状而得名，小桥则是缘河而生，当初确实河上有桥，后来桥没有了，小桥的地名却一直延续到现在，那地方原来有个副食商店，我常到那里打酱油买菜买肉，据说小桥就埋在商店下面。鲜鱼口，实际指的是小桥东西两岸。如今，新开发的鲜鱼口，仅仅是西岸的一截而已。

《京尘杂录》一书说："旧时档子班打采，多在正阳门外鲜鱼口内天乐园。"天乐园即解放后的大众剧场，在小桥以东，便说明旧时鲜鱼口是延续至天乐园一带（如今新建的天乐园，已经不在原址，而是往西南方向移动了很远，且样子也面目全非）。

天乐园两侧分别有著名的药店长春堂和饽饽店正明斋，我小时候两店还都健在。天乐园最早开在明嘉靖年间，是北京最老的戏园子之一。长春堂开在清乾隆年间，是当年和同仁堂、鹤年堂并列的京城三大药店之一。正明斋开在清同治年间，以慈禧太后和张学良将军，以及郝寿辰等一帮艺人爱吃的满人糕点而出名。少了这三家，鲜鱼口不会那么热闹。小时候，父亲常带我去大众剧场看评戏，那时新凤霞和小白玉霜在那里正红火。我也曾到长春堂买过那里卖的最出名的避瘟散，到正明斋买过点心，到金糕张买过山楂糕。一直到前几年，长春堂的雕花砖墙、券式拱形门窗的二层楼还在，正明斋房檐下漆画的门楣还在，金糕张那座二层八角的转角楼虽然老态龙钟却也还在，无语沧桑，都在诉说着昔日的辉煌。

鲜鱼口的店铺还有一个特点，即帽店和鞋店多。解放初期，尚有7家帽店和9家鞋店。鞋店最著名的，当然要属天成斋，帽店最著名的，莫过于马聚源。老北京有民谚：脚蹬内联升，头戴马聚源。这里虽没说天成斋，但它足青布面的千层底鞋是老北京人买鞋的首选。帽店还有杨小泉和田老泉两家老店，因两家店门前都有木质黑猴坐镇，都被称之为黑猴老店，几乎成为了鲜鱼口的象征。一直到解放以后，黑猴店依然在鲜鱼口经营，甚至到了20世纪90年代初，它虽易名并改卖小百货，却仍然顽强挺立在原处。老街坊们买布买棉花买针头线脑，依然会亲切地相互招呼：走，到黑猴去！

看清人《朝市丛载》等书，都有对鲜鱼口的记载。这里将有关已经被我们遗忘的店铺补记一下。路口西南最有名的是杨小泉的黑猴毡帽店，东南则有袜子郭、南剪铺义和号，往西路南还有专门卖窝窝蜂糕的魁宜斋，专卖素点心的域盛斋，有专卖药酒的天福堂，有专卖江米白酒的东杨号，过小桥，在原会仙居旧址后开的联友照相馆；路北靠马聚源有天成斋，靠正明斋有专卖北京大八件有名的东大兴。老北京，大、小八件是讲究分着卖的，不能茄子葫芦一起数，体现了术业有专攻和食品讲究的精致，所以，它和正明斋虽相挨着，却因并非同质化而并行不悖。

特别应该说的还有紧挨着便宜坊东侧的一条窄如细韭的小胡同（这条胡同在鲜鱼口改造前还在），别看窄小，却别有洞天，内有一个曲艺社，说相声，演唱大鼓书，类似大栅栏里曾经有过的前门小剧场。

试想，如果能够把这些老店都相继挖掘开发出来，该是一种什么样的情景？有吃有喝有玩，能听戏，听曲艺，外带能照相留下老北京的纪念。这样带有市井气息平民化的街景，才是鲜鱼口的特色。这种特色区别于它街对面的大栅栏，同为商业街，大栅栏以瑞蚨祥为首的大买卖多，而鲜鱼口则是云集着众多各具卖点的小店铺。以卖鞋为例，老北京人说官人和老板买鞋去内联升，卖力气的买鞋去天成斋。可以看出，这里的商业文化，讲究的是邻里关系，讲究的是薄利多销，讲究的是花香不须多，民德归厚，穿珠为串，水滴石穿。

对于老北京人，对鲜鱼口这样平民化的特点更为怀念。对我们这些老街坊而言，都会说逛大栅栏，但没有说逛鲜鱼口的，一般只说去鲜鱼口，这一字之差，尤为体现鲜鱼口的平易之处，它和老百姓的平常日子紧密相关。小时候，星期天，父亲总要带我先去兴花园浴池泡个澡，然后到紧挨着浴池东边的天兴居吃碗炒肝。洗个澡一毛五分钱（小孩不要钱），买碗炒肝 8 分钱，都不贵。我从小到 21 岁离开北京去北大荒之前几乎所有照片，都是在联友照相馆里照的。去北大荒之前，父亲带我到马聚源买的一顶皮帽子，一直戴了 6 年，到我离开北大荒之前送给了同学。而黑猴对于我更是亲切无比，那是母亲去过的最多的店铺，黑猴给她最大的信任和方便。印象最深的是最后使用棉花票的那一年，半斤棉花，母亲也要跑到那里买，一张豆黄色草纸从中间包着，两头露出的棉花，沾满母亲的身上，像刚从棉花地走出来似的。以后，搬家离鲜鱼口很远了，但我还常到那里去，有时是买东西，有时什么也不买，却总觉得还能看见母亲的影子。记得儿子刚上中学，要去军训，老师要求买军用水壶，几乎跑了半拉北京城，最后我说到黑猴看看吧，真的就在那里买到了。那是 1992 年的事了。一晃，日子过得飞快，提起黑猴，还是那么亲切，仿佛它就是我家的邻居。

听说鲜鱼口还要在原址开张黑猴老店，并且要在店门前把那楠木的黑猴重新立起来。这是好事，缺少了黑猴，鲜鱼口还是鲜鱼口吗？希望有更多的老店在原址开张，尽管改造后的老街都面临着新与旧的筛选和考验，墨守成规是不可能的了。移花接木是一种选择，老树老枝也是一种选择，毕竟原汁原味更能体现位于中轴线上的鲜鱼口这条已有 570 余年悠久历史的老街的悠长韵味。

棉花胡同印象

　　北京有两个棉花胡同：一个在西城，护国寺以北；一个在东城，交道口往南。两个棉花胡同，都很有名。西城的棉花胡同，民国前夜曾经住过困顿京城的蔡锷将军，因而出名，如今旧址还在，虽变成了大杂院，但两百多岁的老槐树，依然枝叶沧桑。东城的棉花胡同，因有大名鼎鼎的中央戏剧学院而出名，曾经频繁出入过这里的姜文和章子怡的名声，早盖过了当年的蔡锷和小凤仙。西城的棉花胡同，是因为在清朝年间聚集弹棉花的手工业作坊而得名，东城的棉花胡同因何得名，我就无从知道了。

　　我在中央戏剧学院上过四年的学，又教过两年的书，对东城的这个棉花胡同熟一点儿。那时候，不是坐13路汽车从西口进，就是坐104路无轨从东口出，而且，好多时候是借着表演系同学漂亮脸蛋的光逃票蹭车。要不就是骑着自行车，天天在这条胡同里窜来窜去，想不熟都不成。记得有一次骑车带着一个同学，刚刚骑出东口，碰见了交通警察。警察问我们：哪儿的呀？我们一看不好，要罚款，只好老老实实地告诉他：戏剧学院的。他接着问：学哪个戏的呀？我们没敢告诉他我们是戏文系的，支支吾吾地说：没系。他一听乐了，说：哦，学梅派戏呀，然后连说两声好好，放行了。敢情他把戏剧听成了戏曲了，而我们则把戏愣听成了系。

我已经好久没有去棉花胡同了，那天大雪过后的晚上，余男的两部电影《惊蛰》和《月蚀》，在棉花胡同西口戏剧学院的剧场放映，请我去看，我才重新踏进了二十多年前的旧梦之中。因为去时晚了，匆匆地赶，一路没有注意看，电影结束后出来，才把这条曾经熟悉的胡同看了个仔细。母校又开了一个新门，对面多建了学生公寓，还多了几家小卖店，卖各种食品杂货，灯火通明的。狭窄的路旁，停满了小车，可以想见白天这里的喧闹，已经没有了当年的清静。记得我们那时学生录取的名单就张榜在学校门口对面的墙上，我们的观看和行人的来往，可以相安无事，现在能够想象吗?人山人海的，还不把胡同堵塞成沙丁鱼罐头?

胡同的中央，悬挂着一个挺大的灯箱广告，在幽暗中很醒目，上面的三个大字“棉花塘”，我愣看成了棉花糖，心想，怎么还有专门卖棉花糖的?走进一看，才看清楚，是棉花塘。一打听，是如今京城里小有名气的酒吧，因为院子里有两个养着金鱼的鱼缸，便把鱼塘和棉花无技巧地剪接在一起，实名和意象齐飞，一下子叫响了。

墙根下，站着一对青年男女，像是戏剧学院的学生，女的皱着眉头噘着嘴，不知闹了什么别扭，男的似乎在百般陪着不是，冻得都直跺脚。前面走着一对青年男女，不像是戏剧学院的学生，刚看完电影出来，高高个子的小伙子是个外国人，在小卖店前买了几串烤得香喷喷的羊肉串，分给姑娘几串，边吃边笑边跑，一直跑胡同的东口，那里堆着一堆积雪。小伙子先是一个箭步，虾米似的躬下腰来，把吃完的羊肉串的棍儿插在雪堆上，然后很得意地牵着姑娘的手又跑起来，向车站跑去，敞开的棉衣被风吹成了鸟一样的翅膀。有爱情催着，寒冷的夜晚，硬朗朗的夜风，也变得柔和起来。

　　无轨来了，还是 104 路，将两代人的青春链接在了一起，车厢之间手风琴似的松紧带颤动着，摇晃着，又从棉花胡同前闪过。

广渠门外

北京的"东郊"一词的出现，应该是在20世纪的50年代。正处于共和国建国之初的北京，要兴建第一批工厂的时候，东郊被醒目地画在新北京建设的版图上，日后渐渐地成为了北京的工业区。对比西郊西山一带，东郊一马平川，除了农村，还是农村，没有任何可以骄傲的名胜或风景。虽然在《城垣识略》里记载有过元代的名园双清亭，在《日下旧闻考》里记载明朝有过为修天坛而积木的皇家神木厂，但都早已经属于历史发黄的记忆。建国伊始，那一批新兴的厂房和升腾起朝气烟雾的烟囱，便没有任何负担而可以阔步向前，拉开了建设北京城的东进序曲。

在广渠门外，那时的地真是开阔。广渠门中的"广"和"渠"都是大的意思，真是一点不假，在这里迈开北京的工业步伐，也算是找对了地方。那时出广渠门外一条笔直却并不宽敞的大街，分别叫做广渠门外大街和广渠路，都是借广渠门而为自己一时的瘦小争光添威，增加点儿底气。一条孤零零的23路公共汽车，串联起这两条路，一直连接到珠市口——北京城的城区中心。

东郊的概念如同"广渠"的意思一样太大，我就删繁就简，先拣对于东郊最为重要的两条路说说。

出广渠门不远，有打坯坑、石香炉、垂杨柳三个小村，解放后正兴致勃勃开始新生活的北京人也会起名，舍弃前两个村名，而将这块地方合并为一，取名为垂杨柳，用想象中的诗情画意抹去旧时的落后和荒僻。以后，就是在此建立了北京人民机械厂的总厂。

再往东，便是双井，也是一个村。相传这个村有两口井，日本鬼子占领北京的时候也曾经进驻过这里，找这两口井，却怎么也找不到了。北京造纸厂和北京内燃机厂，后来就建在这里。

双井之南，号称九龙山。其实，以前不过是一座小土山包而已，但山路蜿蜒如龙，便起了这样一个响亮的地名。据说，明末时，山上有一座庙，因住过李自成的军师宋应策，而让这里有了些微的名气。这里建起了人民机械厂的主厂区，成为了我国生产印刷机最大的厂家。

再往东，还是一个村，因有八棵大杨树而叫八棵杨村。人机最早的职工宿舍就盖在这里，后来的北京吉普车厂也建在了这里。北京化工二厂就在它的旁边。

……

那时候，北京起重机厂、内燃机厂、轧辊厂、建筑机械厂、重型汽车制造厂……一个个国营大工厂，如雨后春笋在这里拔地而起。这里曾经是北京的骄傲，如果有谁能够在这里的工厂工作，将是各家的骄傲。那时，往南一公里以外，和这两条路平行的南磨房一带，还是一片农村，一直到60年代中期，我读中学下乡劳动，还曾经到那里收过麦子。而60年代，这两条路的周边已经是鳞次栉比的工厂，托起北京东北方的一道特殊的风景。那时候说我在东郊工作，就是说我在国营大企业工作，语气和底气，包括找对象，都占有先机呢。

如今，人们已经不再称这一带为东郊，CBD是其中最值得骄傲的一部分，双花园（即名园双清亭一带，因后来又有同仁堂建起的乐家花园，被称之为双花园，以后在那里建立了光华木材厂）是其中交通便利价格不菲的住宅小区。双井往东，以前的造纸厂、化工厂曾经污染过而人烟稀少的地方，今年卖出的10号、15号地先后成了北京最昂贵的地王，寸土寸金令人瞠目。东郊，谁还敢再称它为东郊？

记得90年代初，我曾经住在那里的双井的东北角。城区的扩大，楼房开始多了起来，三环路已经修通，立交桥轰隆隆正在日夜加紧修建，双井路口西南矗立起了高高的新世纪大厦，大厦一层的红楼餐厅格外红火。路口的东南角则是那一带最大的九龙山商场，后来改成了那一带的第一个超市。在超市的旁边，建起了东郊第一座现代化的宽敞的邮局，我的许多信件、报刊、电报从那里收发，和邮局里起码两代工作人员建立起了美好的友谊。

在90年代中后期，周围的工厂已经开始有搬家的迹象，因为东南风刮起时，污染的空气呛人。越来越东扩的人群和城市化的步伐，已经让这里不安分起来，它就像一个突然长大的孩子，个子蹿了起来，腰身轩豁了起来，有股子一夜恨不高千尺的劲头。三环路的畅通和环线300路公交车的通车，广渠路往东拓宽了一倍的马路修了一半，鼻子灵敏的地产开发商已经春江水暖鸭先知一般进驻这里，在双井十字路口的西北建起了一座金碧辉煌硕大的圆形售楼处……向东，向东，成为了这里亢奋的旋律，五六十年代的北京东进序曲，那时候已经汇聚成了一曲多声部的东扩之交响。

进入新世纪以来，这里的变化更快，广渠门外大街和广渠路的拓宽与延长，十号地铁的开通，让交通更加便捷，血脉一下子畅通和激活一样，周边像一棵树，不仅枝叶茂密，而且也一下子花朵缤纷，鲜艳而风姿绰约了起来。

想一想，一个地方真的就跟一个人一样，和新中国60年的岁月一起长大，在长大的过程中，它和曾经在这里生活过的人一起，融入了情感和回忆。一个能够让人有回忆的地方，才会有血有肉有年轮，不仅仅成为地图上不断更新名字和色彩的区域，也成为我们城市和我们生活的一部分。东郊这一带，从过去年代里的僻远破旧的农村，到新兴的工业区，到现在活力劲爆的新型社区，不就是这样子吗？它就像我们看着长大的一个人，如今出落成如此模样，却不能说它就已经定型成人，因为它还在建设之中，建筑工地上还在尘阵飞扬，而宽敞的马路上堵车，特别是在双井桥上下的严重堵车，更让人头疼不已。再有，房子盖得是多了，房价却噌噌地往上涨。十多年前，我家住在双井，那时候我家的西边新盖起的富力城每平方米6000多元，我家东边的九龙花园每平方米5000多元，现而今，窜到每平方米三四万元了。最后悔不迭的是，当初没下笊篱买它一处房子。

解放初期大栅栏印象记

1949 年 2 月 3 日，解放军从永定门城楼进入了北京城，据说，第一拨赶到前门大街旁欢迎解放军的人群，是从大栅栏里涌出来的那些店铺里的学徒和伙计们。因为他们离前门楼子近，便也就近水楼台，早早地跑出大栅栏东口。当然，除了看看热闹，更因为他们对新北京充满了向往和感情（在解放初期，政府对大栅栏的商家实行了当时有名的"四马分肥"的政策，即店中赢利所得，一份上交国税，一份店家留存为日后发展，一份店家自得，一份为伙计学徒的工资。一般伙计月工资五六十元，骨干八九十元，基本和当时一般的干部相等，那时我父亲为行政 20 级的小干部，月工资为 70元）。

一座清末民初繁荣发达起来的老街，就是在这样的夹道欢迎中，迎来了自己的新生。

20 世纪 50 年代，特别是在王府井百货商场尚未建立之前，是大栅栏最辉煌的时期。那个时候，大栅栏里新老字号面貌一新。过去的大栅栏，一般是晚上比白天热闹，因为晚上有大观楼、广德楼、同乐轩、庆乐、三乐这五大戏园子演戏。而现在白天和晚上一样热闹，尤其到了星期天，更是人山人海，北京四九城的人要买点新鲜的好东西，没有不到大栅栏来的。外地人来北京玩，登完长城，逛完故宫，吃完烤鸭，也是没有不来逛逛大栅栏的。

同仁堂和瑞蚨祥，自然是大栅栏里独领风骚的老字号了，说它们是大栅栏的两面大旗，是不为过的。我母亲就是买个头疼脑热的药丸，扯上几尺海尚蓝的棉布，也是要到它们那里去的。那时，我家住在西打磨厂，隔着一条马路，抬脚就到了。那时，我还是个小孩子，但因为同仁堂的制药车间就在打磨厂的乐家胡同，离我家不远，放学之后，我和同学常常跑到乐家胡同踢球，故意把球踢上他们车间的房顶，然后爬上去，偷晾在上面的甘草片吃，所以对同仁堂印象最深。后来听说，解放后没有几年的工夫，同仁堂研制出了中成药银翘解毒片和黄连上清片，再不用我母亲用砂锅熬药那么麻烦了，一时很新鲜而有名。这两种药成为了家常药，一直卖到了现在。那一阵子，同仁堂最为红火，我们院子里几乎所有人都知道同仁堂的老板叫乐松生，他后来还当上了北京市的副市长。提起他来，人们亲热地仿佛觉得是自己的街坊。

瑞蚨祥在我的印象里，要比同仁堂气派，也洋气。它里面的花砖地，走马廊，左右对称的木楼梯，外面的天井和门楼，都在大栅栏里首屈一指，起码和同仁堂可以对峙。印象最深的，是那时我姐姐结婚，特地从内蒙古来京，到它那里买布料做衣裳。说起瑞蚨祥的料子，就像现在说是皮尔卡丹一样，特别觉得有面子。以后，我到北大荒插队，母亲怕那里天寒地冻，也是到那里买了丝棉给我做棉裤。那时，丝棉还是稀罕物，也比一般的棉花贵许多。

过去老北京人，讲究"头戴马聚源，身穿瑞蚨祥，脚蹬内联升，腰缠四大恒"。解放之后，四大恒没有了，那时候，马聚源和内联升刚刚从鲜鱼口和廊房头条搬进大栅栏，一下子，这三家老字号都云集大栅栏，人们到大栅栏来，可以将它们一网打尽，穿的戴的一水儿地解决。内联升以千层底鞋著名，当时很多国家领导人都穿它做的这种千层底鞋，郭沫若还专门给它题诗赞美："任凭踏破天险，助尔攀登高峰。"马聚源以做帽子闻名，做的春秋瓜皮小帽和冬季的将军盔（又叫四季帽）声誉远播。可惜，解放之后，渐渐都不时兴了，它便也渐渐改良。但做工精细和选料的认真，还是秉承着祖训的。记得日后我去北大荒之前，父亲为我买的一顶皮帽，就是专门从那里买的，是那种狐皮剪绒，非常暖和，陪伴我一直抵抗北大荒的严寒。

在我小时候，父亲喝茶穷讲究，好茶舍不得买，只买高末，是茉莉花茶的茶叶末，但必须要到张一元去买。那地方，我常跟着父亲一起去，父亲每次买高末，不多买，只买一两，喝完了再去买。别看只是一两，人家包得也有棱有角，格外的仔细。张一元在我出生的那一年着过一场大火，解放以后的茶庄是新建的了。火烧旺运吧，它的生意不错。有意思的是，日后"文化大革命"中它的牌匾被毁，后来恢复店名，临时让街对面的儿童用品商店的一位美工随手写下的"张一元"三个字，一直挂到了现在，不少人都误以为就是张一元的老牌匾。

对面的儿童用品商店，可以说是解放后最能代表大栅栏新面貌的象征了。门楣上面的字是国家副主席宋庆龄题写的，更体现了新生活新时代的炫目色彩。我不清楚它是不是北京第一家新的儿童用品商店，但从一开张它就总是那样的红火，每次去总是人头攒动，摩肩接踵的。那是我童年和少年去的最多的地方。特别是姐姐每次回家探亲的时候，总不会忘记带我和弟弟去那里买东西。几乎所有的玩具、衣服都是从那里买的。记得给弟弟买的一个冲锋枪，是弟弟第一次也是唯一一次玩这种当时颇为高级的玩具了。而在我6岁过年的时候，姐姐从那里给我买的一双高帮的翻毛皮鞋，我印象最深。之所以深，是因为为了多穿几年，那鞋买得大，我上厕所时候，一不小心，竟然把一只鞋掉进茅坑里了。

对于当时我那样大的孩子而言，最感兴趣的是大栅栏里的那几座老戏园子。它们帮助我完成了戏剧启蒙。庆乐那时是李万春和他的鸣春社在那里演出，以后一度成为了风雷京剧院和北京杂技团的固定演出场地。同乐轩那时改成了同乐电影院，剧场里的几根柱子，给我的印象最深，那柱子是北京老式茶馆里才会有的。如果买的票座位是在柱子边上，那柱子遮挡视线，总得歪着头，一场下来，脑袋歪得很累。散场的出口在门框胡同里面，正好可以吃点小吃，一举两得。它后来还演过环行立体电影，也算开风气之先。

广德楼那时候改名叫前门小剧场，很长一段时间说相声，很多相声演员都在那里演出过，演出的形式很特别，按时收费，随时可以进去，爱听多听会儿，不爱听，可以拔脚就走。因为每十分钟才收2分钱，是消费得起的。我弟弟是个相声迷，更是常常旷课跑到那里，然后跑回课堂上，在上课的时候就忍不住把刚刚学来的相声悄悄地说给同学听，听得同学哈哈大笑，少不得挨老师的批评。然后便是老师找家长，但是我弟弟依然逃课到广德楼。

当然，这几家老戏园子，印象最深的是大观楼。它放映过宽银幕立体声的电影，在我国是第一次，演的是上海天马制片厂拍的故事片《魔术师的奇遇》，陈强和韩非主演，还加演一个风光纪录片《漓江游记》。据说，它一连放映了一万多场，是那个年代的大片了。进电影院，每人发一副特殊的眼镜，看的时候立体的效果就跟变魔术似的出来了，火车就像是冲着自己头顶开了过去，漓江的水也真的就要湿了自己的衣裳。那曾经是那个年代里一件大事，买票时排的长队，麻花一样绕着一个又一个的圈，队尾还是过了同仁堂药铺的门口，足有几百人。那时候，我和弟弟轮流排队，排了大半天，才买上票。那劲头，现在大概只有排队买经济适用房，才能够和它有一拼。

要特别说说大栅栏东口路南的天蕙斋。我一直以为天蕙斋是大栅栏一个奇特的存在，缺少了天蕙斋的大栅栏，不是原汁原味的大栅栏。我对天蕙斋的认识，来自我们大院里一个姓孙的老头，他住在我们大院东厢房最北头的一间小屋，和老伴同住。老孙头是英文翻译，家里常有外国人来，他在家里上班，翻译一些文字材料。在他的家里，有我们院里唯一的一台小电风扇和一架打字机，都是那时的稀罕物，我们小孩子常到他屋里看那两个洋玩意儿。他家的孙老太太爱闻鼻烟，孙老头常常打发我们小孩子去买鼻烟，点名一定得去天蕙斋买。我们便拿着钱像是拿着令箭一样去大栅栏，买回鼻烟来，找的零钱，老孙头不要，让我们拿去买糖吃。我就是在那时认识了鼻烟，也认识了天蕙斋。

它在一个高高的台阶上，门脸瘦长，被两边的店铺挤压得像是茯苓夹饼。如果同仁堂和瑞蚨祥的门面像是巍峨排场的将军，她真的像是一位瘦骨伶仃偏又穿着一袭长旗袍的骨感美人。那旗袍就是它的高台阶，一褶褶曳裙拖地的样子，印象总是很奇特。也许，是因为那时我个子太矮的缘故，台阶才越发显得高。有人说，大栅栏里，门脸最小最窄的，是天津人来京开在路北的有福来纸烟店，我看最小最窄的是天蕙斋。那里的鼻烟有一股怪味，我们在买回鼻烟的路上，偷偷地闻过鼻烟，刺鼻子得很，实在猜不透孙老太太为什么偏偏喜欢这玩意儿？但那里的鼻烟壶，画的非常好看，什么样的图案都有，像是我那时经常看的小人书一样，比小人书还好看，因为都是彩色的。而且，我听老孙头说那些画都是画在鼻烟壶里面的。 那时我异常奇怪，鼻烟壶的口那么小，里面的画怎么画进去的呢？

那时的大栅栏，如怀旧的画一样，让人怀念而充满想象。

劝业场记忆

　　劝业场在今年将要恢复原貌，重张旧帜。这个消息，让我高兴。在北京前门地区，老的遗址不仅保存着历史的符号，也保存着这个街区的文化记忆，既属于地理的空间，也存活于人们的心间。如今，前门地区因为历史和现实的种种原因，如劝业场这样完整保留的遗存已经屈指可数，恢复它的原貌就更具有重要的价值和意义。

　　劝业场当年和王府井的东安商场、菜市口的首善第一楼，观音寺街的青云阁并列为京城四大商场，名气曾经冠盖京华。陈宗蕃先生在他的《燕都丛考》中说它"层楼洞开，百货骈列，真所谓五光十色，令人目迷"。由于是西洋式建筑，有着那个时代西风东渐的痕迹。如今报纸说它建于清末 1905 年，是没错的，但有的报端说它地下一层地上三层，则有误。其实，它地上是四层。只是这四层是后来加盖的。在当时，这样四层高楼的商业大厦，在北京是非常惹眼的，也可以说是绝无仅有的。

　　劝业场的建立和发展，和清末民初变革的时代密切相关。戊戌变法之后，清政府不得不实行一些维新之举，学习日本，全国各地先后新添劝业道和劝工局的设置，其宗旨是"振兴实业，发展工商"。当时，除了北京，天津成都等地都先后建起了中西结合的商业大厦，而且取名都叫做劝业场。名字如此的雷同，和时代契合，如同建国初期人们起名多叫"建国"或"建设"一样，涂抹上了那个时代鲜明的色彩。

北京的劝业场建于清末，但那时主要是作为"京师劝工陈列所"，展览的作用大于商业。劝业场真正被正式命名并作为商场而发展，是在 20 世纪 20 年代到 30 年代末之后的事情。

经历第一次大火之后，劝业场于 1920 年 4 月 15 日重新开张，劝业场的名字才正式叫响。短暂的辉煌之后，1927 年，又经历一次大火，这一次到了 11 年之后的 1938 年才恢复了元气。或许真的是火烧旺运吧，从此劝业场有了一段为期长一些的稳定发展。

也就是为发展起见，这时候才在原来三层的基础上加盖了一层，又在楼顶开辟了屋顶花园。在第四层，主要是增加了一个叫"新罗天"的剧场。道教里三十六天为最高一层，称之为大罗天，号称天玉清境，剧场取名"新罗天"蕴其美意，唐诗人王维曾有诗"大罗天上神仙客"，来这里看戏的人就应该都是神仙客了。新旧结合的立体舞台，画着刘海戏金蟾的背景。剧场聘请当时在西长安街新开张不久的新新大戏院（解放以后更名为首都电影院）的经理万子和来打理，并将三楼进行了改造，东西各新辟了书场和魔术场，南部扩大为游艺场，中间一圈跑马廊前为茶座。在商业功能之外，增添了娱乐功能。"劝人勉力，振兴实业，提倡国货"的口号，应该也是那时候提出来的。同时，劝业场还从天津的义记公司购买了厢式电梯，每层安装了防火的消防器，开辟了天平门。这在当时都是新鲜的玩意儿，来看热闹的人络绎不绝，一直到解放初期，我还看到天平门上闪着红灯的醒目的指示牌。

我从小就住西打磨厂，五分钟的路程，过前门大街往西，进西河沿，就到了劝业场的后门，所以我是那里的常客。买东西是其次，主要是玩儿。放学之后，或是星期日，溜到那里，楼上楼下地疯跑，躲在大柱子后面、各个店铺里，和小伙伴们玩捉迷藏，那里是我的免费游乐园。民国时期有竹枝词："放学归来正夕阳，青年仕女各情长，殷勤默数星期日，准备消闲劝业场。"虽然说的是大一些的学生，但和我们那时候的情景很相似。

记得那时候，游艺场和新罗天都还在，但由于兜里没钱，没进去看过戏或曲艺。听说游艺场曾经是架冬瓜演滑稽、郭筱霞说梅花大鼓、郝寿臣说相声、连阔如说评书的地方，现在看来个个都是了不起的角儿；新罗天白天是鸿巧兰等人演评戏，晚上刘宝全说京韵大鼓。鸿巧兰那时候和喜彩莲、小白玉霜号称京城评戏三大名角儿，那时候的鸿巧兰正是风华绝代的好年华，要扮相有扮相，要嗓子有嗓子。刘宝全一人单挑整个舞台，和白天的大戏抗衡，更是足见当时他的魅力。可惜，我都未能赶上。在我和小伙伴们在它旁边疯跑的时候，上海的滑稽演员韩兰根专门从上海来，在那里演出过《钦差大臣》的话剧。后来看到一个材料，说新罗天剧场能容纳500个观众，想这不就是今天红火的小剧场吗？

那时候，三层还有画像馆、照相馆、台球馆和乒乓球馆。记得1952年我生母去世的时候，我5岁，弟弟2岁，姐姐17岁，姐姐领着我和弟弟到这里照了一张相。但记忆已经不深了，是后来长大以后，姐姐告诉我，先带着我和弟弟到劝业场的楼下买了两双白力士球鞋，让我和弟弟穿上，然后上的三楼照相馆，让人家照一张全身的，为的是照上白鞋，算是给母亲戴孝。

记忆中劝业场留给我童年最初的印象，是我刚上小学不久，姐姐给我的一支钢笔的笔帽怎么也拔不出来了，我便拿着钢笔来到劝业场。当时，进后门有高高的台阶，上去后才进入一层的商场，在台阶的两侧有一些小店次第排列，修钢笔的店铺就在靠右手的一侧。那个师傅接过我递给他的钢笔，划着一根火柴，让火苗在笔帽四周绕了几圈，又点着一个火柴，接着在笔帽四周绕，然后，拿来一块绒布包裹住笔帽，就那么轻轻用手拔了一下，笔帽就出来了，也没跟我要钱，笑吟吟地把钢笔递还给了我。当时，我觉得特别奇妙，觉得像看魔术一样。后来四年级学了自然课，知道这其实很简单，不过是热胀冷缩的原理。但当时劝业场留给我奇妙的印象，却一直到了现在，50多年过去了，还依然清晰如昨。

那时候，我没去过地下，地上的一楼二楼都是卖东西的，前后分为三个大厅，一层的每个大厅里，都是中间围成一个圆形的柜台。楼上是围合式的，一楼的大厅便成为楼上的天井，四围是一圈跑马廊，廊的栏杆是铁艺镂空的那种，商铺又是敞开的，所以，无论你站在哪里，楼上楼下一目了然，熙熙攘攘，人影幢幢的，有些像是过年逛庙会的感觉。小时候，特别觉得整个劝业场就像一只编制精致又巨大的鸟笼子，人们就像笼中的鸟来回地飞，琳琅满目的货物就像花枝缤纷地招摇。记得有一个星期天，警察带着一个流氓犯，站在二楼的廊栏前示众，那个被称作流氓的是个小伙子，弯腰低头，警察在宣读他的罪行。一楼所有的人都像鸭子一样仰着头观看，三楼二楼的人都把头探出栏杆观看。除了商贸餐饮和娱乐，劝业场还有了这样一种政治的功能，抹上了那个时代的特色。

劝业场前后两门，正门在廊坊头条，比较宽敞，但我觉得没有后门漂亮。后门立面是巴洛克式，下有弧形的台阶，上有爱奥尼亚式的希腊圆柱，顶上还有拱形阳台，欧式花瓶栏杆和雕花装饰，包子的褶似的，都集中在一起，小巧玲珑，有点儿像舞台上演莎士比亚古典剧的背景道具。尤其是夜晚灯光一打，迷离闪烁的，加上从前门大街传来的市声如乐起伏飘荡，真是如梦如幻。

我觉得，新中国成立前后，是劝业场最发达的时期。那时候，首善第一楼没有了，青云阁沦落了，京城四大商场，便只剩下劝业场能够与东安市场抗衡，相比较，劝业场的体量没有东安市场大，但多了一点儿洋味儿。在我记忆中，劝业场一直到20世纪80年代初，虽然几经更名，还依然是红火的。那时候，我的孩子快要上小学了，我还专门到那里给他买过衣服之类的东西，其中还买了一双出口转内销的小皮鞋，羊皮，式样新颖，见到的人都问哪儿买的。我告诉他们在劝业场，劝业场便成为了那时一个和现在的新世界一样挂在嘴边名头响亮的商场。那一阵，那里卖出口转内销和罗马尼亚进口东西很流行。

让记忆中和历史中的劝业场，在现实中重现，不会如梅开二度那样的简单。建筑的生命在于历史，同时也在于现实，希望重现的劝业场不要仅仅走商业开发的一条路，而是要将其本身具有的文化意义提炼出来，展示出来。前年，青云阁重张旧帜，便只是一条单调的商业路，走得最后匆匆地关张了事。而眼前大栅栏的瑞蚨祥，也仅仅是商业老路惯性地在走，走得也并不理想。希望在商业的功能之外，能更着眼于劝业场的文化与历史的元素和内涵，让历史走进现实，让现实照亮历史，让劝业场在前门地区乃至整个老北京遗存中，彰显更大的功能，发挥更大的作用。想起放翁的诗句："八千里外狂渔父，五百年前旧酒楼"。虽然劝业场的历史不到500年，才100多年，但相信在今年它重新开张的时候，会有各地的旧友新朋大老远地跑来观看它的姿容，毕竟这样的老玩意儿不多了。

谢公祠祭

　　我先是在报纸上看到谢公祠被拆的消息，很是惊讶，简直不敢相信。清明节前，我专门去看了一趟，希望一切并不是真实的，或者拆的只是其中一部分辅助的惨败的院落，而它的那座主要建筑，那座叫做薇馨堂的二层江南风格的小楼，即在当年谢叠山绝食尽节处建的祠堂大殿还在。但是，那座二层小楼已经被掀去了屋顶，裸露出的房梁直对天空，地上只有西侧的一间小屋残存，其余一片狼藉，惨不忍睹。

　　自明景泰七年（1456 年）建造后，经明清两代翻建和修缮的谢公祠，就这样颓败在我的面前而一去不返。

　　在北京解放初期，从当时接管谢公祠时留下的清单中，尚可以看出有地五亩半，房子一百余间。它和它前面的法源寺是连在一起的，基本的规模还在，可以想象那时的情景还是颇为壮观的。可是，现在，我们只能在想象和回忆中和它重逢了。它走过了明清两代和动荡的民国时期，以及建国后近 60 年漫长的岁月，战火、动乱、朝代的更迭、人心的起伏，它都经历过来了，但是，它却倒在了今天我们的面前。据说，在它的上面要建商品楼。商品楼，如今比谢公祠重要了。文化和历史，就这样当成了一面旗子，被我们卷了起来，需要的时候再挂出来。

谢叠山名叫谢枋得，叠山是他的号，他的字是君直，一个多么有象征意义的字。他是南宋爱国将领和诗人，和文天祥既是同科进士，又是同样为国捐躯的英雄。不同的是，谢叠山率兵抗元失败后，客寓他乡，卖卜教书，宋亡之后，流亡武夷，无论元朝如何召他进京入仕，他都是断然拒绝，最后诵以司马迁"死有重于泰山或轻于鸿毛"的名言，表示了誓死拒降的决心。元朝廷把他强行押解进京，命他做官，他依然坚辞不就。他被关押在法源寺中，看到寺中墙上刻有《曹娥碑》。曹娥是东汉一个17岁的普通民女，父亲死于河中，为了尽孝，她在河边哭了17天17夜，最后毅然跃入河水之中，为寻父的尸首和父亲一起葬身水中。谢叠山看罢《曹娥碑》后泣曰："小女子犹尔，吾岂不若汝哉！"最后，同文天祥是在菜市口被斩首就义不一样，他选择的是在法源寺中绝食而死。但相同的是，他们都死在这附近，菜市口与法源寺相距只有一箭之遥。更为相同的一点是，他们选择的是宁死不屈的爱国的道路和情怀。如果再说有一点相同的，那便是他们死后同被赐谥，一位忠烈，一为文节，可谓经天纬地，气壮山河。他们的名字便一直传颂至今，在北京，谢叠山祠和文天祥祠，一在城东北，一在城西南，遥相呼应，成为了两枚耀眼的徽章，悬挂在北京的胸襟上。如今被我们自己生生地拽下来一枚，毫不珍惜地弃之一旁。

记得三年前的初春，我第一次去法源寺后街找谢叠山祠，一路问了几个人，都不知道。一直快找到了街尾，我忽然看见两株高大的老槐树枝条掩映中，有一座破旧不堪的二层木楼，猜想大概就是了。正好从院门急匆匆跑出一个小伙子，便问他这楼是不是谢叠山祠。他摆摆手说：不知道，我奶奶在里面，你去问问她。

　　进了院子，不大，横宽竖窄，一座木楼很突兀地立着，在院子乃至小街四周平房的对比下，鹤立鸡群一般显得很是醒目，可以想象当年它的不同凡响。从一楼西侧的房门里走出一位慈眉善目的老太太，80多岁了，就是那个小伙子的奶奶。我问她这楼是谢叠山祠吗？老太太问我你说的这个是人名呀还是地名呀？我告诉她谢叠山是人名，南宋的一个诗人，也是一个将军。老太太摇摇头说：我不知道，我们这里人们都管这楼叫谢公祠。

　　没错，就是它了。拐过这条小街往南走一点，就是法源寺的正门，站在这条小街里能够看到法源寺的寺顶。想谢叠山的后人选择这个地方为他建祠，因为这里就是当年他的自杀尽节之处，那时候，这里和法源寺南是连成一体的，那一缕不屈的幽灵随香火便一直缭绕不尽。自明朝修建了这座谢公祠之后，这里一度规模不小，除了二层木楼的祠堂主体建筑外，还有六座院落、一座花园和一座江南风格的水榭，雕梁画栋，游廊环绕，曲径通幽，古木参天。即使到了解放以后，还可以看到几百年历史的古槐。我对谢叠山非常崇敬，面对古代文人的气节，当代文人只有汗颜的份。正是这个原因，我才来这里寻找谢公祠。

　　那时，老太太告诉我今年5月份这个楼就要被收走，说是要保护起来了。我说那多好，应该保护起来，您也能够搬到个宽敞的地方住。她说我可不愿意搬，在这里住两辈子了，都有感情了，再说我是回民，这里买东西方便。然后，她很热情地带我绕着楼前楼后转，告诉我解放初期这里是识字班，那时楼前的广亮大门还在，楼前种着一片竹子。这楼前出廊后出厦，以前还有后院，后院有花园，有假山石，两边也有院子，待会儿你可以去西边看看，西边的院子原来被街道工厂占了。你别看楼破，都是用老黄花松做的柱子，结实得很，地震那年，楼摇晃了两下，愣是没事。

抬头望望楼上面，朱漆的窗棂和围栏，虽然已经斑驳，但前后的悬廊还在，云纹雕花还都非常清晰；楼顶有修复的痕迹，但鱼鳞灰瓦一层层基本无损。可惜楼顶的斗拱飞檐没有了，被水泥抹平了。我问老太太楼上住着人家吗？她说住着三户，你现在上不去，楼梯口那儿锁着呢。我问她听说原来楼上供着文天祥和谢叠山的像，您见过吗？她说我没见过，听我们家老太太说，楼上面是供着过神像。这里的人是把谢叠山和文天祥的像当做神像对待的呀。

我又去后面和西边的院子，已经彻底看不出当年的样子，不过从最里面的院子后盖出来的一间坐南朝北的房子的窗户里望出去，能够看到谢公祠后厦中间的走廊，幽暗的光线中走廊两侧暗红的漆色，让人容易涌出一种历史久远的错觉。其实，走廊是后盖的，老太太告诉我住进来人多了，在中间开了走廊开了门，通往后院的月亮门的地方盖起了现在的房子。是该修修了，老太太对我说，5 月就收回保护了，到那时你再来看看吧。

三年过去了，谢公祠又熬过了三年，终于没有再熬下去，就要倒塌在我们的面前。它并不是倒塌于自然的灾害或岁月的沧桑中，而是倒在我们自己人为的手中，为了盖商品楼，它只有粉身碎骨。历史，哪怕再辉煌而且是一直被我们尊崇的爱国历史，也可以就这样被我们斩草除根。

记得三年前，我寻访完谢公祠后，写过一则短文，如此写道："想起谢叠山被押解进京之前写过的'雪中松柏愈青青'、'几生修得到梅花'的诗句，他喜欢以松梅自况，重新修复的时候，应该别忘记了在楼前楼后栽几株青松和梅花。"我真的是太天真了。

西屋出来两位坚守这里的妇女，告诉我听说这楼不拆了。可是，已经拆成这样了，又如何让坍塌的部分如鸟一样重新飞上枝头？我还听有另一说，谢公祠要异地重建。但是，这一次，我不会那么天真了。无论异地重建，还是原地重建，需要对原建筑各部件仔细编号，然后才能复归原位。那些珍贵的木雕、砖雕、云纹饰样的垂檐、黄花松的梁柱，都被拆得七零八落，一片瓦砾之中，谈何重建？前年拆离这里不远的棉花头条，将民国时期著名爱国报人林白水故居拆掉了，倒是原地重建起来了，簇新得如同戏台上的新郎官，让人感到不那么真实。几年之前为拓宽菜市口大街的道路，将有名的粤东会馆和过街楼拆了，也说是要异地重建，这么多年过去了，重建在哪里了呢？又有谁再过问或问责呢？

　　谢公祠，没有想到三年前初春的一面，竟然是我们的永别。

寻访赛金花的怡香院

怡香院在北京非常有名，陈宗蕃在《燕都丛考》里说"自石头胡同西曰陕西巷，光绪庚子时，名妓赛金花张艳帜于是"，指的就是它。这两年多来，我去过那里多次，每次去，都跟做贼似的，匆匆一瞥赶紧落荒而逃，院子里的老太太总会冲我喊，赶鸟一样把我赶出。也难怪，不少人知道那里就是以前赛金花住过的地方，都想到那里怀思古之幽情（前一次去还碰上两个外国人），却无端打扰了人家的宁静，人家是有些讨厌。

那天，我接到一个电话，是我过去在中学教书时教过的一个学生，有小30年没见了。他对我说听说您要想仔细看看赛金花的怡香院，我们家现在就住在那里，什么时候您来我陪您好好看看。真的是太巧了，我高兴地和他约好，立马就去。

陈宗蕃先生说的不细，怡香院是在陕西巷不错，但得进陕西巷中段往东拐一条小胡同里才能够找到。这条小胡同叫做榆树巷，原来叫榆树大院，因为这里有一棵大榆树。现在，那棵榆树还在，站在学生家的后窗前，就能够望得见。

进胡同大约几十米，右手方向的第一个院子是1号，便是大名鼎鼎的怡香院。大门朝北，门很破很小，和院子里的一座二层小楼的气派完全不匹配。小楼紧临大门，坐东朝西，楼前应该有两进院落，有小花园和平房，一直顶到陕西巷。现在楼前只有很窄的空间，前面都早已经盖出了一排排的房子。我这样猜测，它最初的大门是开在陕西巷，大门朝西，进得院内，穿过两进院子，正对二层小楼，似乎才合乎北京人盖房的规矩。现在进了大门就是二层小楼的北山墙前，进门右拐是一个楼梯，直接就上二楼，好像不大讲究。

怡香院坐东朝西，从七扇窗来看，楼上楼下应该各有七个开间，我一直不知道房间到底有多大，里面的格局到底什么样子。这回算是如愿以偿，我的这位学生的家住在二楼的第三间，进了房间，看见他家占据了一个半窗户，一问才知道，楼上原有三扇门，两侧的门各占两个开间，中间的门占三个开间，也就是说，中间这三间房是客厅，两边的房间是卧室。他家住的是客厅的一半，他对我说，我以前还开玩笑对我爱人说会不会咱们住的就是以前赛金花睡觉的屋子呀，看来不是了！然后，他拉我出来看门上面的窗户，一层楼七扇青砖券式的窗，果然是南北两端的窗和第三第五扇窗比第二第四和第五扇作为门上的窗稍矮一些，证明他的判断。

每个开间都不算小，长约五米多，宽约三米半，全部铺有暗红色地板，他家地上一半还铺着那种地板，当年赛金花三寸金莲日日踏在上面的。地板之间虽然裂开的缝隙很大，但依然很结实，当年的红色还在，只是色泽愈发沉郁，将日子都踩进木纹之中了。非常有意思的是，墙上居然还保留着墙围涂饰的蓝色花纹，是江南蜡染布那种蓝色和花样，让我禁不住生出联想，暗红的地板是洋味的，蓝色的花纹却是中国的，赛金花当年把一座怡香院整治得中西合璧，是她的审美，也是她的梦境。

学生的爱人就出生在这里，只不过不是楼上，而是楼下。新中国建立之后，怡香院成为了北京市皮革公司的宿舍，那时，她的一家住在楼上楼下这样两套房子里。刚刚搬进来的时候，楼下整个是连通着的，像是一个轩豁的大厅，地上铺着的都是暗红色大理石，和楼上的地板色调一致。说着，她带我到楼下看看。听说是学生的老师来了，楼下的街坊们都门户开放，出来的老太太个个慈眉善目，笑容满面，其实，有的老太太，我已经见过多次。暗红色的大理石地板都还在，只是石内的白色沙粒显现出来，米粒般闪烁。房顶很高，足有四五米，圆形雕花的灯池都还健在，那样的清晰可辨，完全是西洋味道的，可以想象那时枝形吊灯一亮，流光溢彩，宽敞的大厅里完全能够开舞会。想当初，赛金花就是在这里，闹出了和德军元帅瓦德西的一场旷世传奇，和塞林德夫人周旋而不仅挽救了慈禧太后的性命，也让北京城免受一场更大的灾难。难怪刘半农先生当年说，在晚清史上，赛金花是和慈禧太后相对位的重要人物，他说"赛金花和叶赫那拉可谓一朝一野相对立"。赛金花的意义，远远超乎一般青楼女子。

走出屋外，老太太们指着廊前的铁柱子、房檐下的挂檐板、垂花柱头间的花楣子、卷草花饰的雀替，一百多年过去了，还是那么的漂亮。除了闹地震那年，把南北的两扇山墙换成红砖，墙体壁柱和门窗的券式四周，全部还是青砖红砖组合，青红相间，格外别致。我们中国一般讲究青砖灰瓦，从来没有青红相间砖体结构，看得出，是和传统中国式的建筑不尽相同，洋味十足（学生的爱人补充说原来门窗的玻璃都是彩色菱形的呢）。想想在光绪年间，这应该是属于超前的了。特别是我发现在一楼顶端有一整排用刀工雕刻的壁画，是我来过多次都没有的新发现。房柱的地方，雕刻的都是西洋的建筑和花坛，小洋楼和水榭，还有对称交颈的天鹅；而连接房柱的地方雕刻的都是传统国画式的花卉。由于年头久远，风吹日晒和烟熏火燎，画面都已经发黑，但那雕刻的刀痕还很明显，逸笔草草，简洁却生动。赛金花毕竟和洪钧一起出使欧洲，见过世面，不仅南风北渐，是率领南方清音小班北伐进京的带领者，同时西风东渐，将西洋的建筑风格一同带进京城，改造着清末妓院传统建筑的格局。从这个意义而言，赛金花的作用不可低估。可以这样说，乾隆二十一年（1757 年）以后内城禁开妓院，妓院都迁到前门外，在八大胡同真正有这样洋味的建筑兴起，都是自赛金花艳帜高张于这里之时起。

老太太们告诉我，地震那年，皮革公司重新砌山墙的时候，也想把楼上二层的房间和走廊一起翻修一下，锯开走廊的第一根柱子，别看外面都木纹脱落，裂开了大口子，里面的木头还是那样的新，那样的结实，就没敢再锯。我说他们做了好事，要是全锯了，都翻修了，就不是怡香院了。学生的爱人说，只是把柱子和门窗全都涂上了绿颜色，其实，以前都是暗红色，和房间里整个色调是统一的。她接着指着房门对我说，小时候，中间的房门前还有两个大石狮子，下面有九节高高的台阶，台阶两旁斜斜的石头特别光滑，我们常常拿它当滑梯滑着玩。说完，她转过头问老太太是不是，奶奶？老太太说，两边的房前也有这样的簸箕台阶，她指着门前露出的一块青石板对我说，你瞅，这就是，以后这院子的地面垫高将近两米，台阶都埋在下面了。学生的爱人说，石狮子也埋在地下面了。

学生告诉我，他看过一篇文章，由当年北京古代建筑研究所所长、著名的建筑学家王世仁先生所撰写，在这篇文章中提到了怡香院。 经过王先生的实地考察，他确定榆树巷 1 号院就是当年的怡香院之后，又对周围八大胡同中那些洋式小楼妓院做了这样的分析："赛金花在欧洲开过眼界，清末又以仿洋为时髦，由她带头改造旧式妓院为洋式楼房，是完全有可能的。由此可以推测，那一片天井式的小楼妓院，很有可能也是 1900 年以后，由赛金花带动下'洋化'的产物。"

学生的转述让我非常兴奋，王先生还说："经实地考察，大体可确定榆树巷 1 号的七间二层洋式楼房为其后面的主体建筑，正门在陕西巷路东。"王先生证实了我最初的猜测是对的，怡香院的大门应该是开在陕西巷，而不是现在的榆树巷。

这一次来，学生特意带我到怡香院的后面看了看。因为前面的遮挡太多，从后面看，除了电线，几乎没有遮挡，没有破坏，一色的青砖，磨砖对缝，好像赛金花刚刚走不远，还显得那么新。一溜儿墙上七扇后窗，全都敞开着，仿佛就在刚才赛金花才将珠帘轻卷，绮窗打开。而那两角的飞檐，也还完好，翘首在那里，只是一去潇湘头欲白，等待玉人归不来。

广和居和文人菜

如今的北京城，大小餐馆不计其数，菜品风格各尽其数，只是没有一家以文人菜而张帜，而夺人眼目的。这不能不说是吃食囊括万千的北京城的一个遗憾。

在老北京，是有这样一家专门以文人菜而闻名的餐馆，便是广和居。广和居是北京老饭庄八大居之一，位于城南的南半截胡同，紧着胡同的北口，解放前老门牌2号，解放后新门牌52号。位置在如今的菜市口新开的南北大街的路西一点。当年，鲁迅先生刚来北京住在南半截胡同的绍兴会馆里，绍兴会馆是7号，和广和居斜对面，出门抬脚就到，常常到那里去吃饭。最早，我就是从鲁迅先生的文字中知道的广和居。

但广和居并不是因鲁迅先生而闻名的，或者说是借助鲁迅先生筷箸的沾惹，将自己的文人菜而声名远播的。广和居的出名要更早一些。道光十一年（1831年），就有了广和居的名字，是由一位南方来京城的士大夫投资开设的南味菜馆，因为是文人而不是纯商人经营，便先天地让它具有了文人的色彩。又因是南味菜馆，从南方各地来京的北漂一族，尤其是官员士大夫，便常常到这里来一尝家乡味道，平添思家怀旧之情；或是家乡来人，一起到这里宴请亲朋，一叙阔别之后的离愁别绪，间或疏通并拉拢各种关系。

虽然，这里离前门的大栅栏和鲜鱼口只有两三里地，但在当时却已经属于偏僻之地了。设想一下，它还在当时犯人砍头的菜市口之外呢，怎么能够算不远呢。因此，那时候，除了南方的士大夫轻车熟路常到广和居来，其他人是很少光顾的。说是酒香不怕巷子深也好，说是人以群分物以类聚也罢，这里便成了南方士大夫的沙龙，他们不仅在这里吃饭，还在这里吟诗作画，甚至谈论国事，俨然一个老舍话剧《茶馆》的模样。只是日后没有有识之士以广和居为蓝本写一出新戏。

清末民初有《觉花寮杂记》一书，曾经专门记载了广和居："烹饪清洁，朝士喜之，名流常宴于此。辛亥后，朝市变迁，肉谱酒经，亦翻新样，惟此地稍远尘嚣，热客罕至，未改旧风。"这一段资料，告诉我们广和居名声由来的原因之外，还告诉我们社会动荡变革时期，餐馆是最易随之变换花样以迎合时代的地方之一，广和居的特点，则是以不变应万变，始终保持着旧有菜品的样式和风格，这也成为了广和居名声在外的另一个原因所在。

据说，广和居成名最早得益于何绍基，那时候，广和居刚开张不久，何绍基常到这里吃饭，却常常赊账。店主将何绍基的欠条装裱后悬挂堂上，因何绍基的书法非常有名，名人效应，带动得广和居也有名了起来。也有另一说，广和居成名得益于张之洞。有台湾作家林海音的公公夏仁虎《居京琐记》一书记载为证："士大夫好集于半截胡同之广和居，张文襄在京提倡最力。"

就以上两说而言，何绍基主要生活在道光年间，张之洞是同治的进士，活跃于清末。如果说得益于前者，显然广和居成名更早。有意思的是，何绍基是湖南道州人，而张之洞是河北南皮人，要说应是广和居的南味更对南人何绍基的胃口才是，为什么北人张之洞偏偏对广和居也情有独钟？这便和清末的变革有关。张之洞借广和居一地为聚会场所，以广和居之酒浇胸中之块垒。从何绍基到张之洞，广和居走过了半个世纪，菜味不变，内涵却不知不觉地在变化，所谓棋罢不觉人换世，酒阑无奈客思家。广和居真的是比老舍的《茶馆》还要茶馆，走马灯一样走过了前朝与后代的各式人等，演尽了春秋演绎和世事沧桑。

如今，说起广和居的文人菜，还能说出的有潘鱼、曾鱼、吴鱼、韩肘、江豆腐……这里的每一道菜名前一字为姓氏，都是以当时有名的士大夫的姓氏命名的，这些菜品都是由这些名人亲手传授而成名，和川菜中的东坡肉和宫保鸡丁、杭州菜宋嫂鱼羹成名类似，成为中国饮食文化独特的一种表征。潘鱼是同治进士潘炳年、曾鱼是曾国藩、吴鱼是光绪内阁士吴闰生、韩肘是光绪名士韩朴、江豆腐是丁丑翰林江树畇，一一染指而成名。清末诗人夏孙桐有诗专门写广和居："不为珍错竞肥甘，春韭夏菘味自醰。肉号东坡鱼宋嫂，食单掌故补宣南。"这些文人菜，真的成为了当时的一种时尚和如今的一种掌故，构成了独属于京城宣南的一种文化财富。

广和居还有很多有名的文人菜，最有名的是它的看家菜：蒸山药。当年邓云乡称之为广和居的"拿手菜"。其实，做法并不复杂，不过是去皮山药加猪油和白糖上锅蒸烂如泥而已，即便如此简单，也怪，如今却再也做不出广和居那种水晶一般晶莹剔透的样子，和香甜绵软的味道。如今的蒸山药，最后在上面浇一点儿蓝莓果酱了事。

广和居，因文人菜而派生出另一种现象，大概是京城所有餐馆难以企及的，便是留有文人饮宴之后题写的诗句和楹联。据邓云乡说，仅蒸山药便"能得到何绍基、张之洞、樊云门的品题，其高明可知"。当时不胫而走悬挂于厅堂里有名的一副楹联是："十斗酒依金谷罚，一盘春煮玉延肥。""玉延"说的就是它的看家菜"蒸山药"。

广和居有名，但地方并不大，据曾经到过广和居旧址实地考察过的叶祖孚先生说，大门朝西，不过是一个两进院，总共宽 3 米，径深 10 米。不过，我对叶先生此说怀疑，两个院子 30 平方米，实在太小，又是厨房、门房和厅堂，还有院子，不能容纳得下。大概是少了一个零，应该是深 30 米，宽 10 米才是。那样的话，就是三百多平方米的样子。才能在前院放得下正房和东西厢房各三间，作为食客用餐的厅堂，还有三间倒座房，一间作为结账的门房，两间厨房。

叶先生于 1985 年和 1994 年两次去过广和居。前一次，这个院子还在，雕花门楼和大门门柱上的漆皮钉子等老物件都还在，对开的两扇大门上嵌字联的第一个字"广"、"和"二字还在，影壁、门房和厨房以及厨房房顶的气窗都也还在。第二次，大门被拆，但院子还在。2004 年，我去北半截胡同专门访广和居时，却什么也看不到了，被拆得干干净净，只剩下一片瓦砾凋零。想想，起码在 1994 年的时候，它的基本框架还在，不过是十年的光景，一切都只成为了遥远的记忆。

广和居关门是在 1935 年抗战前夕，那时候，兵荒马乱，食物供给困难，人心浮动，朝不保夕，北京一批老饭馆相继关张。但抗战之后，不少老餐馆劫后重生，广和居也曾一度迁至宣武门内，但没多久便寿终正寝。大概真有什么命定的风水缘故，如同鱼离开了旧有的水域便难以存活。广和居旧址，一度成为了京剧演员金少山的宅子，解放以后，渐渐变成了大杂院。解放以后，特别是近几年，有好多老餐馆重张旧帜，出土文物一般梅开二度，广和居却一直没有任何还阳的一丝丝消息。北京城，便也就没有了文人菜。

白魁老号和龙抬头

农历二月二，是龙抬头之日。这一天在民俗里是接姑奶奶的日子，即要把出嫁的闺女接回娘家吃一顿的日子。一般人都认为，正月十五元宵节过完，春节才算过完。其实，年的尾巴不是元宵节，而是这个二月二龙抬头之日。所以，老北京人又称这一天是"春节的最后一天"。这一天，最乐呵的是小孩子，他们可以把家里祭祀祖先的供品统统都吃了。这个年，才算是真正地过完，而春天才算是伸手可触，真正的要到来了，因为二月十五是"花朝"日，花要开了呢。

这一天吃什么，在老北京人眼里是有讲究的。《京都风俗志》里记载："此日饭食，皆以龙名，如饼谓之龙饼，饭谓之龙子，面条谓之龙须，扁食（即饺子）为龙牙之类。"可见，都是和龙沾边儿。其中重要的吃食，约定俗成是吃春饼。讲究的春饼里，除了要裹以豆芽菜、菠菜和摊鸡蛋之外，还必须有新上市开春的第一茬儿的春韭，这种韭菜，老人管它叫做"野鸡脖儿"。其实，说是和龙沾边儿，更是和春天沾边儿。

但是，这一天，在讲究的老北京人中，还有一种吃食，如今已经早被淡忘，不怎么提及了。那便是烧羊肉。说起烧羊肉，历史很久，名头很大，袁枚在他的《随园食单》里说烧羊肉曾"惹宋仁宗夜半之思"。但传到京城，成为大众吃食，却是和最初二月二龙抬头这一天讲究吃面条，即要揪住龙须有关。这便离不开烧羊肉了。

在老北京，最早卖烧羊肉的，最有名的有三家：前门的月盛斋，安定门的成三元，隆福寺的白魁老号。PK之后，酱羊肉前两家做得出名，但要论烧羊肉这一道时令吃食，最后胜出而拔头筹的却是白魁老号。这里固然有其做工精良别出机杼的秘诀，比如要经过吊汤、紧肉、码肉、煮肉、煨肉和炸肉六道工序。但在我看来，阴差阳错，也有其他因素。

其一，白魁老号做烧羊肉是时令之作，并非一年四季都卖的。二月二龙抬头这一天，是它开始起出老汤烧制出售的一年之始。这一锅老汤是它烧羊肉的秘诀，自去年入秋之后（烧羊肉就卖到入秋之前，入秋之后，老北京人就要吃涮羊肉了），就收入大缸，密封起来，深埋在地里，经冬之后，保持不变味。也许，最初是巧合，正好和二月二龙抬头这一天碰在了一起。我揣测，可能最初是图个吉利，但和节气和民俗合二为一，渐渐地便成了一种新的民俗。因为白魁老号最早开张在清乾隆四十五年（1780年），漫长的时间流淌中，烧羊肉融入了民俗中，有了新的味道。

其二，最初白魁老号开的也不是什么大店，卖烧羊肉，同时也卖抻面，照顾的是只有钱袋里只有仨瓜俩枣的普通百姓，并非都是掏公款的大款老爷。而它的对面是隆福寺，当时香火鼎盛，兴旺一直到解放初期。最初到隆福寺进香拜佛，后来到隆福寺逛庙会玩的人，这一天都要吃面条，便到它这里来吃一碗抻面，浇少一点儿烧羊肉，再浇上半碗烧羊肉的汤。味道实在不错，口口相传，白魁老号出了名，二月二龙抬头，逛隆福寺庙会，捎带脚到白魁老号吃烧羊肉抻面，临走时再带走点儿烧羊肉的汤，便成为了传统。

其三，每年这一天，朝廷要专门派人出宫，手捧着八个朱漆彩绘的捧盒，到白魁老号这里来取定制好烧羊肉。皇上和太后们也要赶在二月二龙抬头这一天尝一口白魁老号的烧羊肉，白魁老号想不出名都不成。白魁老号的烧羊肉，就像宫里的栗子面的小窝头走出了宫，也串门儿走进了宫里头，来了个互通有无，有福同享。这是在老北京传统吃食里常见的雅俗共赏的例子。

无疑，这后一条，让白魁老号借水行船，给烧羊肉锦上添花，也为二月二龙抬头这一天多了这样一项吃的内容，无形中推波助澜。

白魁老号有一件题外旧事，颇让我难忘，并深为感慨。白魁老号店名原来叫东广顺，比附的是当时比它更有名的东来顺。白魁是最早的店主的名字，但因为烧羊肉卖得好，熟客熟主，把店主的名字叫熟了，口口相传，就把店叫成了白魁，老号二字是后来人添加上去的。谁想到，白魁此人，不过是一个烧羊肉的店家而已，后来不知什么原因，竟然和朝廷挂上钩，并且得罪了朝廷而被充军发配到了新疆。这件事有些匪夷所思。老北京城大小饭馆无数，偏偏一滴雨这么巧就落进了白魁老号这个小小的瓶子里，让一个普通小店一个普通店主的命运沉浮，和紫禁城相连。当时，白魁老号传给了店里一个叫景福的厨师，景家后人将老店一直开到新中国建立之后，我还有机会赶上吃得到这一口。我常想，拥有230多年历史的白魁老号，世事沧桑，人生冷暖，命运跌宕，悲欢离合，故事不比全聚德少。如果能有有心人钩沉历史，梳理支脉，打捞往事，定能写出一部大戏来，会像北京人艺演出过的话剧《茶馆》、《天下第一楼》一样，惹新老北京人夜半之思。

不过，如今的白魁老号的烧羊肉，味道稍稍有点儿咸。我有时候拿着饭盒，专门跑到那里去买，当场忍不住就尝一口。而且，也不像以前能够额外给你一些烧羊肉的汤。所以，到今天二月二你还能吃到不错的烧羊肉，但无法用烧羊肉的汤泡面了，揪住龙须的意思和味道多少减了一点儿。

青云阁之叹

北京大栅栏以西的观音寺街路北，有座青云阁，竖写的匾额，庄重颜体，为何诗逊题。清末民初，它曾是和西河沿的劝业场、王府井的东安商场、菜市口的首善第一楼并列的老北京四大商场之一。很多文化名人，如鲁迅、周作人、梁实秋、张恨水等人，是那里的常客。那里的玉壶春饭馆的春卷和虾仁面，曾经是鲁迅先生的最爱；那里的普珍园，传说是当年蔡锷和小凤仙相见的地方；那里的小舞台，梅兰芳和马连良都演过戏。

世事沧桑变化，青云阁在新中国解放前夕便已没落，解放以后出生的北京人，基本没有见过它的辉煌，因为解放以后它便成为了市政府的一个招待所。

大概一年前，青云阁整修，重张旧帜，建起了小吃城，开门揽客。刚开张不久，我去过一次，顾客不多，显得有些冷清，虽然小吃城和后海的九门有些雷同，但我觉得恢复利用青云阁这个创意还是不错的。只是青云阁原本是一座三层楼，如今只用一层，还只是一层的一部分，关键是原来的跑马廊没有了，老的味道一下子减少了许多，青云阁已经变得似是而非。应该更充分地运用它的历史所赋予我们的丰富遗存，如果打怀旧的牌，重要的是恢复青云阁身上曾经拥有的文化色彩，而不仅仅是单摆浮搁地卖北京小吃。心里便隐隐为青云阁担忧。

青云阁的地理位置很特殊。它位于大栅栏和琉璃厂中间，且它有前后门，前门在南，开在观音寺街；后门在北，开在杨梅竹斜街。所以，无论走哪条街，都是鲁迅先生当年逛琉璃厂必经之地。这是历史形成的地理肌理走向。斜街在如今的北京已经所剩无几，留几条蜿蜒的胡同，让人们穿街走巷，逶迤地往返于大栅栏和琉璃厂之间，才会更有老北京的味儿。如今，打通从大栅栏到琉璃厂的通道，建成一条文化商业街，已经成为了规划中的行动。依托大栅栏和琉璃厂这两个历史的积淀，将这两条历史街巷打通，形成一种新时代的互补和链接，是件好事。只是希望再不要把从大栅栏通往琉璃厂的几条胡同都拆了，取一条直线直达，然后只在这一条街道两旁建店铺。这样一来，会和其他城市里建的一些唐城宋街，没有什么两样。

如果按照鲁迅先生当年逛琉璃厂的路线，重新规划这里的布局，或许会是一种不错的选择。鲁迅逛完琉璃厂归来时，先到青云阁吃点心喝茶，然后从这里出来，到它前面不远的东升平浴池（现在是龙晓旅馆）洗个澡回家。如果我们能将玉壶春和东升平都恢复起来，当然，能再把青云阁一楼专门经营旧书的福晋书社，和二楼三楼重新一并开张，将其打造成民俗博物馆，展示青云阁以及大栅栏和琉璃厂的历史，留一份想象的空间，而不仅仅是从商业出发，那该多有意思。

谁想一年光景刚过，当时的担忧成为了现实，北京小吃没有能救得了青云阁。青云阁再一次又要变身，据说这一次是要将其打造成北京味儿的一个旅店。旅店就真的能救青云阁吗？

　　饭馆改旅店，是老北京这类建筑的一种常见的变通方式。当年离青云阁不远有一个号称北京四大饭庄之一的福寿堂，后来饭馆经营不下去，改为了旅店，但没过多久便再次关门，后来成为了大杂院。前车之鉴，不可不想。很快就是青云阁重建110周年，这是一个好的历史机遇。希望青云阁有一个好的重新开始。

乔家大德通

电视剧《乔家大院》热播之后，山西祁县乔家大院的后人寻根，来北京前门外，找到他们在西打磨厂开的大德通银号。这家大德通在西打磨厂213号，我很熟悉，是座高台阶的小院，路北，拱形券式大门，门脸不大，墙头爬满铁丝网，显得格外森然。小时候，看见它的门口总有军人站岗，据说，里面住着一位将军，解放军打进北京城不久，他就一直住在这里。那时候，不知道它以前是银号，我们都管它叫做将军院。

小时候，我从来没进去过，也从来没有见过这位将军，只是想象他的样子。那时候的将军，没有现在这样多，现在连打乒乓球的说相声的都是将军了。那时候的将军，是真正从枪林弹雨中闯过来的，在我的印象中，真的是得和岳飞或者关云长一样叱咤风云、铁马秋风才是，便总把他想象得格外了不得。

在后河沿，原来有它的后门，从那里望它，和从打磨厂里看它，是完全不同的两种感觉。也许，是因为后河沿的地势低，它的后山墙就显得那样的高大，可以看出是一座很巍峨的二层楼，三层硬山脊，悬山顶，青砖灰瓦，红柱红窗，翘翘的房檐，逆光中的阴影，有几分不言自威的气势，和想象中将军的形象倒格外吻合。

　　老街坊曾经告诉我里面的样子，是一座非常齐整的四合院，和北京四合院不一样的是，它北面正房是座二层木制小楼，前出廊后出厦，有高高的台阶。这是典型的山西银号的格局，在施家胡同老北京银号一条街上，所有山西银号都有这样一座二层小楼。大德通一直开到解放初期，转卖他人，将军住进的时候是从他人手中买下的。

　　老街坊还告诉我，解放以前大德通门前就有警卫站岗，大门外一道推拉式的铁栅栏，大门上方是一块非常大的长方形的匾额，上面由右往左书写着"大德通银号"五个大字。进门是大门道，正面是一道靠山影壁，左边即西墙开一道门，进去是院子的倒座房，银号的营业厅。将军住进后把它改成了车库，我前两年来的时候，这里朝南开窗，变成了对外营业的餐馆。

　　这两年多，我常常到西打磨厂，它的样子没有什么变化，几乎和我小时候见到的一样，让人恍惚觉得时间定格在往昔。上一次，我来打磨厂的时候，第一次走进这座小时候倍感神秘的将军院，它现在已改成为57603部队的招待所。招待所的负责人黄先生证实了我童年的印象，这里确实一直住着一位将军，在他老的时候，部队分配给他新的房子，他也不愿意离开这里，一直到他故去。东西厢房和倒座房都保留得完整，院子非常宽敞，院中央原来有一架葡萄架，西边还有一个宽敞高大的天井。黄先生告诉我，东边的楼下据说还有一个地窖，不知具体的位置，但是前些日子二层楼重新装修时候发现墙都是双层的，这些都是为了藏钱用的银号的特征。黄先生说，前些天乔家后人来，特别想把大门前那推拉式铁栅栏买走，拉回祁县乔家大院的展览馆里。

我发现，这里大概是西打磨厂现存最好的四合院了。除了二层楼顶的老瓦被换成水泥，倒座和东西厢房都还是鱼鳞灰瓦，起码有百年沧桑了。关键是房檐下所有的砖雕，还都那样的完整清晰，一点损坏没有，真是难得。倒座房老式掀起式样的窗子和花窗格以及铁挂钩都还顽强健在，窗子上方雕刻在窗楣板上的梅兰竹三幅图案也都还栩栩如生。

最后，黄先生热情地引我到前厅，让我踩着椅子爬上他们的柜台，让我看看房梁下的檐檩枋板上有什么东西。好家伙，是前后两层的龙纹浮雕，如此藏龙卧虎，蛰伏在这里，一副"明经思待诏，学剑觅封侯"的幽幽心思，不知是属于当年大德通乔家主人的，还是属于那位后住进来将军的。

闹市中的植物园

国庆节期间，想到家附近的龙潭湖公园转转，没有想到那里人满为患，从北门一直转到西门，沿湖两岸的行车路上都停满了车。西门的斜对面有条路，只好到那里掉头拐了一个弯儿，准备打道回府，没有想到，那里却别有洞天。往里走一点儿，和游乐院一墙之隔，竟然有那么一座植物园，而且还是免费，不要门票，真是给了我一个意外的惊喜。

也是我见识浅陋，在这附近住了大半辈子，居然不知道还有这样的好去处。走进去看植物园的历史介绍才知道，其实1957年它就在这里了。建国初期，时任北京市市长彭真指示，要给中小学生建一个植物园，让城市里的孩子们认识并接近大自然。现在大门前的"北京教学植物园"几个大字，还是彭真亲笔题写的。真应该感谢彭真市长，如果不是他的批示，怎么有可能在寸土寸金的闹市里辟出11万多平方米的地方，建一个植物园呢？现在的人们得算计这11万平方米的土地，盖楼的容积率和由此带来的经济效益了，恨不得让那每一平方米都要长出楼来长出钱来，而不再是眼前这色彩缤纷的花草树木了。

作为一座植物园，11万平方米并不算大，但它是在闹市中啊，便会觉得越发的珍贵，而且有树木、草本植物、农作物、水生植物和湿地、木化石和温室区域的划分，完全是为了给孩子们打造一个与书本教学不一样的绿色课堂。它是全国唯一的一座教学植物园，就更是不同寻常。

我看到游客中大多数是家长带着孩子来的。植物园里一共有两千多种植物，特别是那些平常日子里难得一见的植物，像是热热闹闹的联欢会开始了一样，花团锦簇地簇拥在孩子们的身边，让他们一个个都睁大了眼睛。光平常见过的杨树，在这里就有黑杨、青杨、新疆杨和白毛杨之分，还有那听名字就新奇的灯台树、四照花、接骨木、山茱萸、鹅耳枥、金丝吊蝴蝶树，还有那被称为树木活化石的古老的桫椤和水杉……真的能够让人看得眼花缭乱。那些鲜艳的花草，比树木矮矮地摇曳着，更适合孩子的亲近。在这里，孩子们听说过却没有见过的薄荷、黄芪、柴胡、亚麻，还有包粽子用的马蔺、吃黄花菜的萱草、喝感冒冲剂的板蓝根，都让孩子们像是遇到了好朋友一样亲切。

当然，孩子们最感兴趣的是农作物区和温室。城市的现代化建设越快，离乡间泥土就越远，那些平日吃的粮食和蔬菜，他们都是在超市和餐桌上见到，已经不知道它们原本的模样了。那些想爬上架就爬上架想趴在地上就趴在地上的板凳南瓜，那些想开一朵黄花就开一朵黄花想结一个黄瓜就结一个黄瓜的带刺黄瓜，还有那些齐刷刷的韭菜、慵懒的茴香、藏在地下的花生白薯、结在树上的花椒核桃、被贪吃的鸟啄破的西红柿……田园的风光，让孩子们不再以为生活只在水泥建筑的封闭之中。

温室最让孩子雀跃。我刚进门就看见吊挂着的猪笼草，说老实话，我是第一次见到它，都感到新奇，别说孩子了。问管理温室的工人这里有多少品种，他告诉我有热带和亚热带植物400多种。这温室是50年代末任北京市副市长的吴晗亲自设计督导建成的。如今，他和彭真都已作古，但他们开创的这座植物园留了下来。看到温室旁边的活动室里，孩子们正在自己动手制作植物标本，让老师和学生互动，把学习和玩结合一起，让城市和大自然融为一体，也许，正是前辈们的初衷吧。心里暗想，北京城里面，并不缺少公园，缺少的是这样为孩子为教学的植物园。如果不是当年彭真大笔一挥，如果不是吴晗当年亲自设计图纸，会有这座闹市中的植物园吗？

与人们以往最熟悉并最爱去的香山的北京植物园和中山公园的唐花坞相比，这里比北京植物园小，比唐花坞大，却比它们更容易和人亲近。前两者如果是漂亮而堂皇的明星，这里更像邻家小妹。

798 和老北影

　　说起北京，人们更重视的是老北京，那些老胡同老会馆或老字号的建筑，更容易引起人们的重视，动动哪儿，都会有人跳出来叫唤，千万要保住它们的遗存。而对于建国以后的建筑，一般是拆了绝不心疼。如今在北京城三环边上那些在 50 年代建就的工业厂房，基本拆得差不多了，没听说有人反对，无论厂方还是百姓，或是房产开发商，个个都叫好。

　　其实，对于老北京这样一座历史悠久的城市，清末民初的建筑，自然属于历史，那些在 50 年代建立的建筑，也同样属于历史。如果在美国，这样拥有五十多年历史的建筑，都是老的了，只有我们这里随便抖抖箱子底都能抖出来一堆历史的老玩意儿，便容易拿豆包不当干粮了。

　　50 年代那些工业厂房，是属于那个时代存活到今天的物证，我们看到它们，便会想起在新中国成立之后，北京在向工业化迈进的强劲步伐，北京由于这些工业厂房和烟囱而在向世人改变着自己的形象，是和邓云乡先生所概括的 1928 年到 1937 年那十年之间文化古都的形象，完全不一样的。过去常有人说：建筑是凝固的音乐；其实，建筑更是凝固的历史。那个曾经拥有的时代，不仅仅从历史书中，同时也是从矗立在我们眼前的建筑中体现，并为我们做着形体说明。

正因为如此，我们同样需要有目的、有目标地珍存这样的工业遗存。如果我们能够从这样的角度看待它们和北京的关系，它们和历史的关系，以及它们和未来的关系，我们的思路也许会开阔一些。我们便不会整齐划一，在我们北京的城市化和现代化的进程中，仅仅看到它们落伍的一方面，把它们都请出城外，而腾出地皮只是千篇一律地盖楼盘。我们应该告诉它们同时也告诉自己：它们的命运不该仅仅如此，地上不该仅仅生长楼房。适当地保存当年的工业遗存，才会使得北京城的建筑有了年代的区别而错落有致，有了文化的多样化，也有了历史层次递进的感觉，就像一个大家庭，有爷爷有父辈也有孙辈，让后来人能够看到，既有明清的故宫，也有清末民初的四合院与老胡同，同时也有建国以后的十大建筑与工业遗存，那才是一部由建筑组成的历史脚印，踏在北京的记忆里，刻在历史的册页上。

这样对待过去年代里工业遗存，在全世界都早有先例，最有说服力的莫过于德国鲁尔工业区的成功改造，已经成为了那里的旅游景点，老式的厂房和烟囱，并没有成为城市的累赘。而在其他一般的城市，也不乏量力而行的例子，比如今年春天我去美国芝加哥，在它的城市扩大的现代化建设中，老而低矮的工业区也成了夹在城市中间的"三明治"。芝加哥并没有完全把它们拆平而盖高楼大厦，相反，现在还特意保留这样的街区，并在街道的路牌上特意注明它们过去的历史，并适当保留一些房子，在外表涂上图案，改作他用。我到另一座工业城罗切斯特，当年高耸的烟囱不再冒烟，却成为了市中心的地标，烟囱顶端有彩色的 High Fall 字样组成的图案，摇身一变为现代派的雕塑。旧的厂房依然矗立在珍妮西河的河边，当流淌废水的河流筑起了一道大坝，河水流淌下来，形成了一道瀑布，如今市中心 High Fall 的名字就是由此得来。河流上当年工人上下班必经的一座桥，已经成为了一座步行桥，上面错落有致地摆放着长椅，逶迤成一条美丽的曲线，配以造型别致的街灯和天蓝色的桥栏，让废桥成为了艺术品。

　　如今，位于酒仙桥的 798 厂，原来老的电子工业，北京曾经的骄傲，这些年经过新的文化积淀，利用并适当改造了原有的厂房，把它逐渐建设成艺术家的一块实验基地和展览场所，在全国乃至世界都越来越有名气，成为了北京新的骄傲。这样的艺术特区，便是对工业遗存最好的利用和开掘最好的证明，堪称北京新型文化产业的典范。

　　而最近位于新街口外的老北京电影制片厂，传出即将被拆的消息，引起舆论一片哗然。那也是解放初期的老建筑，和 798 厂区类似，甚至比 798 更具有艺术气质，承载着过去年代的中国电影的记忆。我们去放着现成的河水不洗船，轻而易举就忘记了身边 798 成功的例子。难道老北影就不能成为第二个 798 吗？

　　趁着这些建国初期老建筑的遗存还没有完全被斩尽杀绝的情况下，调整我们的思路，留一点儿值得留下的纪念，加以改造，重新发掘它们的价值，是非常应该的。798 和老北影，是我们的前车之鉴，我们应该珍惜，而不应该把它摧毁，让它们统统都变成了商业楼盘。

花园大院

花园大院，是北京一条胡同的名字，听着就非常好听，让人向往。如今，这条胡同已经没有了。它原来在天安门的西边路南一点，离我小时候住的前门打磨厂胡同并不太远，也就三四里地的样子，如果走着，用不了半个小时，怎么也到了。那时，我总磨着父亲坐公共汽车，坐到石碑胡同，那里有一站，下了车，我们穿过石碑胡同往东一拐弯，就到了花园大院崔大叔的家门口。门前有一棵大槐树，总能够把老枝枯干慈祥地伸向我们。如果是夏天去，那里总会落满一地白中泛着淡绿的槐花，一胡同都飘着槐花的清香。那里是我童年时光里最宁静最漂亮的一条胡同了。

我到现在还记得崔大叔住的那房子的样子，和他住的那个大院的样子。因为以后我们长大，无论哪一年的春节，父亲总要领着我们到崔大叔家去拜年。父亲在北京没有任何亲戚，他唯一去的地方，就是崔大叔家。在我的印象里，那院子是北京城并不多见的西式院落，高高的台阶上，环绕着一个半圆形的西式洋房，特别带着有宽宽廊檐的走廊和雕花的石栏杆，以及走廊外面伸出几长溜的排雨筒，都是在别处少见的，更是大杂院里见不到的景观。崔大叔就住在正面最大的房子里，里面是一个非常宽阔的大厅，一边一间小房间，全部铺着的是木地板。那个大客厅，更是属于西式的，中国人一般住房拥挤，哪儿还会弄出一个这么宽敞的客厅来。以后，崔大叔的孩子多了，客厅的两边便搭上了两张床，让孩子们睡在那里了。那时，他家的老奶奶，也就是崔大叔的母亲还健在，就住在刚进房门的那一间小屋里。老奶奶总要对我说："你爸爸你妈妈带着你，就住在我这屋子里，那时还没有你弟弟呢。" 去一次，说一遍。

一直到最近一些日子，我才对崔大叔有了一些认识和理解，那种突然之间撞在心头的回忆，让我惭愧，也让我感慨岁月如水逝去的无情。想一想，我认识崔大叔的时间已经很久，我活了多少年，就和崔大叔认识了多少年。今年，我都 57 岁了。57 个年头过去了，才仿佛刚刚水落石出一样，崔大叔在记忆中浮出水面，在我的心里和眼前渐渐地清晰了一些。人的长大，其实是多么的慢。

崔大叔应该是我父亲唯一的朋友。在父亲坎坷的一生中，他唯一能够相信，并且能够给他雪中送炭的，只有崔大叔一个人。崔大叔要比父亲小好多，但这并不妨碍他们成为了莫逆之交。

父亲和崔大叔是什么时候结识的，我已经无从考证。但我知道，父亲当年在张家口税务局工作时，就和崔大叔在一起了，所以我相信，他们两人的认识时间，应该更早一些。崔大婶和我的母亲是老乡，都是河南信阳人，崔大叔也是河南人。 当年在信阳，介绍母亲和父亲认识并成家的，就是崔大叔和崔大婶两个人，所以，我更有理由认为，他们两人的认识时间一定很早。

当年，从张家口到北京税务局去工作，也是崔大叔的主意。那是 1947 年日本投降之后，他们一定是希望到北京来会有一个更好的前程。事隔好多年，崔大婶告诉我，我才知道，那一年，崔大叔已经联系好在北京税务局的工作，又因为他的老母亲先行一步到了北京，并找好了房子住下，有了落脚之地，便和我父亲送我的母亲和崔大婶先走。在张家口上的火车，偏偏因为人太拥挤，没有挤上买好车票的那趟车，只好赶下一班火车。谁想到，正是兵荒马乱的时候，上一班车到了南苑火车站时爆炸，幸亏我母亲和崔大婶没上那班车。那时，母亲生下我，我刚刚满月，崔大婶也生下她的大女儿小玉不久。要不，我们两个孩子也就完了。可以想见，送走两个怀里抱着孩子的女人，那时父亲和崔大叔是怎样的担惊受怕。也许，就是有这样一份生死相连的命运，让他们之间的友情保持了那么漫长的时间。

我们全家刚刚到北京时，无处可去，暂住在崔大叔的家里，一直到我的父亲后来在前门外打磨厂找到房子为止。我到现在还记得，刚刚搬完家，崔大叔到我们新家庆贺乔迁之喜，趁着忙乱，也趁着夜晚，一个小偷大摇大摆地把我家放在外屋的一整袋白面给扛走了，临走时还冲我点点头，好像和我很熟悉的样子。当他们喝完酒，看到面粉已经被小偷偷走了，崔大叔哈哈大笑的样子，总还能够浮现在我眼前。那时，我也就两三岁，那该是我小时候记事时记住的第一件事情了。非常的奇怪，我曾经死劲地想，但能够想起小时候最早记住的事情，还是这一件，是比夜色还要模模糊糊的小偷把白面偷走和崔大叔哈哈大笑的影子。现在回忆起来，可以想象得出崔大叔是一个爽朗的人。那时候，全家吃饭是以棒子面为主，白面金贵得很，一袋面粉是多少钱啊，他却比我父亲要洒脱，性格也要强劲一些。

每次去崔大叔家拜年，一路上，父亲总要教我怎么称呼崔大叔、崔大婶和老奶奶，对人家讲什么样的过年话，怎样鞠躬，才有礼貌。他把这个看得很重要，总是不厌其烦地一遍遍地教我。那时，我的胆子很小，扎嘴的葫芦一样，特别张不开嘴，羞于叫人。每一次，父亲都是谆谆教导，每一次效果都不佳。现在想想，其中的原因，一个就是崔大叔的房子大，也气派，有一种威严感，总觉得他比父亲的职位和能力都要强。却不知道，崔大叔确实比父亲要有能力，职位也高（崔大叔是一个经济师，而父亲还只是一个 20 级的小科员），但却始终是父亲最好的朋友，是可以无话不谈的掏心交肺的平等朋友。再一点就是崔大叔个子高高的，长得仪表堂堂，眼睛上戴着一副眼镜，知识分子的派头很足，说起话来，中气十足，嘹亮得很，很健谈，也显得格外威严，让我有些畏惧。后来我们长大了，尤其是"文化大革命"中，乔冠华当外交部长，总是出头露面，我们私下都觉得崔大叔不仅长得像、派头也像乔冠华。特别是冬天，崔大叔爱穿一件呢子大衣，从远处那么一看，有些威风凛凛的样子，就更像乔冠华了。

现在想，我们两家确实有缘分，也有着相像的地方。我和崔大叔家的老大小玉年纪一样大，我弟弟和他家老二小萍也是同一年出生。只是我的母亲在弟弟出生两年之后就去世了，要不母亲也可能会像崔大婶一样，在同一个年份再生下两个孩子来的。

小时候，我不懂事，只是觉得那一年去崔大叔家，他家好像有了一些变化，到底有什么变化，我又说不清。后来，我仔细想了，是崔大叔没在家，每次去，他都会在家，都要烫上一壶酒，陪父亲喝上几杯的。为什么父亲带着我们特意去他家，他偏偏不在家呢？一连几次去，他都不在家，这在以前是绝对不可能出现的事情。这样的疑惑越来越重，越来越让我好奇。我问过父亲，父亲并不回答我，只是去崔大叔家的次数更多了，到了春节，自然更不忘记带我们去拜年。在我的记忆里，大概就是前后这时候，老奶奶去世了。那是我十岁左右的事情了，一切像雾一样迷离，似是而非，遥远而弥漫着轻轻的叹息。

后来，我明白了，1957年反右时，崔大叔成了右派，被下送到南口劳动，一般不允许回家。他和我父亲都是从旧社会里过来的人，在国民党的税务局干过事，加上他爱说，就这样莫名其妙地成了右派。我私下里曾经想，是不是崔大叔人长得气派，也是成为右派的一个理由呢？在我小时候的印象里，在电影和小人书里那些从国民党那里出来的人，都是猥猥琐琐的，起码不应该是这样的堂皇。

我记得那时父亲在拼命地写检查材料。在税务局里，一定是谁都知道他和崔大叔非同一般的关系吧？好歹，父亲没有跟着倒霉，而崔大叔大概是由于劳动改造得好吧，没有过几年——也许是过了好多年之后，在小孩子的记忆里，时间的概念和大人是不同的，更何况是崔大叔劳动改造那艰难又不准回家的日子，一定就更显得漫长吧——便被摘下了右派的帽子，又重回到税务局工作。再去他家的时候，又能够看见谈笑风生的崔大叔了。我们两家的聚会便又显得那样的愉快了，父亲和崔大叔多喝了两杯酒，都面涌酡颜了。也是，作为一般人家，图的还不就是一家子平平安安和团团圆圆？

我从没有见过他们在一起交谈过去，不管是他们的伤怀往事，还是他们曾经的飞黄腾达，仿佛过去的一切都并不存在。也许，他们是有意在避讳我们，过去的一切毕竟沉重，他们不愿意让那黑蝙蝠的影子再压在我们这些孩子的身上。也许，他们都相知相解，一切便尽情融化在那一杯杯酒之中了。所谓功名万里外，心事一杯中吧？

　　"文化大革命"中，我去北大荒，弟弟去了青海油田，崔大叔都是派了他们的大女儿小玉来送我们，一直把我们送上了火车。我们在车窗里掉下了眼泪，小玉在车窗外也跟着哭。小玉比我工作得早，她初中毕业就到地安门商场当了一名售货员，早早地替家里分忧，担起了生活的担子。我们离开北京没多久，她的两个妹妹分别去了内蒙古兵团和山西插队，最小的弟弟最后参军去了外地。和我家一样，她们家也只剩下了崔大叔老两口。我们再见到他们，只有在回家探亲的时候了。走进花园大院，一种从来没有过的凄凉感，不禁油然而生。坐在客厅里，是那样的空空荡荡，说话的回音在木地板上跳荡着，让我忍不住把话音放低。

　　那年冬天，我从北大荒回来探亲，崔大婶看见我穿的棉裤笨重得很，棉花赶毡都臃在一起。她为我特意做了一条丝绵的棉裤，说我在北大荒那里天寒地冻的，别冻坏了，闹成了寒腿，可是一辈子的事。那棉裤做得特别好，由于里面絮的是丝绵，又暄腾又轻巧，针脚分外的细密。我接过来，感动得很，一再感谢她，并夸她的手艺好。她叹口气说："你的亲娘要是还活着，她比我做活好，还要细呢！"她说这番话的时候，我从她的眼睛里能够看到对往昔的一种回忆。我的生母去世时，我才5岁，所以我记不清她的样子。我现在所能想象出来的她的样子，都是崔大婶这样三言两语描述下来的，或者说以这样的情感传递给我的，为我填充着生命记忆中关于母亲的那一段空白。

　　那时，崔大婶已经明显地苍老了许多，岁月真是不留情啊，在她的脸上刻下了明显的皱纹，在她的鬓上添了许多雪丝。对于以往的岁月，我不知道她能够想些什么。她一共生了四个孩子，一辈子没有工作，省吃俭用，操持着这个家，一直把老人送终，把孩子带大。孩子好不容易长大了，却又一个个地离开了家，而且越走越远。她要操的心很多，却总是不忘记我，把我当成了她自己的孩子。我想那是因为她想起了我的母亲，想起了她们曾经在一起的那些风风雨雨的日子吧？

父亲去世的那一年，我还在北大荒插队，弟弟在青海油田，接到母亲打来的电报，我和弟弟星夜兼程往家里赶。母亲见到我时对我说，崔大叔和崔大婶听说父亲去世后，先来家里看望过了，他们担心老母亲一个人怎么应付这突然到来的一切。我到现在还清晰地记得崔大叔当时对母亲说过的话："老嫂子，有什么困难，需要我们做的事情，一定要说啊！"

弟弟回来后，我们一起去崔大叔家，见到他们两口子，我和弟弟忍不住要落泪，忽然才觉得父亲去世了，他们是我们唯一的亲人了。

以后，我结婚，生了孩子，都曾经特意到崔大叔家去，为的是让他们看看。他们是我的父母一辈子唯一的朋友，现在，我们去，也就等于让父母也看见我们长大了，已经成家立业了吧。他们看见后都很高兴，崔大叔连连地对我们说："好！多好啊，多快呀，你们都大了！"崔大婶则一边抹着眼泪一边说："要是你亲娘活着，该多好啊！"

是的，似乎是一眨眼的工夫，我们都长大成人了，而他们却都老了。我总想起小时候由父亲领着我和弟弟去崔大叔家拜年时的情景。那时，崔大叔和崔大婶还是那么的年轻，特别是崔大叔是多么的精神啊，那嘹亮的嗓门，似乎还在耳边回荡着。我便总要想象着当年崔大叔和父亲一起在张家口时的样子，那该是他们最年轻的时候，是他们心气最高的时候，要不，他们怎么会想起从那里跑到北京来闯荡江山？怎么可以有那种勇气冒着枪炮和火车爆炸的危险？

　　从税务局退休后，他一直都没有闲着，因为有技艺在身，懂得税务，又懂得财务，许多地方都争着聘他去继续发挥余热。后来，他参加了民主党派，还曾经当过一段时间的区政协或人大的代表。晚年的崔大叔，应该是充实的，也算是苦尽甜来，是命运对他的一种补偿吧。有时候，他会想起我的父亲，对我说："你父亲是个好人，他要还活着，该多好啊！"我站在他的身边，不知该说些什么。我知道，他是看着我长大的，由于母亲去世得早，父亲也去世了，算一算时间，我和他接触的时间比父母都要长，但我并不是十分理解他的心。我只能揣摩，在他经历的动荡而磨折的一生中，他比我们这一代饱尝了更多的艰辛，但比我们更乐观而达观地看待一切，并始终把他的关爱给予我和弟弟，默默替代着父亲的那一份责任，默默诉说着父亲的那一份心情。虽然，大多数时候，他并不说什么，但我能够感受得到，就像是风，看不到，摸不着，却总能够感受得到风无时无地不在吹拂着我的脸庞。我常常会记得，让我感动而难以释怀。

　　由于在建国家剧院，崔大叔住的花园大院都要拆迁，他们一家被分到了玉蜓桥边的一座高层楼房里住。他搬家不久，曾经打电话邀请我去他的新家看过一次。比起他原来的家，新家显得拥挤了一些，但阳光灿烂，洒进来一屋子暖洋洋的温暖。我却总是想起那个叫做花园大院的胡同，那个老槐树疏枝横斜掩映的大门，和他那宽敞轩豁的客厅。我知道，那里有我的童年记忆，也有崔大叔和崔大婶大半生的足迹。一切都可以逝去，可以从地图上消失，惟有记忆能够常留在那里，有风无风时都会飘曳在那里。

　　有时，我会偶尔路过石碑胡同，那个地名还在，但地方已经大变了样子，而花园大院是干脆没有了。但我马上会想起崔大叔和崔大婶。 那片地方我之所以难忘，就在于他们曾经住过那里。 一条胡同由于有了感情的投入，便也就有生命似的，含温带热，总能够让你心动。

西府海棠掩映的小院

　　第一次走进东四八条那座西府海棠掩映的小院，是 1963 年的暑假，我还只是一个初三的学生。那一年，北京市少年儿童征文比赛中，我的一篇作文获奖而得到叶圣陶先生的亲自批改，并得到叶圣陶先生的接见和教诲。那个下午，是叶至善先生站在门口，因为个子高，他弯着腰，和蔼地掀开竹门帘，带我走进叶圣陶先生的客厅。这个印象很深。那时候，我不知道，是他从 24 篇作文中选了 20 篇交给他父亲，其中有我的那一篇，要不我就没有了这份荣幸，也就没有以后和叶先生 43 年的交往。

　　我和叶先生的女儿小沫同岁，都属于"老三届"，文化大革命中，都去了北大荒，彼此有信件往来。第一次回家探亲，我和她约好，想到她家看望她的父亲和爷爷，因还在"文革"之中，怕给两位老人带来麻烦，没想到两位欢迎我们的造访。我和我的弟弟，还有一位同学一起来到那座熟悉的小院。叶至善先生已经到河南潢川五七干校放牛去了，只有叶圣陶先生在，见到我们，很高兴，要我们每人演一个节目。老人看得津津有味。时值冬日，大雪刚过，白雪红炉，那情景真是难忘。聚会结束，叶圣陶先生还走出小院陪我们照相，就站在西府海棠的下面。只是那海棠已是叶枯干凋，积雪压满枝头,一片肃然。只可惜叶至善不在。

1972 年的冬天,在北大荒得罪了生产队的头头,我被发配到猪号喂猪,成天和一群猪八戒厮混,无所事事,一口气写了 10 篇散文,寄给小沫看,她转给了她的父亲。那时,叶先生刚刚从河南干校回来,赋闲在家,认真地帮我修改了每一篇单薄的习作。我们便有了整整一个冬天的信件往来,他对每篇都提出了具体的意见,有的还帮我一遍遍修改,怕我看不清楚,又特意抄写一份寄我。每次他把稿子密密麻麻地修改后寄给我,在信中总会说上这样的一句话:"用我们当编辑的行话来说,基本可以'定稿'了。"如他说的一样,我将 10 篇中的一篇《照相》寄了出去,真的"定稿"了,发表在那年复刊号的《北方文学》上。这是我的处女作,可以说,是叶先生鼓励并具体帮助我走上了文学之路。

作为开明书店的老编辑,1956 年首任中国少年儿童出版社的社长兼总编辑,他的编辑经验极其丰富,所扶持的作者不知有多少,我只是其中之一。他一直以编辑为荣。 1988 年,他 80 岁的时候出版了一本书,名字就叫《我是编辑》。他写的诗句:"句酌字斟还未妥,案头积稿又成垛。"是他自己真实的写照。

"四人帮"被粉碎不久,中少社恢复,他重新走马上任,着手《儿童文学》杂志复刊的时候,曾经推荐我去那里当编辑。《儿童文学》杂志的同志找到我,我刚刚考入大学,便没有去成。但那时我并不知道是他推荐的我,一直到很多年过去了,才知道这件事情,也才体会到他的为人,让我感动的同时也让我感慨,因为今天这样的人已经越来越少。他作为政协常委,民进中央的名誉副主席,地位不可谓不高,但他总是这样平易近人,谦和,严于己而宽待他人,替别人想却润物无声,默默而不张显。在他家的墙上,曾有这样一幅篆字联：得失塞翁马，襟怀孺子牛。此联是叶先生撰，请父亲写的。我想这是叶先生达观的人生态度和一生追求的境界。

叶家小院，我虽不常去，偶尔还是拜访。前年秋天的一个下午，我去得早了些，走进那座熟悉的小院，又看见了那两株西府海棠。这两株西府海棠很有意思，叶先生说是"很通人性"，"文革"开始的时候，小沫、小沫的弟弟，还有先生，都先后离开了家，海棠枯萎了，后来，家人陆续回来了，它们又茂盛了起来。如今的海棠依然绿意葱茏，只是有些苍老，疏枝横斜，晒下斑斑点点的阳光，被风吹得摇曳，似乎将往昔的岁月一并摇曳了起来，有些凄迷。

我的心里有点不安，生怕打扰了叶先生的午睡，小沫招呼我进屋，说我爸爸早就醒了，等着你呢！叶先生从他父亲睡过的床上下来，走出卧室，伏在他家的旧餐桌上，和我交谈，还是那样的睿智而思维活跃，那样的谦和而平易近人。他家的家具和布置简朴，这么多年几乎没有什么变化，只是卧室的墙上多了一幅叶圣陶先生的丝织刺绣像，客厅里多了一尊叶圣陶先生的半身雕塑，写字台前多了堆积如山的书籍稿子和信件。坐在我对面的叶先生已经是银髯飘飘，我才恍然觉得白云苍狗，人老景老，老人的身体已经大不如以前了。这些年，他一直疲于忙碌，编完25卷《叶圣陶集》，又以每天500字的速度写父亲的回忆录，马不停蹄地整整写了20个月，一共写了40万字。漫说是一位80多岁的老人，就是壮汉又如何，他实在有些太辛苦了。在这部回忆录的自序中，他这样写道："时不待我，传记等着发排，我只好再贾余勇，投入对我来说肯定是规模空前，而且必然绝后的一次大练笔了。"

那天，临告别的时候，他送我两本书，在书的扉页上，他谦虚

而幽默地写着："复兴同志解闷，至善 2004，9，22。"一本是上海
三联书店出版的《叶氏父子图书广告集》，那是他和父亲叶圣陶先
生早年在开明书店当编辑的时候，为茅盾、冰心、朱自清、沈从文
等人的著作写的广告。另一本是开明出版社出版的《古诗词新
唱》，这是一本非常有意思的书，是他用外国的曲调为中国 150 首
古诗词配乐的歌曲集。那些外国的曲子有勃拉姆斯、舒伯特、德沃
夏克、圣桑等的名家之作，也有世代久传的民歌俚曲，配上李白、
杜甫、王维、李贺、屈原、阮籍、陶渊明等人的诗词，可谓融中外
于一炉的新颖尝试，是他爱好与学养的结晶。

走出屋子，来到院子，我和小沫在那两株熟悉的西府海棠树下
站了很久，说了一会儿话。午后的阳光很温暖，能看见枝头上青青
的小海棠果在阳光中闪烁。我想起叶圣陶去世之前的春天，叶至善
先生陪着父亲和冰心先生一起在这个小院看海棠花的情景。那天风
很大，却在冰心到来的时候停了；那天，海棠花开得很旺。

而如今叶先生已经无法再走回到这个院子里看他的海棠了。

我的手头有叶先生的回忆录《父亲长长的一生》，那是他生前
写下的最后一部书。那天在医院里，小沫从病床边取出一本书对我
说：我爸爸嘱咐我送你一本，只是没法为你签名了。我看到书的扉
页上有小沫的字：复兴同志惠存　叶至善　小沫奉命代签。

小院隔雨相望冷

夜色降临了，天上飘着丝丝细雨。一条胡同里没有一个人，只有斑驳的树影和房子黑皱皱的剪影交错着，草厂三条掩映在水墨渲染之中。

三条中间的房子里住着黄德智，那是北京城一座典型的四合院，门楼顶上的彩绘，大门上有漂亮的门联，都透着不俗的气派和年头的悠久。我是专门来找他的，说起我们之间的友谊，一直可以追溯到我从北大荒插队回到北京的最初的日子。他家以前应该是一户殷实的买卖人家，资本家出身的包袱一直压着他。我插队走的时候，他被分配到肉联厂炸丸子，我从北大荒回来后，他还在那里炸丸子。他写一笔好书法，是他从小练就的童子功，足可以和那些书法家媲美。可是，英雄无用武之地，他照样只能炸他的丸子。我到他的车间找过他，那一口直径足有两米的大锅，在热油中沸腾翻滚的丸子，样子金黄，模样不错。 我笑他，你天天能吃炸丸子，多美呀！ 他说：美？天天闻着这味道，让人直想吐。

那时，我们一样怀才不遇。我正在一所郊区的学校里教书，业余时间悄悄地写一部叫做《希望》的长篇小说，每写完一段，晚上就到他家去念，他坐在那里听。那时，我们都还没有结婚，有的是时间凑在一起彼此倾诉和聆听。他就是坐在那里听，一直听到我那部冗长的 30 万字的长篇小说写完。 他从来都是认真地听着，从春雨霏霏一直到大雪茫茫，听了足足有一年多的时间。每次听完之后，他都要对我说：不错，你要写下去！ 然后拿出他写的字和字帖，向我讲述他的书法，轮到我只有听的份了。我们既是上场的运动员，又是场外鼓掌的观众，就这样相互鼓励着，虽然到最后我写的那部长篇小说《希望》也没给我们带来什么希望。

到现在我还总想起那些个难忘的夜晚，窄小的只能放一张床、一张小桌和一把椅子的屋子里，我坐在床上，他坐在椅子上，面对着面，能听到彼此的鼻息和心跳。我们就这样一个朗读着，一个倾听着，一直到夜深时分，他那秀气而和善的母亲推门进来，好心地询问着：你们俩今儿的工作还没完哪？ 明天不上班去了吗？告别的时候，黄德智会送我走出他的小院，一直送到寂静得没有一人的三条胡同的北口，我穿过翔凤胡同，一拐弯儿，就到家了。那条短短的路，总让我充满了喜悦和期待。以后，我搬家离开了那里，和黄德智的联系渐渐地少了，但每一次路过那附近，总能够让我忍不住想起黄德智和那些个难忘的夜晚。

我找到了黄德智家，小院还在，门楼还在，彩绘也还在，可惜主人已经换了，新的女主人知道黄德智，却不知道他搬到哪里去了。

我有些失落，责备自己这样长时间和黄德智失去了联系，北京城并不大。我在三条胡同里从北头走到南头，来回走了两圈，又走到北口。 四周幽静得很，只有老胡同还在，而且还保留着当年的老样子，如同一位老友，即使阔别多年，依然故我，站在那里，就像那无数个难忘的夜晚黄德智送我到胡同口，站在那里向我挥手的样子一样。晚雾迷蒙，凄迷昏黄的路灯下，一种小院隔雨相望冷、珠箔飘灯独自归的感觉袭上心头。

城南小人物

　　过去总说这样的一句话：历史宜粗不宜细。这是指在回顾历史、总结历史或书写历史的时候。然而在历史的进程中，恰恰是细的最重要，无细便无以形成粗，所谓杠杆可以撬动地球。同样，撬动地球需要大人物，往往也离不开小人物，也就是我们现在常说的草根。没有草根，燎原之火便无从燃起。

　　辛亥革命百年纪念的时候，人们更容易想起并记住的是那些风云激荡的大人物，比如孙中山先生。这自然是应该的。不过，任何一场大革命，离不开大人物的运筹帷幄和振臂一挥，也离不开小人物乃至没有留下姓名的无名者的跟进，后者是一滴滴的水珠，汇成了革命的激流，而前者则是激流所涌起的潮头上醒目的浪涛。

　　记得当时报纸杂志上多的是中山先生的老照片，影视里则是多位明星扮演的中山先生以及那些如宋教仁等牺牲的大人物。记得在北京有一次开会发言，我提到一位小人物。我说，我们都知道，广州起义是辛亥革命的前奏，武昌起义是辛亥革命的正式开端，南方成为了革命的发源地以及和清政府直接开火的战场，北京离着如火如荼的革命的南方似乎有些遥远。其实，辛亥革命的足迹，刻印在北京城是十分明显的，因为北京是辛亥革命的文化与思想的重地。

特别是北京的宣南地区，由于清末以来历史所形成的原因，成为那个风云变幻时代的北京城的文化中心，影响甚至左右着革命的进程。这位小人物，当时就生活在北京的宣南地区。

当时的宣南地区，是北京乃至全国的报业中心。仅从 1900 年中国第一家白话文报纸《京话报》开始，到 1919 年李大钊创办的《少年中国》，我曾经粗粗地算了一下，就有 74 家报刊在宣南聚集而风起云涌，其中一部分在为辛亥革命和后来的"五四"运动推波助澜。这种来自民间知识分子的力量，集中体现在报刊上，无论从数量上，还是影响力上，是在北京乃至中国任何一个地方，都无法比拟的。可以说，是和南方的报刊特别是如《苏报》等著名报刊，起到了相互呼应引领潮流的作用。

有这样一份报纸，直接和辛亥革命相关。 那便是在紧靠大栅栏的煤市街里马神庙胡同的《正宗爱国报》。它创办于 1905 年，主编叫丁宝臣，是位回民。这是一张鼎力支持辛亥革命的报纸。创办这份报纸的时候，它虽然叫做爱国报，但那时候的国还是清王朝统治下的封建国家，辛亥革命推翻了几千年来顽固腐朽透顶的封建统治，终结了一个老迈龙钟的帝国王朝，开创了中国历史的新纪元。它报纸上的这个"国"字才有了真正的意义，爱国爱的才有了真正的地方。当然，丁宝臣和他的报纸要为辛亥革命鼓与呼。辛亥革命成功后，1912 年 8 月，孙中山来京，北京报界举行欢迎会，孙中山来到位于如今两广大街虎坊桥南侧的湖广会馆，和北京报人会面，并作了演讲。就是这张报纸首次刊登了孙中山先生与大家的合影，让北京市民知道了孙中山来京的消息，扩大了革命的影响。

不要小瞧了这样的报道。这是北京城里的普通百姓第一次知道孙中山来到了京城的消息，而且是第一次见到了孙中山的照片，可以对比这位民国大总统和清朝皇帝的区别，其作用比一般传闻要直观得多，也强烈得多。可以说不少北京人是通过这份报纸上的这幅照片，才对辛亥革命有了一点了解和认识。在鲁迅先生看来，一般百姓对辛亥革命的认识是隔膜的，以为不过是剪掉了头上的一条辫子而已。这时候，对于辛亥革命民主与共和意义的启蒙，对于孙中山先生所主张的三民主义的宣传，便有赖于知识分子，有赖于知识分子创办的报刊的阵地。为民主与共和理想的建立，播撒思想与文化种子，制造革命舆论，启迪民智，丁宝臣和他的《正宗爱国报》，是一方面的生力军。

袁世凯称帝后，该报彰显这一主旨，又连续发表犀利的文章，反对称帝，支持讨袁。这一下，惹怒了袁世凯。盛怒之下，袁世凯下令，最后将丁宝臣杀掉。在无数为辛亥革命牺牲中的烈士中，丁宝臣应该算是其中一个。这和辛亥革命之前发生在南方的《苏报》案逮捕章炳麟和邹容，最后邹容牺牲，几乎如出一辙。这和以后民国初期同样作为报人的邵飘萍和林白水，在他们主持的《京报》和《社会日报》上，尊崇"说人话，不说鬼话；说真话，不说假话"的办报主张与人生信条，面对当时军阀的威胁而无所畏惧，乃至最后先后在北京天桥被军阀残杀，几乎也是一样的。因邵、林二人的死，相隔不到一百天，所以，当时有"萍水相逢百日间"一说。在革命的年代里，尽管握笔杆子的，要被握枪杆子的屠杀，但是，握枪杆子的离不开握笔杆子的。多少有些遗憾的是，如今我们还能够记住或提起章炳麟、邹容、邵飘萍和林白水，但是，还有多少人记得同样作为报界先驱的丁宝臣呢？

如今，走在宣南，尤其是面对大肆拆迁的地方，曾经创办过《正宗爱国报》的煤市街里马神庙胡同，已经找不到了，更找不到

《正宗爱国报》报社的遗址了，整条街巷变成了一条宽马路。站在这里，望着喧嚣的车水马龙，迎风怀想那已经逝去了百年的历史，会感受到即便已经面目皆非，但曾经激荡过的革命风云似乎还飘荡在这里。即便在浩如烟海的报纸中，《正宗爱国报》只是一张小报，它的主编丁宝臣，无论和当时他所生存的辛亥革命的背景中如孙中山等那些赫赫有名的大人物，还是和同为报界同仁的章炳麟、邹容、邵飘萍和林白水相比，都只是小人物，但是，他和他的《正宗爱国报》，还是应该存活在我们的记忆中。

　　想起他，我想起了在同盟会的机关报《民报》上，孙中山亲自为其写的发刊词里特别强调说，要使辛亥革命的民主与共和的理想"灌输于人心，而化为常识"。在为这一民主共和的理想而努力过的众多人物中，丁宝臣这样的小人物，同样起到了将这样的理想"灌输于人心，而化为常识"的作用。

　　面对历史，同样是一场逝去的过去，历史学家多是理性的，从中打捞上来的，如同鱼刺、兽骨和树根，显得多少有些硬巴巴，但是其中还有如同水草一样细小的、柔软的东西，别忘记一并打捞上来。在历史的缝隙之间，需要这样的东西填充、弥补和连接；在我们的记忆中，需要这样的小人物更亲切地告诉我们历史进程中那些大常识，是靠这样的小人物的努力、实践，乃至牺牲完成的。我们不该忘记他们，丁宝臣只是一个例子。

大师隐于市

那天午饭，正好有幸同张耀、王义均两位老先生在一起。他们可以说是一代名厨，都是国宝级的烹饪大师，今年，张先生86岁，是从牛街走出来的前辈；王先生79岁，是丰泽园老饭庄的主厨。如今，他们都已经退隐江湖，长闲有酒，一溪风月共清明，难得在餐厅里再见到他们的身影了。

在餐饮界干了一辈子，他们早已蜚声海内外。 张先生不仅自己是一代名师，还是那些名师的组织者和领导者，是宣武区烹饪学会的创始人，带领着那些名师总结一辈子积累下的经验，培养了无数下一代的厨师。北京首次烤鸭研讨会就是他组织的，他让四代烤鸭名师聚首，第一次将北京烤鸭从历史到技艺进行了规模性的学术研究；拥有三十多种菜品的"西瓜宴"也是他的首创，其他诸如"孔府菜"、"仿唐菜"等都包含了他的智慧与心血。

王先生师从鲁菜一代宗师牟长勋，在国内外拿过大奖，葱烧海参、烩乌鱼蛋、醋椒活鱼等丰泽园的看家菜，都是他的拿手绝活。当年，做国宴请他去，梅兰芳在世时，做家宴一定也要点名请他去；客座美国，牛刀小试，让外国人看得眼花缭乱，当地报纸称赞他的技艺简直是具有"魔术般的魅力"。

能够和这样的大师坐在一起吃饭，真的是长学问，他们是真正的知味之士，而且是知底人家，所谓变戏法瞒不过筛锣的，什么能瞒过他们的法眼呀？上来了一盘葱烧海参，张先生告诉我，海参一共有 13 个品种，过去葱烧海参的海参一定得用灰参，而且葱得先放进汤中熬出葱香味来备用，最后的海参你才能够吃出葱烧的味道来。而现在的葱都是后加上的，是为了让你看的。王先生是做这道菜的大师，他告诉我以前做这道菜，海参都是自己亲自挑亲自发的。那时候的认真与精细，只存在我们的想象中了。我问王先生现在还主灶吗？他摇摇头说早不去了。我又问在家您下厨吗？他笑着说在家倒还经常下厨。我心想他家里的人多美呀，可以经常享受大师级的美味佳肴。

大概因为两位老人见多识广，早已经是久经沧海难为水了，而我对于这一切都是外行，他们不住地为我布菜。王先生一定要我尝尝油爆肚仁，告诉我现在这道菜很难吃到了，当年马连良最爱吃这一口。张先生特别为我夹来一块牛尾，又为我夹来几片削得跟薄薄的纸片样的羊头肉，对我讲了关于羊头肉的一则轶闻：最早卖这肉的是羊头马家，那时候每天推着独轮车到廊房二条口那儿卖，每一个羊头都是他自己到屠宰场挨个挑的，几岁口的羊头才能要，格外讲究的，所以一天二十多个羊头一会儿就卖光了。每天只要他一去，围着的人特别多，都是为了看他削羊头肉的，他拿着一把弯月刀，从脖子的这边绕一个弯儿，一直削到另一边，扇面一样，真是绝了。看着张先生学着羊头马的动作，一个弯弯的弧度，缓慢而潇洒，恍惚跌进了往昔的岁月。

和他们在一起，让我不仅长学问，而且如沐春风，简直受宠若惊。他们的谦虚和平易，给我留下了深刻的印象。也许，各行各界都是一样，都是阎王好挡，小鬼难缠，越是半吊子，越是不可一世地到处糊人；越是学问大的大师，才越发地平易近人，亲切得就像邻家提着鸟笼遛弯儿碰见你和你寒暄的老大爷。

如今，也实在是大师泛滥的时代，教授和专家贬值，到处都冠以"著名"二字，如同蛐蛐的两根长须子，谁稍稍一挑逗，都能够立刻乍开，像是唱戏的名角抖动着头上的翎羽似的自以为是，而真正的大师却大隐隐于市。提起大师，张先生很谦虚地告诉我，清真菜的一代宗师褚连祥，那才是真正的大师。可惜，他死得早（58岁），解放前夕就去世了。张先生叹口气。张先生对我说他和褚连祥在牛街边的寿刘胡同里住街坊，当年褚连祥在御膳房里给慈禧太后做过菜，全羊席是他的招牌菜。他最大的贡献，是开创了清真菜的新品种，马连良鸭就是他的首创。他这个人好学好钻研，那时，西来顺饭庄是他开的，经常有人请他吃饭。汉民的饭菜他不吃，但他看，他听别人说，然后回去自己试着做，做好了，再请这些人来品尝，帮助他改进。汉民菜里的海鲜，原来清真菜里没有，他把海鲜带进了清真菜系，他的红烧鱼翅，色香味俱全，比当时有名的福全馆还有名。

感谢张先生让我知道了褚连祥，这是真正的大师。许多真正的大师，我们并不认识、并不了解，我们才容易被一些伪大师所忽悠，轻而易举地上了江湖郎中的当。

盛锡珊和吴德寅

　　盛锡珊和吴德寅两位差着 40 多岁。盛锡珊老先生今年 80 多了，而吴德寅才 40 多，可以说一位是爷爷辈，一位是孙子辈。两位谁也没有见过谁，但我相信他们的心一定是彼此相通的。

　　盛锡珊老先生专门描绘老北京风情的彩墨画，已经有 20 来年的历史了。老先生画的那 600 余幅画，画幅之多，影响之大，我敢说任何一位画家都赶不上。当年建筑大师张开济先生在《北京晚报》上看到了他的画，叹为观止，特意写文章称赞他的"这些作品为我们这些老北京人提供了一个机会来重温旧梦。以老北京为代表的中国的历史文化传统，源远流长，博大精深"。

　　吴德寅先生是玩雕塑的，眼下不如盛先生名气大，而且，学艺年头也短。近几年来钟情老北京风情的泥塑，是因为 1999 年企业倒闭，他下岗自谋职业，商海浮沉，几经颠簸之后，几乎在童年和他擦肩而过的泥塑，蓦然间如星花在眼前灿然一亮，便在冥冥中闯进了他人到中年的梦中和生活中，令他一发而不可收，一下子找到了自己人生的位置。泥人也有个土性，土性中也蕴含着艺术。他和他的泥塑在相互的揉搓中，互为发现，彼此搭档，成就了双方。谁言一点泥，解寄无边春。简单朴素不过的泥巴，给了他无边的快乐、无限的想象和无垠的创造空间。当然，更给了他在困境中的重生机遇。

我是前年春天在徐悲鸿纪念馆举办的盛锡珊画展"回望老北京"中，看到了老先生的大部分原作。那些老北京的老胡同、老字号、老戏园子、老牌楼、老城门，以及天桥艺人、厂甸庙会、市井人物等等风土人情，一一被老先生描绘得笔笔不凡，须眉毕现，仿佛时光倒流，昔日重现。真的是很钦佩，不仅佩服老先生的笔力，更佩服他的毅力和对老北京的熟稔和一往情深。

我是新年到来之前在南三环的一间狭窄的工作室里，看到吴德寅先生的"老北京风俗泥塑——旧京三百六十行"展览的。这里也是他的"老北京旧京风情泥塑"家庭博物馆。一个家庭可以有自己的博物馆，让我惊奇。在这里，泥巴富于灵性，老北京状若目前。他把老北京五行八作尽可能多的一一挖掘出来，有心分作"老北京交通篇"、"老北京娱乐篇"、"老北京商市篇"、"老北京饮食篇"、"老北京风情篇"和"老天桥八大怪"六大类，精雕细刻，琳琅满目，过手为真，触目成春，不少题材和盛老先生叠印重合，韵律相同，相互呼应一般，双打选手一样，构成了泥塑版和绘画版交相辉映的一幅老北京的清明上河图。

泥巴是吴德寅先生开车从一百多公里以外的蓟县专门挖来的，构思是从他的童年回忆、老人的传说、历史的材料里钩沉出来的，融入了他的想象，融入了他的心情，泥巴里才有了清晰可见的血脉，有了触手可感的弹性，有了灼人氤氲的温度。他完全是自学成材，没有上过美术学院，却有美术学院专门学雕塑的学生，专门来观看了他的泥塑，都要向他学习。许多富有生命力的艺术，其实不见得都在美术馆或拍卖行那样居庙堂之高，而从来都是会处江湖之远，藏之民间的。

　　于是，年龄便不是问题，时间更不是问题，再遥远的老北京，那些逝去再久的风情风貌，也会长上腿一样，不请自到，纷至沓来。在盛锡珊和吴德寅二位的手中，一样的古砚聚墨，泥水留香，一样的五百年前旧酒楼，八千里外狂渔父，一起奔至眼前，将那一份对于古都旧城浓得化不开的情怀和寄托，都倾洒在自己的作品中。只不过，盛老先生用的是水墨，而吴晚辈用的是自幼喜爱的泥巴，在执著回溯老北京的途中，他们不期而遇，邂逅相逢。

《侠隐》和张北海

　　偶读旅美作家张北海先生的长篇小说《侠隐》，里面写了老北京许多胡同和四合院，他怀念"一溜溜灰房，街边儿的大槐树，洒得满地的落蕊，大院墙头儿上爬出来的蓝蓝白白的喇叭花儿，一阵阵的蝉鸣，胡同口儿上等客人的那些洋车，板凳上抽着烟袋锅儿晒太阳的老头儿，路边的果子摊儿……"那种地道的老北京景象，远离故土的游子的怀念，让我对这个陌生的名字和小说感兴趣。

　　武侠不是这部小说的内核，而只是外壳，就像砸开一枚核桃纹路密实又坚实的壳，里面藏着的是喷香绵软而富于纯真油脂味道的桃仁。读完张北海的长篇小说《侠隐》（上海人民出版社2007年4月版），久久弥漫在我心头的，是这样的感觉。

　　就小说写法而言，并不是新潮笔触。青年侠客李天然去国五年，在美国整容之后以"海归派"的形象，焕然一新出现在北京城，穿街走巷，上天入地，出神入化，为师傅复仇。故事最后在抗战烽火里将个人家仇融合在爱国情怀之中，也不是什么新奇的构架。一部《侠隐》却让作者写得从容不迫，丝丝入扣，就像老太太絮的棉被，将饱含着阳光温度与味道的新棉花，不紧不慢地一层一层絮了进去，絮得那样妥帖，富有弹性，绵绵软软。读每一章节，都像躺在这床棉被上那样舒服惬意，更重要的是，它里面充满的是如同母亲絮进去的情感，临行密密缝，意恐迟迟归。

对于大陆读者，《侠隐》的作者张北海还比较陌生。这位出生于北京，13岁就离开北京开始海外漂泊的游子经历，是这部小说的背景与底色。确实，距离产生美，在遥远的思念、回忆和想象中写成的小说，才会如陈年的酒。因此，小说所弥散的味道、感觉，都是作者对母亲、对故土挥之不去的情感。侠之隐去，浮出水面的，是老北京浓郁的风土人情；浮上心头的，是作者无法掩饰的怀旧之情。武侠只是小说的外化，最后沉淀而结晶的是这份沉甸甸的情感。

看来，艺术只有变化，没有进化。形式的新旧并不能主宰一切，在唯新是举的潮流面前，《侠隐》显现出久违了的扎实笔触与沉稳心迹、干净的文字和严谨老道的叙事方式。特别是意在笔先，认真做足了功课，书中稔熟于心地融入了大量的老北京地理（从前门火车站到干面胡同、烟袋胡同到东斯隆福寺到海淀县城、圆明园、什刹海）和民俗民风（从中秋节到元宵节到端午节）。比如写雪还没化榆树发芽时分吃的那春饼，以及端午节将菖蒲、艾草和黄纸竹纱纸上的印符一起扔出门外的那"扔灾"的描写，真的是地道，那么韵味醇厚，精描细刻，宛若一帧墨迹淋漓的水墨画，或者说如小说中巧红裁剪合体、做工精到的那一袭袅袅婷婷的京式旗袍。

《侠隐》重新展示了中国传统小说创作的魅力和潜力。它的白描，它的细节，它的人物出场、高潮处理，包括它的那些让你会心会意的巧合——可以看出中国传统小说的影子，依然是那样的根深叶茂，婆娑多姿。

　　自老舍和林海音先生之后，虽有刘心武《钟鼓楼》、叶广芩《全家福》等的努力，老北京再未能以艺术巅峰状态呈现在我们的小说创作之中。我们并未出现如雨果一样写巴黎、如索尔·贝娄一样写芝加哥这样大都市的出色作家与小说。作为一座世界闻名而罕见的古都，老北京蕴含的艺术魅力与潜力以及丰富的矿藏，远未被我们的小说家洞悉并重新谦恭地弯腰拾起，如张北海一样有着如此文学的自觉。特别是在老北京面对推土机的轰鸣，老街巷老宅院在"拆"字下大片消失的今天，如张北海一样的写作，显得越发弥足珍贵。在现实的天地里，老北京渐行渐远，在小说的世界里，老北京魅力永存而且愈加彰显。海外作家张北海《侠隐》一书在内地的出版，便给我们本土作家一点启发和压力，当然，也包含一份期待。期待在老北京的艺术天地中，能够多几个李天然前来潇洒打擂一展拳脚。

如何面对梁思成塑像

偌大的北京城，早就应该有不止一尊梁思成的塑像才是。但北京是一座没有什么雕塑传统的城市，拙劣的雕塑败坏着城市的风景，没有像样的，不滥竽充数也是对梁思成的尊敬。如今，在梁思成诞辰110周年和清华百年校庆的日子里，终于，在清华园矗立起他的一尊像样的塑像。无疑，这是对梁先生的一份难得的纪念。

不知道北京人日后该如何面对他的塑像。还有什么人物比他对老北京城的保护更富有远见卓识而又一言难尽吗？

我想起去年日本奈良也曾经矗立起梁思成的一尊塑像，那是为了纪念他在二战期间保护古都免于轰炸。立在那里，他看见他保护下的一座古都，依然古貌犹存。如今，他立在了清华园里，北京古城近在眼前，他看到的又是什么呢？

1948年的年底，两位解放军带着一张北京城的军用地图，进入清华园，找到梁思成，请梁先生标出重要的古建筑，以避免炮火的轰炸。可是，我们进入这种需要我们保护的这座城市之后，避免了战火，却未能够避免我们自己双手的毁坏。这实在有些以子之矛攻子之盾的困惑。我们辜负了梁思成的一份拳拳之心。今天，面对他的塑像，我们有勇气和良知，回顾历史，面对历史，反思历史，而垂下我们的头吗？

我们与1950年梁思成和陈占祥的"梁陈方案"失之交臂，是我们幼稚，或者受制于苏联老大哥的影响，我们识不得良玉珍珠，更不懂得珍爱这样的无价之宝。那个关于中央人民政府中心区位置的建议，东起月坛，西至公主坟，北至动物园，南到莲花池。至今水落石出一般，越发清晰地证明这是一个多么富于远见的方案。他替我们制定了，替我们规划了，替我们描绘了。我们对他做了什么呢？

我们都说，我们错过了整体保护北京旧城的历史机遇。时过境迁之后，我们马后炮一样对梁思成充满了愧疚，把他写进了中学的课本里，但是，我们却言行不一，继续违背着他曾经为我们描绘过的蓝图。否则，我们无法解释，为什么又开始了新一轮的对老北京旧城的破坏，允许地产商和推土机在已经残缺不全的旧城上肆意地大拆大建呢？如果说前者已无可追回，但旧城区的大拆大建却就是发生在近几年的事情呀。就在眼下，我们一边为全世界独一无二的北京城中轴线申遗，一边正还在对中轴线旁边的粉房街和大吉片大动干戈，在中轴线东侧大建一批假景观。不仅北京如此，神州大地，多少古城都在大拆大建。我们健忘，完全无视梁思成的存在，无视他曾经给予过我们的那些振聋发聩的建议和思想。

是的，我们一再背叛梁思成。早在1947年，梁先生就发表了《北平文物必须整理与保护》。新中国成立以后，他也一再陈情相告：北京城的整个形制既是历史上可贵的孤例，又是艺术上的杰作，城内外许多建筑是各个历史的至宝。它们综合起来是一个庞大的"历史艺术陈列馆"。同时，他特别指出，承袭了祖先留下的这一笔古今中外独一无二的遗产，对于保护它的责任，是我们这一代人绝不能推诿的。他还对我们强调：北京旧城区是保留着中国古代规制，具有都市规划的完整艺术实物。这个特征在世界上是罕见无比的，需要保护好这一文物环境。

半个多世纪过去了，我们真正认知了他的这一思想了吗？传承下他对于北京古城的这一份情感了吗？我们是把这座城市，真的当成了"孤例"、"杰作"、"至宝"和"历史艺术陈列馆"来对待了吗？是把旧城区看做了"完整艺术实物"，在"世界上是罕见无比"的，需要把它当做"文物环境"一样保护了吗？如果我们不是仅仅把它当做一种修辞，当做一层粉底霜，而是真的这样认同的话，为什么让北京旧城越来越多地出现了一片瓦砾，代之而起的是一片商业楼盘？那么，我们对于他所说的保护这座城市不可推诿的责任，又尽到了多少呢？

建起一座塑像是容易的，检点我们自己，反思我们自己，并不那么容易。我们拥有过一座美丽的古都，我们拥有过一位为我们这座古都审视并规划了未来的远见者和思想者，我们的自以为是，让我们都没有懂得珍惜。在这样的时候，清华园矗立起他的塑像，或许带有一丝悲剧的意味。当然，也可以这样说，是有意地再一次提醒我们，保护这座古都刻不容缓，责任依然不可推诿。我们需要纪念他的塑像，更需要纪念他的行动。

如何纪念老舍先生

纪念老舍先生诞辰 110 周年的日子里，他的作品一下子流行起来，热闹了起来。舞台上，今年年初，北京人艺将老舍先生的《骆驼祥子》、《龙须沟》、《茶馆》三部剧作重新搬上舞台；电视屏幕里，新版《四世同堂》刚播完，紧接着《龙须沟》又粉墨登场。无疑这都是对老舍先生最好的纪念。在称赞的同时，需要对几部作品作一番比较，看看其成败得失，更看看我们应该如何纪念老舍先生才是。

说起这三部话剧，我不禁对人艺艺术家精彩的演出由衷地敬佩，看得出他们不满足于以往曾经深深刻印下的前车与后辙，而希望以自己重新的演绎，努力接近并还原一个真实的老舍先生。

看完这三部话剧之后，还有一个由衷的感慨，那就是老舍先生真的是厉害。孙犁先生曾论说作家生死两态：人生舞台，曲不终，而人已不见；或曲已终，而仍见人。显然，老舍先生属于令人尊敬的后者。无论作为小说家，还是作为剧作家，在中国的文学史上，还真的很少有人能够与之匹敌。一个作家，在他逝世四十余年之后，还能有如此之多如此之富于生命力的作品活跃在今天的舞台上，和我们呼吸与共，心息相通，老舍先生是不朽的。

　　无疑，在这三部剧作中，《茶馆》是老舍先生的扛鼎之作，也是人艺拿捏得最为炉火纯青的精品。其高度概括的艺术力、气势宏大的叙述力，浓缩人生、人性和历史、时代；其丰富生动的语言、新颖别致的形式，开创话剧舞台创新之风。它是老舍先生内心深处艺术风光旖旎的一块风水宝地。新一代人艺的演出者，是踩在老舍如此辉煌的剧本之上和于是之等前辈艺术家的肩膀之上，他们的理解、创造和发挥，得益于此。最接近老舍先生，也最能够还原老舍先生的，是这部《茶馆》。看完《茶馆》，看见大幕之上远远地站着老舍先生。

　　演出结束之后，走在散场人群中，我听到一位观众朋友的话：温总理刚刚讲完让咱们老百姓活得有尊严，这出戏可是让咱们看到了什么叫活得没尊严。

　　他的话令我心头一震。是因为有总理的话在先，《茶馆》这出戏便也打上了尊严的烙印？或者是王掌柜重新挂上了一块新的招牌？我看，无论王掌柜，还是演员和导演，倒未必如这位观众一样，真的是为了呼应这一点。但是，这位观众的话，应该引起我们的深思。以往，我们谈及人艺的风格，都愿意说是北京味儿。没错，地道的北京味儿已经成了人艺醒目的特色。只是，我以为，北京味儿似乎还概括不了人艺的风格，或者说人艺的风格不应该止步于此。就像北京王致和的臭豆腐，其独特的臭味，并不能完全概括其风格，还得是豆腐本身，才能让人体味到更为丰富的滋味和内容。

　　在我看来，半个多世纪以来人艺上演的剧目，凡优秀的能传下来的剧目，莫不是这位观众所说的表达了人的尊严的主题，除《茶馆》外，再如老舍先生的《骆驼祥子》，再如后来何冀平的《天下第一楼》等。只是，基本上都是表达了在特定的历史时期，人的尊严的沦落和丧失。它们把底层小人物的命运的悲哀，抒发得淋漓尽致。应该说，这一点上，谁也没有人艺演出得出色。

记得最开始演出《茶馆》的时候，曾经有人建议加强人物的革命性，即让人的尊严更为主动地争取和发扬光大。老舍先生曾经明确地表达了自己的意见："有人认为此剧的故事性不强，并且建议，用康顺子的遭遇和康大力的革命为主，去发展剧情，可能比我写的更像戏剧。我感谢这种建议，可是不能采用，因为那么一来，我的葬送三个时代的目的就难达到了。"

老舍先生说的三个时代，即剧中三幕分别写到的清末戊戌变法、军阀混战和日本侵占北平这样横跨五十年历史的时代。三个时代的葬送，是以小人物尊严的沦丧为昂贵代价的。看三个老头蹒跚在台上撒纸钱，祭奠自己和那些被埋葬的时代，真的是道出了那个时代小人物尊严的被践踏和无处藏身的悲凉。所以。老舍先生说《茶馆》这出戏就是"用这些小人物怎么活着和怎么死的，来说明那些时代的啼笑皆非的形形色色"。这些小人物怎么活着和怎么死的？一句话，是没有尊严地活着和没尊严地死的。

当年《茶馆》曾经一度引起演出风波，周总理出面才又复演的。周总理说：这样的戏应该演，应该叫新社会的青年知道，旧社会是多么的可怕。现在，还应该再加上一句：人们活得又是多么的没有尊严。

这正是复排《茶馆》的现实意义。它从艺术的一个侧面告诉我们，对于中国老百姓，尊严的话题，曾经实在是太沉重，老舍的《茶馆》经过了三个时代半个世纪的颠簸，尊严还是谈不上；新中国成立60多年了，如今仍要强调尊严，说明我们的尊严的问题，仍然没有完全得到解决，依然是我们全民族的愿景之一。

从这个意义上来回顾、展望或探讨人艺的风格的形成和发展，我们可以看到，人艺凭借老舍先生剧目的带领，确实是独领风骚地演绎了中国老百姓丧失尊严的过程以及历史成因，让我们看到了生动的形象、人物的命运，进而触摸历史、触动心灵。但是，也应该看到，人艺并没有很好地或者有意识地展现人们为实现自身尊严而奋斗的艰辛的历程，为我们塑造区别于老舍先生《茶馆》的新的人物形象。尽管人艺曾经付出极大的努力，比如新排的《窝头会馆》，以及几次复排的《鸟人》，还有以前曾经演出过的《狗儿爷涅槃》等剧目。比如，他们在《窝头会馆》里加进了在《茶馆》里老舍先生坚持不用的进步学生（这是当年张光年先生的建议），《鸟人》里增添了新笔墨，以荒诞的色调写鸟人三爷，触及到了争取尊严这一主题。但是，无论是戏剧形式，还是人物塑造、语言模式，基本上没有完全跳出老舍先生的《茶馆》而走得更远。

也就是说，人艺风格真正的形成和发展，还有更远的路要走。老本可以继续吃，尊严丧失的小人物的悲剧还可以接着演，但是，需要有新的剧目，特别是续上《茶馆》的香火，完成人们在新时代的现实生活中努力争取尊严的新的人物形象的塑造，让他们出现在我们的舞台上。特别是艺术地实现总理之前所说的这个"尊严"所包含的政治与经济的含义：即第一，每个公民在宪法和法律规定的范围内，都享有宪法和法律赋予的自由和权利；第二，国家的发展，最终目的是为了满足人民群众日益增长的物质文化需求；第三，整个社会的全面发展，必须以每个人的发展为前提。这实在是个大主题，大剧目，大制作。从这个意义上看，再次复排《茶馆》，才不仅是一次怀旧，而有可能成为人艺开创新局面的一个序幕。

　　《骆驼祥子》是人艺对于老舍先生小说的改编，体现了一个时代对于艺术与人性的理解和规范。删繁就简的改写，特别是删去了祥子和虎妞婚后的矛盾和冲突，以及对虎妞和祥子形象的改造，特别是删去祥子最后的堕落，小福子的自杀，人物干净了，单纯了，却缺少了原著的复杂，缺少了老舍先生所展现的人性的高度和心理的深度，和作为小说家的老舍笔下的冷酷和不可遏止的对人物的解剖和对艺术的追求。老舍先生认为《骆驼祥子》是他的重头戏，好比谭叫天唱的《定军山》。现在来看人艺新一版的《骆驼祥子》，虽然有舞台全新的调度、演员青春的演绎，令人耳目一新，却似乎并没有比 20 世纪 50 年代和粉碎"四人帮"后的演出走得更远，依然轻车熟路地延续着旧有的惯性思维与方式，多少让我有些不满足。

　　当然，这样的删削，是一代艺术和艺术家的局限和无奈。1955年新版《骆驼祥子》，老舍先生自己也删削了小说最后的一章半，并获得当时文艺界的好评。日本汉学家老舍研究者杉本达夫说过，老舍有阴阳两面，阳的一面是保持自己原型不变的老舍，阴的一面是自觉不自觉地脱离了自己原型的老舍。他还说一个老百姓的老舍和一个知识分子的老舍，一个谁来订货就拿货给谁的写家和一个灵魂深处呼唤主题的作家，一直矛盾着冲突着。今天，在演出的老舍先生的这三个剧中，我以为人艺艺术家最能施展艺术天地的，是《骆驼祥子》。因此，我特别期待人艺对于《骆驼祥子》的演出版本有大刀阔斧的创新，能够更为自觉努力地还原一个真实而伟大的老舍先生。

最难演的是《龙须沟》，导演心里很明白。 我看戏的那晚顾威先生一直站在剧场的最后，多少有些紧张地看观众的反应。尽管他一再强调这部戏定位于重寻人的尊严，让程疯子重返舞台的心理线与行动线去淡化修沟的外部戏剧动作，努力向老舍先生当年的真诚、真实与艺术靠近，或者说努力想还原一个真实与艺术的老舍。但是，老舍先生自己清醒得很，他早在写剧本之时就清楚：一，缺乏故事性；二，缺乏人物在日常生活中的描写。所以，他说："在我的二十多年的写作经验中，写《龙须沟》是最大的冒险。"显然，近 60 年后的重新冒险，让我们看到的是老舍先生和人艺艺术家内心不可为而为之的另一侧面，是政治与艺术的热情探索、交融、试水与博弈。尽管演程疯子的杨立新尽力尽心，演出后不止一位观众感慨地说他的戏份太少，勉为其难。

再说电视剧《龙须沟》。前面已经提过老舍先生自己说过的话："在我的二十多年的写作经验中，写《龙须沟》是最大的冒险。"同时，老舍先生自己又特别指出《龙须沟》："须是本短剧，至多三幕，因为越长越难写。"由李成儒执导并主演的电视剧《龙须沟》铺排成了 30 集，肯定是李对老舍先生怀有感情，并且是知难而上。

只是，李成儒执著并标榜的北京味儿，并不能支撑起这样庞大的铺排；更重要的，所谓地道的北京味儿，并非老舍先生的唯一和精髓。

在创作《龙须沟》的时候，对其中的人物，老舍先生曾经明确地说过："刘巡长大致就是《我这一辈子》中的人物。"丁四就是《骆驼祥子》里的祥子，"丁四可比祥子复杂，他可好可坏，一阵明白，一阵糊涂……事不顺心就往下坡溜"。老舍先生没有说程疯子来源于谁，但应该是他在 1948 年至 1949 年创作的长篇小说《鼓书艺人》里的方宝庆，如今电视剧里的程疯子也叫宝庆，看来也是顺着那一脉繁衍而下的。

问题是，电视剧里的这几位重要人物都与老舍先生的作品相去甚远，肆意地编排，远离了老舍先生对时代的认知和对艺术的把握。以程疯子为例，如果说他的前史确实来自方宝庆，如今却已经找不到一点儿《鼓书艺人》里的方宝庆的影子了。电视剧《龙须沟》和电视剧《四世同堂》一样，过多地加重了人物抗争和革命的色彩，这当然没什么不好，却有些置老舍先生的文本于不顾，说不客气点儿，有些把老舍先生当成一件光鲜的衣裳披在自己自以为是的身上，但这已经不是老舍先生本人了。

小说里写到的方宝庆，其性格老舍先生说是"世故圆滑，爱奉承人，抽冷子还要手腕"。当然，这是社会使然，为生存所迫，他是属于被侮辱被损害的人。他也抗争，也和革命者孟良接触并受其影响，但写得都很有分寸，没有离开作为艺人说书生涯和作为父亲和养女秀莲关系的范畴。他最大的愿望是建书场，办艺校，就是卖艺不卖身，"'你不自轻自贱，人家就不能看轻你。'这句话可以编进大鼓词儿里去"。他的抗争和革命，便与他和秀莲的残酷命运，与其愿望的无情破灭，这样两条线息息相关，体现了老舍先生现实主义的非凡笔力。

如果电视剧能沿着这样的脉络和根系铺排发展与改编，表现旧社会如何一步步把这样一个艺人逼疯，而在新社会使其重新焕发艺术的青春，实现了其苦求的愿望，那也可能会是一部不错的作品。可惜，电视剧里的程疯子基本上偏离了这两条线，外加上为抓写报道的进步学生孙新而将程疯子抓进牢房，程疯子为找地下党而给丁四下跪等情节，和走得更远的丁四袭击美国大兵、偷拉孙新出城等情节一样，背离了人物的性格。而且，这使得对立面黑旋风等反派人物完全脸谱化、漫画化，将蕴含着深刻而丰富的社会和人性内涵的老舍先生的作品简化和矮化了。

至于增添的周旅长的太太和京剧演员杨喜奎的戏份，走的则是张恨水先生《啼笑姻缘》的路子，更是和老舍先生大相径庭。

这就牵扯到对于老舍先生的理解。老舍先生的作品延续着他一以贯之的对下层百姓的世事人情的真实描摹，揭示世道与人心两方面：既有对于不合理的世道的抗争和未来新生活的企盼，同时也有对人心即国民精神自身的批判和期待。无论程疯子和方宝庆，丁四和祥子，并非完全同属一人，前后所处的时代也不完全一样，但他们的性格是前后一致的，老舍先生对他们的认知是一致的，可以编排演绎出新的情节和主题变化来，但不该太离谱太随心所欲，或为迎合今日的需求而李代桃僵。

对老舍先生的尊重，首先应该是对其作品的尊重，改编其作品尤其要体现这种尊重。老舍先生不是一块肥肉，可以任我们由着性子为我所需地随意切割，然后猛添加辅料和佐料，烹炒出我们自己口味的一道杂合菜，还非得报出菜名说是老舍先生的。

于是之和一个时代

于是之踏雪驾鹤而去，与他共生、影响他并也受到他影响的话剧艺术的一个时代——特别是北京人艺的一个时代，已经彻底结束了。

作为演员，他创造的一个个鲜活紧接地气的角色，特别是《茶馆》的王掌柜，不仅迄今无人匹敌，更重要的是，他是富于北京味和平民气质的人艺风格的开创者和奠基者。正因为有这样的艺术品质，他才能将老舍最难演被老舍自己称之为"最大的冒险"的《龙须沟》，点石成金获得成功。他让程疯子重返舞台的心理线与行动线，去淡化修沟的勉为其难的外部戏剧动作，努力而真诚地向艺术靠近。如今，我们提到人艺，会想到很多这样出色的老演员，排在第一位的无疑是于是之。在表演艺术方面，他堪称中国的斯坦尼和丹钦科。

但是，我要说，于是之对于北京人艺乃至中国话剧艺术更大的贡献，不仅仅在于表演，还在于他对于年轻一代艺术家富于远见的鼎力支持。在 20 世纪 80 年代历史转折期，北京人艺是中国话剧复兴的重地，当之无愧地成为那个除旧布新时代中国话剧的风向标。那时候是于是之和人艺主要的领导人曹禺、赵起扬等有识之士和对中国话剧的知味之士，起到了关键的作用。无论是话剧艺术新探索的先锋之作《绝对信号》（1982 年），还是触及现实的《小井胡同》（1983 年）和《狗儿爷涅槃》（1986 年），抑或对《茶馆》形似并神似地拟仿最成功的《天下第一楼》（1988 年），乃至再后面 90 年代初出现的《鸟人》，没有一部不是浸透着于是之真诚而付出过代价的支持。

我的同学、已故剧作家李龙云，是《小井胡同》的作者，在该剧上演前后的沉浮磨砺之中，陪伴他绞尽脑汁应付那个变幻风云的时代与莫测人心，一次次地改写和补写剧本，一起患难与共的是于是之。而那时，于是之被诬为"幕后黑手"，顶着压力艰难而为。《小井胡同》之后，建议并鼓励李龙云将老舍的《正红旗下》改编成剧本的，依然是于是之。为此，于是之不仅用毛笔给李龙云写下一封封长信，还为李龙云借相关的剧本《临川梦》，并渴望出演剧中的老舍。即使病倒，依然如此，躺在病床上，手里还拿着《正红旗下》的剧本。

这是于是之的心力、能力和定力，也是他的魅力，同时更体现了他的影响力。所以，在他卧病在床 20 年中，即使无法再走上舞台，他的影子仍然如浓郁的绿荫，倾洒在人艺的舞台和观众的心中，并将这绿荫覆盖在很多年轻的导演与剧作家的身上。如果说，北京人艺是于是之的人艺，可能有些过，但说于是之是人艺的一支重要的台柱，应该是恰如其分的。是他和老一辈艺术家支撑起人艺的艺术大厦，并为这大厦镌刻下了最美最有分量的老匾额。

我和于是之从未谋面，20 世纪 80 年代末，北京有关方面曾经找我写于是之传，当时我手头正忙，也想着来日方长。谁想没过多久，于是之病倒，我和他失之交臂。我只是在舞台上看他出演的角色，距离更加产生魅力。在舞台上，他更显得风清水秀，摆脱尘世之扰，融入艺术之境，他和艺术彼此成就。他为舞台而奉献，舞台为他而救赎。想想 21 年前他突然病倒便一病不起，该有多少未竟的遗憾和对世俗难言的无奈。只有在舞台上，他才焕发一新，成为想成为的人，心地澄净透明，没有任何杂质甚至一点渣滓，就像当年朱自清所说的那种"没有层叠的历史所造成的单纯"。在如今的艺术中，这样的心地和品质，该是多么的难得，多么的令人向往。

于是之曾经写过这样的一句诗："山中除夕无别事，插了梅花便过年。"我非常喜欢，这句诗是于是之单纯透明的注脚。只是，这种无论做人还是从艺的境界，已为我们如今的艺术所稀缺。由历史和现实交织而成的层叠的挤压，雾霾一样遮蔽着越来越世俗的我们。蛇年的春节就到了，就让于是之去天堂插一枝梅花清清静静地过年吧。

八十年代北京人艺

　　20世纪80年代初，我在中央戏剧学院读书并任教。那时候，常常去两个地方，一个是新街口小西天的电影资料馆，一个便是北京人民艺术剧院，去前者是看那时候不公演的外国电影，去后者是看话剧。人艺就在王府井北，离位于棉花胡同的戏剧学院很近，更属于近水楼台。

　　那个时候，北京人艺是中国话剧复兴的重地。在北京，那时还有儿艺和实验话剧院等话剧院，但坦率地说，都无法和人艺兴旺的人气儿抗衡。人艺当之无愧地成为那个除旧布新时代中国话剧的风向标。应该感谢那时候北京人艺主要的领导人曹禺、赵起扬、于是之等有识之士，他们经过解放前后几十年的风雨颠簸，深知其中甘苦和水深水浅。 可以说，他们是中国话剧的知味之士。又恰逢"四人帮"粉碎之后的变革之风劲吹，好风凭借力，正可以一展身手，轻舟万里。

　　现在回忆起来，那时候人艺演出的话剧，留给我深刻印象的，主要是这样几个方面：

　　一是直面现实而反思历史之作。70年代末，《丹心谱》的公演，是人艺重张旧帜的开山之作，虽在时间上比上海的《于无声

处》稍晚，但同属于一类话剧，是和当时小说《班主任》一样，对
文革进行控诉和反思，同时又有对于周恩来总理的缅怀和对"四人
帮"的斗争的情景，颇能打动当时的观众，引起即时性的共鸣。沿
着这样的创作之路，80 年代，人艺的《小井胡同》（1983 年）和
《狗儿爷涅槃》（1986 年）先后问世，一为城市，一为农村，触角
敏锐，覆盖面宽泛，影响颇大。

　　《小井胡同》从解放前夕，一直勾连大跃进、"文革"和粉碎
"四人帮"，描述了北京南城一条古老街巷里普通百姓的跌宕生活
和命运变迁。《狗儿爷涅槃》也是以民国到解放以后这些年动荡的
历史为背景，演绎了一个农民追求土地与财富的坎坷的一生和复杂
的心路历程。可以看出，这样对于现实的热情和对于历史的反思，
延续着《丹心谱》这一脉创作的路数。但是，比起《丹心谱》直白
而急切的表露，显得要更为深入。它们已经不满足于对于政治简单
的诉说和直接的反弹，不满意人物形象的理念化、符号化和类型
化，而是企图深入人物的内心，力求让人物性格和精神世界的发展
与变化，和历史的情境相融合，从而使得人物的内心世界更丰富，
人物的性格更复杂，这足见人艺当时以话剧与时代共生的气魄。应
该说，这是人艺话剧也是中国话剧赖以生存并赢得观众的命脉和魂
灵。这一景象，连接着人艺 50 年代至 60 年代初期的传统，同时延
续着五四以来作为新生形式的中国话剧的血统。

　　二是话剧艺术新的探索的先锋之作。1982 年上演的《绝对信
号》无疑揭开了中国话剧的崭新一幕。它不仅开中国小剧场话剧之
先河，更是在表、导演及舞美、音响等诸多方面，进行了大胆而有
益的实验。舞台空间完全被打破，演员和观众近在咫尺情不自禁地
直接交流，现在进行时态和过去时态以及跳进跳出的幻觉，交织成

一幅云锦般的绚丽多姿和水一般肆意流淌的舞台状态，还有那既是货车的守卫又是新房又是溪水的中国古典戏曲的虚拟手法的运用，都让人耳目一新，叹为观止。那是那时候我们走出剧场依然令我们激动万分的情景，也是挂在我们嘴边的时髦话题。以后，接着在小剧场上演的《车站》，依然运用了和《绝对信号》中火车同样的象征手法，和更新一步荒诞派的演绎：荒废的车站，十年的等待戈多一般的等待，这都让我看到了刚刚翻译过来的贝克特、尤涅斯库的剧本中的影子。这是一部新颖的多声部的戏剧之交响，契合着当时人们对于刚刚逝去的时代的认知和对未来新生活的期盼的心理，满足了人们对于新的艺术形式和新生活交织在一起的渴望，显示出当时人艺对于新时代现实生活的投入，和拥抱新的艺术形式的热情。

三是一批新的外国戏剧。以 1983 年美国剧作家阿瑟·米勒的《推销员之死》为代表，先后上演了《洋麻将》、《哗变》、《屠夫》、《贵妇还乡》等一系列优秀的外国话剧。尽管在"文革"之前，人艺也曾经演出过外国戏剧，但这时候更成阵势，更为精彩，更能影响本土的话剧创作。因此，这样一批外国话剧的轮番披挂上阵，彰显了人艺艺术的多样性和追求的自觉性，使得人艺并非仅仅是一条演绎京味话剧的单行线。

特别值得一提的是《推销员之死》，它是人艺演绎外国戏剧的一次具有划时代意义的华丽转身。1983 年，和人艺本土演出的话剧基本同步，他们双管齐下，左牵黄，右擎苍，自主和引进并举。他们请阿瑟·米勒到北京亲自导演这部话剧，带给人艺一种全新的体验和理念。起码在我看来，那是那一年人艺的一桩大事，也是中国话剧的一桩大事。那种打破传统舞台的空间和时间的概念，那种在不断的往事回忆中的倒叙和插叙，频繁的现实与过去乃至幻觉的交织，舞台上的情景不再是随布景道具的转换，而是境由心转的自然衔接，都让我觉得和《绝对信号》互为镜像。它又并非仅仅处于现代派花样繁多的眼花缭乱状态，而是极其现实主义地深刻勾勒出一个小推销员悲惨的一生和复杂的命运，直接下连着《狗儿爷涅槃》。

再一个是人艺经典老剧，以老舍的《茶馆》和曹禺的《雷雨》为代表。这些在五六十年代经久不衰的人艺老剧目的重出江湖，在80年代，带有对一批老艺术家落实政策和拨乱反正的特定的历史意义。这样一批老剧目是人艺的一笔财富，也是人艺的一个包袱。只不过，在80年代，老剧复出的历史意义和新鲜感过于醒目，并激越人心，其包袱的一面尚未显山露水，便使得我和人艺一起沉浸在"旧交青山在，壮志白发同"的喜相逢之中。

综述了以上四个方面的话剧，人艺在80年代对于中国话剧的贡献，已经一目了然，可以说无可匹敌。也可以说，这是人艺的白金时代，是人艺迄今为止尚未超越的时代。

如果允许我再进一步说的话，这个时代人艺的意义，概括为两点，即对现实的关注和对艺术的探索的热情和信心，也可以说是心无旁骛剔除干扰的赤子之心。这实在是难得的，特别是当下被权力和商业所包围的现实所缺乏的。在90年代，人艺还有诸如《鸟人》等一些触及现实的剧作，但到了新世纪以来，这样的剧作越来越少，除了翻炒老戏之外，还有一些应景之作，都多少有损人艺的形象。即便今年人艺庆祝自己成立60年的辉煌之作《甲子园》，不过是延续了那种全明星电影大制作的方式，成为了自己的一个联欢会式的演出。应人艺之邀而创作该剧的剧作者，尽管是我在中央戏剧学院的同班同学，但我依然很是惋惜。想起前苏联的音乐家肖斯塔科维奇，在他辉煌的第七交响曲之后，他没有按照上面的精神进一步唱响反法西斯胜利中对斯大林的赞歌，却将第八交响曲写成自己的"安魂曲"。谈到这一点时，他特别强调："交响乐很少是为订货而写的。"交响乐如此，话剧也应该如此。

在艺术的探索方面，80年代的人艺，真的令人怀念和向往。它所迈出的步伐，可以说是空前的，不敢说是绝后，却是至今尚未被超越的。它的意义，在于以人艺为首所代表的是中国话剧新时代的标志。正如美国20年代奥尼尔的话剧黄金时代结束之后，是经历了漫长的时间之后，以阿瑟·米勒为代表的新话剧出现，才成为美国话剧复兴的标志一样。因此，80年代，人艺在这方面的努力和贡献，极富时代意义，特别值得一说。

在我看来，人艺的艺术探索，一直是在对西方话剧艺术的学习和对老舍本土话剧形式的突破，这两方面进行努力的。在80年代，可以看出，人艺的胆识和气魄以及包容之心，都是惹人瞩目的。但是，也可以明显地看出，在80年代，人艺，或者说中国话剧的整体方略，寻求话剧艺术变革的路数，基本上还是向西方觅得天火以点燃自己的话剧庙堂里的烛火。这对于"五四"时期才从西方"舶来"的中国话剧而言，是必然的，也是最容易接受并实现的。《绝对信号》和《车站》，有着浓重的法国荒诞派的影子，便是再正常不过的了。尽管在《绝对信号》里出现了中国古典戏曲的虚拟的手法，可惜，未能被充分重视并进一步发扬光大。这是最让我感到遗憾的。

也就是说，在打破了斯坦尼一统天下，拥有了布莱希特、贝克特、阿瑟米勒之后，如何进一步建立中国特色的话剧艺术，从80年代伊始，就是人艺的一种自觉的修行，也是人艺的一种难解的困惑。

提及中国特色的话剧，便会想起 60 年代的老舍和人艺。它是作为剧作家老舍和导演焦菊隐、演员于是之等艺术家，与人艺的共同的艺术结晶，是人艺更是中国话剧艺术的宝贵财富。老舍的《茶馆》已经是人艺的镇宅之宝，却也如"泰山石敢当"的碑石一样，成为了人们绕不过去的一道坎儿。"茶馆模式"几乎成为了人艺风格的代名词。人艺的不止一部话剧，依然宿命般沿着老舍编年史体的《茶馆》在走，却依然没有一部超越《茶馆》。

但是，80 年代人艺上演的最富于老舍精神与精髓的三部话剧，即 1983 年的《小井胡同》，1986 年的《狗儿爷涅槃》，1988 年的《天下第一楼》，可以看出人艺自身不俗的努力。五年的时间，三部戏呈阶梯状前进，至《天下第一楼》，达到了迄今为止"茶馆模式"的顶峰。

《小井胡同》，编年史、众生相、北京话，同样固定的场景，可以明显看出老舍《茶馆》之间师承的关系，却已经不仅是历史的演绎，多了与现实的勾连和批判。《狗儿爷涅槃》依然是编年史，却只是一个农民的命运而非众生相的展示。这两部戏，都可以看出人艺努力变化的轨迹，为第三部真正能够代表老舍精神和人艺风格的戏出台做了铺垫和准备。

《天下第一楼》，可以说是最成功的一次对《茶馆》形似兼神似的拟仿。从编年史的相同结构，茶馆和饭馆的相似题材，王利发和卢孟实小老板人物的共同设置，到同样对于老北京民俗风情的渲染，地道的北京话，都满足于人艺自身和观众对于"茶馆模式"的复制与超越的一种共同期待。难能可贵的是，《天下第一楼》比《茶馆》多了老板卢孟实主线与他人的矛盾冲突，便使得人物的命运浮沉，不仅限于《茶馆》所勾勒的与时代和历史的关系，更多了一层人生的况味；不仅是历史的挽歌，更是个人的安魂曲。同时，也不再只是《茶馆》清明上河图众生相的蔓延，而多了戏剧内在的张力，在"茶馆模式"中平添了舞台的景深和自己的戏剧元素。

同时，应该看到，《狗儿爷涅槃》虽依然是编年史，却也变幻了风格，让狗儿爷这个农民，在历史的变迁与动荡中，在现实的变革与冲撞中，内心的矛盾和命运的起伏，借用的不是老舍，靠拢的不再是"茶馆模式"，而是西式的意识流。十五个场次不再分幕，背后依托的不再如茶馆一样是"三一律"式的固定场景，而是如水墨画一样随意渲染，如水一样尽情流淌。

同样，《小井胡同》的作者在 1986 年创作的另一部话剧《荒原与人》（可惜未能在人艺演出），明显可以看出，是和完全写实、完全向老舍《茶馆》靠拢的《小井胡同》不一样的艺术形式的探索之作。散文和诗的形式的追求，让人物的语言表达方式，和《小井胡同》那种活生生的北京地道的生活语言，不尽相同。戏中抒情与喟叹，现实和过去，梦幻和眼前，心理的跳跃时空和故事的线性时空，独白、旁白和对白，跳进跳出，纵横交错。同《狗儿爷涅槃》一样，运用的也不再是老舍《茶馆》式的方法，而是西方的意识流、间离法。同《绝对信号》和《车站》里的列车与车站一样，荒原同样具有明显的隐喻的象征色彩。特别是剧中的主人公"十五年前的马兆新"和"十五年后的马兆新"，同《推销员之死》里的主人公"威利"和"哥哥本"，其设计，同时镜像一般并置出现在舞台上，有着明显的相似之处，同样都是为了主人公的两种不同思想、感情，以及心理的两种声音的交替出现与碰撞。

20 世纪 80 年代已经远远地过去了。如今，重新回顾那个难忘的年代里的北京人艺，心里还会泛起当时进剧场观看那一场场话剧时隐隐的激动。我在忍不住赞美 80 年代人艺对中国话剧的贡献的时候，也会想到它的不足。当然，也不应该说是什么不足，在那个刚刚从文化专制的封闭年代里走出来，那个尽情而自由地呼吸国门刚刚打开时涌进来的八面来风的时代，这一切都是必然要经过的。只是，观看了最近人艺的话剧，静下心来，依然会想，离开 80 年代久远了，经过了这么多年了，如何面对自己本土的传统，创作出超越老舍《茶馆》那样富有中国话剧特色的剧目来，依然是北京人艺严峻的课题，也依然是我由衷的期待。

不敢去老字号

北京最近一些老字号饭庄异地重新开张，梅开二度，很吸引人的注意。我嘴馋想尝尝鲜，闻讯特地一连跑去三家，即美味斋、致美斋和峨嵋酒家，分别是沪、鲁、川三味。致美斋是清道光年间开的老饭庄，有 200 多年的历史，原在大栅栏前的煤市街，解放后不景气，老店沦落为大杂院。美味斋最早开业于民国十二年，20 世纪50 年代从上海迁京，扎根在菜市口的西北角，在南城一直口碑不错。峨嵋酒家是 1950 年开设在西单商场里面的老字号，逛西单商场时吃川菜的最佳选择，当年梅兰芳曾经作画赋诗给它，称赞它"峨嵋灵秀落杯盏，醉饱人人意未阑"。

如今，致美斋和美味斋移到白广路，把着南北两端；峨嵋酒家迁到北礼士路，位置都不如以前的闹市中心，但找到它们，还都很容易。只是坐下来一吃，有些怅然，更有些遗憾。相比较而言，川、鲁、沪这三家里，美味斋的菜做的味道要更好些，装潢也比以前老店更堂皇而时尚些。只是菜偏咸了点儿，拿手的八宝酱鸭颜色偏深，八宝中似乎只剩下糯米一种味道。最后要了一道汤菜小白蹄，上来一看，黑乎乎的，小白蹄变成了肘棒。 问店家这是小白蹄吗？回答得很坚定：就是。真是匪夷所思，彻底倒了胃口。峨嵋酒家的宫爆鸡丁做得不错，虽然高低分为两个价。店内橱窗摆的冷拼和墙上贴的招贴，却是既有广式又有淮扬，如同二八月乱穿衣，乱了本是地道川味的方寸，没有了自己峨嵋灵秀的主心骨。

最难以接受的是致美斋，它原来的招牌菜，是一鱼四吃（红烧鱼头、糖醋瓦块、酱汁中段、糟溜鱼片）和烩两鸡丝（生鸡和熏鸡，红白相映）。原商务印书馆的辞书专家刘叶秋先生当年曾有诗赞美：四作鱼兼烩两丝，斋名致美味堪思。如今烩两鸡丝这道菜没有了，一鱼四吃是看家菜，要是再没有，致美斋也就甭开了。过去讲究鱼的大小由客人自己点，活鱼当场摔死送厨房烹制，现在都是现成早已经配备好的，一律98元一份，至于那四菜是不是来自一条鱼，客人是不清楚的。关键是菜上来一看，吓我一跳，量是够足的，一条草鱼足有三斤多，但做得很粗，特别是糟溜鱼片，鱼片切得刀工实在不敢恭维，粗大如膀大腰圆的壮汉，致美斋原来那种至美至善的感觉全无。糟溜鱼片这道菜，关键在鱼片和糟两样，鱼片必须切细切薄切成微卷状，做出来才会有脆劲儿，并能够入味。那是一种闺房绣女的细腻感觉，如今却过于粗犷了。至于以前吃一鱼四吃这道菜最后要送上一碗鱼杂汤，是用原来那条鱼肚子里的肠肚肝肺做的酸辣汤，现在更是无从相识了。

我都是从报纸看了广告而专门前往的，看来如今的广告和老字号都真不敢轻信。老字号的招牌不是万能的，敢重张老字号旧帜，关键得看你的手艺到底如何，这关系着你菜的质量和老字号的含金量。如今这三家菜的质量分别有不同程度的下降，原因在哪里？我想起已故朱家溍老先生前些年在《中国烹饪》杂志上写过的一篇文章。如果说刚刚故去的陆文夫先生是江南的美食家的话，从小吃遍京城老字号饭庄的朱先生当是北京的美食家了。他在这篇文章中以经验之谈分析了两种原因：一在店家，"菜的质量变化，不是因为老师傅已经作古，而可能是因为领导忽视自身的特点和优点，盲目向一般流行菜品种看齐，即使保留少数传统菜品也不严格遵守传统技术要求，不按标准选原料，对于作料成分也不注意，做出菜来当然不合格"。 二在顾客："现在饭馆主要两大类主顾，一类是公款吃喝的顾客，关键是挥霍公款，满足私人消费欲望；另一类是暴发户，为的是摆阔，要场面……以上两类顾客都不会对传统菜合格不合格提出意见，他们根本不知道好菜是什么味，长期以来顾客没有高要求，水平下降也能卖出去，自然灶上的手艺就变质了。"

朱先生的话值得老字号深思，老字号不是脸上的一颗美人痣，而是脚上多年踩出来的老茧，是时光积淀下来的无形资产，是店家和顾客共同积累下来的宝贵财富。 新的主人想借水行船，这种经营思想没什么错，关键是把老字号的招牌重新摆出去容易，把传统的手艺绝活儿亮出来，不那么容易。致美斋在 20 世纪 80 年代后曾先后两度异地开张，想重振雄风，但均没有坚持下去，原因也正在于此，经验值得记取，但愿别重蹈覆辙。

朱先生的话，其实不仅对于老字号饭庄有益。包括厨艺在内的许多传统的手艺都是这样，如果不注意主客观的共同努力和提高，只注意眼前的赢利，只注意外在的皮毛，便很容易满足于一时的热闹，得到的却只是貌合神离的东西，乃至最后弄得神不似形也不似，让传统的东西如沙一般在我们的手中攥也攥不住而渐渐流失。

历史可以修复吗

对于北京城南的永定门，我是非常熟悉的，小时候，我家住在前门附近，俗话说：门见门，三里地，常常走着就到了永定门。那时，我母亲养着几只鸡，总让我到永定门外的沙子口去买鸡麸子。那时，还有有轨电车，叮叮当当地响着，从前门到永定门也就四站地，3分的票钱，我却总是走着去，可以省下那3分票钱买根冰棍或糖葫芦吃。永定门，是我的目标，只要一见到它那高高的城门楼子，3分钱就算省出来了，仿佛它成为了冰棍或糖葫芦的化身。

在南城，除了天坛，永定门是最巍峨的标志了。据说永定门还有一个颇为堂皇的箭楼和瓮城，我没有什么印象了，记得很清楚的倒是一个拱形的城垛，从城门的两旁蜿蜒下去，像是永定门两撇浓重的大胡子。路过时我总要爬上去玩，上面有许多酸枣棵子，如果是秋天，能看到带刺的枝子上结满小小的酸枣，红红的像挂满的红色小灯笼。那时的永定门四周没有什么遮拦，如果往南望去，一直能够望到南苑，当年皇帝到那里去打猎就得从永定门出城；往北望，前门楼子仿佛就在眼前，皇家气派近得扑面而来，近在咫尺。当然，自古都说北京城是南穷北贱，那时永定门附近确实非常穷，到处是破破烂烂的棚户土房，一簇簇蘑菇似的，参差不齐地一直拥挤到城垛边，甚至城垛上面。但是，这一切似乎都不能影响永定门巍峨与威严的地位，这一点，每次我从沙子口买完鸡麸子往回走时感觉最明显。 不管你是站在什么位置，只要一抬头，永定门赫然矗立在眼前，你就知道，要进城了。如果再想一想当年解放军和平解放北京城，就是在永定门举行的进城式，它的巍峨与威严就更染上异样的色彩。毕竟它是老北京城中轴线南端的起点，是北京几座外城门里最大的一座，从它的城门洞里穿过，你才算进了北京城。

1957 年，永定门被拆除了，拆得干干净净，一座拥有几百年悠久历史的永定门，一点影子都没有了。那一年，我整 10 岁。每次再路过那里，见到空荡荡的一座桥和一条护城河，总觉得北京城如同缺了门牙的豁嘴子。

今年开春，再路过那里，那里老桥西边正在建新桥，一打听才知道，永定门要重新修复，完全按照原来的模样，平地再建一个永定门出来。起初，我心里挺高兴的，起码可以让童年的情景再现，满足一下旧梦重温的怀旧情绪。但是，后来，我越琢磨越不是滋味，即使是完全用原来的图纸，甚至是按照原来那种砖石和木料，以及施工方法，就一定能够建出一个原来的永定门吗？还能够是那种原汁原味的永定门吗？

我想起在雅典古城中古希腊时期的巴特农神庙，罗马古城中和帝国大道两旁古罗马时期的历史遗迹，并没有重新修复，原来是什么样子，就还保留着什么样子。我也想起去年春天到土耳其，在伊斯坦布尔城随处可以见到的拜占庭时期遗留下来的古城墙。 即使只剩下了断壁残垣，也就那样让原始的姿态存在着，并没有修复它，然后围绕着它再建一个公园，以彰显其历史与文化。在土耳其南部的安塔利亚，那里紧靠地中海有当年埃及艳后克莱奥佩特拉和安东尼幽会沐浴之后观赏日出的神殿遗址，我看到只剩下了五支汉白玉的罗马柱，势单力薄顶着断裂而残缺不全的石块，它也并没有被按照原来的样子修复成一座神殿，来吸引人们的目光，但却一样游人若织。

从永定门的修复我想起前两年对重新修复圆明园的争论，看来，我们对古文物和历史文化的认识，有一定的误区。我们以为这样做是为了人文奥运服务的，但我们没有想到，其实外国人来北京是要来看真正的古代文物的，而不是要来看你修复的古建筑的。因为这是一个最简单的道理，重新修复的建筑，再逼真，也只是新的建筑，是赝品而已。可以做一个简单的设想，如果把雅典的神庙或安塔利亚的神殿，也如我们的永定门重新修复起来，该是一件多么可怕的事情，那里还会有那样的游人若织吗？

最近，我看到有文章提到1964年在威尼斯通过的《国际古迹与修复宪章》，明确反对任何文物与古建筑的复建。我国的《中国文物保护法》也明确规定全部毁坏的文物不得在原址重建。于是，我对于永定门的重新修建的怀疑，就越发严重。即使永定门劳民伤财修复起来了，其价值与意义究竟有多少呢？永定门真的能够死而复生吗？历史真的可以修复吗？

宣南文化三论

　　谈北京的文化，绕不开宣南文化。它是北京文化之根。北京建城3000余年，建都800余年，悠长的历史，无论燕国城还是元大都的起始点，都在宣南，伴之而起最初文化的发源地，自然也就在宣南萌芽并随岁月一起逐渐发展成熟。文化是随时间一点点化出来的，我曾经说过，文化不是美人痣，瞬间即可点在脸上，而是脚上的泡，要经过漫长岁月的磨砺，才可以结成一层层厚厚的老茧。

　　宣南文化博大精深，有人说宣南文化包括皇家文化、士人文化和平民文化。这自然是没有错的。有天坛和先农坛，自然就会衍生出皇家文化；有天桥和铺陈市，自然就派生出平民文化。但是，在我看来，宣南文化最重要的还是士人文化。在谈论文化的时候，我不赞成把沾边儿的都尽可能多地揽在怀中，韩信点兵，多多不见得益善，相反容易顾此失彼，糖吃多不甜，便难以突出重点，得到我们最渴望得到的，挖掘我们现在最缺失的。

　　如果说皇家文化，故宫里颐和园里，更为得天独厚；如果说平民文化，也并非宣南独有，东城的隆福寺，西城的高粱桥，崇文的龙须沟和东晓市，都蕴含着丰富的平民文化。士人文化，当然，别处也不是没有，但都不如宣南这样地集中而突出，而且有一代代传承的鲜明轨迹和叠加的厚重年轮。因此，说士人文化是宣南文化拔地擎天的最高峰，是宣南文化的精髓所在，应该是有一定的道理的吧？它实在应该是最值得探讨和研究的方向，也是最值得我们今天借鉴、学习和继承的方面。

同时，需要指出的是，这种士人文化，经过几代的传承和发展，到了清代之后，特别是晚清和民国初年，达到了最为鼎盛的时期。可以说，这一段时间，是宣南文化的高潮，是喷发期，如同花朝之日花朵在怒放，而且不只是一朵几朵，而是万紫千红，蔚为壮观。还需要指出，自此之后，宣南文化开始走下坡路，我们兴致勃勃在谈论宣南文化的时候，其实是在吃老本。因此，今天再来重新回顾并探求宣南文化的时候，如果想重振宣南文化，那么以宣南最为值得传承的优秀品质和传统来关照今天的现实，特别是北京精神被彰显和明示出来之后的今天的现实，是一件更值得我们探讨和研究的事情。可以这样说，北京精神也不是凭空而来的，而有其渊源和基础。 这个渊源和基础，其中来自并包括的重要部分，就是宣南文化。

如果要我来概括宣南文化的特点，我认为有这样三点——

一是它的报国情怀。

这秉承了中国传统知识分子一贯的情怀，也是中国传统知识分子最可贵的品质。古人早就说过：天下兴亡，匹夫有责；赤心事上，忧国如家。齐家治国平天下，历来是知识分子心底崇高的追求。清以来，明末的遗老亡臣顾炎武，在他的《日知录》里明确地表明了这种态度："保天下者，匹夫之贱，与有责焉耳矣。"他探求"国家治乱之源，生民根本之计"的志向，一直绵延在日后有志报国的知识分子的心中。可以说，一直到清末民初，顾炎武的这一报国情怀，成为了宣南文化的核心，支撑着知识分子的心，也支撑着宣南文化的脊梁。顾炎武当年曾经在宣南的报国寺住过，进行他的治学研究。 清末文人在报国寺之西兴建顾亭林祠，表达的是纪念和效法之情。我一直私下猜想，乾隆年间重修报国寺时将原来的寺名慈仁寺改为报国寺，应该有这样一层意思在里面，表达了人们普遍的对爱国情怀的认同和推崇。

应该看到，这种报国情怀之所以能成为一种文化，报国寺不过只是它彰显的外化的一种形式而已。更重要的是，清政府"满汉分居，旗民分治"的政策，无形中造就了汉人知识分子都集中居住在了外城，尤其是紧靠皇城根的宣南。当时，编纂《四库全书》的人员有4200多人，大多数居住在宣南，这是已经入仕的，还有大量在考试想靠科举入仕的，也云集在宣南。当时，为了从全国各地到北京赶考的秀才而建的会馆，在北京有400多座，其中百分之七十在宣南，那么多的知识分子如此密集地集中在那里，是历史上极其特殊的现象。其学问是可以互相学习的，其心性也是可以彼此影响的。而且，他们不是被从内城赶出来的，就是无法进入内城的，都是属于被边缘化的士人，由此一腔激愤燃起的报国情怀往往会来的更为强烈。这样种种的历史原因，造就了宣南文化这一地域文化的显著特征，其地理空间与思想心灵空间的彼此交叉融合，使得宣南文化这一特点，对比北京城其他地域，显得格外特殊而绝无仅有。

还有一点，从前辈传承下来的报国情怀，在宣南这个地区，不仅有他们的书籍的传承，还有他们居住过的地方、讲学过的场所，乃至纪念他们的祠堂，都是可触可摸的，其潜移默化的作用，不可小视。这就是地理在文化中特殊的作用，地理的环境构成了人们成长的显性的环境。特别是知识分子，浸淫在这样的环境中，会形成一股潮流和势力，就像在沙漠里花朵都变成了仙人掌，而在湿润的地方，鲜花可以如海洋汪洋恣肆。想想，清初的那些士人，不仅顾炎武一人居住在宣南，还有如吴梅村在魏染胡同住过，龚鼎孳在宣武门住过，施润章在铁门胡同住过，王士祯在琉璃厂的火神庙住过，朱彝尊和他的古藤书屋在海柏胡同，李渔和他的芥子园在韩家潭胡同……彼此往来方便，后人拜谒也近便。即使现在那些历史的遗存大多被拆毁，只有那个地理的空间还在，走在那里，我们依然可以感受到他们的思想感情的呼吸和脉动，依然可以想象那时的情景和他们的情怀，与我们是那样地贴近和亲切。

古藤书屋未拆之前，我去看过，其实不过是三间南房，房间虽小，却曾经是朱彝尊和他的朋友吟诗抒怀吞吐风云的场所。而当年被康有为称为"七树堂"的那七棵树，和那间称为"汗漫舫"的如船小屋，更是早已经荡然无存了。但是，我们仍然可以想象得到，感受得到，朱彝尊的好友查慎行当年曾经写过的诗：古藤书下三间屋，烂醉狂吟又一时；惆怅故人重会饮，小笺传看洛中诗。我们仍然可以读到公车上书之前，康有为曾经写下的诗句：上书惊天阙，闭户隐城南。那一腔引而待发的报国情怀真的是喷薄欲出。

二是它的变革精神。

这种精神，在顾炎武时代就炽烈地燃烧，他从明朝灭亡的教训中谋求变革时代的方略。到晚清，继承这一脉香火的最重要的人，先是龚自珍，后是康有为和梁启超。是龚自珍最先预感并昭示了大清王朝必然灭亡的前景，他大胆直斥时弊，倡导变法，渴望"我劝天公重抖擞，不拘一格降人才"，渴望"九州生气恃风雷"，来变革万马齐喑的时代。然后，在宣南地区聚集了这样一批仁人志士，像暴风雨前聚集着越来越浓的云团，在清末内忧外辱的重大历史转折关头，上演了一出近代史风云激荡的大戏，即戊戌变法。十八省上千名举人聚集在宣南达智桥的松筠庵，从而震惊朝廷的公车上书，是一次宣南士人要求政府变革的整体的精神亮相，显示了士人的觉醒和力量。虽然，戊戌变法失败了，康梁逃离国土，但康梁二人在我国近代史的作用无人可以匹敌。他们所代表的一代士人要求时代变革的呼声与行动，敲响了清王朝走向灭亡的丧钟，成为了"五四"新文化运动和新民主主义运动的前奏。辛亥革命前后，孙中山三次来到宣南；"五四"前后，毛泽东来到烂漫胡同的湖南会馆从事反封建军阀的活动；鲁迅住进南半截胡同的绍兴会馆写下他的第一篇小说《呐喊》；李大钊、陈独秀，还有一批革命党人散落在宣南的角落里办报创刊。而所有这一切惊心动魄的变革大戏，都是在宣南这片土地里运筹帷幄并声势浩大地上演的。

　　想一想，在清朝针对士人的文字狱的黑云密布下，士人敢于谈论变革并将之化为行动，是多么了不起的事情。清文字狱高达160多起，且集中在清中期。面对那样大的压力，士人没有采取鸵鸟策略，两耳不闻天下事，一心只读圣贤书，没有只是为取功名，贪图享乐，旧交唯有青山在，壮志皆因白发休，而是敢冒天下之大不韪，和最高统治者叫板。这种变革的精神，才是真正的士人精神，因为他们将生死置之度外，将个人的利禄功名抛在云外。他们不再是坐而论道，空谈诗文，摆弄韵脚，更不是胆小如鼠，只蜷缩在官场的觥筹交错中邀宠，和在温柔乡的感官刺激中陶醉。他们将思想化为行动，将目光聚焦时代，将纸上谈兵付诸变革的计划，甚至以自己的失败和头颅启发后代的知识分子，都是为了使在风雨中飘摇中的衰败的中国寻求变革的出路。宣南这样一片并不大的地方，竟然如此和整个中国的命运相通，并能够迸发出如此强悍的力量带动全中国的变革与革命，这是宣南文化中最值得骄傲书写的浓墨重彩的一笔。

三是牺牲的勇气。

宣南文化中最辉煌的一章，应该是士人为了自己的理想，为了国家的兴亡，为了民族的昌盛，所表现出来的牺牲精神。而且，他们也真的是为此而捐躯。最为难能可贵的是，这样的牺牲精神，不是一两个人的代表，而是一代代的前仆后继。这就成为了一种文化的内容，而不只是象征意义的点缀。

不用举太多的例子，只想说说杨椒山和谢叠山这两座"山"。两位都是明代的士人。谢叠山率兵抗元失败后，无论元朝如何召他进京入仕，他都断然拒绝，最后诵以司马迁"死有重于泰山或轻于鸿毛"的名言，表示了誓死拒降的决心。无奈的是元朝廷把他强行押解进京，命他做官，他依然坚辞不就。他被关押在法源寺中，看到寺中墙上刻有《曹娥碑》。曹娥是东汉的一个 17 岁的普通民女，她的父亲死于河中，为了尽孝，她在河边哭了 17 天 17 夜，为寻父的尸首和父亲一起葬身水中。谢叠山看罢《曹娥碑》后泣曰："小女子犹尔，吾岂不若汝哉！"最后，他在法源寺中绝食而死。

为和大奸臣严嵩斗争，杨椒山在大狱中受尽酷刑折磨，临刑之前，有人送他蚺蛇酒，希望能为他减少一些痛苦，他拒绝了。他说：椒山自有胆，何蚺蛇胆为！ 临刑前，杨椒山夫人上书皇上请求代丈夫一死，不准之后在杨椒山死的同一天自缢而死，一样地壮烈。难怪后人为她特意编演了一出大戏《鸣凤记》。难怪事过经年之后，为纪念杨椒山兴建"谏草堂"时，请来一位布衣雕工，临摹杨椒山的真迹，将当年上疏皇帝历数严嵩的五奸十罪的疏稿刻在碑上，立在亭中。这位倾注情感的无名雕工刻完之后就死在碑前。我想，这大概就是对这种牺牲精神的礼赞，是传承这种牺牲精神的最激荡人心的一种象征。

在宣南，这样的传承，在地理学上有最好的彰显。

在北半截胡同，有戊戌六君子之一谭嗣同的故居，当年谭嗣同自己撰写门联"家无儋石，气雄万关"。面对死神的降临，他留下了"我自横刀向天笑，去留肝胆两昆仑"的千古名句；在他生命的最后一天，他拒绝了梁启超一起出逃的劝告，而是将浏阳会馆的大门敞开，自己坐在门前摆一壶清茶喝茶待死。那一份从容与决绝，是谢叠山和杨椒山的近代史版的写照。

在魏染胡同有邵飘萍和他的《京报》馆；在棉花头条，有林白水的故居和他的《社会日报》。他们都尊崇"说人话，不说鬼话；说真话，不说假话"的办报主张与人生信条，面对当时军阀的威胁而无所畏惧，乃至最后都遭残杀。两人的死，相隔不到一百天，所以，当时有"萍水相逢百日间"一说。那一份义无反顾的前赴后继，是谢叠山和杨椒山，也是谭嗣同的现代史版的神灵再现。

当然，作为博大精深的宣南文化，这样抽茧剥丝一般，仅仅抽出三点，是远远不够的。但是，我觉得起码可以概括出宣南文化的精髓的一大部分。因为，我坚持认为宣南文化的精髓在于其士人文化，而这样的三点是士人文化的重要的组成。说其组成，在于三者之间是联系一起的，相辅相成的，不可分割的。

第一点，报国情怀是以士人的知识作为基础的，可以看出那些士人个个都是大学问家，所以才能成为思想家，才能够将一腔报国热情不至于化为清谈，仅仅成为一种纸上的修辞。第二点，变革精神是以士人对现实的关注为出发点的，关注现实，他们才不至于沉湎于灯红酒绿纸醉金迷，为了一官半职或一点可怜巴巴的蝇头小利而计较。沉重的现实，让他们没有麻木，没有闭上眼睛，背过身去，而是激发起他们变革现实改造现实的信心和力量。第三点，牺牲的勇气，是以士人的信仰为依托的，没有坚定的信仰，不会有必死的勇气。谭嗣同曾说："变法无不从流血而成。"一腔热血勤珍重，洒去犹能化碧涛。这是他们付出的勇气，也是留给我们的财富。

第一点出于知性，第二点出于感性，第三点出于血性。

第一点属于心，第二点属于眼，第三点属于气。

第一点像是激情洋溢的诗，第二点像是美好鲜艳的画，第三点是荡气回肠的歌。

坦率而羞愧地讲，这样的文化精髓，是不是离我们越来越远了？是否还像游丝一般飘曳在宣南这些已经被拆迁得一片零落的街巷之间？它们还能够找到回家的路吗？我们还能够找到它们古朴而珍贵的影子吗？

胡同文化和年文化漫笔

一

说起京城文化，它是有雅俗之分的。雅的要数皇城的士大夫文化，俗的要以胡同文化和年文化为代表了。

可以说，胡同，几乎成了北京古老历史和文化的一种象征。高楼越盖越高越盖越多，并不能够代表北京城，相反的如果胡同灭绝了，北京城就彻底失去了老北京的文化色彩。

据前十多年的统计，北京的大小胡同存有6000多条，不知现在还剩下多少。胡同和北京特有的民居四合院，是连在一起的。没有四合院，便没有胡同。四合院和胡同以几何图形式的平面划分形式，构成了北京城的形象。这种形式的构成，最初是皇城的扩大和衍化。只不过，越来越多的人口和地盘膨胀的北京城，在日后漫长的岁月里，越来顾不上漂亮而规矩讲究阴阳契合、左右对称的几何图形的划分形式，就像破落的贵族。如今地产商大规模地圈地盖楼，更是对这种文化致命的摧毁。

因此，现如今真正堂皇的、愿意拿出来让外国人看的胡同，其中的四合院不是旧时的王府官邸，也是前出廊后出厦或进出两院有游廊垂花门外带耳房的标准四合院。再次的胡同，起码也得和过去说的那种天棚鱼缸石榴树的小四合院连在一起。这样的胡同，有一种陶渊明的味道，是和皇城相匹配的。可惜，现在北京大多数胡同，没有了这种诗意盎然的味道。不少四合院已经变成了大杂院，更多的连大杂院都算不上，只能说是简易的窝，是用碎砖头烂瓦外加麻刀和泥垒起来遮挡风雨的类似原始的住宅。再不是那青砖绿瓦鱼鳞檐，再不是前廊后厦大影壁了。

于是，才有了与上述诗意盎然的胡同不一样的胡同，才有了斜街、夹道、半截、扁担、耳挖勺、锥把儿、狗尾巴、豆芽菜、下洼子……种种五彩纷呈的胡同名称，或曲或弯或窄或短或低或湿。最深刻的莫过于叫死胡同，实在是胡同人的智慧，不说此路不通，而说"死"。在我看来，这是对这种胡同几乎绝望的一种心情和态度。

这样的胡同，旧北京民谣讲：刮风像香炉，下雨像墨盒。又说：胡同像泥塘，走路贴着墙。北京人一般管散步叫"遛湾儿"，何谓"遛湾儿"？是说遛出这样憋屈的小胡同，解放前是到坛根儿底下，到河沿儿边上遛湾儿；如今是到公园里，到立交桥旁的绿地遛湾儿。

这样的胡同，连带的大杂院形成的邻里关系，据说最让北京人骄傲，最让外国人羡慕。俗话说远亲不如近邻，又说千金买宅、万金买邻，都是说这种关系的亲密、相互照应的浓郁的人情味。当然，这是不错的，却也是不错了其中一半。这样的胡同所串联起的大杂院，其实把人性善良和丑恶的两方面，一并滋养了起来。这样拥挤而窄小的生存空间，迫使人的社会属性一部分消融在动物属性之中。在门门相对、窗窗相靠的大杂院里，呼吸和心跳都被彼此听得格外清楚，人们便毫无隐私可言。"文化大革命"一爆发，大院亲近的邻里便立刻频频抛出炸弹，贴出一张张大字报揭发对方的问题，不亚于将档案袋抖搂出来公布于众。恶，便如潘多拉的盒子，从这样的大院、这样的胡同打开。

这样的胡同，有一样可以给北京安慰和回忆的，是一年四季清晨夜晚卖各种食品的吆喝声，此起彼伏，宛若乐曲；以及剃头的铁"唤头"的响声、磨剪子磨刀的喇叭声、卖油的梆子声、卖糖果的铜锣声、卖针头线脑的铁镰声……可以让人发思古之幽情，遥想当年一幅幅民俗风情画。其实这种胡同所回荡的叫卖声，同这种胡同所连带的大杂院一样，是贫穷落后生活的缩影，是北京底层百姓艰辛生计的写真，给我们的只是如胡同一样窄小肮脏的酸楚，绝不会产生"小楼一夜听春雨，深巷明朝卖杏花"的诗意。但那充满底层百姓生命与生活气息的声音，是独特的，是属于北京的，成为了京城文化的一个富有生命力的组成部分。1933 年，一位外国音乐家曾创作了一首《北平胡同曲》，把许多这样的声音囊括进去，在当时最讲究的大光明戏院演奏。

胡同文化，还应该包含有胡同里北京人说的话。全国各地方言之中，唯北京话最为丰富多彩，所以全国的普通话才是由北京话为基础形成的。以前，我写过一篇文章《北京话》，专门谈及北京话的意义。尽管在历史的变迁和时代的演变中，北京话发生了一些变化，特别是随着胡同大量拆迁，使得地道的胡同味儿的老北京话随之一起流失。但是，北京话那种基础的表达方式和形式，并未改变，无论言说，还是书写，北京话起到的作用，从过去延续到今天，都是至关重要的。北京话成为了胡同文化的载体，是胡同文化的说明和传播的重要力量。所以，从老舍到王朔的作品，从侯宝林、马季，到郭德纲和新一代相声演员的相声，以及北京人艺的话剧，才受到那么多人的欢迎。受欢迎的一个重要原因，就是他们作品中的北京话。北京话，就像花香的一种味道，就像菜肴的一种味道，就像从大杂院里窜到胡同里炝锅的葱花儿的味道，让我们感到亲切。即便是在遥远的异国他乡，举目无亲，只要一听到北京话，你也能感到一种他乡遇故知的感情，彼此立刻熟悉起来，恨不得赶紧喝一瓶二锅头畅谈一下久别的北京。

二

在老北京，传统中的春节，和现在大不一样。那时候，年文化首先体现在年的味道和年的声音上。

在我来看，年的味道，是从腊月二十三吃糖瓜祭灶开始，到年三十写春联包饺子做年夜饭，以松柏枝插入瓶中，枝下堆放枣、栗子、龙眼、荔枝、柿饼等年果，枝头缀上古钱元宝石榴花等年花，到破五时候播撒，让众人一抢而空，称之为种下"摇钱树"；到大年初一接神拜年，卖大小金鱼的，沿街串巷到处吆喝，让大人小孩都买一条两条抱回家，称之为"吉庆有余"；一直到正月十五煮元宵放花灯，如竹枝词云：已见炬如千树列，更看灯似百花开……

这一切所组成的系列节目，虽然有些繁文缛节，但地道的民俗中所包括的五味杂陈，蕴涵着的才是丰富而耐得住咀嚼和回味的年的味道。每一种味道，都事出有因，上有历史的龙脉联系着，下有民间的根系交错着，不像现在，大过年的只剩下了除夕夜中央电视台那一台春节联欢会了，赵本山一出场，大家哈哈一乐，等于花灯放完了，年就基本结束了。

过年，讲究的就是热闹，火爆，年的声音，其实就是人们从心底迸发出来的声音，旧的一年过去了，过得如意也好，过得不如意也好，新的一年来到了，都得把心里的怨气和期盼一起呼喊出来。年的祭祀与礼拜的意义，就是在这里表现出来的。和西方的祈祷不一样，必须要跪拜在神像或神父之下，在心里默拜，或在嘴边喃喃絮语，而是要大声呼喊出来，甚至借助于外力让声响得惊天动地，让神听得震耳欲聋。我想，这和我们国家长期处于农业社会有关，我们的神更世俗化，心眼儿是不错的，但因为岁数太老，眼神和耳朵都不那么好使，需要动静弄大点儿。

年的声音，也是从腊月二十三祭灶王爷开始的，讲究要击鼓，鼓点咚咚，表示新年到来的脚步声音。那时称之为"腊鼓"，又称"年鼓"，老北京以前专门有腊鼓或年鼓，叫做太平鼓，《清稗类钞》中说是"铁为圈，木为柄，柄系铁环，圈冒以皮"，可惜已经失传。腊鼓的声音，和除夕夜十二点在大钟寺潭柘寺里撞钟的意义是一样的，都是对年的声音的一种敬畏和欣喜，是对神的一种带有平等世俗的外化与物化。

当然，年的声音，表现最为淋漓尽致的时候，是除夕之夜，鞭炮声此起彼伏，彻夜不息，火树银花，声震天地。其原始意义，在于驱赶鬼魅，但后来已经是宣泄大于本意，形式成为内容了，年欢快热闹的声音，必须要靠它来体现了。北京城区禁放烟火爆竹之后，曾经有人以踩气球（称之为"欢乐球"）的方式，来替代鞭炮，以为反正都出声音，却不知道那声音已经不再是年的声音，只不过是年的仿生儿罢了。

鞭炮也是很有讲究的。鞭炮鞭炮，其实是有区别的，响的叫炮，据说最早的炮叫"麻雷子"，很粗糙的外表，单响，但非常的响。我小时候看别人放过这家伙，小孩都对它敬而远之。比它进化一些，同样很响的，叫做"二踢脚"，双响，地上响一声，飞到空中响第二声。胆大的，拿在手里放；胆小的，放在地上放。看着它们拖着长长的火尾巴飞到天上，等着炸响第二声的时候，非常过瘾。也有飞上天好几响的，叫做"蹿天炮"。比"麻雷子"、"二踢脚"、"蹿天炮"的模样和声音都要小巧一点的，叫做鞭。寸鞭，又叫小鞭，都一挂几百头几千头，甚至上万头，一般都是挂在长长的竹竿上，点燃一头小鞭的捻儿，噼里啪啦，等着听吧，百鸟闹林一般，响个没完，地上落满红红的纸屑，像是开满一地的春花。

比小鞭更小的，要算是"耗子屎"了。这名字有些不雅，但很形象，灰色的小粒，真跟耗子屎差不多。它的响声不大，点燃后，在地上打几个滚，吱出几下蓝色的火星，蹿到半空中，萤火虫似的，就没影儿了。它很早就绝迹了，我小时候还放过，比我再小的一代，大概听它如天宝往事一样遥远了。

要说最大最有气派的，当数放花盒子了。先要架起架子，六角形八角形的大盒子一层一层地码上去，可以码三层六层，最高码到九层，高达数丈；再把架子挂起来，第一层是礼花，第二层是花炮，第三层是人物……每层的内容各不相同，点燃起来，一层层飞上天空，连台好戏似的，纷呈着不同的声响，缤纷着不同的情景。老北京，有家吉庆堂，做花盒子最有名，据说，慈禧太后非常喜欢这玩意儿。对于一般百姓，如果看到放花盒子的，大概是听到年最热烈最欢快最丰富的声音了。

年的声音的尾声，一般是在春节的后几天的庙会上，比如厂甸或白云观上卖的风车和空竹上面了。风车和空竹迎着习习的杨柳春风响起的声音，比鞭炮要悦耳，要细腻，要温柔得多了。年就要过完了，显得情意绵绵，舍不得离开人们。

京城文化就是这样的博大精深，只可惜，它们在渐渐地远离我们。保护它们，发展它们，成为当今迫在眉睫的事情。在北京城现代化的建设中，只有重视对他们的保护和发展，北京城才会是一个真正的文化古都，而不是一座现代化城市的拷贝。

城南吟草（二十二首）

秋访南柳巷林海音故居

城南旧事林海音，南柳巷中说故人。

抱鼓石墩残尚在，槐花一地认家门。

秋访芝麻街林琴南故居

天雨欲来鸟自闲，芝麻街上访琴南。

一帧旧版茶花女，飘过芳香已百年。

南半截胡同绍兴会馆访鲁迅故居

古槐老巷夜沉沉，帘幕重重院落深。

月色满庭谁寂寞，闲花落尽起风尘。

过鲜鱼口

斗曲蛇弯路渐长，鲜鱼口内踏斜阳。

兴华池水流何处，梦里炒肝满巷香。

（注）：兴华浴池是老店，卖炒肝的天兴居更是老店。

过草厂五条

老院无人寻旧迹，深宅何处起鼾声。

蝉声将尽天将午，跌进前朝梦境中。

同老院旧友冬访西打磨厂

路近城南已怕行，粤东会馆更伤情。

风从老柳残墙过，月自枯门古巷升。

北大吉巷二十二号访京剧名宿李万春老宅

大吉巷内不吉利，李万春家无有家。

小院依然桃李在，可惜一地落空花。

草厂三条赠发小黄德智

同住前门外，隔街总往来。

长空独怅惘，小巷共徘徊。

古墨香留色，旧联篆刻宅。

少年多少事，一去梦难廻。

（注）：黄德智是我小学同学，小时候，我们住的只隔一条街巷。他家独居古色古香老四合院，老门有门联：林花经雨香犹在，芳草留人意自闲。

草厂头条广州会馆忆儿时

广州会馆里，少女梦如诗。

秋过花红后，春来雪化时。

灯明人弄影，香暖月撩枝。

几载素僧忆，依依柳似丝。

（注）：素僧是我小学同学名，姓麦，当时住广州会馆。

重访杨梅竹斜街和樱桃斜街

竹偕双水果，如此好街名。

走马心犹静，看花眼亦明。

老宅檐草暗，小巷柳梢青。

叫卖声盈耳，摊摊菜价平。

春访谢公祠

谢公祠夜色，霜重草风多。

一阕忠魂曲，百年正气歌。

檐危门怅惘，屋漏瓦蹉跎。

谁作梅花曲，几生梦里过。

（注）：谢公祠位于法源寺后街，为纪念谢叠山的祠堂。谢是南宋爱国将领和诗人，和文天祥齐名，有"几生修得到梅花"诗句。

冬日山西街重访荀慧生故居

山西街日落，断壁抱残砖。

久散诗中到，每思戏里看。

黑帮唯暗夜，红粉岂明天。

犬吠深门静，风吹透骨寒。

花市吟

花市已无花，楼高隐落霞。

葡萄常可比，货担赵堪夸。

隔巷飞鸽哨，邻家卖纸花。

夹荫槐树道，早早尽根拔。

（注）：花市清末民初以卖各种纸花闻名。葡萄常是当年以制作玻璃葡萄工艺品闻名。

城南美食杂忆

处处吃食美，城南味不虚。

独登同聚馆，同上广和居。

曾有茶汤李，又添潘氏鱼。

围炉品奶酪，卤煮就泸曲。

（注）：同聚馆、广和居、茶汤李，均是当年名店。

西打磨厂访福寿堂

几度寻堂浑不见，深藏古巷尽西头。

重帘不卷存风月，盛宴已阑散苦愁。

宅院房房门俱锁，石榴树树果空留。

喜看老戏台还在，毕竟百年旧酒楼。

过八大胡同

日落谭家百顺里，青楼处处已凋残。

赏心悦事怡香院，姹紫嫣红美锦班。

小凤仙吟风月夜，赛金花笑雨花天。

从来祸水欺社稷，却要救国赖红颜。

（注）：谭家、百顺为八大胡同种两条胡同名。怡香院、美锦班是当

年妓院名。

冬过前门

冬过前门铁板挡，五牌楼外整修忙。

门漆彩色装新饰，窗刻旧纹扮古香。

虚废青春何处老，不知白日几时长。

一条老街糟蹋尽，无语斜阳泣断肠。

重回老院赠小京

少壮谁知日后忧，心驰却做北疆游。

老屋云散心先动，新梦花逢泪已流。

诉苦一函因雨注，寄靴千里为秋收。

只身希尔根关外，小院空留落叶愁。

（注）:小京是我同院的老街坊,希尔根是吉林哲里木盟的一个小村子,他在那里插队。他未离北京之前,我从北大荒给他写信诉说麦收遇雨泥陷半腿之苦,他立刻为我买了高腰雨靴寄来。

访粤东会馆

三重院落可堪夸，曾在馆中度韶华。

无数绿荫闻粤语，连番春雨赏枣花。

檐前风柳学行草，门后山墙绘乱鸦。

人与年衰寻旧地，老屋已住一画家。

（注）:我自幼居住粤东会馆,到 21 岁离开它去北大荒。

粤东会馆忆旧三首

天近中秋身近老，六十谁恤世沧桑。

粤东会馆人辞日，塞北柴达雁度霜。

路远不堪酸泪水，情深全仗热心肠。

焚香拜月惟一盼，把酒持菊待蟹黄。

（注）："文革"期间，我和弟弟告别粤东会馆的家，分别去了东北和西北，当石油工人。

别家少壮远征尘，父母凄然立院门。

残火窑砖赎旧罪，碎棉帘布悔归人。

遣愁药酒深成浅，馈我花生夏待春。

犹忆同观红灯记，广和楼外雪纷纷。

（注）："文革"时父亲曾劳动改造去烧砖。我第一次探亲回家，看见门帘是母亲用碎破布缝缀而成的。那时候每年每家供应二两瓜子半斤花生，父母舍不得吃，留到我和弟弟探亲回家拿出来时，瓜子花生都已经哈喇味了。

秋阳暖照满屋明，同忆儿时几许情。

灶下挖金铜且土，院中扑枣紫还青。

谁读书老孔夫子，独挂墙寒郎世宁。

最忆那年看电影，白山一记耳光清。

（注）：拆我家灶台时发现金灿灿的东西，父亲以为是金条，其实是黄铜，当年主人为求吉利而埋下。粤东会馆有三株前清老枣树，如今被砍掉。我家墙上曾挂有郎世宁画的狗，困难时期被父亲当掉。童年，弟弟要我和他一起看电影，匆匆赶去，路上问他电影名字，他说叫《白山》，说着轻轻扇我一记耳光后得意地跑走。

图书在版编目(CIP)数据

北京人 / 肖复兴著. —增订本. —南京:南京大
学出版社,2014.1
ISBN 978-7-305-12242-2

Ⅰ.①北… Ⅱ.①肖… Ⅲ.①散文集-中国-当代
Ⅳ.①I267

中国版本图书馆 CIP 数据核字(2013)第 236369 号

出版发行 南京大学出版社
社　　址 南京市汉口路 22 号　　邮　编　210093
网　　址 http://www.NjupCo.com
出 版 人 左　健
书　　名 北京人
著　　者 肖复兴
责任编辑 沈卫娟

照　　排 南京紫藤制版印务中心
印　　刷 南京爱德印刷有限公司
开　　本 880×1230　1/32　印张 13.5　字数 301 千
版　　次 2014 年 1 月第 1 版　2014 年 1 月第 1 次印刷
ISBN　978-7-305-12242-2
定　　价 38.00 元

发行热线 025-83685951
电子邮箱 Press@NjupCo.com
　　　　 Sales@NjupCo.com(市场部)